양심적 사대부, 시대적 고민을 시로 읊다

-근재 안축의 사대부문학-

김동욱 지음

보고사

머리글

고려의 역사는 1170년(의종 24)의 무신란을 경계로 전후기를 구분하는 것이 일반적이다. 고려 전기의 문학담당층이 문벌귀족(門閥貴族)이었으나 이들은 무신정권 성립 이후에 자취를 감추었고, 이규보(李奎報) 등 이른바 신진사인(新進士人)들이 등장하여 과도기의 문한(文翰)을 담당하였다. 원나라 간섭기에 이르자 이들 가운데 일부는 정치적 권력과 경제적 이권에 골몰하여 원나라 제실 혹은 고려 왕실과 인척관계를 맺어 권병(權柄)을 잡고, 이를 이용하여 겸병(兼倂)을 일삼으며 부를 축적하여 이른바 권문세족(權門世族)이 되었다. 이들과는 달리 당시 원나라를 통하여 전파된 정주학(程朱學)적 교양을 쌓으며 유교적 명분론에 입각하여 왕실을 옹호하고 민생을 보호하여 중세적 질서를 새롭게 다지고자 한 부류가 있었으니, 이른바 신흥사대부(新興士大夫)들이었다.

이들은 대체로 지방의 중소지주 출신으로 선대에서 향리(鄕吏)를 지냈고, 과거시험을 통해 중앙정계로 발신한 능문능리(能文能吏)의 학자적 관료였다. 이 책에서 중점적으로 다룬 근재(謹齋) 안축(安軸)은 바로 이 무렵의 전형적인 신흥사대부였다. 그밖에도 신흥사대부로 꼽을 수 있는 많은 인물들이 있으나, 문학으로 범위를 좁혀 보면 근재가 가장 전형적인 신흥사대부 작가라는 면모가 여실히 드러난

다. 중세기는 여러 면에서 이원적인 시대였다. 오래도록 불교적인
영향 아래 있으면서 토속신앙과 외래의 고급종교가 공존하던 시대
였고, 불교의 가르침으로 누구나 부처가 될 수 있다는 이상과 엄격
한 신분적 차별의 현실도 공존하였으며, 자국어를 구어로 쓰면서도
공식적인 문장은 한문만을 쓰던 이중언어적 시대이기도 하였다. 이
무렵 지식인들은 누구나 한문으로 된 글을 짓고 한시를 읊조렸지만,
근재는 한문으로 된 시문뿐만 아니라 우리말 노래인 경기체가를 짓
기도 한 작가였다. 이런 점에서 근재는 고려 후기 신흥사대부를 대
표할 만한 작가라고 말할 수 있다.

　　근재가 남긴 『관동와주(關東瓦注)』를 비롯한 시문과 「관동별곡(關
東別曲)」·「죽계별곡(竹溪別曲)」 등 경기체가를 통해 신흥사대부의 문
학세계를 온전히 감상해볼 수 있을 뿐만 아니라 그 문학사적 위상을
올바로 가늠해 볼 수 있으리라 생각한다. 이 책의 제1부에서는 이를
위한 예비적 고찰로 고려 후기의 지배계층이었던 권문세족과 신흥
사대부의 문학적 성향이 어떻게 다른가를 살펴보았고, 「한림별곡(翰
林別曲)」 등 고려의 경기체가를 조선의 도학자들은 어떠한 시선으로
바라보았는가를 일별하였다. 제2부에서는 근재의 작품세계에 대한
분석과 아울러 생애를 비롯하여 그의 시문에 나타난 세계관과 문학
사상을 천착해 보았다. 제3부는 보론(補論)으로, 신흥사대부의 특징
적 면모 가운데 하나가 '사물에 대한 별다른 관심'이었다는 데 착안
하여 이를 그들의 문학작품을 통해 입증하고자 했고, 하나의 구체적
인 사례로 '팔경시(八景詩)'를 들어 입론의 타당성을 검증하고자 했
다. 이 책을 통해 논의한 결과가 우리 문학사에서 중세후기문학의
한 단면을 이해하고 설명하는데 조그만 보탬이라도 되었으면 하는

외람된 바람을 가져본다.

　끝으로, 여러 가지 악조건 속에서도 변함없이 우리 문학의 연구
와 정리에 응원을 아끼지 않으시는 보고사 김흥국 사장님을 비롯한
편집진 여러분께 다시금 머리 숙여 감사의 뜻을 표하고자 한다.

　　　　　　　　계사년 11월 손돌바람 부는 소설날 지은이 씀

차례

제1부

고려 후기 사대부문학 서설

권문세족과 신흥사대부의 「영호루(暎湖樓)」 시

1. 머리글

고려조의 시문학에 대한 연구는 특히 고려 후기 작품을 중심으로 활발히 전개되고 있다. 그것은 고려 후기가 이민족의 끊임없는 외침과 국내적인 변란이 거듭된 혼란의 시기이면서 민족사의 새로운 기운이 이 무렵에 싹텄기 때문이라고 생각한다. 서로 다른 가치관과 이념이 공존하면서 새로운 시대의 주도권을 다투었으므로, 문학에 나타난 양상 또한 다양할 수밖에 없었다. 고려 후기의 상층문학 담당층인 지배계층은 권문세족(權門世族)과 신흥사대부(新興士大夫)로 나누어 보는 것이 일반적이다. 그 가운데서도 새로운 생활감정과 교양을 갖추고 혁신적인 이념을 도입하고자 한 신흥사대부의 문학을 살피는 일은 긴요하다 아니할 수 없다. 지금까지의 고려 후기 문학 연구에서 얻은 두드러진 성과는 역시 신흥사대부의 성격을 밝힌 데 있다.[1]

---

1) 金時鄴, 「李奎報의 現實認識과 農民詩」, 『大東文化研究』 12(서울: 성균관대 대동문

그러나 같은 시기에 상층의 문학을 담당했던 권문세족의 계층적 성격과 체질에 대해서는 사학 쪽에서 밝힌 바에 기대어 그 성과에 미루어 짐작하는 단계를 벗어나지 못한 것이 사실이다. 물론, 고려 후기에 주목되는 세력은 신흥사대부고, 그들이 문학에 있어서 주도권을 잡았으며, 오늘날 전하는 작품도 신흥사대부의 것이 압도적으로 많다. 이와는 달리 권문세족은 권력의 유지에 급급했으므로 문학의 주도권을 잡지 못했고, 그다지 많은 작품을 남기지 못했다. 이렇듯 두 세력이 문학의 측면에서 볼 때는 결코 대등하다고 할 수 없으나 그 성격의 차이를 문학작품을 통해 구체적으로 밝히는 일을 접어 둘 수만은 없다. 이 글에서는 거의 비슷한 시기에 일생을 보낸 채홍철(蔡洪哲, 1262~1340)과 우탁(禹倬, 1262~1342)이 안동의 영호루를 읊은 두 편의 시를 중심으로 시적인 성격, 나아가서는 문학사상이 차이를 살펴, 권문세족과 신흥사대부의 문학적 특성을 밝히는 첫걸음을 감당하고자 한다.

2. 영호루(暎湖樓)

채홍철과 우탁의 시 두 편을 올바로 이해하기 위해서는 우선 그 제재로 선택된 영호루에 대해 알아볼 필요가 있다. 영호루는 고려

화연구원, 1978)., 같은 이, 「高麗後期 士大夫文學의 一性格」, 『大東文化研究』 15(서울: 성균관대 대동문화연구원, 1982)., 金宗鎭, 「崔瀣의 士大夫意識과 詩世界」, 『民族文化研究』16(서울: 고려대 민족문화연구소, 1982)., 李炳赫, 「稼亭의 思想과 文學」, 『論文集』 20(부산: 부산공업전문대, 1979)., 조동일, 「경기체가의 장르적 성격」, 『학술원논문집』 15(서울: 학술원, 1976) 등이 대표적이다.

당시 영가(永嘉) 혹은 복주(福州)로 불렸던 오늘날의 경상북도 안동에
세워진 누대다. 영호루가 언제 처음 세워졌는지는 자세하지 않으나
고려 후기에 이르러 문인들의 아낌을 받은 것은 분명하다. 고려 공
민왕 10년(1361)에 홍건적이 개경을 압박하므로, 공민왕은 난을 피해
안동에 임시 도읍을 정한 일이 있었다. 그 이듬해에 홍건적을 내몰
고 개경을 수복한 후 안동을 대도호부로 승격시켰다. 4년 뒤인 1366
년 서연을 베푸는 자리에서 공민왕은 친히 현액을 써서 안동 출신인
권사복(權思復)에게 주었다. 임금의 친필 사액을 걸기에는 누대가 너
무 소박하고 누추하다 하여 그 당시 안동에서 벼슬하던 신자전(申子
展)이 중심이 되어 1368년에 영호루의 개수를 마쳤다.[2] 이에 백문보
(白文寶)가 「영호루금방기(暎湖樓金牓記)」를 짓고, 이색(李穡)이 찬문
과 서문을 써서 그 사정을 전해주고 있다. 이러한 사실로 인해 영호
루가 더 알려지기는 했으나 그 이전에도 여러 문인들이 영호루를 찾
아 시를 읊은 것으로 미루어 명소로 널리 알려졌던 듯하다.

　　오늘날 남아 있는 자료 가운데 영호루를 두고 읊은 시 작품은 충렬
왕 시대에서 비롯한다. 『동문선』에는 김흔(金忻, 1251~1309), 조간(趙
簡, 충렬왕대), 채홍철(1262~1340), 우탁(1262~1342), 신천(辛蕆, ?~1339)
등 충렬왕대에 벼슬길에 나섰거나 벼슬을 하던 인물들이 영호루를
읊은 시와, 이들보다 약간 후대의 인물인 정자후(鄭子厚), 전녹생(田祿
生, 1318~1375) 등의 영호루 시가 실려 있다. 『신증동국여지승람』에는
『동문선』에 실리지 않은 자료들이 더러 전하여 영호루 관계 시 자료

---

2) 白文寶, 「暎湖樓金牓記」, 『淡庵逸集』 권2, 『高麗名賢集』 5(서울: 성균관대 대동문
　화연구원, 1980), 229쪽., 이행 등편, 『신증동국여지승람』 권24. 안동도호부 누정조
　「영호루」 참조.

를 보완해준다. 정포(鄭誧, 1309~1345), 권사복(權思復), 정몽주(鄭夢周, 1337~1392), 정도전(鄭道傳, 1337~1398), 권근(權近, 1352~1409) 등의 영호루 시가 그것이다. 이들 가운데 공민왕대 이후 세대의 영호루 시는 대체로 공민왕과 연관하여 그 사적을 찬양하는 내용들이다.[3] 채홍철과 우탁의 작품은 영호루가 개수되기 이전에 찾아보고 지은 것으로, 두 인물의 생존시기가 비슷한 반면 제재를 작품화하는 성향의 차이가 뚜렷하므로 비교와 대조에 적절하다. 이제 이 두 인물의 시를 각각 살펴 그 성향이 어떻게 다른가를 보기로 하자.

3. 채홍철의 「복주 영호루」 시

1) 권문세족과 채홍철

『고려사』 열전과 『고려사절요』의 기록에 의하면, 자를 무민(無悶), 호를 중암(中庵)이라 한 채홍철은 선대부터 세력을 잡은 가문 출신의 인물은 아니다. 강원도 철원의 평강현 출신으로 충렬왕 때 문과에 급제하여 응선부 녹사로 벼슬길에 나섰다. 이어 통례문 지후를 거쳐 장흥부사로 사임한 뒤 14년간 한거하는 동안 선승들과 사귀며 거문고와 불교서적을 벗했다. 평소에 그를 알고 있던 충선왕이 1308년 즉위하면서 발탁하여 사의부정으로 있다가 1311년 밀직부사

---

3) 대표적인 예는 정도전(鄭道傳)의 시다. 飛龍在天弄明珠 邊落永嘉湖上樓 夜賞不須勤秉燭 神光萬丈射汀洲. 비슷한 시기의 것으로 이들과 가장 대조적인 성격의 것으로는 전녹생(田祿生)의 작품을 들 수 있다. 그 후반부를 들면 다음과 같다. 楊柳自搖愁裏線 辛夷初發亂餘花 若爲江水變春酒 一洗胸中滓與渣. 이행 등편, 같은 책, 같은 곳.

로 승진했으며, 1313년에는 성절사로 원나라에 다녀왔다. 1314년 충숙왕이 즉위하면서 농지를 다시 측량하여 부세를 제정할 때 지밀 직사사로서 오도순방계정사가 되어 직책을 빙자하고 많은 백성들의 농토를 자기 것으로 하여 거부가 되었다. 충숙왕은 그 사실을 알면서도 채홍철이 당시의 권신인 권한공(權漢功), 최성지(崔誠之) 등과 가까우므로 감히 말하지 못했다고 한다. 1320년에는 중대광 평강군에 봉해졌고, 1332년 충숙왕이 복위할 때에는 찬성사가 되었으며, 삼중대광으로 순천군에 봉해졌고, 순성보익찬화공신이 되었다. 불교에 심취하여 자기 집 북쪽에 전단원을 지어놓고 상시 선승들이 머물도록 했다. 나라의 원로들을 자신의 집으로 불러 기영회를 벌이고 「자하동신곡(紫霞洞新曲)」을 지은 일은 널리 알려진 사실이다.

채홍철은 당시의 권신인 권한공, 최성지 등의 환심을 사 비정상적인 승진을 거듭하면서 자신의 세력을 넓혀 간 인물이다. 특히 직권을 남용하여 농민들의 토지를 편취한 사실은 그가 권문세족의 체질을 지녔었다는 뚜렷한 증거가 된다. 농민의 토지를 수탈하는 행위는 고려 후기 권문세족들이 다반사로 벌였던 일이었기 때문이다. 이곡(李穀, 1298~1351)과 윤여형(尹汝衡)의 다음과 같은 시구가 그러한 사정을 대변하고 있다.

> 물러가 시골집에 누워 지내는 것도 자랑할 바 못 되오.
> 농토는 산천을 경계로 권문세가에 들어갔으니.
> 退臥田廬未足多　山川爲界入豪家[4]

---

4) 李穀, 「寄完山崔壯元」, 『稼亭集』 권15., 『고려명현집』 3(서울: 성균관대 대동문화연구원, 1973), 99쪽.

십리, 오리를 가는 새에도
역마 달리는 관리 많아 놀랍구나.
(중략)
혹시 상감의 덕음을 가지고
농민들에게 펴려는가 했더니,
집의 칸수와 식구 헤아려
고아와 독신에게까지 세전을 뽑아간다고 하고,
산과 들을 온통 그대로
권문세가가 겸병한단 말도 들리네.
十里五里間　馳傳紛可驚 ······
吾疑將德音　布玆南畝氓
或云算間口　抽錢及孤惸
或云籠山野　割地歸兼併[5]

요사이 권문세가에서 민전을 빼앗아,
산과 내로써 경계 지어 공문서 만들었다네.
한 땅에 주인이 여럿이기도 하고,
세를 받아가고도 또 받아가기 쉴 새가 없다네.
近來權勢奪民田　標以山川作公案
或於一田田主多　徵後還徵無間斷[6]

이곡의 시에 '호가(豪家)'라고 지칭한 것과 윤여형의 시에 '권세(權勢)'라고 한 것이 모두 권문세족을 가리킨 말이고, '겸병(兼併)'이나 '탈민전(奪民田)'이라고 한 것은 바로 채홍철과 같이 권력을 빙자하

---

5) 李穀, 「紀行一首贈淸州參軍」, 같은 책, 권14., 89쪽.
6) 徐居正, 『東文選』 권7.

여 모리(謀利)를 행한 구체적인 실상을 지적한 말이다. 이러한 성향
을 지닌 채홍철의 시가 과연 어떠한가는 궁금한 일이 아닐 수 없다.

2) 「복주 영호루」의 현실외면적 성향

채홍철은 『중암집(中菴集)』이라는 문집을 남겼다고 하나 오늘날
에는 볼 수 없고,7) 『동문선』에 그의 시 세 편이 전할 뿐이다. 그
가운데 한 수가 「복주 영호루」다. 언제 어떤 계기로 이 시를 짓게
되었는가는 알 수 없다. 7언 율시의 형식을 따른 「복주 영호루」는
다음과 같다.

　　　　때때로 바다와 산에 많이 다녀 보았어도
　　　　물외의 정신이 예 오니 더해지네.
　　　　처음엔 꿈에 운우협에 노니는가 했더니,
　　　　차차 몸이 그리 속에 드는가 싶네.
　　　　남강 가을밤엔 봉우리마다 달이 휘영청하고,
　　　　북리 봄바람 속에 온갖 나무에 꽃이 만발했네.
　　　　제 아무리 무정하고 한가한 이 도인도
　　　　예 와서야 삭정이 같진 않으리.
　　　　海山當日往來多　　物外精神到此加
　　　　初謂夢遊雲雨峽　　漸疑身入畫圖家
　　　　南江秋夜千峰月　　北里春風萬樹花
　　　　雖是無情閑道者　　登臨不得似枯槎8)

---

7) 金庠基, 『新編 高麗時代史』(서울: 서울대 출판부, 1986), 706~707, 716~727쪽 참조.
8) 서거정, 앞의 책, 권14.

위의 시는 영호루의 경치를 찬양하는 뜻으로 물외의 정신이 영호루에 오니 더해진다는 말로 시작했다. 영호루라는 누대 자체가 곧 사물의 하나라고 할 수 있는데, 이를 보면서 작자는 물외의 정신이 더해진다고 했으니 주목할 발언이라고 아니할 수 없다. 작자가 물외의 정신이 더하게 되었다고 한 사정이 그 다음 함연(含聯)에 드러나 있다. 영호루의 경치를 작자는 '운우협(雲雨峽)'과 '화도가(畵圖家)'에 비유했다. '운우협'은 무산(巫山)·양대(陽臺)의 고사로 널리 알려진 선경이고, '화도가' 역시 선경을 형용한 말이다. 작자는 당시 '복주'라는 현실의 공간에 엄연히 존재하고 있는 사물로서의 영호루를 대하여 현실적 공간을 떠난 선경으로 받아들이면서 물외의 정신을 말한 셈이다. '운우협'운운의 형용이 전혀 엉뚱하지만은 않다고 할 근거가 있기는 하다. 영호루 왼쪽으로 뻗은 골짜기를 당시에 무협(巫峽)이라고 일컬었던 듯하기 때문이다.9)

그러나 이 시에서의 비현실적인 묘사가 '운우협'이나 '화도가'에 그치지 않고 있음을 주시할 필요가 있다. '꿈에 운우협에 노니는가 했다'는 말은 비현실적 세계가 현실 밖의 꿈에서 펼쳐지는 줄 알았다는 말이다. 즉 영호루에 대한 작자의 생각이 비현실적임을 인정한다는 의미다. 그러나 그것은 처음의 생각이었을 뿐, 뒤 이어 꿈에서가 아닌 현실에서 몸이 선경에 드는 듯하다고 했다. '화도가'는 '운우협'의 의미를 더욱 분명히 하기 위한 배려로 접어 두더라도 그 나머지 경연(頸聯)과 미연(尾聯)의 분위기는 '운우협'의 연장선에서 한 걸음 더 나아가 있다. '천봉월(千峰月)'과 '만수화(萬樹花)'가 그 구체

---

9) 백문보, 앞의 글에 樓臨湖浸 楹桷聳棟 影倒凌亂 而巫峽列其左 城山控其右……라고 했다.

적인 예라고 할 수 있다. 가을밤 봉우리마다 비추는 달과 봄바람 속에 나무마다 만발한 꽃은 영호루라는 동일 공간에서 한꺼번에 볼 수 없는 것이므로, 이들은 이미 현실의 달과 꽃일 수는 없다. 여기서의 달과 꽃은 구체적인 사물로서의 그것들이 아니라, 비현실적 세계를 형용하는 상징에 지나지 않기 때문이다. '천봉월'이나 '만수화'는 작자가 몰두했다는 불교에서 그리는 이상적인 세계의 모습을 연상케한다.

안동 땅의 경치가 제아무리 아름답고, 영호루의 경개가 제아무리 빼어나도 통치자가 자신들의 뜻대로 나라를 다스리지 못하고, 난리를 피해 다녀야 하는 시절에 선경이라고 형용하는 것은 현실성이 없다. 현실도피에 지나지 않는 것이다. 작자의 시선은 가까운 현실생활의 참담함을 바라보기보다는 멀기만 한 비현실적 세계에 대한 동경으로 가득 차 있다. 결국, 이 시의 작자인 채홍철은 사물을 그 자체로 보지 않고, 그것을 통해 비현실적 세계를 그리려 하고 있으며, 현실의 민생에 대해 무관심한 반면 실속 없이 글을 아름답게 꾸미는 데 힘을 기울였다고 하겠다. 그의 비현실적 성향은 비단 이 작품에만 드러나는 것은 아니다. 「월영대(月影臺)」라는 제목으로 전하는 시의 미연은 다음과 같다.

> 티끌세상 버린 거문고의 뜻이 다시 있어,
> 다른 날 비구름 더불어 좋이 다시 찾으리.
> 更有琴心隔塵土　　他時好與雨雲廻[10]

---

10) 서거정 편, 앞의 책, 권14.

월영대는 오늘날의 경상남도 마산 지역인 회원현 서쪽 해변에 세
워진 누대로 신라 때 최치원(崔致遠)이 노닐었던 유적지다.11) 채홍철
은 최치원을 생각하며 월영대에 올라 옛날 최치원이 그랬듯이 속세
를 버리고자 하는 뜻을 읊었다. 여기서도 역시 '양대 운우'의 고사를
끌어 탈현실적 사고방식을 드러냈다. 당시의 권신인 권한공에게 화
답하여 부친 시에서는 순 임금의 「훈풍곡(薰風曲)」을 타지 않겠다고
했다.12)「훈풍곡」을 타지 않겠다는 것을 백성들을 다스리는 일에
관심을 두지 않겠다는 말로 받아들인다면 이 또한 현실을 외면하고
자 하는 그의 성향이 잘 나타난 작품이라고 하겠다.

4. 우탁의 「영호루」 시

1) 신흥사대부와 우탁

『고려사』열전과 『신증동국여지승람』 등의 기록에 의하면, 자를
천장(天章) 혹은 탁보(卓甫), 호를 백운당(白雲堂)이라고 한 우탁은 세
간에서는 역동(易東)선생으로 알려져 있다. 백운당은 단산현 출신으
로, 그의 부친인 천규(天珪)는 향공진사(鄕貢進士)였을 뿐이었다. 자
신의 대에 이르러 과거를 통해 중앙정계에 진출한 전형적 신흥사대
부다. 문과에 급제하여 첫 벼슬인 영해사록(寧海司錄)으로 재직 당시

---

11) 이행 등편, 앞의 책, 권32. 창원도호부 고적조에 在會原縣西海邊 崔致遠所遊處.
   라고 했음.
12) 서거정 편, 앞의 책, 권20. 珍重同年權相公 再三回首嶧陽東 不彈帝舜薰風曲 願作無
   聲一老桐.

민심을 현혹하는 팔령신(八鈴神)의 사당을 헐어 바다에 던진 일은 널리 알려져 있다. 충선왕이 즉위하던 서기 1308년에는 감찰규정으로서 충선왕이 그의 부왕인 충렬왕이 후비로 들였던 숙창원비(淑昌院妃)와 밀통하자 흰옷을 입고 도끼와 거적자리를 메고 대궐에 들어가 상소문을 올렸다. 왕을 가까이 모시는 신하가 상소문을 펴 들고 감히 읽지 못하자, 백운당은 근시하는 신하로서 임금의 그릇된 것을 바로잡지 못하고 악한 데로 인도하여 이 지경에 이르렀으니 그 죄를 아느냐고 꾸짖었다. 주위의 신하들이 벌벌 떨고, 왕은 부끄러운 빛이 있었다고 한다. 그 뒤에 성균좨주로 은퇴하여 예안현에 머무르니 충숙왕이 그 충의함을 가상히 여겨 여러 번 불렀으나 응하지 않았다.

또한 백운당은 경사에 박통하고 특히『주역』에 밝아 점을 치면 맞지 않은 적이 없었다고 한다. 이 무렵에 정이천(程伊川)의 역전(易傳)이 고려에 처음 들어왔는데, 아무도 해득하는 사람이 없었다. 이에 백운당이 두문불출하고 한 달 남짓 연구하여 마침내 풀어하고 생도들에게 가르쳐, 이 땅에 이학(理學)이 처음으로 행하게 되었다. 정주(程朱)의 신유학이 우리나라에 전파된 것은 대체로 안향(安珦)과 백이정(白頤正) 및 그 문도들이 주축이 된 것으로 알려져 있다. 그들과 백운당의 관계는 사제간이나 다름이 없었다.[13] 백이정 등이 원나라로부터 정주학 관계 서적을 들여오고, 원나라에서 크게 일기 시작한 신유학을 현지에서 들여온 데 힘입어, 백운당은 자신의 노력과 연구로 신유학의 이론을 해득한 것이 아니었나 생각된다. 아무튼 신유학적 교양을 갖추고 어지러운 세상에서 올바른 치민의 도리를 펴고자

---

13) 金台俊은 우탁을 안향의 문인이라고 했다. 김태준, 『朝鮮漢文學史』(서울: 한성도서 주식회사, 1931), 88쪽.

한 사실만큼은 소루한 자료를 통해서도 알아낼 수 있다.

위로는 왕을 포함한 지배계층의 행실을 바로잡아 왕실을 지키고
자 하고, 아래로는 민심의 현혹됨과 동요를 막아 지배체제를 튼튼히
다지려는 노력은 무신란 이후 새로이 등장하여 성장하기 시작한 신
흥사대부의 가장 중요한 성격의 하나다. 다스리는 자들의 행실을 비
판하여 올바른 방향으로 이끌고자 하는 의도는 역시 신흥사대부의
한 사람인 이곡(李穀)의 다음 글에 잘 나타나 있다.

> 국가에 변고가 많은 뒤로부터 일이 옛날과 달라져서 염치의 도리
> 는 없어지고 상하가 서로 이익만을 다투니, 권문세가들은 겸병해서
> 차지하고 가혹한 아전들은 따라서 빼앗기를 제멋대로 하여 땅이라
> 곤 송곳 하나 꽂을 곳이 없고 집들은 비어 한탄스러울 뿐이다. 수령
> 이라는 자는 앉아서 볼 뿐 감히 말도 하지 아니하며, 도리어 백성들
> 을 호령하여 자시 배를 부르게 할 따름이니, 백성의 고달프고 하릴
> 없음이 이보다 더 심한 적은 없었다. …… 진실로 능히 자기 일에
> 극진하여 백성들의 마음을 자기 마음으로 삼으면 비록 적중하지는
> 못할지라도 또한 멀지는 않을 것이다.[14]

아래로 민심의 현혹됨을 막아 지배 체제를 다지려는 노력은 이미
백운당의 경우에서 살핀 바이지만, 그 한 사람만의 노력은 아니었다.
백문보(白文寶) 같은 이는 「척불소(斥佛疏)」를 올려 고려 사회를 지배

---

14) 李穀, 「送鄭參軍序」, 『稼亭集』, 권8. 自國家多故 事異古先 廉恥道喪 而上下交征利
豪家得以兼併 酷吏因而培克 地無立錐之閑 室有懸磬之歎 爲守令者坐視莫敢言 厲民
自奉而已 民之困且無聊 未有甚於此時也 …… 苟能盡己 而以百姓之心爲心 則雖不中
亦不遠矣.

하고 있던 불교에 대해서조차 공격을 가하였고, 김구용(金九容)도 이
러한 입장에 서 있던 두드러진 인물이다. 안향도 상주목사로 재직
당시 백성들을 현혹하는 무당들을 가두어 그 폐해를 근절하였는데,
당시의 그러한 실상을 개탄하는 시를 남겨 오늘날까지 전한다.

> 곳곳에 향 피우고 등달아 부처에게 빌고,
> 집집이 풍류 잡아 귀신에게 제사하네.
> 홀로 한 칸 공부자 사당에만
> 뜰 가득 봄 풀 우거져 쓸쓸히 아무도 없네.
> 香燈處處皆祈佛　絃管家家盡祀神
> 獨有一間夫子廟　滿庭春草寂無人[15]

앞에서 보았듯이, 백운당이 남긴 행적은 곧 신흥사대부의 체질을
그대로 보여주는 것이라 생각한다. 이러한 성향을 지닌 백운당의 시
가 채홍철의 시와 어떻게 다른가는 흥미로운 일이 아닐 수 없다.

2) 「영호루」의 현실적 성향

백운당이 문집을 남겼다는 기록도 찾아볼 수 없고, 『동문선』에도
오직 「영호루」 시 한 편이 전할 뿐이다. 이 작품 역시 언제 어떤 기
회에 지은 것인지 자세히 알 수 없으나 꽤 널리 알려져 있다. 채홍철
의 「복주 영호루」와 마찬가지로 7언 율시의 형식을 따르고 같은 운
을 밟았다.

---

15) 曹伸, 『謏聞鎖錄』, 『大東野乘』, 권3.

영남에 여러 해 두루 놀았으나,
이 산수의 경치를 내 가장 사랑하네.
풀 우거진 나루터에 나그네길 갈리고,
푸른 버들 언덕 가에 농가가 있네.
맑은 수면 바람 자니 연기 눈썹 비끼었고,
오랜 세월 담 머리엔 토화가 자랐구나.
수풀 너머 붉은 강물에 넘실대는 삭정이를 바라보노라.

嶺南遊蕩閱年多　最愛好山景氣加
芳草渡頭分客路　綠楊堤畔有農家
風恬鏡面橫煙黛　歲久墻頭長土花
雨歇四郊歌擊壤　坐看林杪漲寒槎16)

　이 시도 채홍철의 경우와 마찬가지로 영호루의 경치를 찬양하는 말로 시작하였다. 영호루를 찬양하기는 마찬가지이지만, 채홍철이 평생에 본 산과 바다의 경치 가운데 제일이라고 말한 것과는 달리 영남 지방을 다니며 본 것 가운데 가장 좋다고 하였다. 「복주 영호루」와 비교할 때 서두부터 구체적이고 현실성이 짙다고 하겠다. 이렇게 시작한 이 시에서 셋째 줄부터의 내용은 채홍철의 작품과 사뭇 다르다. 채홍철의 시에서는 셋째 줄부터 바로 현실 세계를 벗어난 '운우협' '화도가'가 일컬어진 데 반하여, 이 시에서는 현실의 세계가 사실적으로 그려져 있다. 풀 우거진 나루터, 갈린 나그네 길, 푸른 버들의 언덕, 언덕 가의 농가 등이 영호루의 주변 경관을 이루고 있는 부분적인 모습들이다. 내 낀 호수의 모습도 담 머리의 토화와

16) 같은 책, 권15.

연결되어 은둔처로서의 자연 경관이 아니라, 고요하고 한적한 생활
현장의 일부임을 보여준다. 채홍철이 '무산지몽'과 '양대·운우'의
고사를 떠올려 스스로 신선이 된 듯 물외의 정신이 더해진다고 한
반면, 백운당은 누대 주변의 한적하고 평화로운 정경을 통하여 고복
격양(鼓腹擊壤)의 고사를 말하였다. 좋은 경치 속에서 평화롭게 잘
다스려지는 인간 세상의 모습을 발견하고자 하였음을 볼 수 있다.

채홍철이 선경을 꿈꾼 바로 그 자리에서 백운당이 농가의 담장에
토화가 낀 모습을 발견하였다는 사실은 결코 예사롭게 보아 넘길 수
없는 일이다. 또한 채홍철이 그의 시 미연에서 삭정이를 바라보며
자신이 삭정이처럼 무정한 사람만은 아니라는 것을 말하고자 했다
면, 백운당은 그의 시 미연에서 흡족하게 내린 비로 불어난 강물에
떠내려 와 넘실대는 삭정이를 바라보며 풍년이 든 농촌의 정경을 그
려보고 있었던 것이다. 다 같이 그림 같은 경치를 보며 시로 그림을
그렸다고 할 수 있겠는데, 전자가 환상적인 추상화라면 후자는 사생
적인 구상화라고 할 수 있다. 전자가 사물을 바라보며 물외의 뜻을
말하였다면, 후자는 사물을 사물 그 자체로 보고자 하였음을 알 수
있다. 후자에서와 같이 현실을 외면하지 않고, 있는 그대로 보는 태
도는 비단 백운당 한 사람에 그치는 것은 아니었다. 고려 후기의 신
흥사대부적 체질을 갖춘 다른 이들의 영호루 시에서도 그러한 면을
어렵지 않게 찾아볼 수 있다.

> 이 누대의 좋은 경치 너무 말하지 마오.
> 명승지 찾기야 나만한 이 없다네.
> 백 리 길 뽕나무 그늘에 들 주막이 숨어 있고,

온 산, 솔의 푸름은 관가를 둘러 있네.
비 내려 어두운 강가에 풀빛은 하늘에 닿고,
연기 자옥한 마을 어귀에 꽃이 갸웃이 보이네.
다만 오를 줄만 알고 잠잠히 있다면,
시인의 생색 없음이 삭정이 같으리.
此樓佳致說毋多 摘勝探奇莫我加
百里桑陰藏野店 四山松翠護官家
江頭雨暗連天草 巷口煙濃出屋花
只解登臨如嘿嘿 詩人沒彩也如槎[17]

　　위의 시는 신천(辛蕆)의 「복주 영호루」다. 신천 역시 자기 대에
과거를 통하여 벼슬길에 나선 사람으로 안향의 문인이었다.[18] 신흥
사대부의 체질을 지닌 사람 가운데 하나이다. 누대에 올라 선경을
그리기보다는 길게 뻗은 뽕나무 숲과 송림 속에 자리한 관아를 말하
였다. 농사일에 대한 관심과 함께 자신이 벼슬아치임을 자각하는 모
습이 드러나 있다. 솔의 푸름이 관아를 둘렀다는 말에서는 사실을
형용하면서, 늘 푸른 소나무와 같이 변함없는 관인의 기상도 아울러
나타내고자 하였다. 자옥한 마을의 연기와 집 밖으로 갸웃이 얼굴을
내민 꽃을 통해서는 살아 숨쉬는 마을의 정경을 생생하게 표현하였
다. 뽕나무, 관아, 마을의 밥 짓는 연기 등은 현실의 모습을 그대로
그린 것이면서 동시에 민생에 대한 관심도 아우르고 있다. 조금 후
대이기는 하나 정몽주(鄭夢周)의 「안동영호루회자일본작(安東暎湖樓

---

17) 같은 책, 같은 곳.
18) 이행 등편, 앞의 책, 권27. 영산현 인물조에 登第官至判密直事 文成公安裕之門人이
　　라 하였다.

回自日本作)」에도 민생에 대한 관심이 드러나 있다.

　　　　동남 지방 많은 군현 두루 거쳐 왔더니,
　　　　안동의 형승이 더욱 빼어남을 알겠네.
　　　　고을은 산천 형세 가장 좋은 데 자리했고,
　　　　인물로는 장상의 가문이 수두룩하구나.
　　　　논밭에 풍년 들어 먹을 것이 넉넉하고,
　　　　누대의 봄꿈은 꾀꼬리와 꽃으로 둘러 싸였네.
　　　　모름지기 바로 취해 이 저녁을 다하리.
　　　　만리 바닷길을 처음으로 뗏목 타고 돌았으니.
　　　　閱遍東南郡縣多　　永嘉形勝覺尤加
　　　　邑居最得山川勢　　人物紛然將相家
　　　　傷圃歲功饒菽粟　　樓臺春夢繞鶯花
　　　　直須酩酊終今夕　　萬里初廻海上槎19)

　　정몽주는 그의 선조 정습명(鄭襲明)이 향공(鄕貢)으로서 과거에 올
라 중앙 정계에 진출한 사대부 가문의 출신이다. 그는 우왕 4년
(1378) 7월, 왜구의 침입과 약탈을 막기 위하여 일본에 사신으로 갔
다가 돌아오면서 영호루에 들러 이 시를 지었다. 먼저 안동의 산천
과 경개가 좋음을 말하고, 그에 따라 훌륭한 인물이 많이 배출되었
다고 감탄하였다. 때마침 가을인지라 풍년이 든 것을 다행스럽게 바
라보기도 하였다. 일본에 사신으로 가서 자신이 한 활약을 자랑하기
위하여 이렇게 말하였다고도 할 수 있으나, 민생에 대한 관심이 깊

---

19) 鄭夢周, 「安東暎湖樓回自日本作」, 『圃隱集』, 권2.

었음을 보여주는 대목임에는 틀림없다.

춘몽이라는 말은 이 시를 지을 때가 가을이므로 실제로 봄날 꾼 꿈을 말한 것일 리는 없고, 헛된 꿈이나 헛된 기대 정도의 의미가 아닐까 한다. 꿈이 한갓 꿈에 지나지 않을 것으로 알았는데 꾀꼬리와 꽃으로 둘러 싸였다고 하였으니, 기대가 뜻밖에 실현되었다는 뜻일 듯하다. 사신으로서의 활동에 크게 기대하지 않았는데 돌아와 보니 민생이 요족하여 기대가 실현되었다는 의미가 아닌가 싶다. 그러기에 오늘 저녁만큼은 취하자고 하였을 것이다. 이처럼 백운당을 비롯한 신흥사대부의 영호루 시는 현실적 성향을 띠고 있고, 현실적 성향의 구체적인 모습은 사물에 대한 사실적 파악과 민생에 대한 관심이라고 할 수 있다.

5. 마무리

이 글에서 필자는 채홍철과 백운당의 영호루 시를 중심으로 권문세족과 신흥사대부 문학이 지닌 성격상의 차이가 어떠한가를 검토했다. 그 결과, 권문세족의 한 사람인 채홍철의 「복주 영호루」에는 현실을 외면하고 추상적인 아름다움의 세계를 추구하려는 성향이 짙게 나타나 있음을 알 수 있었다. 이에 비해 신흥사대부의 한 사람인 백운당의 「영호루」에는 현실을 있는 그대로 바라보고자 하고, 현실 가운데서도 민생에 대한 관심이 뚜렷함을 볼 수 있었다. 두 세력 간의 이러한 성격적 차이는 바로 사학 연구에서 밝힌 결과와도 일치하는 것이다.[20]

　원나라의 지배 아래서는 부원적 책동과 반민족적 행태도 서슴지 않았던 권문세족은 민생의 고초에 대해 아랑곳하지 않고 사리사욕을 채우기에 급급했던 반면, 이와 맞서 국가와 왕실을 지키고자 여러 모로 노력을 다한 신흥사대부는 민생이 고초를 겪는 현실에 대해 늘 관심을 가지고 이른바 성현의 치세를 이루고자 부심했다. 곧 이 두 세력이 지녔던 가치관과 현실 인식태도의 차이는 그들의 짧은 시 한 편에도 그대로 나타났다고 할 수 있다. 권문세족과 신흥사대부가 지녔던 문학상의 성격 차이는 이 글에서 밝힌 것 밖에도 더 있을 수 있다. 그러나 고려 후기의 문학적 실상을 전해주는 자료가 오늘날 넉넉히 남아 있지 못하고, 특히 권문세족들의 문학에 관한 자료는 더욱 적어서 단편적인 대비에 그치고 마는 아쉬움이 남는다.

---

20) 김윤곤, 「권문세족과 신흥사대부」, 『한국사연구입문』(서울: 지식산업사, 1981) 참조.

조선조 도학파의
고려 경기체가 평가

1. 머리글

우리나라의 가곡은 무릇 음왜(淫哇)함이 많아 족히 말할 것이 없다. 한림별곡(翰林別曲) 같은 것은 문인의 입에서 나왔으나 긍호방탕(矜豪放蕩)하고 설만희압(褻慢戲狎)하여 더욱이 군자가 마땅히 숭상할 바가 되지 못한다.[1]

지금의 노래라는 것은 음란한 풍속에서 나온 것이 많으니, 쌍화점(雙花店)과 같은 청가(淸歌) 따위는 모두 사람을 악하게 되도록 꾀입니다. 이것이 어떠한 말들입니까? 풍속을 느슨하게 하여 날로 저급한 데로 나아가게 하고, 그 음란하고 외설하여 도리를 무너뜨림은 차마 듣지 못할 것이 있기까지 합니다.[2]

---

1) 李滉,「陶山十二曲跋」,『退溪集』권43. 吾東方歌曲 大抵多淫哇 不足言 如翰林別曲之類 出於文人之口 而矜豪放蕩 兼以褻慢戲狎 尤非君子所宜尙.
2) 周世鵬,「答黃學正仲擧」,『武陵雜稿』권5. 今之爲歌者 多出於桑濮 如雙花店淸歌之屬 皆誘人爲惡 此何等語也 使風俗靡靡 日就於下 其淫褻敗理 至有不忍聞者.

'문정공(文貞公)의 주리고양지곡(珠履高陽之曲)은 반드시 한때 선학(善謔)의 나머지에서 나온 것으로, 후세에 가히 읊조릴 만한 것이 못된다.'라고 선생께서 이미 평을 했습니다.3)

16세기 사림파, 특히 이황(李滉, 1501~1570)을 비롯하여 주세붕(周世鵬, 1495~1554), 황준량(黃俊良, 1517~1563) 등 도학파가 고려시대의 경기체가 작품4)에 대해 비판했다는 사실은 이미 널리 알려진 바다. 이들이 경기체가에 대해 부정적인 시각을 드러냈으면서도 주세붕은 스스로「도동곡(道東曲)」등 경기체가를 지었고, 퇴계의 제자인 권호문(權好文, 1532~1587) 또한 경기체가인「독락팔곡(獨樂八曲)」을 지은 것으로 볼 때, 단순히 경기체가라는 양식에 대해 비판한 것이 아님을 알 수 있다.

이 문제에 대해 임하(林下)는 일찍이 퇴계의 문학관을 살피는 가운데 다음과 같이 논했다.

> 翰林別曲은 八章中 酒(四章)·音樂(六章)·女人(七章)·鞦韆戲(八章) 등의 享樂이 半을 차지하고 있다. …… 그것은 酒·歌·舞의 官能的 享樂이다. 이 官能的 享樂은 道學者 退溪에게는 性情을 흐리게 하는 못마땅한 것으로 여겨졌을 것이다. …… 高麗士大夫는 그 享樂을 抒情으로서 마땅하게 생각하였고, 그것이 그들의 風流였다.

---

3) 黃俊良,「上周愼齋論竹溪之書」,『錦溪集』內集 권4. 文貞珠履高陽之曲 必出於一時善謔之餘 而非可誦於後世者也 先生旣爲之評.

4) 여기서 특히 고려시대의 경기체 작품이라고 한정한 것은, 우선 주세붕이나 황준량이 비판의 대상으로 삼은 것이「죽계별곡」이기 때문이다. 퇴계는 그 대상을 '한림별곡지류'라고 했으나 고려 이후 제작된 경기체가의 성격이 다양하므로 경기체가 일반을 지칭한다고 보기 어렵기 때문이다.

…… 그와는 달리 李朝兩班의 風流는 自然을 媒介함으로써 道義를 기뻐하고 心性을 길러서 性情을 바르게 할 수 있다는 것이다.5)

요컨대, 조선조 도학파가 고려시대의 사대부가 지은 경기체가에 대해 비판을 가했다는 것은 그들 두 부류가 지녔던 '풍류에 대한 인식'의 차이 때문이라는 것이다. 이 문제를 다시금 정리하여 논하고자 한다. 아울러 도학파의 고려조 경기체가에 대한 비판이 경기체가의 역사적 전개, 곧 경기체가 성격의 변화과정에서 어떠한 좌표와 의의를 지니게 되었는가를 고찰할 것이다.

2. '풍류'에 대한 인식 차이

1) 호탕한 기풍의 과시

고려시대의 경기체가 작품이 호탕한 기풍을 과시하고 있다는 해석은 널리 받아들여지고 있다. 이를 개별 작품별로 보면, '문인의 화려·유연·득의·신선·명랑·전망·의욕에 찬 호탕한 기풍의 넘쳐 흐름'(한림별곡), '관인의 득의에 찬 감흥'(관동별곡), '신흥사대부의득의 환희에 찬 현실적 생활 향유'(죽계별곡) 등의 그것이다.6) 이 세 작품에 공통적으로 드러나는 신흥사대부들의 호탕한 기풍이 구체적으로 어떻게 나타나며, 그것이 도학파의 비판과 어떤 관계에 있는가를 몇 항목으로 나누어 보기로 하자.

---

5) 崔珍源, 『國文學과 自然』(서울: 성균관대 출판부, 1977), 50~57쪽.
6) 李明九, 『高麗歌謠의 硏究』(서울: 신아사, 1974), 122~124쪽.

(1) 문필

元淳文 仁老詩 公老四六
李正言 陳翰林 雙韻走筆
冲基對策 光鈞經義 良鏡詩賦
위 試場ㅅ景 긔 엇더ㅎ니잇고[7)

唐漢書 莊老子 韓柳文集
李杜集 蘭臺集 白樂天集
毛詩尙書 周易春秋 周戴禮記
위 註조쳐 내 외옰 景 긔 엇더ㅎ니잇고
太平廣記 四百餘卷 太平廣記 四百餘卷
위 歷覽ㅅ景 긔 엇더ㅎ니잇고 -「한림별곡」2

眞卿書 飛白書 行書草書
篆籀書 蝌蚪書 빗기드러
위 딕논 景 긔 엇더ㅎ니잇고
吳生劉生 兩先生의 吳生劉生 兩先生의
위 走筆ㅅ景 긔 엇더ㅎ니잇고 -「한림별곡」3

「한림별곡」에는 문필[8)에 대한 과시가 세 가지로 나타나 있다. 당시 문장으로 이름난 문인들이 모여 과거를 보는 시장(試場)의 광경,

---

7) 「한림별곡」 제1연 전반부, 『악장가사(樂章歌詞)』. 이하에 인용하는 「한림별곡」은 별도로 출전을 밝히지 않고 작품명과 연의 차례만을 밝히기로 한다. 「관동별곡(關東別曲)」과 「죽계별곡(竹溪別曲)」은 『근재집(謹齋集)』 권2에 실려 있다. 역시 작품명과 연의 차례만을 밝히겠다.

8) 여기서의 '문필'은 문장과 학문, 서도 등을 두루 포괄하는 개념으로 쓰고자 한다.

주요 경사자집(經史子集)을 주(注)까지 내리 외우는 모습과『태평광기(太平廣記)』의 방대한 양을 두루 열람하는 광경, 각종 서체(書體)와 명필(名筆)의 체(體)를 좋은 붓으로 거침없이 써내려가는 광경 등이 그것이다. 여기서 경물화[9] 되어 있거나 찬탄을 한 대상을 통해서 작자들의 호탕한 기풍과 아울러 자긍심을 드러냈다는 공통점이 발견된다. 이 점을 퇴계가 '긍호(矜豪)'라고 지적했을 것이다.

(2) 가문 및 인재

    竹嶺南 永嘉北 小白山前
    千載興亡 一樣風流 順政城裏
    他代無隱 翠華峯 王子藏胎
    爲 釀作中興景 幾何如
    淸風杜閣 兩國頭卿 淸風杜閣 兩國頭卿
    爲 山水淸高景 幾何如 -「죽계별곡」1

    海千重 山萬疊 關東別境
    碧油幢 紅蓮幕 兵馬營主
    玉帶傾盖 黑槊紅旗 鳴沙路
    爲 巡察景 幾何如
    朔方民物 慕義起風 朔方民物 慕義起風
    爲 王化中興景 幾何如 -「관동별곡」1

---

9) 경물화 및 찬탄에 대해서는 이 책 제2부의「향리가문 출신 사대부, 기개와 호기를 노래하다」참조.

琴學士의 玉笋門生 琴學士의 玉笋門生
위 날조차 멋부니잇고 -「한림별곡」1 후반부

彩鳳飛 玉龍盤 碧山松麓
紙筆峯 硯墨池 齊隱鄉校
心趣六經 志窮千古 夫子門徒
爲 春誦夏絃景 幾何如
年年三月 長程路良 年年三月 長程路良
爲 呵喝迎新景 幾何如 -「죽계별곡」3

　안축(安軸, 1282~1348)은 자기 당대에 이르러 중앙정계로 발신하여 청렴한 기풍을 떨쳤음과, 아우인 안보(安輔)와 함께 형제가 고려와 원 두 나라에서 과거에 급제하고 벼슬을 한 사실을 고향인 순흥의 산 높고 물 맑은 자연경관에 빗대어 과시했다. 또한 「관동별곡」에서는 자신이 강릉도 존무사가 되어 위엄을 갖추고 나아가 왕의 교화를 베풀어 북방의 민물을 중흥시키는 모습을 과시하기도 했다.
　한편, 어느 특정 가문에 대한 과시는 아니나 한 사람의 고시관[좌주(座主)]을 중심으로 급제한 동문에 인재가 많음을 과시한 예가 「한림별곡」 제1연의 후반부라고 할 수 있다. 금의(琴儀) 문하의 동문을 '옥순문생(玉笋門生)'이라고 뽐내며 작자를 비롯하여 몇 사람이나 되느냐고 반문한 것이 그것이다. 「죽계별곡」 제3연에서는 순흥의 향교를 중심으로 그곳 유생들이 경전에 심취하고 천고(千古)를 궁구하는 데 뜻을 두고 학문을 닦는 광경과 신래자(新來者)를 맞이하는 장관을 과시하기도 했다. 이러한 점 역시 '긍호'로 지적될 만하다.

(3) 유흥

여기서 '유흥'이라 함은 노닐어 즐기는 것 일반과 그에 수반되는 것들까지 포함하여 가리키는 말이다. 잔치를 벌이고 술을 마신다든가 그에 따라 악기를 연주하고 가무를 하는 일, 기녀를 대동하여 조흥을 하는 일 등을 두루 포함한다. 또한 빼어난 자연경관을 찾아 유람하는 내용을 다룬 것도 여기서 다루고자 한다. 이러한 것들은 각기 구분되지 않고 서로 관련되어 나타나기도 하지만 여기서는 편의상 몇 항목으로 나누어 살피겠다.

① 음주

黃金酒 柏子酒 松酒醴酒
竹葉酒 梨花酒 五加皮酒
鸚鵡盞 琥珀杯예 ㄱ득 브어
위 勸上ㅅ景 긔 엇더ᄒ니잇고
劉伶陶潛 兩仙翁의 劉伶陶潛 兩仙翁의
위 醉혼 景 긔 엇더ᄒ니잇고   -「한림별곡」4

紅杏紛紛 芳草萋萋 樽前永日   -「죽계별곡」5, 1행

宿水樓 福田臺 僧林亭子
草庵洞 郁錦溪 聚遠樓上
半醉半醒 紅白花開 山雨裏良
爲 遊興景 幾何如
高陽酒徒 珠履三千 高陽酒徒 珠履三千
爲 携手同遊景 幾何如   -「죽계별곡」2

高陽酒徒 習家池館 高陽酒徒 習家池館
爲 四節遊伊沙伊多　-「관동별곡」 6, 후반부

　　황금주, 백자주 등의 좋은 술을 앵무잔, 호박배 등 아름다운 술잔
에 따라 수작하며 유령(劉伶)이나 도잠(陶潛)처럼 취하는 호기를 과시
한 것이 「한림별곡」 제4연이다. 붉은 살구꽃 어지러이 날리고 풀내
음 향긋한 봄날에 술동이 앞에 두고 종일토록 마시고 노는 모습을
과시한 것이 「죽계별곡」 제5연의 첫줄이다. 술 마시는 광경의 과시
도 여기까지는 '긍호'로 받아들일 수 있을 것이다.

　　그러나 「죽계별곡」 제2연이나 「관동별곡」 제6연의 후반부에 이
르면 이미 호기를 뽐내는 정도를 넘어서고 있다. 술이 취하여 몽롱
한 상태에서 비를 맞으며 노니는 것도 호기를 뽐낸다고 하기에는 지
나치다고 할 수 있는데, 진(晉)나라 산간(山簡)이 습욱(習郁)의 고양지
(高陽池)에서 늘 술에 취해 쓰러져 실려 갔듯이 만취되어 서로 손잡
고 노는 광경은 분방함이 넘치는 것이다. 더구나 춘신군(春申君)의
문객처럼 많은 사람들이 거리낌 없이 취하여 사철 노닐자고 했으니,
퇴계로부터 '방탕(放蕩)'하다는 비판이나 주세붕으로부터 '선학(善
謔)'이라는 지적을 받을 만하다.

　② 주악·가무·기녀

阿陽琴 文卓笛 宗武中笒
帶御香 玉肌香 雙伽倻ㅅ고
金善琵琶 宗智嵇琴 薛原杖鼓
위 過夜ㅅ景 긔 엇더ᄒ니잇고

一枝紅의 빗근 笛吹 一枝紅의 빗근 笛吹
위 듣고아 줌드러지라 –「한림별곡」 6

雪嶽東 洛山西 襄陽風景
降仙亭 祥雲亭 南北相望
騎紫鳳 駕紅鸞 佳麗神仙
爲 爭弄朱絃景 幾何如 –「관동별곡」 6, 전반부

五十川 竹西樓 西村八景
翠雲樓 越松亭 十里靑松
吹玉篴 弄瑤琴 淸歌緩舞
爲 迎送佳賓景 幾何如 –「관동별곡」 8, 전반부

桂棹蘭舟 紅粉歌吹 桂棹蘭舟 紅粉歌吹
爲 歷訪景 幾何如 –「관동별곡」 2, 후반부

蓬萊山 方丈山 瀛州三山
此三山 紅樓閣 婥約仙子
綠髮額子 錦繡帳裏 珠簾半捲
위 登望五湖入景 긔 엇더ᄒ니잇고
綠楊綠竹 栽亭畔애 綠楊綠竹 栽亭畔애
위 囀黃鶯 반갑두셰라 –「한림별곡」 7

楚山曉 小雲英 山苑佳節
花爛漫 爲君開 柳陰谷
忙待重來 獨倚欄干 新鶯聲裏
爲 一朵綠雲 垂未絶

天生絶艶 小紅時 天生絶艶 小紅時
爲 千里相思 又奈何 －「죽계별곡」 4

「한림별곡」 제6연에서는 이름난 악공들이 타는 음률 속에 밤을
지새워 흥겹게 노는 광경이 제시되어 있다. 「관동별곡」 제6연의 전
반부에도 양양의 별경 속에서 선녀 같이 아름다운 여인들이 다투어
현악기를 연주하는 모습을 말하고 있다. 그 제8연의 전반부에는 삼
척 죽서루의 좋은 경치 속에 퉁소와 가야금 연주에 맞춰 노래하고
춤추며 손님을 맞고 보내는 광경을 드러냈다. 그 제2연의 후반부에
서도 학포 주변의 선계와 같은 곳에서 뱃놀이를 하며 분단장한 미녀
들이 노래하고 연주하는 가운데 승경을 찾아다니는 멋을 자랑했다.
한편, 「한림별곡」 제7연에서는 봉래산 등 삼신산이 있는 듯한 선
경의 누각에서 어여쁜 선녀 같은 기녀들에 둘러싸여 바다를 바라보
고 꾀꼬리 소리를 듣는 광경을 노래했다. 특히 그 제6연에는 쌍가얏
고를 타는 대어향과 옥기향이라는 기녀와 젓대를 부는 일지홍이라
는 기녀가 등장한다.10) 「죽계별곡」 제4연에는 버드나무 그늘 진 골
짜기 속에서 난간에 기대어 초산효와 소운영 등 타고난 절세 미기들
과의 좋았던 시절을 회상하며 그리워하는 모습이 그려져 있다. 이러
한 모습들도 또한 호기의 뽐냄이면서, 도학파의 눈에는 지나치게 분
방한 태도로 비쳤을 것이다.

---

10) 이 세 여인을 단순한 악공이 아니라 기녀로 볼 수 있는 근거는 『고려사』 권129.
   최충헌전에 다음 기록이 있다. 承宣車個無才能 唯以令色媚人 嘗附忠獻用事 權傾中
   外 怡疾之 流于羅州 後怡密爲書召還 授樞密院副使御史大夫 厚饋遺 又與所愛名妓玉
   肌香 以慰藉之.(밑줄은 필자가 그었음.)

③ 유람

鶴城東 元帥臺 穿島國島
轉三山 移十洲 金鼇頂上
收紫霧 卷紅嵐 風恬浪靜
爲 登望滄溟景 幾何如 -「관동별곡」2, 전반부

仙游潭 永郞湖 神淸洞裏
綠荷洲 靑瑤嶂 風烟十里
香冉冉 翠霏霏 琉璃水面
爲 泛舟景 幾何如 -「관동별곡」5, 전반부

三韓禮義 千古風流 臨瀛古邑
鏡浦臺 寒松亭 明月淸風
海棠路 菡萏池 春秋佳節
爲 游賞景 何如爲尼伊古
燈明樓上 五更鍾後 燈明樓上 五更鍾後
爲 日出景 幾何如 -「관동별곡」7

江十里 壁千層 屛圍鏡澈
倚風巖 臨水穴 飛龍頂上
傾綠蟻 聳冰峰 六月淸風
爲 避暑景 幾何如 -「관동별곡」9, 전반부

별경을 유람하는 광경의 과시는 특히 「관동별곡」에 두루 나타나
는 것이나, 그 가운데 가려 뽑아본 것이 위의 대목들이다. 원수대와

천도, 국도가 있는 학포 주변은 관동의 승경 가운데서도 절경이라고
한다. 금오산 정상에 올라 창창한 바다를 바라보는 광경을 자랑한
것이 「관동별곡」 제2연의 전반부다. 영랑호의 잔잔한 수면에 배 띄
운 광경을 과시한 것이 그 제5연의 전반부다. 강릉의 유서 깊은 명
승지를 둘러보고 일출광경을 바라보는 흥취를 노래한 것이 제7연이
다. 한더위에 정선의 풍암과 수혈에서 피서하는 모습을 뽐낸 것이
그 제9연의 전반부다.

> 叢石亭 金幱窟 奇巖怪石
> 顚倒巖 四仙峰 蒼苔古碣
> 我也足 石巖回 殊形異狀
> 爲 四海天下 無豆舍叱多 −「관동별곡」 3, 전반부

　「관동별곡」 제3연에서는 총석정, 금란굴 등 통천 주변의 절경을
보면서, 유람을 과시하기에 앞서 감탄을 하고 말았다. '四海天下 無
豆舍叱多(사해 천하에 없도다)'가 그것이다. 그곳의 경관이 워낙 빼어
났기 때문이겠으나 다소의 과장이 섞여 있음을 부인할 수는 없다.
이런 식의 과장은 앞에서 인용했던 「한림별곡」 제7연에도 나타나
있다. 이규보가 쓴 「진강후모정기」를 참고하면, 「한림별곡」의 공간
적 배경은 최충헌이 그의 동산에 지었다는 모정(茅亭)임을 알 수 있
다고 하는 바,11) 모정 주변의 경관을 삼신산에 빗대고 그 누각에 올
라 오호(五湖)를 바라본다고 했으니 상당한 과장이라고 아니할 수가

---

11) 金倉圭, 「翰林別曲의 背景的 考察」, 『國語敎育論叢』 10(대구: 대구교육대학, 1983),
　　47~49쪽., 李奎報, 「晉康侯茅亭記」, 『東國李相國集』 권23. 참조.

없다. 유람을 과시한 대목들은 대체로 호기를 뽐낸 것으로 볼 수 있
으나 과장이 지나친 데 이르러서는 방탕하다고 여겼을 법도 하다.

(4) 음학(淫謔)

> 唐唐唐 唐楸子 皁莢남긔
> 紅실로 紅글위 믹요이다
> 혀고시라 밀오시라 鄭少年하
> 위 내 가논 딕 놈 갈셰라
> 削玉纖纖 雙手ㅅ길헤 削玉纖纖 雙手ㅅ길헤
> 위 携手同遊ㅅ景 긔 엇더ᄒ니잇고   -「한림별곡」8

위에 인용한 부분도 유흥에 포함시킬 수 있는 성격의 것이나, 「한
림별곡」 가운데 가장 논란이 심했던 대목일뿐더러 단순히 유흥이라
는 차원에서 언급하고 말 자료가 아니라는 생각에서 별도의 항목을
설정하여 논하고자 한다. 이 연에서 중심이 되는 것은 아무래도 그
네놀이[추천희(鞦韆戱)]라고 할 수 있을 것이다. 이 대목은 고려 고종
3년 단오날에 최충헌이 베푼 그네놀이에서 성립되었다는 고증이 있
다.[12] 단오날의 그네놀이는 이미 고려시대에 성행했다는 기록도 있
다.[13] 문제는 고려시대 단오날에 그네놀이를 했었는가에 있다기보
다는 그 놀이의 성격이 어떠했는가에 있다고 할 것이다. 단오날 그
네 뛰는 풍속의 성격이 어떠했는지를 전해주는 다음의 자료를 보자.

---

12) 金東旭, 「翰林別曲의 成立年代」, 『연세대 팔십 주년 기념논문집』(서울: 연세대,
    1965), 54쪽.

13) 李荇 等編, 『新增東國輿地勝覽』 권4. 開城府 上, 風俗條에 "高麗端午有鞦韆之戱"라
    고 했다.

우뚝한 가래나무는 멀리 바람을 받고,
붉은 줄 맨 그네는 허공을 차려 하네.
밀고 당기는 소년의 철석같은 마음도
정다운 눈길 속에 흔들리누나.
堂堂楸樹迴臨風　紅線鞦韆欲蹴空
挽去推來少年在　鐵腸搖蕩眼波中[14]

　5월 5일을 단오라고 하는데 …… 도성에 사는 사람들은 큰길에
나무 기둥을 세우고 그네놀이를 한다. 계집아이들은 모두 아름다운
옷으로 단장하고 길거리에서 떠들면서 채색한 그넷줄을 잡고 서로
다툰다. 젊은 사내들이 몰려와서 이것을 밀고 끌고 하여 음란한 장
난이 그치지 않았다. 조정에서 이것을 금하여 지금은 성행하지 않
게 되었다.[15]

　먼저 인용한 시는 이색(李穡, 1328~1396)이 단오날의 그네놀이를
보고 지은 세 편의 시 가운데 세 번째 것이다. 「한림별곡」 제8연의
내용과 상당히 유사한 광경을 그려내고 있다. '당당추수'[16]라든가
'홍선추천', '만거추래소년재' 등의 내용은 「한림별곡」 제8연의 내용
과 거의 일치한다. 「한림별곡」에는 직접적으로 드러나 있지 않은 그
네놀이의 성격을 가늠하게 해주는 것이 이 시의 결구다. 계집아이들

---

14) 李穡, 「鞦韆」, 『牧隱詩稿』 권8.
15) 成俔, 『慵齋叢話』 권2. 五月五日端午 …… 都人樹棚於衢市 設鞦韆之戲 女兒皆靚粧
　　絞服 鬧於曲巷 爭扶彩索 少年群來推挽之 淫謔無所不至 朝廷禁而戢之 今不盛行也.
16) 이색의 시와 견주어 볼 때, 「한림별곡」 제8연 '당당당 당추자'의 '당당당'은 '당당추수'
　　의 '당당'과 같은 의미가 아닌가 생각된다. 또한 '내 가논 딕 놈 갈셰라'도 성적인
　　표현이라고 지나치게 해석할 것이 아니라, 성현의 기록 가운데 '쟁부채삭(爭扶彩索)'
　　하는 광경을 노래한 것으로 볼 수 있을 것이다.

이 그네를 타고 젊은 사내들이 그네를 밀고 당기는 가운데 서로 눈길을 주고받아 아무리 철석같은 사람도 마음이 흔들리지 않을 수 없다는 것이다.

이색이 시로 전해주는 바를 뒷받침하고 있는 것이 성현(成俔, 1439~1504)의 기록이다. 성현은 물론 조선조의 인물이나 고려 멸망이후 아직 백년이 채 지나지 않은 조선 초기에 살았었고, 기록한 내용으로 보아 단오의 그네놀이 풍속이 조선조에서 새롭게 생겨난 것이 아니라 전조의 유습임을 알 수 있다. 이 기록에도 단오의 그네놀이가 상당히 자유분방하게 그려져 있다. 특히 젊은 남녀가 뒤섞여 그네놀이를 하는 모습을 두고 음란한 장난[음학(淫謔)]으로 본 점이 주목된다.

성현의 관점은, 그가 살았던 시기가 대체로 조선조 건국 이후 새로운 질서에 의해 체제가 안정기로 접어든 성종조를 전후한 무렵이라는 점을 감안하여 받아들여야 할 듯하다. 이러한 점에서 동일한 대상을 두고 바라보는 관점이 이색과 다를 수밖에 없었을 것이다. 한편으로는 성현이 비록 유교 윤리에 입각한 체제와 질서를 정착시킨 시기의 인물[17]이라고 하더라도 조금 뒤의 도학파가 그러한 광경을 바라보는 관점과는 다소간 차이가 있었으리라 본다. 여하간 성현이 '음학'으로 바라본 그네놀이를 도학자인 퇴계가 그보다 관대하게 보았을 리는 만무하다. 그에 따라 '음학'을 그린 「한림별곡」에 대해 '설만희압(褻慢戱狎)'이라는 비판이 나오게 되었을 듯하다.

---

17) 실제로 그는 성종 21년 5월 유자광, 어세겸 등과 「쌍화점」 등 고려 노래의 가사를 개작하는 일을 했다.

2) 주가무(酒歌舞)의 풍류와 상자연(賞自然)의 풍류

앞에서 살펴보았듯이, 고려 사대부들의 경기체가에 나타난 생활
감정은 문필, 가문, 인재 등을 자랑하고 음주, 주악, 가무, 기녀 등
과 함께 하는 유흥을 과시하며, 명승별경을 두루 찾아 노니는 흥을
뽐내기도 하는 것이었다. 심지어는 남녀 간의 음란한 장난마저도 즐
기는 대상으로 거리낌 없이 드러내어 호기를 내뿜었다. 이러한 호기
의 과시를 퇴계는 일단 '긍호'라고 평했거니와, 그 가운데 상당 부분
을 차지하고 또한 두드러져 보이는 것이 술과 노래와 춤을 수반하는
관능적 향락의 과시다. 이는 '주가무의 풍류'라고 할 수 있는 바, 이
점을 지적하여 퇴계는 '방탕', '설만희압'이라고 비판했고, 주세붕은
'선학'이라고 지적했다. 그렇다면 이러한 생활감정은 유독 경기체가
에만 나타나는 것인가?

> 박생 또한 쓸 만한 사람
> 본디 동서남북 거침없는 몸으로
> 취하면 눈 흐려 우물에도 빠지면서
> 풍류는 하지장이라 자처하네.
> 모습은 매우 순진하여
> 화서의 백성이라고도 한다네.
> 나 백운거사도 본디 광객으로
> 십여 년 동안 하는 일 없어
> 술 취해 노래 부른들 누가 뭐라 하리.
> 한평생 마음대로 즐기고 노닐며
> 창기에 둘러싸여 천 잔을 들이키고
> 협객 모임에서 육박을 겨루기도 했지.

朴生亦可人　　　曾是東西南北身
醉來眼花落井底　自稱風流賀季眞
形容大淳古　　　亦號華胥民
白雲居士本狂客　什載人間空浪迹
縱酒酣歌誰復訶　一生放意聊自適
倡兒叢裡倒千盃　俠客場中爭六博[18]

15년 전 궁궐에서 벼슬할 때,
한때의 문장이 모여 가장 풍류 있었지.
취하고 미침이 점점 줄어 어쩔 수 없음을 알겠는데,
하물며 타향에서 머리칼 쉬 세는 것이랴.
十五年前清禁遊　一時文會最風流
醉狂漸減知無奈　況在他鄉易白頭[19]

미친 노래 부르며 두어 해를 농부들과 짝하다가
귀에 붓을 끼우고 다시 간원에서 노니네.
일산 기울이고 서로 만나 한바탕 웃으니
풍류의 참모습은 예전과 한가질세.
狂歌數載伴田翁　珥筆重遊諫院中
傾蓋相逢還一笑　風流眞態往時同[20]

　먼저 인용한 것은 이규보(李奎報, 1168~1241)가 전이지(全履之)의 집
에서 술에 크게 취해 시를 지어 부르고 그것을 전이지가 벽에 받아

---

18) 李奎報, 「全履之家大醉俱唱使履之走筆西壁」, 『東國李相國集』 권5.
19) 李穀, 「寄李摠郎」, 『稼亭集』 권19.
20) 鄭夢周, 「次遁村韻呈士君子」~贈金惕若齋, 『圃隱集』 권2.

적은 것의 일부다. 그 자리에 함께 있던 박생이라는 사람을 두고 읊은 것이 인용한 대목의 앞부분이다. 그 박생이 스스로의 풍류를 당나라 때 시인인 하지장(賀知章)에 비했다는 것이다. 널리 알려진 바대로 하지장은 초당의 풍류문사로 술을 몹시 좋아했고, 스스로 사명광객(四明狂客)이라 칭했다고 한다. 박생이라는 사람이 취하면 우물에 빠지기도 했다니 광객이라는 점에서 하지장의 풍류를 닮았다고 할 만하다.

그러나 정작 이 시에서 이규보는 자기 자신이 바로 하지장과 같은 풍류객임을 말하고자 한 듯하다. 자신이 본디 광객임을 자처하고, 술 취해서 노래 부르고 마음대로 즐기고 노닐며 창기들에게 둘러싸여 마음껏 술을 마신다고 한 데서 그런 면이 엿보인다. 여기서 이규보는 '광객으로 마음대로 술 취해 노래하는 것'이 곧 풍류라고 생각했음을 알 수 있다. 이규보 식의 풍류는 당연히 퇴계로부터 '방탕'하다는 비판을 면치 못했을 것이다.

시대적인 차이는 다소 있으나, 그 뒤에 인용한 이곡(李穀, 1298~1351)이나 정몽주(鄭夢周, 1337~1392)의 시에서도 풍류는 취광(醉狂)이나 광가(狂歌)하는 것으로 나타남을 볼 수 있다. 이러한 예를 통해 볼 때, '주가무' 등 관능적 향락을 바탕으로 한 고려 사대부들의 풍류는 비단 경기체가에만 나타나는 것이 아니라, 바로 그들의 생활감정 자체가 그러했기 때문이라고 말할 수 있다.[21] 이와 견주어서 조

---

21) 최진원, 앞의 책, 53쪽., 李佑成, 「高麗末 李朝初의 漁夫歌」, 『論文集』19(서울: 성균관대, 1964), 24~25쪽에 "고려 중기에 궁정을 중심으로 한 귀족들의 화려한 생활은 항상 사죽을 대동하고 무도를 즐겨했기 때문에 그들의 가창은 가사의 내용에 관계없이 유량한 음악의 협주와 흥거운 무용의 절선에 도취할 수 있었다. …… 이러한 풍상은 고려후기에 그대로 계승되어 「자하동」과 같은 한시 7언 위주의 창이 나오고……" 라고 했다.

선조 도학파 문인들이 생각했던 풍류는 어떤 것인가를 살펴볼 필요
가 있겠다.

도남에 의해 우리 문학연구의 주요 과제로 처음 제기되었던 강호
가도의 연구를 심화하는 과정에서 임하는 조선조 도학파의 풍류를
상자연(賞自然)이라고 규정했다.

陶山十二曲의 내용은 前六曲·「言志」의 賞自然과, 後六曲·「言學」
의 硏學으로 나누어져 있지만, 그 중심은 賞自然에 있다. 그것은 前
六曲 첫째의

　　　이런들 엇다ᄒ며 뎌런들 엇다ᄒ료
　　　草野愚生이 이러타 엇다ᄒ료
　　　ᄒ믈며 泉石膏肓을 고텨 므슴ᄒ료

의 泉石膏肓이 前後曲의 내용의 중심이 되어 있기 때문이다. 泉石膏
肓은 隱居의 踏로서 賞自然의 歸着點이다.

그런데 退溪는 賞自然을

　　　天雲臺 도라드러 玩樂齋 蕭洒ᄒ듸
　　　萬卷生涯로 樂事이 無窮ᄒ얘라
　　　이 듕애 往來風流를 닐어 므슴홀고

와 같이 「風流」라고 하였다. 이 작품은 後六曲 言學에 들어 있는 것
이고, 그리하여 初章 中章은 硏學的 내용이지마는, 그러나 終章의
「이 듕애 往來」는 「陶山書堂의 山水遊賞」인 듯하니, 이 風流는 賞自

然을 가리키는 말이다.22)

　요컨대, 「도산십이곡」의 '왕래풍류'는 산수를 유상하는 풍류를 말하는 것이니, 퇴계의 풍류는 산수유상, 곧 '상자연'이라는 것이다. 이때 '상자연'의 개념은 산수를 유람한다든가 산수에서 유오한다는 의미가 아니라, 자연을 매개로 하여 '도의를 기뻐하고 심성을 기르는 즐거움[悅道義頤心性而樂]'을 얻는 것을 뜻한다. 그리함으로써 궁극적으로는 '성정의 순정'을 기할 수 있다는 것이다.23) 이러한 '상자연'을 노래한 작품은 비단 퇴계와 같은 도학자만이 지었던 것이 아니라, 강호에 묻혀 즐거움을 찾고자 한 강호인들도 지었다.

> 紅塵에 뭇친 분네 이 내 生涯 엇더ᄒᆞᆫ고
> 녯 사ᄅᆞᆷ 風流를 미츨가 못 미츨가
> 天地間 男子 몸이 날만ᄒᆞᆫ 이 하건마ᄂᆞᆫ
> 山林에 뭇쳐 이셔 至樂을 ᄆᆞᄅᆞᆯ것가
> (중략)
> 物我一體어니 興이이 다ᄅᆞᆯ소냐
> 柴扉예 거러 보고 亭子애 안자 보니
> 逍遙吟詠ᄒᆞ야 山日이 寂寂ᄒᆞᆫ듸
> 閒中眞味를 알 니 업시 호재로다
> (중략)
> 功名도 날 ᄭᅴ우고 富貴도 날 ᄭᅴ우니
> 淸風明月外예 엇던 벗이 잇ᄉᆞ올고

---

22) 최진원, 앞의 책, 48~49쪽.
23) 같은 책, 48~57쪽.

簞瓢陋巷에 훗튼 혜음 아니ᄒ니
아모타 百年行樂이 이만ᄒᆫ들 엇지ᄒ리[24]

정극인(丁克仁, 1401~1481)의 「상춘곡(賞春曲)」에서는 작자 자신이
옛사람의 풍류를 따를 만하다고 하면서, 자연에 묻혀 지극한 즐거움
을 누리고 '한중진미(閒中眞味)'를 아는 것이 자신뿐이라고 했다. 자
신은 세상의 부귀공명과는 거리가 멀다고 하면서, 청풍명월(자연)을
벗 삼아 안빈하는 가운데 번거로운 생각을 하지 않으니 한평생 즐겁
게 지내는 일이 이만하면 흡족하다고 했다. 여기서 말한 '지락(至樂),
행락(行樂), 한중진미' 등의 즐거움과 참맛은 단순히 유오의 의미가
아니라 물아일체가 됨을 뜻한다. 이것이 곧 작자가 따르고자 한 옛
사람의 풍류인 바, 그 성격을 한마디로 말하자면 '상자연'이다.

퇴계의 제자인 권호문(權好文, 1532~1587)이 조정의 부름을 받았을
때 거절하는 뜻으로 내보인 「한거록(閒居錄)」 가운데 '고인의 시를
따서 한거의 취의를 부친다[拈古人之詩 以寓閒居之趣]'라고 하면서 제
시한 시에도 강호인의 풍류가 드러나 있다. 그 두 번째 시 "東風西日
楚江深 一片苔磯萬柳陰 箇裏風流難盡處 綠萍身世白鷗心"의 '그 속
의 풍류(箇裏風流)'는 맑은 물에 낚싯대를 던져놓고 작자 자신이 녹
평, 백구 등 자연과 일체가 되는 자연 속의 풍류, '상자연'의 풍류를
의미한다.[25]

24) 丁克仁, 「賞春曲」, 『不憂軒集』 권2.
25) 權好文, 「閒居錄」, 『松巖集』 권5.

入山恐不深 入林恐不密 寬閒之野 寂寞之濱에
卜居를 定ᄒᆞ니 野服 黃冠이 魚鳥外 버디 업다.
芳郊애 雨晴ᄒᆞ고 萬樹애 花落後에,
靑藜杖 뷔집고 十里溪頭애 閒往閒來ᄒᆞᄂᆞᆫ ᄠᅳᆮ든
曾點氏 浴沂風雩와 程明道 傍花隨柳도 이러턴가 엇다턴고.
暖日光風이 불쩌니 불쩌니 興滿前ᄒᆞ니,
悠然胸次ㅣ 與天地萬物 上下同流景 긔 엇다ᄒᆞ니잇고.26)

권호문이 지은 경기체가 「독락팔곡(獨樂八曲)」은 「도산십이곡」의 풍류를 그대로 이었다고 할 수 있다. 위의 인용 부분 가운데서 '청려장 뷔집고 십리 계두애 한왕한래ᄒᆞᄂᆞᆫ' 뜻을 증점씨의 '욕기풍우'와 정명도의 '방화수류'에 빗대어 나타냈는 바, 이는 곧 퇴계가 말한 '왕래풍류', 그것이라고 할 수 있다. '유연한 마음이 천지만물과 더불어 상하동류인 모습[悠然胸次ㅣ 與天地萬物 上下同流景]'은 곧 「도산십이곡」의 '사시가흥이 사롬과 ᄒᆞᆫ가지라'에서 말한 '물아일체', 그것이라고 하겠다.

이제까지 개략적으로 살핀 바처럼, 고려의 사대부들은 '주가무'의 관능적 향락을 풍류로 인식하는 생활감정을 지녔고, 이에 반해 조선조의 도학자들은 자연을 매개로 하여 얻는 즐거움에서 풍류를 찾는 생활감정을 갖고 있었다. 풍류에 대한 인식과 생활감정의 차이로 말미암아 도학파들은 고려시대 경기체가를 못마땅하게 여겨 배척했던 것이다. 권호문의 "酒色을 좃쟈ᄒᆞ니 騷人의 일 아니고 / 富貴 求챠ᄒᆞ니 ᄠᅳ디 아니 가ᄂᆡ / 두어라 漁牧이 되오야 寂寞濱에 놀쟈"27)는 두 부류 사이의 속성이 다름을 단적으로 보여준다.

---

26) 「獨樂八曲」 4, 『松巖續集』 권6.
27) 「閑居十八曲」 15, 같은 책, 같은 곳.

3. 마무리 – 경기체가의 사적 전개와 도학파의 평가 –

경기체가는 「한림별곡」으로부터 「독락팔곡」까지만을 셈해도 350여 년간을 존속했던 문학양식이다. 그 사이에 제작된 것으로 오늘날 전하는 작품이 20여 편에 지나지 않는 바, 그 성격의 다양함과 변모를 충분히 미루어 짐작할 만하다. 경기체가가 형성 – 발전 – 쇠퇴하는 과정에서 퇴계 등 도학파의 평가가 어떠한 관련과 의의를 갖는가를 언급하면서 이 글을 마무리 짓기로 한다.

고려조의 경기체가는 앞서 살폈듯이 '주가무'의 풍류를 노래한 것이다. 그러한 사실은 「한림별곡」·「관동별곡」·「죽계별곡」 등이 공적 혹은 사적인 연향에서 불렸다는 것을 말해준다. 「한림별곡」이 『고려사』악지 속악조에 실려 있는 것으로 보아, 고려시대에 이미 악장으로 편입되어 공식적인 연향에서 불렸음을 알 수 있고, 예문관의 신래자에 대한 허참(許參), 면신례(免新禮)에서 「한림별곡」을 부르는 것이 고풍이라고 한 기록[28]으로 보아, 고려 때부터 사적인 연향에도 사용되었음을 확인할 수 있다. 이러한 전례를 따르되, 조선조 창업과 임금의 공덕을 찬양하고 새로운 지배질서를 선양하는 내용을 담아 공식적 악장으로 성격을 굳힌 것이 「상대별곡(霜臺別曲)」·「화산별곡(華山別曲)」·「가성덕(歌聖德)」 등의 경기체가다. 이들이 제작된 시기는 대개 고려 고종조에서 조선 세종조에 걸쳐 있다.

안축의 「관동별곡」·「죽계별곡」, 유영(柳潁, ?~1430)의 「구월산별

---

28) 『成宗實錄』 권58. 6년 8월 4일. 藝文館奉敎安晋生等啓曰 儒生初登科第 分屬四館 有許參免新之禮 翰林別曲歌於本館之會 古風也., 성현, 앞의 책, 권4. 新及第入三館 者 先生侵勞困辱之 …… 至曉 上官長乃起於酒 衆人皆拍手搖舞 唱翰林別曲.

곡(九月山別曲)」, 박성건(朴成乾)의 「금성별곡(錦城別曲)」, 김구(金絿, 1488~1534)의 「화전별곡(花田別曲)」 등은 「한림별곡」과는 달리 악장에 편입된 흔적은 없다. 「한림별곡」이 공적 연향과 사적 연향에 두루 쓰인 데 반해 이들은 사적인 연향에서만 쓰인 듯하다. 향유의 범위도 궁중 전체 혹은 예문관과 같은 한 부서 전체와 같이 대집단에서 가문(家門, 「죽계별곡」·「구월산별곡」), 동문(同門, 「금성별곡」), 유연(遊宴, 「관동별곡」·「화전별곡」) 등 소집단으로 바뀐 모습을 볼 수 있다. 이는 공적인 노래였던 경기체가가 사적인 노래로 변화되었음을 보여주는 것이다. 이들이 제작된 시기는 대체로 고려 충혜왕조에서 조선 중종조에 걸쳐 있다.

승려인 기화(己和, 1376~1433)의 「미타찬(彌陀讚)」·「미타경찬(彌陀經讚)」·「안양찬(安養讚)」과 지은(智訔)의 「기우목동가(騎牛牧童歌)」, 의상(義相)의 「서방가(西方歌)」 등은 하나같이 불교의 포교를 목적으로 제작된 노래다. 민간에 대한 포교를 목적으로 이러한 노래를 지었다면, 지배층의 문학양식이기만 했던 경기체가가 민간에까지 널리 알려진 상황을 반증해준다. 처음부터 악장으로 제작되었던 조선조 초기의 경기체가가 가졌던 성격 가운데 '새로운 지배질서의 선양에 의한 풍속의 교화'라는 기능을 불교에 맞게 변용하여 수용한 것이라고 할 수 있다. 이들이 제작된 시기는 대개 조선 세종조에서 세조조에 걸쳐 있다.

주세붕의 「도동곡」·「육현가(六賢歌)」·「엄연곡(儼然曲)」·「태평곡(太平曲)」 등은 유교의식에 사용하고자 제작한 노래다. 주세붕이 안정(安珽, 1494~?)에게 보낸 편지 가운데 "문성공의 사당 짓는 일을 끝낸 달 열 하룻날 영정을 봉안하니…… 깨끗한 희생으로 제사를 지내고 먼저 어린 동자로 하여금 「죽계사」 3장을 외우게 했네. 제수를 진설하고 다음으로 「도동곡」 9장을 부르게 했는데, 노래를 나누어 세 번 올리니 각 3장씩이었네."[29]라는 대목에 그런 사정이 나타나 있다. 이 작품들도 조선조 초기 악장의 기능 가운데 '풍속의 교화'를 국가적인 차원에서 유가적인 차원으로 변용한 것이다. 그 제작 시기는 중종 36년이다.

정극인의 「불우헌곡」은 작자가 벼슬을 그만두고 향리로 돌아가 있던 만년에 성종으로부터 '3품의 벼슬과 함께 그 고을 수령이 때때로 돌보도록' 하는 은혜를 입고 그 벅찬 감격을 노래한 작품이다. 그는 "장가 6장(「불우헌곡」)과 단가 2장(「불우헌가」)을 지어 혹은 친구와 더불어 노래하고 읊조리기도 하며, 혹은 밤에 노래하고 춤추면서 임금의 은혜에 대한 송도를 게을리 하지 않았다."[30]라고 했다. 작자 자신이 '노래하고 춤추었다'라고 했으나 그것이 떠들썩한 유연의 자리에서 벌어진 것 같지는 않다. 노래를 지어 부른 목적이 임금에 대한 송덕이라는 데서 그 점은 더욱 분명해진다. 이 작품은 세종조 예조에서 지어 올린 「가성덕」 등 악장 형태의 경기체가에서 송덕하는 기능을 수용하여 제작한 것이나, 공적인 것에서 사적인 노래로 변용한 것이다. 그 제작 시기는 성종 3년(1472)이다.

지금까지 다소 번거롭게 경기체가의 시대적 변모를 살펴본 바에 의하면, 경기체가는 초기에 공적·집단적 연향에서 불리다가 점차로 사적·소집단적 연향을 위한 노래로, 혹은 연향적 성격이 사라진

---

29) 주세붕, 「與安珽然書」, 앞의 책, 권6. 文成公廟事已畢月十一日 奉安影幀 …… 祀以潔牲 先令小童 誦竹溪詞三章 陳幣薦俎 次歌道東曲九章 分歌三獻各三章.

30) 정극인, 「不憂軒歌長草」, 앞의 책, 권수. 特加三品散官 三品卽從三品中直大夫 後加通政大夫 又令其道 時致惠養., 『성종실록』권122. 11년 10월 26일. 謹作長歌六章短歌二章 或與朋友歌詠 或夜歌且舞 頌禱之勤 殆無虛日.

가운데 포교를 위한 방편으로, 혹은 유교적 제사의식에서 부르는 노래로, 마침내는 지극히 사적인 보은송덕의 노래로 변모했다. 애초 연향의 노래가 다양한 성격으로 이어지다가 주세붕에 이르러 도학에 근접한 노래로 바뀌었으나 본래의 형식은 상당히 이지러졌고 내용 또한 덕목의 나열로 나타나는 등 경화되었다.

주세붕은 근재의 「죽계별곡」을 가리켜 '한때 선학의 나머지'에서 나온 것이라고 비판하고, 그 한계를 넘어서고자 스스로 경기체가를 지었으나 결과적으로 경기체가가 소멸의 길로 가도록 재촉했을 따름이었다. 권호문은 스승인 퇴계의 영향을 받기도 했겠지만, 주세붕과는 약간 다른 방향에서 도학파의 풍류를 경기체가인 「독락팔곡」에 담고자 했으나, 이미 소멸의 길로 들어선 경기체가를 새롭게 할 수는 없었다. 도학파의 풍류를 담을 만한 그릇으로 경기체가는 적당하지 못했던 것이다. 적절한 그릇을 모색하는 과정에서 달리 찾은 것이 시조(송암의 경우, 「한거십팔곡」)가 아닌가 생각된다.

이들에 비해 퇴계는 경기체가의 근원적 성격을 비판한 뒤, 그것이 이미 쓸모없는 그릇임을 간파하고 시조라는 양식을 수용하여 자신이 생각하는 풍류를 담았던 것이다. 이별(李鼈, 1475~?)의 「육가(六歌)」를 주제면에서는 마땅하게 여기지 않았으면서도 그것을 본떠 「도산십이곡」을 지은 까닭이 여기에 있었으리라 추측된다. 결국, 퇴계 등 도학자들이 경기체가를 비판함으로써 직접 혹은 간접적으로 조선조 중기 이후 경기체가의 성격 수정에 영향을 미쳤으며, 마침내 경기체가라는 문학양식을 붕괴에 이르도록 했던 것이다.

제2부

근재 안축 문학의 사대부적 성격

신흥사대부 근재의
생애와 세계관

1. 머리글

근재 안축(1282~1348)은 고려 후기의 전형적인 사대부이면서 경기체가와 한시를 아울러 남긴 작가로, 우리 문학사에서 결코 소홀히 다룰 수 없는 위치에 있다. 그의 문학세계를 이해하기 위해서는 그가 어떠한 삶을 누렸으며 무슨 작품을 남겼고, 대상으로서의 세계를 어떻게 인식했던가를 밝히는 일이 첫 디딤돌이 될 수 있을 것이다.

따라서, 우선 근재의 출신배경과 생애가 어떠했는가를 가능한 대로 밝히고, 그가 남긴 문학작품의 주를 이루는 『관동와주(關東瓦注)』, 「관동별곡」, 「죽계별곡」 제작의 배경과 그 유포상황을 정리하여 그의 창작활동을 일별할 것이다.

다음으로 근재의 세계인식 태도를 살펴보고자 한다. 세계인식 태도는 달리 세계관이라고도 할 수 있다.[1] 어떤 작가가 작품을 창작

---

[1] 이 글에서 '○○인식태도'와 '○○관'이라는 말은 서로 근사한 의미로 쓴다. 그러면서도 '○○인식태도'라는 말을 더 자주 쓰는 것은 '○○관'에 비해 한정적인 느낌을 덜 주기 때문이다. '○○인식태도'가 '○○관'보다 좀 더 포괄적인 말이라는 전제

하는 데 있어서 그의 세계관이 중대한 영향을 미친다는 사실이 대
해서는 별반 이론의 여지가 없을 것이다. 근재가 작가로서 대상 세
계를 어떻게 인식했었는가를 알아보는 일은 그런 까닭으로 지나칠
수 없다.

작가가 세계를 바라보는 시각은 여러 측면에서 살필 수 있을 것
이다. 이 글에서는 이미 존재하고 있는 자연을 인식하는 근재의 태
도와, 인간에 의해 끊임없이 움직이고 있는 사회현실을 바라보는 근
재의 시각을 살펴볼 것이다. 이러한 논의가 근재의 작가적 면모를
올바로 이해하는 일과 그의 작품세계를 본격적으로 천착해 나가는
데 보탬이 되기를 기대한다.

2. 근재의 생애와 창작활동

1) 출신 가문과 생애

안축은 고려 충렬왕 8년(1282) 봉익대부 밀직제학에 증직된 안석
(安碩)과 뒤에 흥녕군 대부인의 직첩을 받은 안씨 부인 사이의 둘째
아들로 출생했다. 본관은 순흥(順興)이며, 자를 당지(當之), 호를 근
재(謹齋)라고 했다. 근재의 가문은 대대로 순흥을 근거지로 했다. 순
흥은 본시 고구려의 급벌산군(及伐山郡)이었는데, 신라 경덕왕 때 급
산군(岌山郡)으로 고쳤다. 순흥을 죽계라고도 하는 것은 신라 아달라
왕 5년(158) 새로 길을 내어 죽령과 죽계로 갈라진 데 연유한다. 고
려 초에는 흥주(興州)로 고쳤고, 성종 때에는 순정(順政)이라 일컬었

아래 두 용어를 다 쓰기로 한다.

으며, 현종은 안동부(安東府)에 귀속시켰다가 뒤에 순안현(順安縣)으로 이속시키고, 명종은 감무(監務)를 두었으며, 충렬왕의 태(胎)를 안치하면서 흥녕현령(興寧縣令)을 두었다가, 충숙왕의 태를 또 안치하여 지흥주사(知興州事)로 승격시켰으며, 충목왕의 태를 또 안치하면서 순흥부(順興府)로 승격시켰다.2)

다음의 [표 1]은 순흥 안씨의 시조부터 근재에 이르는 6대의 세계도다. 순흥 안씨는 고려 신종조의 인물인 안자미(安子美)로부터 비롯되었다. 그는 3형제를 두었는데, 이들이 각각 3파의 파조가 되었던 것이다. 근재는 순흥안씨 6세로, 제3파에 속한다. 시조인 안자미는 흥위위 보승별장을 지냈다는 것으로 보아, 순흥의 호장(戸長)이었음을 알 수 있다. 그 자손들이 순흥의 호장직을 세습하여 가다가, 영유(永儒)의 직계인 제1파는 밀직부사로 치사한 부(孚)에 이르러 중앙정계로 진출했고, 영린(永麟)의 직계인 제2파는 문의공 문개(文凱)에 이르러 중앙정계로 진출했으며, 영화(永和)의 직계인 제3파는 근재의 부친인 석(碩)이 과거에 급제했으나 벼슬을 하지 않았고, 근재 대에 이르러 중앙으로 진출했다. 제1파는 3대째에, 제2파는 5대째에, 제3파는 6대째에 과거를 통해서 중앙정계로 진출했던 것이다.3) 이것으로 보면, 순흥 안씨는 순흥 지방의 향리로 있다가 고려 후기에 이르러 과거를 통해 중앙정계로 진출한 전형적인 신흥사대부 가문임을 알 수 있다.4)

---

2) 金富軾,『三國史記』권2. 阿達羅王條., 李荇 等編,『新增東國輿地勝覽』권25. 豊基郡 順興廢府條 및 山川條 참조.

3) 순흥안씨 세계를 상고하는 데 참고한 문헌은 다음과 같다.『高麗史』권105.「安珦傳」및 같은 책, 권109「安軸傳」.,『신증동국여지승람』권25.,『竹溪志』소재 세계도.,『稼亭集』권11. 소재「文貞安公墓誌銘」., 安鍾永 편,『順興安氏族譜』(국립중앙도서관 소장본).

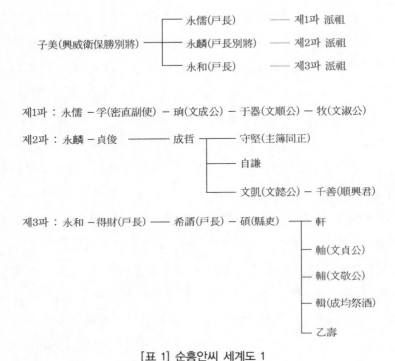

[표 1] 순흥안씨 세계도 1

안씨가문 초기의 통혼권을 보면, 제1파의 안향은 한남(漢南)김씨의 시조가 된 김녹연(金祿延)의 딸을 배필로 맞았다. 그 손자 안목은 광주(光州)김씨 김태현(金台鉉)의 딸을 배필로 맞았다. 제2파의 안문개는 복흥(福興)서씨의 시조가 된 서희량(徐希亮)의 딸을 맞았고, 그 누이는 진주(晋州)정씨 정을보(鄭乙輔)에게 출가했다. 안문개의 형인 안수견은 안동(安東)권씨를 배필로 맞았다. 이들 가문 가운데 광주

4) 李佑成, 「高麗朝의 吏에 대하여」, 『歷史學報』 23(서울: 역사학회, 1964)., 李樹健, 「高麗 後期 支配勢力과 土姓」, 『韓國重稅社會史硏究』(서울: 일조각, 1985), 308쪽.

김씨, 진주정씨, 안동권씨는 고려 후기에 이미 명문거족이 되었고, 한남김씨와 복흥서씨는 새로이 발신하여 번창하기 시작한 가문이다. 종가인 제1파 안향의 가계를 중심으로 번창하여 나가던 순흥안씨 가문은 근재의 대에 이르면 그의 가계를 중심으로 일대 비약적인 번성의 길로 접어들게 된다.

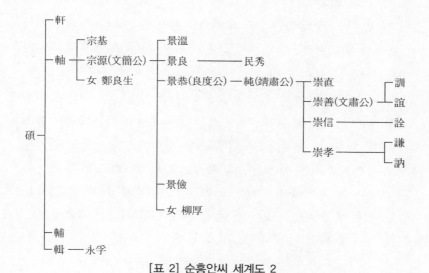

[표 2] 순흥안씨 세계도 2

안석이 낳은 여러 형제들 가운데 안축, 안보, 안집 3형제는 모두 과거에 급제했다. 특히 안축과 안보는 원나라 제과에도 급제했다. 이들 3형제 가운데 가장 번성한 것은 근재의 직계 후손들이었다. 근재의 아들 종원과 그 아들 경공은 고려에서 벼슬하다가 조선왕조의 개국에 가담했다. 종원의 아들 경량, 경공, 경검이 모두 과거에 급제했고, 경공의 아들 순과 그 아들 숭선, 숭효 등은 조선조 초기에 높은 관직을 거치면서 가문의 확고한 지반을 구축했다.

한편, 근재는 그 아들 종원의 배필로 언양(彦陽) 김윤(金倫)의 외손
녀인 광주김씨를 들이고, 동래(東萊) 정양생을 사위로 맞았다. 종원
은 그 아들 경온의 배필로 광주김씨를, 경공의 배필로 연일(延日) 정
사도(鄭思道)의 딸을, 경검의 배필로 청주(淸州) 한수(韓脩)의 딸을 각
각 들였다. 경공은 그 아들 순의 배필로 청주 정추(鄭樞)의 딸을 들였
다. 순은 그 아들 숭신과 숭효의 배필을 모두 한산(韓山) 이색(李穡)의
증손녀를 취했다. 근재 이후로 통혼한 이들 가문 역시 고려 후기의
명문거족들이었다.

안씨 가문의 가계나 통혼관계와 함께 중요한 것은 교유관계다.
고려 후기 인사들 사이의 교유관계는 과거제도와 학문의 수수관계
를 통해 살필 수 있다. 이 무렵 과거의 시험관과 급제자의 관계는
바로 좌주(座主)와 문생(門生), 즉 사제(師弟)관계이기도 했기 때문이
다. 『고려사』의 기록에 나타난 바에 따르면, 순흥안씨 가문에서는
안향, 안문개, 안축, 안보, 안종원 등 다섯 명의 시관이 배출되었다.
이를 정리해 보면 다음의 [표 3]과 같다.

과거 시험 시기	지공거(知貢擧)	동지공거(同知貢擧)	급제자
충렬왕 14(1288)년 9월	허공(許珙)	안향(安珦)	윤선좌(尹宣佐) 등 33인
충렬왕 20(1294)년 10월	안향(安珦)	민지(閔漬)	윤안비(尹安庇) 등 33인
충숙왕 17(1330)년 10월	안문개(安文凱)	이담(李湛)	송천봉(宋天鳳) 등 33인
충혜왕 복위1(1340)년	김영돈(金永旽)	안축(安軸)	이공수(李公遂) 등 33인
공민왕 4(1355)년 2월	이공수(李公遂)	안보(安輔)	안을기(安乙起) 등 33인
우왕 8(1382)년 5월	안종원(安宗源)	윤진(尹珍)	유량(柳亮) 등 33인

[표 3] 『고려사』 「선거지」 1 소재 순흥안씨 장시(掌試)기록

고려 때 과거 시험관인 지공거, 부시험관인 동지공거와 과거 급제자의 관계가 좌주와 문생의 관계라면, 위의 [표 3]에 나타난 200명 가까운 급제자들은 순흥안씨 가문과 어떤 형태로든 교유관계에 있었다고 할 수 있다. 근재 사후의 일이기는 하지만, 공민왕 4년의 과거는 근재가 시관이었을 때 선발한 이공수가 안보와 함께 과거를 주관한 것을 보면, 그 당시 급제자인 안을기 등 33인은 안씨가문과 한층 밀접한 관계에 있었다고 보아도 좋을 것이다. 이 밖의 자료에서 확인된 바로는, 이색이 향시에 응시했을 때 안보가 시관이었고, 이색은 근재의 아들 종원과 같은 해에 진사시에 급제했다. 또한 안보가 수재과에 급제했을 때는 이제현과 박효수가 시관이었다.[5] 이와 같은 자료를 통해서, 근재의 가문은 당시 쟁쟁한 가문들과 밀접한 교유관계를 가지고 있었음을 알 수 있다.

학문적인 수수관계는 고려 후기에 원나라에서 들어온 신유학을 중심으로 이루어졌다. 근재의 학문 수수관계에 대한 직접적인 기록은 거의 찾아보기 어려우나, 그의 족조(族祖)인 안향(安珦, 1243~1306)이 고려 후기 신유학의 대종임을 감안한다면 충분히 미루어 짐작할 수 있을 것이다. 이곡이 근재에게서 학업을 이어받았다는 기록을 그 자신과 그의 아들인 이색이 남겨 놓았다. 근재의 아우인 안보는 이곡과 같은 해에 과거에 급제했는데, 이곡의 문인이 되어 배웠다. 근재는 아우인 안보를 아버지와 같은 처지에서 가르쳤다고 하는데, 안보는 이보림(李寶林), 염국보(廉國寶), 이인(李靭), 우현보(禹玄寶), 정

---

5) 李穡,「文敬公安先生墓誌銘」,『牧隱文藁』권19. 稼亭先生受業於謹齋 而銘其墓 穡之 鄕試也 先生又爲主文 …… 今密直宰相宗源 吾之同年進士也 …… 文敬公十九歲 在 庚申中進士科 許判書其試官也 其年又中秀才科 益齋李文忠 石齋朴判書 其知貢擧也.

습인(鄭習仁), 이원령(李元齡) 등의 문하생을 배출했으니, 근재의 학문적 계통과 교양의 깊이를 헤아릴 만하다.6) 이보림은 익재의 손자이며, 염국보는 고려말의 권신이었던 염흥방의 형으로 예문관 대제학을 지낸 인물이다. 이인은 신돈의 모반을 가명으로 재상인 김속명에게 알린 인물이다. 우현보는 고려말 단산부원군에 올랐고, 조선 태조의 제5남인 이방원이 과거에 급제할 때 지공거였으며, 조선조 개국 후 단양백에 봉해진 인물이다. 정습인은 영주에 지방관으로 부임하여 토호들을 누르고 소재도(消災圖)를 철거하는 등 음사(淫祀)를 금지한 것으로 널리 알려진 인물이다. 이원령은 신돈의 횡포를 논박하다가 미움을 사 벼슬을 버리고 여주에 칩거하면서 이색, 정몽주 등과 교유하며 시와 학문에 전념했던 이집(李集, 1314~1387)의 처음 이름이다. 후대에 주세붕이 근재를 소수서원에 추향할 때, 문성공 안향의 신위에 고하는 글에 "그 학문을 궁구하면 연원의 내려온 바가 있다."7)라고 한 것으로도 뒷받침이 된다.

근재는 그가 26세 때인 충렬왕 33년(1307) 성균시에 급제하여 처음으로 금주사록(金州司錄)이라는 벼슬을 받았다. 그 뒤 예문·춘추관의 정9품관인 검열과 정7품관인 수찬을 역임했다. 다시 향시에 급제하여 종6품관인 사헌규정에 임명되었다. 39세 때인 충숙왕 7년 (1320) 단양부 주부로 있을 때 원나라 제과에 응시했으나 실패하고, 3년 뒤인 1323년에 다시 응시했다. 이듬해 과거 응시 결과가 발표된 바, 제과에 급제하여 요양로 개주판관에 임명되었다. 당시 충숙왕은 부원배들의 이간질로 원나라 수도에 끌려와 4년째나 억류되어

---

6) 같은 글 및 이곡, 「문정안공묘지명」, 『가정집』 권11 참조.

7) 周世鵬, 「紹修書院追享時告安文成公文」, 『竹溪志』 권1.

있었다. 이에 근재는 동지들에게 "임금이 욕을 당하면 신하는 죽어야 하는 것, 이것이 우리가 배운 바다."라고 하고는 원나라 조정에 글을 올려 충숙왕의 결백을 주장했다. 이를 아름답게 여긴 충숙왕이 종4품관인 성균악정으로 특진시켜주매 근재는 개주에 부임하지 않고 귀국했다. 그 뒤 전법·판도·군부·전리 등 네 부서의 정4품관인 총랑을 역임하고, 같은 품계의 우사의대부에 임명되었다.

충혜왕이 즉위하던 해인 1330년 5월 강릉도 존무사의 명을 받고 관동지방에 나갔다가 이듬해 9월에 임무를 마치고 개경으로 돌아왔다. 그 뒤 종3품 판전교지전법사를 거쳐 정3품관인 전법판서 등 법관직을 역임했다. 충혜왕 복위 1년인 1340년에는 전법판서로 동지공거가 되어 이공수 등 33인을 선발했다. 이어 정3품인 감찰대부로 임명되었다가 검교평리로 외직인 상주목사에 임명되었다. 이는 모부인을 모시기 위해 근재 자신이 원했던 자리였다. 상주목사를 역임한 뒤 종2품관인 밀직부사, 정당문학, 지밀직사사 등을 거치고, 충목왕 원년인 1345년에는 첨의평리로 정2품관인 찬성사에 임명되었다. 그 이듬해에는 감춘추관사가 되어 민지가 수찬했던 『편년강목』을 중수하고, 충렬·충선·충숙의 3조 실록을 수찬했다. 충목왕 3년(1347)에는 정치도감판사에 임명되었다. 이 해 가을에 흥녕군에 봉해졌으나 집사자가 유학자를 싫어하여 봉호를 되돌리고 파직되었다가 겨울에 복직되었다.

이듬해 충목왕 4년(1348)은 근재가 67세 되던 해였다. 봄에 건강이 악화되어 퇴직의 뜻을 밝혔다. 6월에는 다시 흥녕군에 봉해지고, 품계가 정1품인 삼중대광에 이르렀다. 그 달 21일 졸하니, 조정에서 문정공이라는 시호를 내렸다. 7월 11일 경기도 장단군에 있는 대덕

산에 안장했다. 근재가 졸한 지 2백여 년 뒤인 조선조 중종 39년 (1544), 당시 풍기군수로 있던 주세붕이 근재의 위패를 소수서원에 추향했다.

2) 시·가의 창작

『관동와주』는 근재가 천력 3년(1330) 5월 30일에 강릉도 존무사의 명을 받고 개경을 떠나, 지순 2년(1331) 9월 17일 임무를 끝내기까지 만 1년 4개월여 사이에 지은 116편의 시와 4편의 기문을 모은 것이다. 근재가 강릉도 존무사의 명을 받은 해를 김창규는 충숙왕 15년(1328)이라고 주장했다.[8] 이곡이 쓴 묘지명이나『고려사』안축전의 기록이 모두 충혜왕 즉위년(1330)으로 되어 있는데도 불구하고, 그는 이들을 착오로 보았다. 그러나 이 주장은 '천력 3년'이라는 연호 표기를 잘못 헤아린 데서 기인한 것으로 보인다. 천력(天曆)이라는 연호는 1328년 9월부터 쓰이기 시작한 것으로, 1330년 5월에 지순(至順)이라는 연호로 대체되었다. 따라서 1330년 5월 이전은 '천력 3년'에 해당하고, 그 이후는 '지순 원년'에 적용된다.[9] 근재가 존무사의 명을 받은 것은 5월 30일이었으나, 새로운 연호가 원나라에서 그 달에 제정되었으므로, 근재가 미처 알지 못하고 '천력 3년'으로 쓴 것으로 보인다.

『관동와주』소재 시는 부분적으로는 노정에 따라 편차되어 있으나, 그렇지 않은 곳도 많다. 간혹 시 제목에 햇수와 날짜를 밝힌 것

---

8) 金倉圭,「謹齋詩歌攷」,『論文集』2(영주: 영주경상전문대, 1979), 37~38쪽.
9) 李法宗 編,『東洋年表』(서울: 탐구당, 1976 개정증보판), 82쪽 참조.

이 있어 개략적인 관동의 노정을 알아볼 수 있다. 이와 관련되는 기
사를 뽑아보면 다음과 같다.

- 천력 3년 5월, 강릉도 존무사의 명을 받다.
  [天曆三年五月 受江陵道存撫使之命]
- 이 달 30일, 개경을 출발하여 백령역에서 자다.
  [是月三十日發松京 宿白嶺驛]
- 6월 3일, 철령관에 들어가 화주를 바라보다.
  [육월삼일 입철령관 망화주]
- 9월 13일, 강향사를 맞으러 북행하다.
  [九月十三日 因迎香使北行]
- 지순 원년 10월 8일, 왕명을 받아 개경으로 가기 위해 화주를
  떠나다. [至順元年十月始八日 承命赴京 發和州]
- 이 날, 고산역을 지나다. [是日過孤山驛]
- 이 날, 철령을 지나다. [是日過鐵嶺]
- 은계역에서 자다. [宿銀溪驛]
- 9일 다림역을 지나다. [九日過多林驛]
- 송간역을 지나다. [過松澗驛]
- 10일, 임단역에서 자다. [十日宿林丹驛]
- 풍림역을 지나다. [過楓林驛]
- 용담역에서 자다. [宿龍潭驛]
- 11일, 옥계역을 지나다. [十一日過玉溪驛]
- 징파도를 지나다. [過澄波渡]
- 백령역에서 자다. [宿白嶺驛]
- 도원역을 지나다. [過桃源驛]
- 5월 25일, 화주로부터 남행하다. [五月二十五日 自和州南行]

- 이 날 비로 인해 흡곡에 머물러 자다. [是日阻雨留宿歙谷]
- 29일, 말 위에서 시를 짓다. [二十九日 馬上卽事]
- 6월 13일, 진주(삼척)남강에서 뱃놀이하다.
  [六月十三日 眞珠南江泛舟]
- 6월 17일, 밤에 삼척 서루에 앉다. [六月十七日 三陟西樓夜坐]
- 7월 1일, 울진에서 삼척으로 향하다. [七月一日 自蔚珍向三陟]
- 7월, 비를 맞으며 강릉부를 떠나다. [七月 雨中發江陵府]
- 8월 4일, 북행하며 영랑호에서 배를 타다.
  [八月始四日 北行泛永郎湖]
- 8월, 개경으로 가려는데 추제를 행하라는 명이 있어 남행하다.
  [八月將赴京 又有旨仍行秋祭 南行]
- 지순 2년 9월 17일, 임무를 마치고 개경으로 가다가 순충관을
  지나다. [至順二年 九月十七日 罷任如京 過順忠關]
- 도원역을 지나다. [過桃源驛]
- 송간역을 지나다. [過松澗驛]

  1330년 5월 30일, 개경을 출발한 근재는 첫날 장단 근방에 있는
백령역에서 묵었다. 그 후 철원과 회양을 거쳐 같은 해 6월 3일에
철령관에 이르렀다. 이어 화주를 거쳐 동해안의 죽도, 원수대, 천
도, 총석정, 금강굴 등을 돌아보며 내려오다가, 그 해 9월 13일 강향
사를 맞으러 다시 북으로 올라가면서 국도를 구경했다.
  10월 8일에 왕명을 받고 화주를 출방하여 고산역, 철령을 지나
회양부의 은계역에서 그날을 묵었다. 이튿날 다림역과 송간역을 지
났고, 10일에는 임단역, 풍림역을 거쳐 철원부의 용담역에서 묵었
다. 11일에는 옥계역을 지나고 연천현의 징파도를 건너 장단부의 백

령역, 도원역에 이르렀다. 그 뒤에 개경에 들어갔었는지의 여부와
다시 관동지방으로 나오게 된 경위는 자세하지 않다. 관동지방을 존
무하던 도중 무슨 이유로 왕이 근재를 불러들였는지에 관해서도 전
하는 기록이 없다. 「제야」와 「원일」이라는 시를 보면, 그 해 섣달
그믐날과 다음해 설을 객지에서 보낸 듯하다. 2월에는 강릉 경포대
에 올라 「경포신정기」를 지었다.

이듬해인 1331년 5월 25일에는 화주를 출발하여 다시 흡곡, 통
천, 고성으로 남행했다. 이 노정에서 옹천로와 삼일포를 거쳤다. 29
일에는 삼일포를 떠나 간성으로 향하는 길에 있었고, 6월 13일에는
삼척의 남강, 즉 오십천에서 뱃놀이를 했으며, 17일에는 삼척 죽서
루에서 시를 지었다. 그 길로 계속 남행하여 취운루를 거쳐 평해의
월송정에 이르렀다가, 다시 북행하여 울진에서 삼척을 향해 떠난 것
이 7월 초하루였다. 삼척에서 태백산을 넘어 정선으로 들어갔을 듯
하다. 정선에서 강릉으로 들어가 모산을 거쳐 한송정을 본 뒤, 그
달에 강릉을 출발하여 양양으로 북행했다. 8월 4일에는 영랑호를
배로 건너 북행하다가 삼일포를 거쳐 다시 화주에 이르렀다. 화주에
서 장마를 만나 지체하다가, 처음 왔던 길을 되짚어 개경을 향해 올
라가던 중 9월 17일 순충관에서 임무를 끝낸 것으로 짐작된다.

최해(崔瀣)가 쓴 발문에 따르면, 『관동와주』는 근재가 강릉도 존무
사의 직임을 마치고 돌아온 1331년 10월에 편집을 마쳤던 것 같다.10)
그 뒤, 1361년(공민왕10) 홍건적이 개경을 함락했을 때 후손들이 보관
하고 있던 책(사본인 듯함.)을 모두 잃었다고 한다. 그 3년 뒤인 1364년

---

10) 『근재집』 권1.에 실려 있는 최해의 「關東瓦注跋」에 "至順辛未孟冬 崔瀣謹題."라고
     했다.

봄에 근재의 사위인 정양생이 청주에 벼슬을 받아 내려가게 되었다. 안렴사인 유공이 옛 사본을 구해 와서, 그 해 8월에 초간본을 펴냈다.[11] 그 뒤 근재의 현손인 안숭선이 1445년(조선 세종27) 『관동와주』를 권1로 하고, 여기에 보유편을 권2로 하여 『근재집』을 처음 간행했다. 보유편에는 「관동별곡」, 「죽계별곡」 등 경기체가 2편이 실렸다. 1680년(숙종8)에 근재의 14대손인 안경운이 제주목사로 있으면서 다시 증보편을 권3으로 하여 간행했다. 증보편에는 새로 찾아낸 시 3편, 원나라 제과 급제 때 쓴 제책(制策), 그리고 새로 찾아낸 기문(記文)과 묘지명 각 1편을 실었다. 근세에 들어와 1910년에 함주(경상남도 함안군)에 거주하던 후손들이 중간한 문집이 오늘날 전한다. 여기에는 부록과 문경공 안보의 일고(逸稿)가 권4로 포함되었다.

「관동별곡」의 창작 시기에 대해서는 이곡이 쓴 「영랑호차안근재시운발」 가운데 "근재 선생이 존무사로 있을 때에 이 호수에 노닐며 절구 1수를 지었으니 …… 또 관동별곡을 지었는데, 이제 그 노래를 듣고 그 시를 읊조리니 처연하여 느낌이 있는 까닭에 이른다."[12]라는 구절이 참고가 된다. 이곡의 이 기록에 따르면, 근재는 존무사로 활동하던 시기에 「관동별곡」을 창작했다고 할 수 있다. 그러나 전체 9연을 일시에 지은 것인지 연별로 지어 모은 것인지는 분명히 알 수 없다. 「죽계별곡」은 충목왕 4년(1348) 봄 퇴직 후 고향인 순흥에 내려가 있다가 그 해 6월 21일 졸하기까지의 사이에 지은 것으로

---

11) 鄭良生, 「關東瓦注跋」, 같은 책, 같은 곳. 辛丑冬 紅賊寇京 家藏舊本皆失 艱於復得 常以爲恨 甲辰春 余出判淸州 按廉使柳公 得其本 屬余曰 吾欲爲之刊行於世 …… 余於是 欣然而喜 鳩工鋟梓 …… 至正二十四年 甲辰仲秋旬 鄭良生書.

12) 이곡, 앞의 책, 권19. 謹齋先生存撫之日 遊此湖作一絶云 …… 又作關東別曲 今聞其歌 誦其詩 悽然有感故云.

보인다. 이 작품 역시 5연 전체를 한꺼번에 지은 것인지 연별로 지어 모은 것인지는 분명하지 않다. 이 두 작품이 조선 세종 27년 (1445), 안숭선이 『근재집』을 처음 간행할 때 권2 보유편에 수록되었음은 앞서 밝힌 바와 같다.

3. 근재의 세계관

1) 자연에 대한 인식태도

(1) 자연물의 객관적 인식

『관동와주』에 실려 있는 대부분의 시는 관동지방의 자연물과 작자가 만나는 데서 이루어진 것이다. 그런 까닭에 여기에 실려 있는 대부분의 작품에는 작자가 자연물을 바라보는 관점이 스며 있다고 보아도 무리가 없다. 그 가운데서도 특히 작자가 금란굴에 이르러 지은 한 편의 시와 그 서문에 이 점이 잘 나타나 있다.

바닷가 푸른 벼랑에 깊은 굴이 있어,
사람들은 관음보살이 항시 머문다고 전하네.
날아오르는 새의 날개는 비단 같이 푸르고,
물결 위로 나왔다 숨는 바위 무늬 금빛 같구나.
이를 보고 모두들 참 성인 나타나셨다고,
지금껏 헛되이 어리석은 사람들 찾아오게 했네.
수월관음의 장엄한 모습을 참배하려면,
밝고 밝게 자기 본심에 비추어 보라.

海上蒼崖窟穴深　人傳常住是觀音
飛翔鳥翼靑如錦　出沒巖紋色似金
見此皆言眞聖現　至今虛使衆癡尋
欲叅水月莊嚴相　回照明明本分心,13)

　　금란굴 속에 금빛을 띤 바위가 있는데, 사람들이 서로 전하는 말
이 관음보살의 응현이라고 했다. 근재가 이 말을 듣고 의심하는 마
음이 생겨 굴 속에 들어가 본 뒤 그 허황됨을 지적한 작품이다. 이러
한 판단을 내리게 된 전후 사정을 이 시의 서문에서 구체적으로 말
했다.

　　예로부터 전하기를, '이 굴은 관음진신이 상주하는 곳인데 사람
이 지성으로 귀의하는 마음이 있으면, 진신이 바위에 나타나고 청
조가 날아온다.'라고 하여 이곳을 영검스럽다고 한다. 내가 조그만
배를 타고 굴에 이르니, 이날은 다행히 풍랑이 일지 않아서 굴에
깊이 들어가 그 모습을 자세히 관찰했다. 굴 안 석벽의 높이는 석
자 가량인데, 돌무늬가 누렇고 반점이 얼룩덜룩하여 이른바 스님들
이 입는 가사의 금란과 비슷했다. 얼굴, 눈, 어깨, 팔, 몸의 형상이
없는데도 사람들은 이를 보고 관음진신이 바위에 나타났다고 여긴
다. 그 아래로는 우뚝하게 솟은 돌의 빛깔이 푸르스름한데, 사람들
은 이를 연대(蓮臺)라고 했다. 아아, 이것이 과연 관음의 진신인가!
만약 돌무늬가 부처님의 옷과 같은 까닭에 존경한다면 옳겠거니와,
이를 관음진신이라고 하는 것을 나는 아직 믿을 수 없다. 내가 굴에
도착하던 날 청조가 굴 속으로 날아 들어오니, 뱃사공이 "이건 바닷

---

13) 안축, 「金幱窟詩并序」, 앞의 책, 권1.

새입니다."라고 했다. 이것이 과연 관음의 응현인가! 내가 이 굴을
둘러보며 이미 이러한 생각을 하는데 어찌 청조의 응함이 있었겠는
가. 만약 이 새가 과연 관음보살의 응현이라면, 나의 이러한 마음이
진실로 관음과 부합하는 것이고, 세상 사람들이 돌무늬를 관음진신
이라고 하는 것은 미혹된 것이다.[14]

이 글에 의하면, 세상 사람들과 근재 사이의 논란거리는 금란굴
속의 금빛 바위가 과연 관음진신인가 아닌가 하는 것이다. 여기에는
불교라는 종교를 보는 시각이 개입하지 않을 수 없다. 고려 후기의
사대부층은, 불교를 인정하면서 유학의 입장에 선 부류와 유학의 입
장에서 불교를 적극적으로 배척한 부류로 나누어 볼 수 있다. 근재
는 불교를 적극 배척하는 입장은 아니었다. 이 글에서도 관음의 존
재 자체를 부정하지는 않았다. 다만 세상 사람들이 불교의 본의를
바로 파악하지 못하고 미혹에 빠져 있는 것을 개탄했을 따름이다.
돌무늬는 한낱 자연적 사물에 지나지 않는데, 사람들은 그것이
관음의 진신인 양 잘못 알고 있다고 했다. 돌무늬가 돌과 마찬가지
로 사물의 하나인 부처의 옷으로 보이기 때문에 공경한다면 잘못될
것이 없지만, 관음의 진신이라고까지 하는 데는 동의할 수 없다고
했다. 근재 자신이 세상 사람들의 그러한 미혹을 의심하는 마음으로

<hr/>

14) 같은 글. 相傳云 窟是觀音眞身常住處 人有至誠歸心 則眞身現于嚴石 而青鳥飛來 以
此靈之 余乘小舟到窟 是日幸風浪靜息. 深入窟中 細觀其狀 窟之陝 石壁高三尺許 石紋
黃而爛斑 如浮屠所謂袈裟之金幗 無面目肩臂體相 人見此以爲觀音眞身現于石 下有
石 磊嵬而其色微青者 人以此爲蓮臺 噫 此果是觀音眞身耶 若曰 石紋如佛服故 尊敬則
可矣 以此爲觀音眞身 則余未之信也 余到窟之日 有靑鳥飛入窟中 舟人云 此海鳥也
此果是觀音之應耶 余觀是窟而旣有是心 寧有靑鳥之應乎 若是鳥果爲觀音之應 余之
是心 眞合觀音 而世人之以石紋爲觀音者 惑矣.

금란굴에 임했는데, 관음의 응현을 알린다는 청조가 나타났을 리 없다는 것으로 자신의 견해가 옳음을 입증했다.

금빛 가사의 모양을 한 돌무늬일망정 그것은 한낱 돌무늬일 뿐이지, 그 이상의 무엇도 아니라는 생각이 엿보인다. 사물에 공허한 의미를 부여하고 거기에 빠져드는 관념적이고 비현실적인 사고방식을 거부한 것이라 할 수 있다. 사물을 사물 그대로 봄으로써 객관적으로 인식하고자 하는 태도가 나타나 있음을 알 수 있다.

(2) 즉흥적 서경

「금란굴시」와 그 서문이 자연물을 인식하는 근재의 태도를 보여준다면, 「관동별곡」·「죽계별곡」 등 경기체가 작품은 자연물과 부딪쳐 순간적으로 일어나는 흥을 담아 그 경치를 서술한 예라 할 수 있다. 곧 자연물에 촉발되어 일어나는 작자의 흥을 통해 자연을 인식하는 태도를 살필 수 있다는 말이다. 예컨대, 「관동별곡」 제1연을 보면 다음과 같다.

> 海千重 山萬疊 關東別境
> 碧油幢 紅蓮幕 兵馬營主
> 玉帶傾盖 黑槊紅旗 鳴沙路
> 爲 巡察景 幾何如
> 朔方民物 慕義起風 朔方民物 慕義起風
> 爲 王化中興景 幾何如[15]

---

15) 「관동별곡」, 같은 책, 권2.

겹겹의 바다와 산으로 이루어진 관동의 별경이 이 노래에 드러난 구체적 자연물이다. 특히 '해천중'과 '산만첩'은 관동별경의 더욱 구체적인 실상을 드러낸 말이다. 이 자연물에 촉발되어 단순한 자연물이라고는 할 수 없는 삼엄한 병마영주의 거동이 이끌려지고, 마침내 '순찰경'이라는 흥으로 집약됨을 볼 수 있다. 그러나 이렇게 촉발된 흥도 흥 그대로 나타나지 않고, '순찰경'이라는 말이 보여주듯이 경물화(景物化)하고 있다. 이러한 사실은 자연물이 그 자체 이상의 의미로 확대 해석되는 것을 차단시켜주는 구실을 한다. 확실히 '해천중'이나 '산만첩'이라는 말은 별다른 비유나 상징으로 볼 근거가 없다. 다만 경물로서의 모습을 직정적으로 서술하는 데 그치고 있을 뿐이다.[16]

이 작품 3·4연의 경우는, 전반부에 촉발된 흥이 경물화 되지 않은 채로 드러난다. '四海天下 無豆舍吡多'와 '古溫 貌 我隱 伊西爲乎伊多'가 그것이다. 그럼에도 불구하고 제3연의 '총석정', '금란굴'이나 제4연의 '삼일포', '사선정' 등은 고유 지명으로서의 의미 이외에 다른 의미를 내포하고 있는 것이 아니다. 이 점은 송강 정철(鄭澈, 1536~1593)의 가사 「관동별곡」과 대비해 보면 분명해진다. 송강의 「관동별곡」 가운데 총석정과 금란굴 대목은 이러하다.

---

16) 이러한 사실을 조동일은 '객관적 세계상'의 제시 또는 '자아의 세계화'로 설명한 바 있다. 필자가 말한 '경물의 직정적 서술'은 경물이 비유나 상징의 차원이 아니라는 점에서 이와 견해를 같이 하나, 작자의 주관적 정서마저 차단되지는 않았다고 보는 데서 달라진다. 특히 「관동별곡」 제3·4연의 전반부나 제3·4·5·6·8연의 후반부에는 객관적 경물보다 주관적 정서, 곧 '흥'이 더 우세하게 나타남을 볼 수 있다. 이 점에 관해서는 이 책 가운데 「관동별곡」과 「죽계별곡」을 본격적으로 다루는 글에서 상세히 논의할 것이다., 조동일, 「경기체가의 장르적 성격」, 『논문집』 15(서울: 대한민국 학술원, 1976) 참조.

金幱窟 도라드러 叢石亭의 올라ᄒᆞ니,
白玉樓 남은 기둥 다만 네히 셔 잇고야.
工倕의 셩녕인가 鬼斧로 다ᄃᆞᆷᄀᆞ.
구ᄐᆞ야 六面은 므어슬 象톳던고.

송강은 현실세계의 금란굴과 총석정을 바라보면서 비현실적 세
계인 '백옥루'를 환기하고 있다. 이때 '금란굴'과 '총석정'은 고유 지
명으로서의 의미로 한정되지 않는다. 그것은 현실세계에 존재하는
자연물이면서 동시에 현실세계에는 존재하지 않는 '백옥루'와 은유
관계에 있다고 할 수 있다. 인용부분 셋째 줄의 '공수의 성녕'과 '귀
부로 다듬음'에서 그러함을 확인할 수 있다. 이 대목은 총석정이 공
교하게 이루어져 있음을 말하는 것이면서 또한 인간세상의 사물이
아님을 말하는 것이기도 하기 때문이다.

竹嶺南 永嘉北 小白山前
千載興亡 一樣風流 順政城裏
他代無隱 翠華峰 王子藏胎
爲 釀作中興景 幾何如
淸風杜閣 兩國頭銜 淸風杜閣 兩國頭銜
爲 山水淸高景 幾何如[17]

「죽계별곡」 제1연에서 즉흥적 서경의 모습을 다시 확인해 보기로
하자. 죽령 남쪽과 안동 북쪽, 그리고 소백산 앞에 자리한 '순정성'
의 자연경관이 이 노래에 드러난 구체적 자연물이다. '순정'은 순흥

---

17) 안축, 「죽계별곡」, 앞의 책, 권2.

을 달리 일컫던 말이다. 특히 천년의 흥망 속에서도 한결같은 풍류를 지녔던 순흥 땅의 자연경관과 지세에 촉발되어 임금의 태를 갈무리한 고장이라는 말이 이끌려 나왔다. 그것은 일단 '양작중흥경'이라는 경물화된 흥으로 집약되었다. 이 노래에서도 '순정성'은 그 자체의 의미로 한정된다. '취화봉'이나 '왕자장태'라는 말과 '순정성리'는 서로 긴밀히 호응하는 관계인 듯이 보인다. 그러나 앞의 두 말은 '순정성'의 성격을 설명하는 구실을 할 뿐, 서로 비유나 상징의 관계에 있지는 않다. 이렇듯 근재는 자연물을 대해 그 자체로서 바라보고자 했음을 알 수 있다.

(3) 내면적 자연미의 발견

앞에서 보았듯이, 근재는 자연의 사물이 지닌 모습을 있는 그대로 보고자 했다. 앞에서 살펴본 자료들이 자연이나 자연물 자체에 대한 인식태도를 보여주는 데 대해 다음의 자료들은 자연의 아름다움에 대한 근재의 인식태도를 나타낸 것들이다. 총석정을 구경하고 차운시 한 편을 지은 데 대한 발문으로 근재는 이런 말을 했다.

내가 조그만 배를 타고 봉우리를 돌며 두루 구경한 뒤, '이 돌의 기괴함이 실로 천하에 없는 바요, 총석정만이 홀로 지닌 것이다.'라고 하자, 어떤 이가 말하기를, '그대는 일찍이 천하를 두루 살펴보지 않았는데 어찌 천하에 이러한 돌이 없다는 것을 아십니까?' 했다. 내가 말하기를, '무릇 사방의 산경과 지지를 기록하는 자가 천하의 사물을 궁구하여 실었으나 이러한 돌이 있다고 기록한 것을 듣지 못했고, 무릇 옛날의 기이하고 값진 병풍을 그리는 자들이 천하의

사물을 궁구하여 그렸으나 이러한 돌을 그린 것을 보지 못했소. 이
것으로 볼진대, 내가 비록 일찍이 천하를 두루 구경하지는 못했으나
앉아서도 그것을 알 수 있는 것이오.' 하니 그 사람이 수긍했다.
대저 이 총석정은 비록 만물을 구비했으나, 산수의 아름다움과 풍연
(風煙)·어조(魚鳥) 따위는 동해 바닷가 어디를 가나 그렇지 않은
곳이 없다. 어찌 총석정만이 가진 것이라 하겠는가. 다만 돌의 기괴
함만은 곧 총석정만이 가진 것이다. 그런데 총석정에 대해 기록한
사람들이 이 돌에 대해서는 특별히 말하지 않고, 산수간의 뭇 사물
들과 함께 일반론적으로 말한 것이 나로서는 괴이하다.[18]

자연의 아름다움을 구체적 특징에 따라 구별하여 보고자 한 것이
뚜렷하다. 인용문에서 산수에 대해 기록하는 자들이 총석정을 다룬
태도를 '범론'이라고 나무란 데서 그러한 생각이 분명히 드러난다.
'범론'을 '일반론'이라고 이해한다면, 범론으로 규정된 산수의 아름
다움은 곧 자연의 '일반미'를 뜻한다고 볼 수 있다. 근재는 그에 대
해 반박하면서 '개별미'를 말했다고 할 수 있다.[19] '다만 돌의 기괴
함만은 곧 총석정만이 가진 것'이라는 말이 그러한 사실을 말해준
다. 위의 자료에서는 자연의 외면에 드러난 개별미를 파악하고자 하

---

18) 「次叢石亭詩韻」, 같은 책, 권1. 余乘小舟 逸峰遍覽 以謂玆石之奇怪 實天下所無 而亭
之所獨有也 或者曰 子未曾遍覽天下 焉知天下無此石乎 余曰 凡四方山經地志記者 窮
天下之物而載之 未聞有石之如是者 凡古之奇屛寶帳畵者 窮天下之物而摹之 未見有
石之如是也 按此則余雖未曾遍覽天下 亦可以坐知之也 或者然之 夫斯亭雖萬物具備
然山水之美 風煙魚鳥之類 東海之濱 尺地寸步 無處不然 豈斯亭之所獨專哉 惟石之奇
怪 乃亭之所獨有也 而記斯亭者 未有特稱玆石 而與山水間衆物泛論 余竊怪焉.

19) '일반미'·'개별미' 등의 용어는 일찍이 도남(陶南)이 사용한 바 있다. 여기서도 그
전례를 따라 사용한다. 趙潤濟, 『國文學槪說』(서울: 동국문화사, 1955), 400~415쪽
참조.

는 태도를 보여주었으나, 다음의 자료는 자연의 내면에서 찾을 수 있는 개별미에까지 근재의 생각이 심화하고 있음을 드러내 준다.

> 천하의 사물이 대개 형체가 있는 것은 모두 이치가 있다. 크게는 산수에서부터 작게는 돌멩이와 나무토막에 이르기까지 그렇지 않은 것이 없다. 사람들이 유람한다는 것은 이러한 사물을 보고 흥을 부쳐 즐거움을 삼는 것이니, 이것이 누대와 정자를 짓는 까닭이다. 무릇 형체가 기이한 것은 겉으로 드러나는 데에 있어 눈을 즐겁게 하고, 이치가 오묘한 것은 은밀한 데에 숨어 있어서 마음으로 체득하는 것이다. 눈으로 기이한 형체를 보고 즐기는 것은 어리석은 자에게나 지혜로운 자에게나 한가지로되 그 치우친 것만을 보게 되고, 마음으로 오묘한 이치를 체득하는 것은 군자라야 그렇게 하는 것으로 그 온전한 것을 즐기는 것이다. 공자께서 이르기를, '어진 자는 산을 좋아하고 지혜로운 자는 물을 좋아한다.'라고 하셨으니, 이는 기이한 것을 즐겨 그 치우친 것만을 보는 것을 이름이 아니요, 대개 그 오묘한 것을 체득하여 그 온전함을 즐기는 것을 이름이다.[20]

위의 글은 관동지방에서 임기를 마치고 돌아온 박숙의 청에 따라 근재가 쓴 것이다. 부탁을 받은 것은 근재가 관동지방의 존무사로 떠나기 전인 충숙왕 13년(1326)이었다. 뭇사람들이 관동의 형승을 말할 때면 으레 국도나 총석정을 꼽는데, 박숙은 경포대가 잊을 수

---

20) 안축, 「鏡浦新亭記」, 앞의 책, 권1. 天下之物 凡有形者皆有理 大而山水 小而至於拳石寸木 莫不皆然 人之遊者 覽是物而寓興 因以爲樂焉 此樓臺亭榭所由作也 夫形之奇者 在乎顯而目所翫 理之妙者 隱乎微而心所得 目翫奇形者 愚智皆同而見其偏 心得妙理者 君子爲然而樂其全 孔子曰 仁者樂山 知者樂水 此非謂翫其奇而見其偏 蓋得其妙而樂其全也.

없는 곳이라고 했다. 당시까지만 해도 실제로 관동지방에 가보지 근
재로서는 박숙과 다른 사람들의 견해가 다른 것이 괴이하기만 했다.
그래서 실제로 관동의 형승을 한번 본 뒤에 기문을 쓰기로 했던 것
이다. 그 뒤 충혜왕 1년(1331) 강릉도 존무사로 나가 관동지방을 두
루 둘러본 뒤에 쓴 것이 이 글이다.

여기서 사물이라고 일컬은 대상의 구체적인 모습은 경치다. 근재
는 경치에 두 가지가 있다고 했다. '형체가 기이한 것'과 '이치가 오
묘한 것'이 그것이다. 이 두 가지 경치에는 각각 이치가 있으니, 형
체가 기이한 것은 겉으로 드러나서 보고 즐길 수 있고, 이치가 오묘
한 것은 은밀한 데 숨어 있어서 마음으로 체득할 수 있다고 했다.
인용문에서 말한 '형체'가 자연의 외면적 모습이라면, '이치'는 자연
속에 내재한 것이라 할 수 있다. 유람하는 사람들은 이러한 자연을
보면서 흥을 부쳐 즐거움으로 삼는다고 했다. 자연을 대하여 흥을
일으키고, 또 그것이 즐거움이 되는 것은 자연에 아름다움, 곧 '자연
미'가 있기 때문일 것이다. 따라서 이 글은 자연의 외면적 아름다움
과 내재적 아름다움을 가려 말했다고 할 수 있다.

형체가 기이한 것, 곧 외면적 자연미는 겉으로 드러나는 것이므
로 눈으로 보고 즐길 수 있다고 했다. 이에 반해 이치가 오묘한 것,
곧 내면적 자연미는 겉으로 드러나지 않으므로 마음으로 체득하는
것이라고 했다. 외면적 자연미는 누구나 찾아볼 수 있는 것이나, 자
연미의 일부 곧 외형만을 보는 데 그친다고 했다. 그러나 내면적 자
연미는 군자만이 찾아볼 수 있는 것으로, 이미 외면적 자연미를 아
우르므로 자연미의 전부를 온전하게 볼 수 있다고 했다. 요컨대, 자
연미는 외면은 물론 내면까지 아울러 보아야 온전히 즐길 수 있다는

것이며, 특히 내면적 자연미의 발견에 훨씬 더 큰 비중을 두고 있음을 알 수 있다.

위의 인용문의 뒷부분에 의하면, 개념적으로 나누어 본 외면적 자연미와 내면적 자연미의 구체적 대상으로 국도, 총석정과 경포대를 각각 들고 있다. 국도와 총석정에 대해서는 '기이한 바위와 괴상한 돌이 실로 사람의 눈을 놀라게 하니 곧 기이한 형체의 한 사물이다.'라고 했고, 경포대에 대해서는 '담연한광(淡然閑曠)하여 기이한 사물이 사람의 눈을 놀라게 하는 것은 없고, 다만 멀고 가까운 산수가 있을 따름이다.'라고 했다. 이어 경포대 주변 산수의 멀고 가까운 모습을 형용한 뒤, '내가 오래도록 앉아 고요히 눈을 감고 생각했으나 아득히 정신이 한 곳에 집중되는 것을 깨닫지 못했다. 지극한 맛은 한가하며 담담한 가운데 있고, 고상한 생각은 기이한 형체 밖을 넘어 마음으로는 홀로 알아도 입으로는 형용하여 말하지 못할 것이 있다.'라고 했다.21)

국도나 총석정은 기이한 형체라는 외면적이고 개별적인 자연미를 갖춘 사물이고, 경포대는 말로는 표현할 수 없이 마음으로만 느껴지는 내면적이고 개별적인 자연미를 갖춘 사물로 파악했음을 알 수 있다. 비록 공자의 말을 빌어 내면적 자연미를 외면적 자연미보다 우위에 둠으로써, 자연을 매개로 한 미를 규범화할 조짐이 보이기는 하나, 총석정이나 경포대를 통해 말한 자연미의 내용이 그대로 돌섬 일반이나 누대 일반에 적용될 수 있는 것은 아니다. 곧 총석정이나 경포대의 개별적 미에 한정하여 말했을 따름이다.

---

21) 같은 책, 같은 곳. 余久坐而冥搜 不覺漠然凝神 至味存乎閒淡之中 逸想超乎奇形之外 有心獨知之 而口不可狀言者.

(4) 강호생활의 동경

이른바 '강호문학'이라고 하는 것은 조선조 중기 이후 이현보와 송순으로부터 본격화 했다는 것이 주지의 사실이다. 그러나 그 발단은 사대부층의 양면적 생활 속성에서 찾을 수 있을 것이다.[22) 근재는 평생을 관료로 지낸 사대부다. 그런 그에게 강호생활이라는 말 자체가 합당하지 않음은 당연한 일이다. 그러나 몸은 환로에 있으면서도 때로 그러한 현실이 기대하는 방향으로 나아가고 있지 않을 때, 그 현실로부터 벗어나고자 하는 생각도 들었을 것이다. 몇몇 자료를 통해 근재의 강호생활에 대한 동경의 모습을 살펴보기로 하자.

근재의 강호생활에 대한 동경은 대개 세 가지로 나타난다. 첫째는 관인으로서의 한계를 느꼈을 때 일종의 도피책으로 강호를 동경하는 경우다. 둘째는 이미 세상을 등지고 사는 인물들을 생각하며 그 생활을 부러워하는 경우다. 셋째는 신라 때 사선이 남긴 자취를 보며 그들을 회고하고, 그들과 먼 거리에 있는 자신의 처지를 아쉬워한 경우다. 첫째 경우를 보여주는 예로 「차운허정언견기」라는 시의 전반부를 들어보자.

---

22) 조윤제, 『韓國文學史』(서울: 동국문화사, 1963), 130~141쪽 참조. 강호문학의 발단에 대해 벽사는 "中央의 官僚인 동시에 地方의 地主인 이들 士大夫는 進하면 朝廷의 官僚로서 佐君澤民의 治績을 올리고, 退하면 江湖의 處士로서 吟風弄月의 高致를 누리는 兩面의 生活世界를 가지게 되었다. 이러한 士大夫의 生活의 兩面性은 또한 그들의 文學으로 하여금 兩面의 世界를 가지게 하였다. 經國의 文章으로 不朽의 盛事를 粧飾하는 館閣文學 - 官僚的 文學과 逸世의 情趣를 追求하고 閑適한 人生을 自樂하는 江湖文學 - 處士的 文學이 그것이다."라고 했다., 李佑成, 「高麗末 李朝初의 漁夫歌」, 『論文集』 9(서울: 성균관대, 1964), 15쪽.

등불 앞에 우연히 「북산이문」 읽고,
돌아가 쉼이 너무 늦은 것을 부끄러워하네.
풍속이 야박해 어느 누가 내 교화를 따르리.
폐단은 많은데 이 시절 구할 계책이 없네.
燈前偶讀北山移　　自愧歸休已太遲
俗薄何人遵我敎　　弊深無計救今時[23)]

　　이 작품으로 보아 근재가 느낀 한계는 교화가 순조롭지 못하고
당시의 열 가지 폐단으로부터 시절을 구할 계책이 없다는 것이다.
임금의 명을 받들어 존무사로 내려온 근재의 교화가 제대로 이루어
지지 않는 것을 풍속이 야박한 데서 찾았다. 풍속의 야박은 근원을
거슬러 올라가면 기실 정사가 올바로 이루어지지 않고, 그에 따라
세상이 혼란스럽기 때문이다. 계책이 없다고 하여 그 책임을 자신에
게 돌리고 있으나, 관료의 한 사람인 근재 개인의 책임이라기에는
벅찬 문제가 아닐 수 없다. 말은 자신의 무능 탓이라고 했으나 근재
자신도 어느 개인의 힘으로 해결될 수 없는 문제임을 알았기에 돌아
가 쉼이 너무 늦어 부끄럽다고 했을 것이다. 귀거래의 기회를 일찍
이 얻지 못한 아쉬움이 짙게 나타나 있다.
　　작자는 귀거래를 생각하게 된 동기로 「북산이문」을 들었다. 이
글은 중국 남북조시대 남제의 문인인 공덕장(孔德璋, 447~501)이 주
옹(周顒)이라는 인물의 변절을 산신의 말을 빌려 꾸짖은 글이다. 주
옹이 처음에 종산(鍾山)에 은거하다가 조명에 응해 벼슬을 살고 다시
종산으로 들어오려 했다는 것이 변절의 구체적인 내용이다. 이미 환

---

23) 안축, 「次韻許正言見寄」, 앞의 책, 권1.

로의 공명에 뜻을 두었던 자는 강호로 돌아올 자격이 없다는 것이다. 근재는 스스로의 처지가 주옹과 같다고 생각했기에 부끄럽다고 했을 듯하다.

뒤늦게 부끄럽다고 느끼기는 했지만, 근재가 처음 택한 길은 환로에서 공명을 이루는 것이었다. 근재의 약력으로 보아 결코 공명을 이루지 못했다고 할 수는 없으나, 공명을 이룸에 끝이 있는 것도 아니다. 그래서 자신이 지나온 길을 돌이켜보며 이렇게 읊기도 했다. "돌이켜 지금의 공명 이루는 길 살펴보니 / 편안히 송곳 세울 만한 데도 없구나."24) 공명을 이루는 길은 송곳 세울 만한 여지도 없이 어려운데, 공명을 이룰 교화의 계책마저도 없다는 것이 그가 느낀 스스로의 한계였다. 그래서 강호로 돌아갈 생각을 하기도 했다.

> 도롱이 쓰고 고깃배 타기 평생 기약인데,
> 티끌 묻힌 채 길 가는 일은 조만간 그만두려네.
> 간성 남쪽 거울 같은 호수에 달빛 비추면,
> 예전 살던 곳이라고 하필 내 고향을 그리랴.
> 雨蓑漁艇平生約　塵袂征鞍早晚休
> 若賜城南鏡湖月　舊居何必戀吾州25)

농부나 어부가 되는 것이 평생의 기약이라고 고쳐 말하고, 세상에 휩쓸려 하는 벼슬살이를 그만두겠다고 했다. '간성 남쪽 거울 같은 호수의 달'은 이 시를 지은 간성 지방의 것을 가리키는 것이겠지

---

24)「白鷗」, 같은 책, 같은 곳.
25)「次韻杆城客館詩」 후반부, 같은 책, 같은 곳.

만, 산수 일반을 뜻하는 것으로도 볼 수 있을 것이다. 마지막 줄의
의미도 역시 간성의 산수가 작자가 살던 고향의 산수보다 낫다는 것
이기보다는, 굳이 고향을 버려서라도 세속을 떠나 산수에 노닐고자
하는 간절한 뜻으로 보아야 할 것이다. 그러나 쉽사리 귀거래를 결
단할 처지도 못되었다.

> 말에 앉아 관동길을 가더니,
> 가을 곡식 여물자 다시 괴원에 들어가네.
> 아전과 백성들은 옹졸한 정사에 물렸겠지.
> 산수도 범용한 재주가 싫으렷다.
> 어제 이미 수레 밀어 보냈는데,
> 오늘 어이 가다가 돌아오는고.
> 물새 바라보기 하 부끄럽구나.
> 헛되이 낚시터 앞을 지나가려니.
> 鞍馬關東路　秋黃再入槐
> 吏民嫌拙政　山水猷凡才
> 昨已推相送　今胡去又廻
> 多慚見沙鳥　虛過釣魚臺[26]

　이 작품은 근재가 존무사의 일을 마치고 개경을 향하던 중 다시
조정으로부터 추제(秋祭)를 올리라는 전갈을 받고 지은 것이다. 수
연의 '괴원'은 외교문서를 담당하던 조정의 부서로, 존무사의 직임
을 마치고 다시 조정에 들어가는 것을 뜻한다. 돌아가는 마당에 그
간의 일에 대해 스스로 평가하는 내용으로 함연을 이었다. 함연의

---

26) 「八月將赴京又有旨仍行秋祭南行路上有作」, 같은 책, 같은 곳.

전반부인 3행은 자신의 공적인 임무에 대한 평가다. 지방의 아전과 백성들의 안녕을 제대로 보살피지 못한 데 대한 아쉬움을 그렇게 표현했다.

4행은 산수에 대한 자신의 태도를 평가한 것이다. 존무사의 직책을 맡음으로써 잠시 조정을 떠나 한층 자연과 가까이 할 기회가 많아졌다. 그럼에도 산수와 친화할 수 없었던 데 대한 이유를 자신의 범용한 재주로 미루었다. 범용한 재주의 구체적인 사례로 헛되이 낚시터를 지나는 모습을 들었다. 물새 또한 산수를 구체적으로 나타낸 대상이기에 바라보기 부끄럽다고 한 것이다.

자연에 비추어 본 자신의 모습이 부끄러움으로 나타났다면, 자신에게 비추어 본 자연은 부러움의 대상으로 나타난다. "티끌세상에서 말을 따라다니는 것이 싫어져 / 공연히 낚싯배 가득 부서지는 물보라를 부러워하네. / 내 관어대로 내려가는 길을 알거니 / 언제나 도롱이 입고 함께 물가에 가보나."[27)가 그것이다. 둘째 경우를 보여주는 예로 「차운기제장수재유거」라는 시를 들어보자.

　　　　경치 좋은 곳은 천금으로도 얻기 어려운데,
　　　　산새와 들학이 갈매기와 뒤섞였네.
　　　　어찌하면 푸른 물결 이는 물가에 집을 짓고,
　　　　함께 낚싯대 쥐고 모든 일 쉬어 볼까.
　　　　勝地千金不易求　山禽野鶴混沙鷗
　　　　若爲卜築滄波上　同把漁竿萬事休[28)

---

27) 「寄題丹陽北樓詩」 후반부, 같은 책, 같은 곳. 自嫌塵土隨征馬 空羨烟霏滿釣舟 我識觀魚臺下路 綠蓑何日共臨流.

이 시는 장수재라는 은자에게 부쳐 쓴 것이다. 장수재를 두고 쓴
또 다른 작품에서는 "어제는 성 서쪽 여기저기 다니다가 / 전원 깊은
곳에서 안개 낀 경치 보았네. / 말 멈추고 하던 말 은군자가 있겠다.
/ 여기가 바로 선생이 세상 등진 집일세."29)라는 것이 있다. 이것으
로 보아 근재는 은자가 있다는 말을 듣고 그를 찾아 나섰던 듯하다.
찾아 나선 것은 동경하고 부러워하는 마음이 들었기 때문일 것이다.
　장수재가 은거하는 곳이 문헌에 구체적으로 밝혀져 있지는 않으
나 통천에서 해안을 따라 남행하는 길에 찾아간 것이 뒤에 인용한
작품을 이루었다. 앞에 인용한 작품은 서울로 되돌아가는 길에 다시
찾아보고 지은 것으로 추측된다. 그 은거지는 바다에 임해 산새와
들학과 갈매기가 뒤섞여 노는 곳이다. 그런 곳에서 모든 일을 그만
두고 어부로 지내려는 바람이 나타나 있다.
　강릉에 이르러서는 모산의 은자인 최대현에게 다음과 같은 시를
지어서 보냈다. "평생에 배운 바 강상의 도리 / 세상 깔보는 마음
높아 바닷가 농촌에 사네. / 영화나 명예를 헌신 같이 하찮게 여기
는데 / 가죽 띠를 벼슬과 바꾸는 걸 달가워하리."30) 영화로운 이름
을 좇아 환로에 나섰으나 그 한계를 절실하게 느낀 근재로서는 세상
을 깔보고 공명을 헌신 같이 여기는 최대현이 마냥 부러웠을 것이
다. 빈천하나마 산수를 벗하여 사는 은자의 생활(가죽 띠)과 영화와
명예를 얻는 높은 벼슬(금장)을 바꾸지 않으리라는 말은, 최대현의

---

28) 「次韻寄題張秀才幽居」, 같은 책, 같은 곳.

29) 「次韻張秀才見贈」, 같은 책, 같은 곳. 昨日城西四顧行 桑麻深處望烟光 停驂謂有隱
　　君子 此是先生避世堂.

30) 「贈母山崔大賢」, 같은 책, 같은 곳. 平生所學是綱常 傲世心高魚稻鄕 下視榮名如弊
　　屣 肯將韋帶換金章.

태도를 빌려 사실은 작자 자신의 희망을 나타낸 것이라 할 수 있다.

셋째 경우를 보여주는 자료는 상당히 많은 편이다. 회고와 아울러 만나볼 수 없는 아쉬움을 나타낸 대목을 몇몇 작품에서 뽑아 보기로 하자.

(가)
사선이 일찍이 여기 모였으니,
때로는 맹산군의 문객만 하였으리.
구슬 신 신은 무리 구름처럼 자취 없고,
푸른 관솔은 불에 타 사라졌네.
(중략)
오직 남은 건 차 달이던 우물,
돌부리 옆에 의연히 남아 있구나.
四仙曾會此　客似孟嘗門
珠履雲無迹　蒼官火不存 ……
惟有煎茶井　依然在石根[31)]

(나)
(전략)
무슨 글잔지 비석에 새긴 자취 찾기 어렵고,
궁상의 음률은 뱃노래로 변한지 오래일세.
오직 남아 있는 건 비석에 새긴 붉은 글씨,
사선의 만고정을 누구라 알아보랴.
甲乙難尋碑篆跡　宮商已變棹歌聲
惟餘石面丹書在　誰解仙郎萬古情[32)]

---

31) 「題寒松亭」, 같은 책, 같은 곳.

(다)
(전략)
신라 때 사선의 무리
구슬 신 신고 정자 위에 노닐었네.
당시의 비석 상기도 있어,
손으로 어루만지며 한스러이 바라보네.
(후략)
羅代四仙徒　簪履游亭上
當時碣猶存　摩挲空悵望[33]

(라)
(전략)
옛 사선이 다시 올 수 있다면,
예서 그들을 좇아 놀리라.
古仙若可作　於此從之游[34]

　　사선은 동해안 일대의 명승지마다 널리 전해져 오는 화랑들이다.
이들은 "서로 도의로써 연마하고 혹은 서로 가악으로써 즐기며, 산수
에 노닐어 멀리 이르지 않는 곳이 없었다."[35]라는 기록에서 알 수
있듯이, 일찍이 산수와 가까이 했던 전례를 남긴 대표적인 인물들이
다. (가)와 (나)에서는 사선과 그들을 따르는 무리들은 사라지고 없는
데, 그 남긴 자취만이 우물과 비석에 새긴 글자로 남아 있다고 하면서

---

32) 「再游三日浦次板上詩」 후반부, 같은 책, 같은 곳.
33) 「叢石亭宴使臣有作」 중간 부분, 같은 책, 같은 곳.
34) 「永郎湖泛舟」 끝부분, 같은 책, 같은 곳.
35) 金富軾 等編, 『三國史記』 권4. 或相磨以道義 或相悅以歌樂 游娛山水 無遠不至.

그 오랜 뜻을 알 사람이 드물다고 했다. (다)에서는 회고의 뜻을 넘어서 사선을 만나볼 수 없는 것이 한스럽다고까지 했다. 「삼일포」라는 제목의 시에서도 "슬프다! 이 내 몸 늦게 태어나 / 눈에 가득 수심 구름 짙구나."[36]라고 하여 같은 생각을 드러냈다. (라)에서는 돌아올 수 없는 사선이 돌아올 경우를 가정하여 좇아 노닐겠다고 함으로써 사선들처럼 산수에 노닐고자 하는 생각을 절실하게 나타냈다.

이상에서 근재가 자연을 어떻게 인식했는가를 자연물 자체에 대한 생각에서부터 자연의 아름다움을 보는 시각을 거쳐 강호생활에 대한 태도에 이르기까지 살펴보았다. 근재는 자연물에 공허하고 비현실적인 관념을 부여하는 태도를 배격하고, 객관적인 토대 위에서 파악하고자 했음을 볼 수 있었다.[37] 자연물 자체에서 촉발되는 흥을 경물화하여 나타낸 예가 그가 지은 경기체가임도 보았다. 자연미는 개별적으로 파악하되, 외면에서 오는 것과 내면에서 오는 것으로 나누어 보았다. 외면적 자연미보다 내면적 자연미에 우위를 두고, 내면적인 미를 보는 데 이르러야 자연미를 온전히 파악할 수 있다고 했다.

근재는 강호의 자연을 세속의 헛된 부귀영화나 혼란스러움으로부터 벗어난 곳으로 보았다. 관인으로서 한계를 느낄 때마다 강호를 동경하기는 했으나, 그것은 늘 동경으로 그치고 말았다. 그 까닭은 그가 세속적 영달에 미련이 있어서가 아니라, 참담하게 살아가는 민생들의 현실생활을 바라보는 그의 현실인식에 연유하는 것으로 보인다. 이 문제를 다음 절에서 살피고자 한다.

---

36) 안축, 「三日浦詩」 끝부분, 앞의 책, 같은 곳. 嗟余生苦晚 滿目愁雲濃.

37) 이러한 예는 근재에게서만 발견할 수 있는 것은 아니다. 고려 후기의 사대부층에서 두루 발견되는 현상이다. 이 책 제3부의 「사물인식과 고려 사대부 문학관」 참조.

2) 현실에 대한 인식태도

(1) 지식인·관인으로서의 고민

근재가 당대의 사회현실을 어떻게 보았는가 하는 문제는 우선 그의 처지와 관련지어 보는 것이 좋을 듯하다. 그 까닭은 그가 당대의 사회를 이끌어간 지배계층의 한 사람인 동시에 교양을 갖춘 지식인이었기 때문이다. 그 당시에는 관인 사대부가 곧 지식인이었으므로, 지식인과 관인의 처지로 나누어 살피기도 어려울뿐더러 그럴 필요도 없다. 그 두 가지 처지가 확연히 구분되지 않기 때문이다. 먼저 다음의 시를 보기로 하자.

> 글 읽어 도를 구하려 했으나 끝내 이룬 것 없어,
> 밝은 세상에 이 행색이 스스로 부끄럽네.
> 다만 우둔함 다해 실용 학문 시행하려는데,
> 감히 우뚝한 체하며 헛된 명성을 훔치랴.
> 민생이 도탄에 빠져 구하기 어려움을 알겠고,
> 나라의 병이 고질 되어 생각만 해도 놀랍네.
> 시름하는 베갯머리에 잠은 편치 못하고,
> 누워 깊은 밤 쏟아 붓는 산비 소리만 듣누나.
> 讀書求道竟無成　自愧明時有此行
> 但盡迂疎施實學　敢將崖異盜虛名
> 民生塗炭知難救　國病膏肓念可驚
> 耿耿枕前眠未穩　臥聞山雨注深更[38]

---

38) 안축, 「天曆三年五月受江陵道存撫使之命 是月三十日發松京 宿白嶺驛 夜半雨作有懷」, 앞의 책, 같은 곳.

긴 제목을 통해 알 수 있듯이, 이 시는 근재가 강릉도 존무사의 명을 받고 개경을 떠나 백령역에서 첫 밤을 보내며 그 감회를 읊은 것이다. 전반부는 대체로 지식인으로서의 자기 처지의 자각과 다짐을 말한 부분이다. 도를 구하지 못해 부끄럽다는 말은 새로운 직임을 받은 데 대한 겸양일 수도 있다. 겸손한 자세로 실용적인 학문을 베풀겠다고 다짐했다. 실용적인 학문의 성격은 헛된 명성이라는 말과 대구를 이루고 있으므로 가늠해볼 수 있다. 우뚝한 체하며 학문을 자랑하지 않고, 명성을 얻기 위해 실용적 학문을 베푸는 것이 아니라는 뜻이겠다.

후반부는 다스리는 자로서 당면한 현실에 대해 어떻게 대처할 것인가를 고민하는 대목이다. 막 직임을 받고 떠나온 길이므로 아직 실제 상황에는 직면하지 못했을 것이다. 문제의 구체적인 소재가 어디인가를 알 수 없기에 생기는 고민을 그렇게 표현했다. 민생이 도탄에 빠졌다는 생각이나 나라의 병이 고질이 되었다는 진단은 막연하다고 할 수밖에 없다. 막연하기에 잠자리는 시름으로 편할 수가 없는 것이다. '깊은 밤 쏟아지는 산비'라는 표현을 통해, 문제에 대한 해답을 알지 못해 암담한 마음과 시름의 크기와 무게를 효과적으로 나타냈다고 할 수 있다.

> 음양이 조화를 잃어,
> 뭇 용들이 편히 쉬지 못하네.
> 음산하게 성난 기운 현묘한 기미를 발하니,
> 하늘에서 쏟아지는 비 기세가 급하네.
> 사나운 물줄기로 앞내가 넘치고,

질펀히 들 언덕도 잠기었구나.

물이 넘쳐도 비는 그치지 않아

모두들 샘 고을이 되겠다고 하네.

민가를 휩쓸어 갈까 그것이 두렵고,

곡식 낟알 상할까 그것이 더 걱정이네.

내가 다스리는 곳을 돌아보니,

이 재앙을 그 누가 책임지랴.

정성이 모자라 하늘을 감동시키지 못하고,

일어섰다 앉았다 답답할 뿐이네.

원컨대 하늘이시여 이 몸에 벌을 내리사,

생민들의 흐느낌을 애처롭게 들어주소서.

二氣失調燮	群龍未安蟄
陰怒發玄機	懸空雨勢急
暴流漲南川	浩浩沒原隰
水溢雨不止	皆言及井邑
惟恐卷人家	更憂傷穀粒
顧余牧一方	此咎其誰執
誠微不動天	起坐徒悒悒
願天罪我躬	哀聽生民泣[39)

근재가 화주에 이르렀을 때 큰비가 내렸다. 비가 몹시 내려 홍수가 지는 것은 하늘의 처사이므로 어찌할 수 없다는 생각을 보여주면서도, 그 직접적인 원인을 음양이 조화를 잃은 데서 찾고 있음을 볼 수 있다. 천재지변은 하늘이 내리는 것이지만, 그 계기는 인간세상

---

39) 「大雨歎」, 같은 책, 같은 곳.

이 조화를 잃을 때 마련된다는 생각은 고대에서부터 중세사회에 이르도록 일반적이다.40) 이렇게 볼 때, 큰비가 내린 것은 하늘의 음양이 조화를 잃었기 때문이지만, 그 근본적인 원인은 인간세상의 음양이 조화를 잃었기 때문이라고 할 수 있다.

예컨대, 다스리는 자와 다스림을 받는 자 사이의 조화가 깨진 것 등을 들 수 있을 것이다. 잘못 다스림에 대한 죄를 작자 자신에게 돌린 것이나 작자의 정성이 미약해 하늘을 감동시키지 못했다고 탄식하는 대목에서 그 구체적인 모습을 찾아볼 수 있다. 그러나 작자가 모든 죄를 자신에게 돌렸다고 해서 해결될 수 있는 문제는 아니다. 작자도 그런 사실을 알기에 '일서섰다 앉았다 답답할 뿐'이라고 한 것이다.

어느 개인의 힘으로 해결할 수 없는 문제를 당면하고 있는 작자로서는 자신의 능력이 역부족임을 절감했을 것이다. 고성 객관에서 지은 시의 끝에 "여러 차례 쇠하고 황폐해진 고을이라 / 민생을 건질 재주가 없구나"41)라고 한 것이나, "큰물과 가뭄이 잇달아 흉년을 당했는데 / 물리치러 가지 못하고 허둥댄 지 오래일세 / 능력은 적고 임무는 막중해 피곤하기만 한데 / 북으로 갔다 남으로 왔다 분주하기만 하네."42)라는 대목에 그러한 점이 잘 나타나 있다. 관인이자

---

40) 『삼국사기』 본기에 나타나 있는 천재지변은 반란 등 정치적 동향과 밀접한 관계에 있다는 것이 이미 밝혀진 바 있다. 申瀅植, 『三國史記研究』(서울: 일조각, 1980) 참조. 오래도록 가뭄이 들거나 큰물이 지면, 임금이 음식을 간소히 하고 죄수를 석방하는 등의 조치를 한 기록도 역대 문헌에서 다수 찾아볼 수 있다.

41) 안축, 「次高城客館詩韻」, 앞의 책, 같은 곳. 屢經凋弊邑 無術濟民生.

42) 「二十九日馬上卽事」, 같은 책, 같은 곳. 水旱相仍值歲荒 推擠未去久遑遑 力微任重今方困 北去南來太似忙.

지식인으로서의 작자의 처지와 고민을 다음의 시에서는 사공과 대
조하여 표현한 점이 흥미롭다.

>물결 위의 새는 노에 닿을 만큼 가까운데,
>노는 고기는 그물로 떠낼 수 없게 깊이 있구나.
>사공을 감히 업신여길소냐.
>그 손에 사람 건네주는 재주가 있다네.
>浪鳥近堪枻　游魚深莫罾
>篙師敢輕淺　手有濟人能[43]

　이것은 징파도라는 나루를 건너면서 지은 시의 후반부다. 물결
위를 나는 새와 물속에 노는 물고기가 서로 대를 이루면서 각각 사
공, 작자 자신과 다시 짝을 이루고 있다. 물결 위의 새는 가까이 있
으나 생계와 직접적인 관계가 없다. 반면에 노는 물고기는 생계의
수단이 될 수 있으나 너무 깊은 데 있어서 그물로 떠낼 수가 없다고
했다. 사공은 배를 저어 능히 사람을 건너편 나루로 건네줄 수 있다.
그러나 작자는 능력이 부족하여 도탄에 허덕이는 생민을 건져줄 수
없다. 사공이 강물을 건네주는 것은 손쉬운 일이면서 백성들의 생계
에는 직접적인 관련이 없지만, 작자가 생민들을 건져주는 일은 백성
들의 사활이 걸린 문제이면서도 마치 깊은 물속에 놀아 잡을 수 없
는 물고기처럼 어렵기만 하다는 것이다.

---

43) 「過澄波渡」 후반부, 같은 곳.

권태롭게 남북으로 오가는 길은 아득한데,
북질 하듯 왔다갔다 무에 그리도 바쁜가.
푸른 산기슭 끊긴 곳에서 불탑도 구경하고,
가로지른 봉우리 높은 곳에선 걸상에 앉아도 보네.
늙은 까마귀 나무에 앉은 마을에는 가을 연기가 엷고,
여윈 말이 서 있는 물가의 언덕에는 시드는 풀이 누렇구나.
피폐한 고을 쇠잔한 백성들이 정녕 민망스러워,
한 해 먹고 살아야 할 농사 길쌈을 다 망쳤네.

倦游南北路茫茫　　來往如梭有底忙
翠麓斷時看佛塔　　橫峰高處踞胡床
老鴉村樹秋烟淡　　瘦馬河堤暮草黃
弊郡殘民誠可憫　　一年生理失農桑[44]

　고성에서 길을 가다가 잠시 쉬며 지은 것이 이 시다. 이 시의 전
반부에서는 멀리 있는 것을, 후반부에서는 가까이 있는 것을 대조시
켜 나타내고 있다. 첫 줄에서는 존무사로 나선 작자의 모습을 그렸
다. 북질 하듯 바쁘게 오가는 길이기에 권태롭고 아득하게 느껴졌을
것이다. 그러나 그 길이 유람이 아니라 '치민의 도'를 펴는 길이므
로, 멀고 아득하다는 의미를 노정이 멀다는 것으로만 이해하고 말
일은 아니다. 함연에는 멀리 보이는 불탑을 그렸다. '푸른 산기슭
끊긴 곳'과 '가로지른 봉우리 높은 곳'이라는 말에서 불탑이 먼 거리
에 있음을 알 수 있다. 불탑이 중생들에게 자비를 베푸는 부처의 상
징물이라면, 불탑이 멀리 있다는 말도 실제의 거리를 말한 것으로만

---

44) 「高城道中小歇」, 같은 곳.

받아들여서는 안 될 것이다.

이 시의 전반부에서 멀다고 한 말의 구체적인 의미는 후반부에 나타난 가까운 정경의 묘사와 관련지어 보면 분명해진다. 늙은 까마귀가 나무에 앉아 있는 마을이나 여윈 말이 서 있는 물가 언덕은 전반부에 표현된 정경에 비해 가까운 정경이다. 그 가까운 데 있는 주체가 곧 늙은 까마귀와 여윈 말이고, 이들은 다시 엷은 가을 연기, 누렇게 시드는 풀과 각각 연결되어 있다. 이들이 갖는 공통적인 이미지는 미연의 피폐한 고을, 쇠잔한 백성, 흉년 등의 말에 바로 결려 있음을 볼 수 있다.

늙은 까마귀가 마을 나무에 앉아 있는 모습에서 마을이 황폐해져 사람이 별반 살지 않음을 읽을 수 있다. 밥 짓는 연기가 엷다는 말이 그러한 사정을 뒷받침해준다. 여윈 말과 물가 언덕의 누렇게 시드는 풀에서 가뭄으로 흉년이 든 마을의 실상을 알 수 있다. 백성들이 쇠잔한 목숨을 근근이 이어가는 것이 가까운 현실인데 대해 바삐 오가기는 하지만 치민의 도를 실현할 길은 아득하기만 하고, 부처의 자비도 멀기만 하여 현실생활에 미칠 수 없음을 이렇게 나타낸 것이라 하겠다. 그래서 '정녕 민망스럽다'고 작자의 고민을 털어놓은 것이다.

> 아전이 시내길 따라 이끄는데,
> 평평한 밭에는 뽕나무도 드문드문.
> 숲 속에서는 사나운 개 만났고,
> 얼음장 밑으로 작은 물고기 보았네.
> 대문 앞엔 수레 말 발자국이 분주한데,
> 집안에는 한두 섬 모아 둔 식량도 없네.

시절에 상심하여 하릴없이 지붕만 쳐다보니,
겨울 해가 황폐한 집터를 비추누나.
吏引緣溪路　平田桑柘疎
林間逢猛犬　氷底見纖魚
門有輪蹄困　家無磑石儲
傷時空仰屋　寒日照荒墟[45]

　옥계역[46]을 지나며 지은 작품이다. 뽕나무[桑]와 산뽕나무[柘]조차 찾아보기 어려운 것으로 생업과 민생이 피폐함을 나타냈다. 숲속의 사나운 개와 얼음장 밑의 작은 물고기가 대를 이루고 있다. 대문 앞으로 분주하게 다니는 수레 말의 행렬과 집안에 모아놓은 것 없는 식량이 역시 대를 이루고 있다. 병을 고칠 약이 없어 생민의 처지는 얼음장 밑에 있는 가냘픈 물고기의 형상인데, 민생을 살핀다고 내려오는 관리들의 행렬은 효험 없이 많기만 하여 오히려 사나운 개를 만난 듯하다는 뜻일 수 있다. 이러한 시세에 마음이 아파 하늘을 쳐다보지만 초겨울의 싸늘한 해가 황폐한 마을을 비출 뿐이라고 했다. 집안에 병들어 누워 있는 사람을 고치는데 문 밖에서 나다니는 일은 도움이 될 수 없다. 집안에 있는 약 노릇을 하지 못하고 문 밖으로 나다니기만 하는 작자의 고민이 나타나 있는 작품이다.

---

45) 「十一日過王溪驛」, 같은 곳.
46) 시 제목의 왕계(王溪)는 옥계(玉溪)를 잘못 표기한 것인 듯하다. 철령에서 개경으로 돌아오는 길인 연천현에 옥계역이 있다. 이행 등편, 『신증동국여지승람』 권13. 漣川縣 驛院條 참조.

> 민간의 병을 구하지 못하고,
> 어찌 나라를 살지게 하리오.
> 동해의 물을 쏟아 붓는다 해도
> 이태 사이의 잘못을 씻기는 어려우리.
> 未救民間病　寧敎國體肥
> 縱傾東海水　難洗二年非[47)]

　인용한 작품은 강릉도 존무사의 직임을 마치고 개경으로 돌아가는 길에 순충관을 지나며 지은 시의 후반부다. 민간의 병은 고질이 되었는데, 그 병을 고치지 못하고 돌아가는 심회를 읊었다. 한 해 전에 개경을 떠나 백령역에 이르러, 거짓 이름을 구하지 않고 실용적인 학문을 시행하겠다고 다짐했기에 별다른 소득이 없이 돌아가는 길의 심정은 착잡했을 것이다. 근재는 그것을 자신의 잘못으로 돌려, 동해바다의 물을 다 쏟아 부어도 자신의 허물을 씻기는 어렵다고 했다.

　이상에서 어느 개인의 능력이나 노력으로 해결할 수 없는 당대 사회의 모순을 자신이 책임져야 할 몫으로 생각하고 고민하는, 양심적인 사대부로서의 근재의 모습을 살필 수 있었다.

(2) '방농해민(妨農害民)'에 대한 개탄

　근재 당대의 민생이 도탄에 빠진 이유는 여러 가지로 설명할 수 있으나, 특히 명승지 근방에 사는 백성들의 생업을 위태롭게 한 것

---

47) 안축, 「至順二年 九月十七日 罷任如京 過順忠關」, 앞의 책, 같은 곳.

은 끊이지 않고 찾아오는 유상객(遊賞客)들이었다. 이들은 거의 모두
가 벼슬아치들로, 단순히 유상에 그치지 않고 그 뒷바라지를 인근
주민들에게 부담토록 함으로써 농사에 방해가 됨은 물론 생계마저
어렵게 했던 듯하다. 근재는 그러한 형편을 「국도」 시의 서문에서
"일을 좋아하는 자들이 모두 관동의 빼어난 경치는 국도가 가장 좋
다고 한다. 노닐고 구경하는 자들로 하여금 배를 준비하여 술과 음
식, 기생과 악공을 실어 농사를 방해하고 백성들에게 해를 끼치니
한 지방이 이를 고통으로 여긴다."고 했다. 「국도」 시에 이러한 사정
이 좀 더 구체적으로 나타나 있다.

> 노 젓느라 지친 사공은 더운 땀을 흘리고,
> 차린 술자리는 가난한 고을에서 마저 짜낸 고혈이리.
> 어찌하면 동해의 물을 더 붇게 해서
> 기묘한 구경거리 다 빠뜨려 이 수고 면케 할까.
> 搖棹疲民流熱汗　具筵貧邑瀝殘膏
> 若爲添作東溟水　沒盡奇觀免此勞[48]

　　예시한 곳은 「국도」 시의 뒷부분이다. 유상객들을 실어 나르느라
노를 젓는 사공이 흘리는 땀과, 술자리를 차리기 위해 가난한 고을에
서 짜낸 고혈이 묘한 대를 이루고 있다. 유상객들이 백성들의 땀과
고혈을 짜냄으로써 민생이 도탄에 빠지게 되었고, 그 민생을 구제하는
방안으로 작자가 도탄의 원인인 구경거리(국도)를 침몰 시키는 것으로

---

48) 「國島詩 并序」, 같은 곳. 그 서문에 "好事者皆曰 關東形勝 國島爲最 使遊賞者 具舟楫
　　載酒殽妓樂 而妨農害民 一方苦之."라고 했다.

제시한 점도 흥미롭다. 권력을 가진 지배계층 사람들이 좋다고 하는 구경거리가 백성들에게는 오히려 굴레가 된다는 생각을 엿볼 수 있다.

근재의 이러한 생각이 드러난 것은 「천도」 시에서도 마찬가지다. 그 후반부에 "총석정을 보면 천도는 버려도 좋은데 / 남의 말 믿은 것을 후회하네 / 관원들 멀리서 명성을 듣고 / 오고감에 시절이 없네 / 어찌 다만 뱃사람의 수고뿐이랴 / 또한 백성들의 고혈을 짜내기도 하네 / 벼락이라도 쳐서 부수지 않는다면 이 폐해가 어느 때나 없어질까"[49]라고 했다. 이 같은 민폐의 실상이 더욱 구체적으로 드러난 것이 「총석정연사신유작」이라는 시의 후반부다.

> 좋다는 말이 사방에 두루 퍼져,
> 관인들이 다투어 찾아오고,
> 근방 고을은 보내고 맞는 게 관행이 되어,
> 바삐 연회 자리를 옮겨 차리네.
> 정자 아래서 아전들은 한숨을 쉬고,
> 술동이 앞에 선녀 같은 기생은 노래 부르네.
> 백성들은 이제 농사일을 잃어,
> 처자식을 능히 기를 수 없네.
> 조금 모은 것을 이미 다 써버렸으니,
> 한번 잔치가 갈백의 구향보다 더하네.
> 누가 이 모습 그림으로 그려,
> 임금과 재상에게 갖다 바칠꼬.

---

49) 「穿島詩 幷序」, 같은 곳. 觀彼此可遺 悔余信人說 使賓遠聞名 來往無時節 豈惟舟楫勞 亦浚民膏血 霹靂不摧殘 此害何時絶.

嘉言遍四方　使賓競來訪
傍邑慣送迎　奔走移供帳
亭下吏呀咻　樽前仙妓唱
民今失農業　妻子不能養
斗蓄已殫空　一宴勝仇餉
何人寫作圖　持獻君與相[50]

　　근방 고을이 보내고 맞는 게 관행이 되었다든가 연회 자리를 바
삐 옮겨 차린다는 말은 그 자체로 보아서는 부정적인 의미가 아니
다. 그러나 그로 인해 농사일을 잃었다든가 조금 모은 것을 다 써서
한 번 잔치가 갈백의 구향보다 더하다는 말[51]과 연결됨으로써 부정
적인 의미로 바뀌게 된다. 부정적인 사실을 부정적인 사실이 아닌
듯 표현함으로써 백성들이 겪는 참담한 현실을 한층 강도 있게 전달
했다. 마지막 두 줄은 백성들의 이렇듯 참담한 실상을 조정에 알리
는 일이 바로 작자 자신이 해야 할 일임을 자각한 데서 가능한 표현
이라고 할 수 있다. 「천도」 시 뒤에 "국도·총석·천도의 세 편의 시
를 같은 의미로 마친 것은 내 뜻이 돌아가는 바가 그러하지 않을 수
없기 때문이다."[52]라고 한 말에서도 '농사를 방해하고 백성들을 해
치는[妨農害民]' 실상을 분명히 파악하고, 자신의 할 일을 새삼 뼈저
리게 느꼈음을 알 수 있다.

---

50) 「叢石亭宴使臣有作」, 같은 곳.
51) 먹을 것을 주는 사람을 죽이고 그 음식을 빼앗는다(殺餉者而奪其食也)는 뜻이다.
52) 「천도시 병서」, 같은 곳. 國島叢石穿島三詩 終之意一同 此余志所歸不敢不然.

(3) 민생 고초의 현장 고발

『관동와주』에 나타나 있는 민생 고초의 실상은 크게 세 부류로 나누어 볼 수 있다. 첫째는 변경 지방을 지키며 다스리는 자의 졸렬한 계책이나 무능으로 인해 민생이 고초를 겪게 된 경우다. 둘째는 세제나 공납상의 모순으로 인해 민생이 고초를 겪는 경우다. 셋째는 정치 경제적 모순으로 주민들이 유망하거나, 유망함으로써 황폐한 마을에 남아 있는 백성들이 고초를 겪는 경우다. 첫째의 경우를 「죽도」 시를 통해 보기로 하자.

이웃나라 군사들이 변방의 성을 침범하니,
북방 백성들과 재물이 이로부터 달아나버렸네.
병마사는 스스로 위무할 계책을 잃고,
간사한 이속이 난리를 꾸며 패하게 되었네.
隣境兵塵犯塞垣　朔方民物此來奔
元戎自失懷綏策　奸吏因成亂敗根

곡식과 고기를 간직함이 어찌 먼 계책이랴.
굶주림에 백성들의 목숨 경각에 달려 있네.
고락을 함께 하며 어진 은혜 다 베풀었던들,
죽은 사람도 나를 원망하진 않으리.
儲粟屯膏豈遠圖　阻飢民命在須臾
若分甘苦盡仁惠　雖死人無怨及吾[53]

---

53) 「竹島詩 二首 并序」, 같은 곳.

죽도는 안변 북쪽 바다에 있는 섬이다. 이 시 첫 수의 앞부분은 죽도에서 일어난 옛 일을 말한 것이다. 고려 고종 45년(1258, 무오)에 몽고가 쳐내려오자 북방의 12성이 죽도로 피난했다. 백성들의 먹을 것이 떨어졌을 때, 참모로 있던 전량(全諒)이 곡식을 내어 진휼할 것을 건의했으나 병마사로 있던 대장군은 신집평(愼執平)은 듣지 않았다. 이에 많은 백성들이 원망하자, 평소부터 딴마음을 품고 있던 아전 조휘(趙暉)와 탁정(卓正)이 백성들을 선동하여 몽고병을 죽도로 끌어들였다. 이들은 신집평을 비롯한 수령들과 자신들을 추종하지 않는 백성들을 살해하고 백성들과 재물을 약탈하여 몽고에 투항했다.[54]

1258년은 고려 최씨 정권의 마지막 집권자인 최의(崔竩)가 유경(柳璥)과 김준(金俊)에게 피살됨으로써 사실상 무인정권이 몰락한 해다. 이 해에 대몽강화가 이루어졌고, 마침내 몽고의 지배 아래 들어가게 되었다. 국난을 당해 지배자가 백성들과 고락을 함께 하지 않아 빚어진 역사의 비극적 상황을 통해 민생이 고초를 겪게 된 근원에 대해 말하고 있다. 위의 시 첫 수의 생략된 뒷부분에 "나그네가 당시의 일을 물으니 / 늙은이 마음 아파 차마 말을 못하네."[55]라고 한 것이 그것을 뒷받침해 준다. 지배층의 한 사람인 근재가 백성들과 고락을 나누어 그러한 원망이 자신에게는 미치지 않게 하겠다고 한 것으로 미루어 지배층의 잘못으로 인한 민생의 고초가 옛일만이 아니었음을 알 수 있다.

---

54) 같은 글. 戊午年兵亂 朔方十二城 入保是島 時大將軍愼執平爲知兵馬使 都兵馬錄事 全諒爲參謀 城中乏食 全諒議發粟賑給 執平持其議不從 城中人多有怨怒者 有吏趙暉 卓正二人 素蓄異志 乘衆怒謀亂 因踰城引敵 入殺知兵馬使 并十二城守令 凡民不從反者 皆殺之 驅掠民物 投于彼 由是諸城皆敗.

55) 같은 글. 行人爲問當時事 古老傷心不忍言.

고향 그리워 다시 찾은 가련한 백성들은
성을 버리고 모반한 간웅을 이야기하네.
그 당시 누가 변경의 방비책을 세웠던고.
슬프다, 융의 한번 걸칠 자가 없었구나.
懷土重遷憐噍類　棄城謀變說奸雄
當時誰握籌邊策　惆悵無人衣一戎[56]

　위의 시는 「차화주본영시운」의 후반부다. 이 또한 신집평이 몽고
병에 밀려 화주를 버리고 죽도에 들어가 결국 백성들을 고초 속에
몰아넣었던 옛일을 읊은 것이다. 동북면병마사라는 막중한 직책을
맡았던 신집평이 방어의 어려움을 내세워 우물조차 없는 죽도에 강
제로 많은 백성들을 몰아넣고 곡식을 지키기에만 급급했던 것을 빗
대어 군복을 걸칠 만한 장수가 없었다고 한 것이다.[57] 이와 비슷한
예로 「과철령」이라는 시가 있다.

　　천지가 험한 지세 베풀었다손 끝내 무에 공인가.
　　좀도둑이 백성들 몰고 땅을 쓸어 텅 비었네.
　　누가 병권을 더벅머리에게 맡겼던가.
　　지금도 남은 성채엔 슬픈 바람만 이네.
　　乾坤設險竟何功　小賊驅民掃地空
　　誰使兵權歸竪子　至今遺堞起悲風[58]

---

56) 「次和州本營詩韻」, 같은 곳.
57) 金宗瑞 等編, 『高麗史節要』 권17, 高宗 安孝大王 45년 동 10월. 高和定長宜文等十五
　　州人 徙居猪島 東北面兵馬使愼執平 以爲猪島城大人少 守之甚難 遂以十五州徙保竹
　　島 島狹隘 無井泉 人皆不欲 執平强驅而納之 人多逃散 徙者十二三., 같은 책, 같은
　　곳, 12월. 愼執平 自僑寓竹島 糧儲乏少 分遣別抄 請粟於朝廷 催運他道 守備稍懈.

철령은 한 사내가 관문을 지키면 만 명의 사내라도 열 수 없는[一夫當關 萬夫莫開]요해지다. 그러나 근재는 '그러한 지세가 무슨 소용이 있었는가?'라고 반문하는 것으로 이 시의 운을 떼었다. 좀도둑은 원나라의 반왕(叛王) 내안(乃顏)의 무리인 합단병(哈丹兵)을 가리키는 것이다. 고려 충렬왕 16년(1290, 경인)에 합단의 군사가 원나라 군사에게 쫓겨 고려의 동북지방으로 마구 들어오자, 고려 조정에서는 만호 나유(羅裕) 등을 보내 철령관을 방호하게 했다. 나유가 적이 등주에 이르렀다는 말을 듣고 겁에 질려 달아나자 합단의 군사들이 밀려들어왔다. 백성들은 이를 피해 혹은 산성에 오르고 혹은 바다 섬에 들어가 화를 피했다.[59] '더벅머리'는 곧 나유를 가리키는 말이다. 둘째의 경우로 「삼탄」을 들어보자.

> 신농씨 지은 책에 풀이름을 논하기를
> 풀 가운데 나삼이 약으로는 가장 좋다네.
> 한 뿌리에 세 가지 다섯 잎이 피어나니,
> 사람 고치는 신통한 효험 다 평하기 어려워.
> 해마다 성천자께 공물로 바치나니,
> 약국의 노련한 의원들 모두 탄식하고 놀라네.
> 배와 수레로 장사치들 다투어 구해 사서
> 먼 곳에 넘겨 파니 값이 헐하지 않네.

---

58) 안축, 「過鐵嶺」, 앞의 책, 같은 곳.
59) 李穀, 「東遊記」, 『稼亭集』권5. 鐵嶺國東之要害 所謂一夫當關萬夫莫開者也 …… 至元庚寅 叛王乃顏之黨哈丹等賊 奔北而東 自開元諸郡闌入關東 國家遣萬戶羅裕等 領其軍防護鐵關 賊劫掠和登以西諸州人民 至登州 使登人覘之 羅公聞賊來 棄關而走故 賊如蹈無人之境 一國洶洶 人被其害 登山城 入海島 以避其鋒.

이로부터 관가는 이에 또 이를 보니,
해마다 백성들에게 거두는 기한 두었네.
사물이 귀한 것은 본디 절로 귀하여
뭇 풀이 천하게 자라는 것과는 다르다네.
시골 백성들이 캐려고 온 산골을 두루 다니며,
천 곳 만 곳 찾고 뒤져 한 뿌리를 얻었네.
어찌하면 기한 전에 공출할 양 채울까.
베잠방이 가시에 걸려 갈가리 찢어졌네.
때는 가을이라 벼가 비바람에 쓰러져도
독촉하는 아전들 두려워 내 농사일 잊었다네.
돌아와 아내 보니 슬픈 눈물 괴롭고,
이미 땅을 버렸으니 떠나야 할 심정이네.
천지가 사물을 낼 제 약성을 준 것은
본디 지극한 사랑으로 뭇 생령을 건지라는 것.
생민의 한 가지 병이 약 때문에 생겨나니,
약 다스리는 약은 그 누가 먹여줄 것인가.
뿌리를 옮겨 먼 곳에 심을 수 있다면,
뿌리 뽑고 종자 없애기는 다툴 일이 아니라네.
우리 백성 차라리 어리석게 만들지언정
슬기를 더하거나 더 총명하게 할 필요 없네.

神農著書論草名　草中羅蔘藥最精
一根三枝開五葉　理人神效難具評
年年貢獻聖天子　藥局老醫皆嘆驚
船車商沽競求買　轉賣遠方價不輕
從此官家利其利　歲收編民有期程
物之貴者本自貴　非如凡草賤生成

方民採掘遍山谷　千探萬索得一莖
何曾計日足銖兩　農衣弊盡披蓁荊
是時秋禾臥風雨　畏吏督納忘私營
歸來對妻苦悲泣　已有棄土流亡情
乾坤生物賦藥性　本以至仁濟群生
生民一病出於藥　理藥之藥其誰行
有能移根種遠方　括根無種非所爭
吾民寧作至愚民　不須益智多聰明[60]

　인삼이 대외 교역품으로 사용된 것은 고려 초기부터다. 원나라의
지배 아래서는 정례적인 조공 이외에 많은 인삼이 원으로 유출되었
던 듯하다. 특히 부원배들이 원나라 조정의 환심을 사기 위해 인삼
을 비롯한 특산물을 제멋대로 징수해 갔다. 이에 따라 징수량을 충
당하기 위해서는 산간에 사는 백성들이 농사일을 버려둔 채 온 산을
헤매야만 했다. '해마다 성천자에게 공물로 바친다'는 말은 원에서
인삼을 조공품으로 정했기 때문이다. 관에서는 거두어들인 인삼을
자의로 전매하여 이득을 남기기도 했던 모양이다. 관가가 이득에 또
이득을 본다는 말에서 그러한 사정을 짐작할 수 있다.

　이 당시는 아직 인삼이 재배되지 않던 때여서 공출을 위해서는
자연산 산삼을 찾아 산 속을 헤매야만 했다. 그러다 보니 농민들의
입성은 가시에 걸려 찢기고, 가을 벼가 비바람에 쓰러져도 손을 댈
겨를이 없게 된 것이다. '내 농사일'이라고 번역한 사영(私營)이란 바
로 그러한 사정을 나타낸 것이다. 밖으로 사나운 아전들에게 시달리

60) 안축, 「蔘歎」, 앞의 책, 같은 곳.

고 안으로는 농사를 망쳐 생계가 막연하게 되었으니 땅을 버리고 떠나고픈 생각이 드는 것은 당연한 일이다. 세제의 모순에서 빚어진 이러한 사태를 근재는 생민의 한 가지 병이 약에서 나온다고 지적했다. 그 모순을 해결하기 위해서는 약 다스리는 약이 있어야 하는데, 그것을 행할 사람이 없음을 개탄했다.

충혜왕 때의 한 사례를 보면, 약 다스리는 약을 시행하기는커녕 또 다른 병을 나누어주기만 했다. 임금에게 아첨을 잘해 귀여움을 받은 영부금(甯夫金)이 왕명을 받아 강릉도에 가서 인삼을 찾았다. 인삼이 귀해 많이 얻지 못하자, 벼슬을 그만두고 지방에 가서 사는 이들에게 제멋대로 직세를 거두어들이고, 전국적으로 직세를 거두어들일 것을 건의하여 허락을 얻었다. 이 말을 듣고 사람들이 혹은 가족을 데리고 산으로 올라가고, 혹은 배를 타고 달아나기도 했다는 것이다. 이들을 토색하기 위해 산택에 불을 지르고, 화가 그 친족들에게까지 미치게 했다고 한다.[61]

> 내가 듣기로 옛 성인들은
> 아침저녁으로 밥 지으며 나라 다스렸다고.
> 생민들은 다만 밭 갈고 우물 파 살았으니,
> 어찌 일찍이 임금의 힘을 알았으랴.
> 후세에 이득을 얻는 길이 열려,
> 유능한 신하들 다투어 계책을 바쳤네.

61) 김종서 등편, 앞의 책, 권25. 忠惠王 復位 4년 3월. 嬖人甯夫金承命 往江陵道索人蔘 時蔘貴不多得 懼罪擅徵職稅 還說王曰 臣於江陵道 見有職者退居鄉里 病民頗衆故 臣 爲殿下 徵其職稅 藏諸州郡 以待上命 有職居外者 非獨江陵 五道皆然 若從臣計 有利 於國 王納之 …… 人聞令下 或挈家登山 或乘舟而遁 焚山澤而索之 禍及於族.

소금 전매하는 법은 언제 생겼는가.
역대로 따르며 고치지 않았다네.
우리나라 법이 가장 엄하여
해마다 세금이 농사 수확보다 많았네.
내가 관동존무사로 나오면서부터
바닷가를 다니며 몸소 독려하였지.
누추한 살림집은 여막과 같고,
쑥대 엮은 문엔 거적자리도 걸지 않았네.
늙은이들은 아들 손자 거느리고,
잠시도 쉴 수가 없었네.
엄동설한에 바닷물 길어오느라
짐이 무거워 어깨며 등이며 벌게졌네.
매서운 열기, 타는 연기, 그을음에
지지고 삶느라 얼굴마저 검어졌네.
문 앞의 열 수레나 되는 땔감도
하룻저녁을 대지 못하네.
종일 바닷물 백 섬을 달여도
소금 한 섬을 채울 수 없네.
만약 기한에 대지 못하면
혹독한 아전이 와 성내어 꾸짖네.
수송하는 관리는 산처럼 쌓아 놓고,
돌려 팔아 베와 비단으로 바꾸네.
임금은 공신을 중히 여기는지라
상을 내려주는 데는 아끼지 않네.
한 사람 몸 위의 옷에는
만민의 괴로움이 깊이 쌓였네.

슬프다, 저 염호여!
해진 옷이 등을 가리지 못하는구나.
괴로움을 견디기 어려운 까닭에
도망하여 자취를 감추어 버렸네.
어찌하면 동해의 물결을
설산처럼 희게 어리도록 할까.
관가는 마음껏 취해 쓸 수 있으니,
백성들과 함께 다 같이 이득이 있겠지만,
그렇지 않으면 이 백성들 딱하게 여겨,
때때로 자애로운 은택이나 내리소서.
가는 말을 멈추고 이 일을 생각하니,
임금 계신 궁궐은 멀기만 하네.

吾聞古聖人　饔飧而理國
生民但耕鑿　豈曾知帝力
後世利門開　能臣爭獻策
榷鹽起何時　歷代沿不革
本國法最嚴　歲課踰稼穡
自我出關東　傍海親督役
陋居如楣廬　蓬門不掛席
老翁率子孫　寸刻不休息
洌寒汲滄溟　負重肩背赤
酷熱燒烟煤　熏煮眉目黑
門前十車柴　不能供一夕
日煎百斛水　未能盈一石
若不及期程　毒吏來怒責
輸官委如山　轉賣爲布帛

君王重功臣　賞賜不屯惜
一人身上衣　萬民苦深積
哀哉彼鹽戶　破衣不掩脊
所以困難堪　逋逃晦形迹
若爲東海波　凝作雪山白
官家恣取用　與民俱有益
不然恤爾生　時時霈慈澤
念此駐行驂　君門九重隔[62]

　소금에 대한 국가의 전매제도는 고려 초기부터 시행되었을 듯하
나 기록이 없다. 충렬왕 14년(1288)에 비로소 각도에 사신을 파견하
여 염세를 거두었다. 충선왕 원년(1309)에 왕이 전교를 내려 소금의
국가 전매제도를 확정했다. 이에 따라 각 군현에서 백성들 가운데
염호를 뽑고 염창을 설치하니 백성들이 매우 괴로워했다고 한다.[63]
이 이후로 조정에서 염철별감을 각 지방에 파견하여 이를 감독하게
했는데, 이에 따른 폐단이 많았던 듯하다. 공민왕 6년(1357)에 이색,
전녹생, 이보림, 정추 등이 염철별감 파견의 중지를 건의한 일로 보
아 그러함을 알 수 있다.[64]
　위의 시는 소금을 국가에서 전매하는 제도가 생기게 된 유래를

---

62) 안축, 「鹽戶」, 앞의 책, 같은 곳.
63) 鄭麟趾 等編, 『高麗史』 권79. 食貨志 鹽法條. 國家所資 鹽利最大 國初之制 史無可攷
忠烈王十四年三月 始遣使諸道榷鹽., 김종서 등편, 앞의 책, 권23. 충선왕 원년 2월.
王傳旨曰 古者 榷鹽之法 所以備國用也 …… 令用鹽者 皆赴義鹽倉和買 …… 於是始令
郡縣發民爲鹽戶 又令營置鹽倉 民甚苦之.
64) 김종서 등편, 앞의 책, 권26. 恭愍王 6년 9월. 分遣諸道鹽鐵別監 左諫議李穡 起居舍
人田祿生 右司諫李寶林 左司諫鄭樞等 上書以爲不可遣.

서두로 삼았다. 옛날의 태평한 시대에는 그러한 제도가 없이도 나라
가 잘 다스려졌다는 말을 앞세운 것은 제도의 수립이 반드시 바람직
함 측면만을 갖지 않는다는 것을 지적하기 위해서였을 것이다. 바람
직하지 못한 측면으로 드러난 것이, 거두어들인 양을 앞지르는 세금
의 징수라고 했다. 작자 자신도 다스리는 자로서 염창에 나가 감독
을 하게 되었다고 했으나, 오히려 미천한 염호의 처지를 이해하는
입장에서 보고 있다. 염호의 거처와 하는 일, 관으로부터 겪는 고통
을 낱낱이 묘사하여 그들 생활의 참상을 실감나게 그렸다.

　이러한 생민들의 참상을 알 리 없는 임금이나 대신 등 지배계층
은 소금을 전매하여 받은 베나 비단을 어려움이나 아낌없이 쓴다고
했다. 한 사람의 비단옷을 위해 만민의 고통이 따른다고 하면서 염
호의 해진 누더기 옷을 대조시켜 보여주었다. 근재는 지배층으로서
는 남다른 시선으로 하층민들의 실상을 파악하고 있으나, 문제를 파
헤치는 데 그쳤을 뿐 해결책을 찾지는 못했다. 답답한 끝에 찾아낸
마무리가 '어찌하면 동해의 물결을' 하는 실현 불가능한 기대를 하
거나 임금의 자애로운 은택이 내리기를 바란다는 상투적인 표현에
서 그쳤다.

> 한 구역 그윽한 골짜기 좁고,
> 두 산마루 험하게 둘러싸고 있네.
> 담 뒤로는 여우 살쾡이 내달리고,
> 문 앞으로 꿩과 토끼가 지나가네.
> 땅 거칠어 가을걷이 보잘것없고,
> 골짜기 깊어 저녁 추위가 매섭네.

살아가는 도리가 어떤가 물으니,
머뭇머뭇 혼자서 한숨만 쉬네.
一區幽澗隘　雙嶺擁嵯峨
墻北狐狸走　門前雉兎過
地磽秋穫少　洞密暮寒多
聞說渠生理　踟躕獨自嗟[65]

　　세 번째 경우로 「과송간역」이라는 시를 보기로 하자. 집 앞뒤로
야생동물들이 오가는 모습으로 보아 매우 깊은 산골임을 알 수 있
다. 전반부만 보아서는 인간세상을 멀리 떠난 평화로운 산골 마을로
생각된다. 그러나 땅이 거칠어 생계가 어렵다는 후반부에 오면 상황
이 그렇지 않음을 알게 된다. 작자가 송간역을 지나며 지은 또 한
편의 시에서는 "땅은 척박하고 산은 높아 평지가 적은데 / 이런 데서
무얼 하며 편안히 살리오 / 사는 백성 차마 고향땅을 못 떠나니 /
유망이 본뜻 아님을 헤아려 알 만하네."[66]라고 했다. 앞의 시에서
살아가는 도리를 물었을 때, 머뭇거리며 한숨만 쉰 까닭을 뒤의 시
에서 찾을 수 있을 듯하다. 생계가 어려우면서도 고향을 버리고 도
망을 갈 처지도 못 되기에 그러했다고 볼 수 있다.

작은 정자 큰길 옆에 있어,
멀리 바라보니 여기가 도원일세.
눈보라가 깊은 골목을 휩쓸고,

---

65) 안축, 「過松澗驛」, 앞의 책, 같은 곳.
66) 「過松澗驛」, 같은 곳. 地瘠山危少廣平 此間何事可安生 居民不忍離鄕土 料得流亡非
本情.

풀잎은 무너진 담을 덮었네.
누가 이 산중의 역을 가지고
가벼이 옛 신선마을에 비겼던고.
오랜 세월 흥망 속에
살던 백성들 반도 남지 않았네.

小亭臨大道　　遙望是桃源
風雪滿深巷　　草葉埋壞垣
誰將此山驛　　輕比古仙村
百歲興亡裏　　居民半不存[67]

　　이 시도 역시 수연에서는 이름에 걸맞은 지경이라는 느낌이 든
다. 그러나 함연의 '골목을 휩쓰는 눈보라'와 '무너진 담을 덮은 풀
잎'이라는 말이 그러한 느낌을 차단시켜 준다. 후반부에 이르면 오
히려 지명과 실상이 서로 어긋남을 알 수 있게 된다. 절반이 넘는
주민들이 유망을 할 수밖에 없는 사정이었음을 말하고 있기 때문이
다. 작자가 도원역을 지나며 지은 다른 작품에서 "산기슭엔 쓸쓸하
게 두어 가구 백성이요 / ······ / 이름만 도원이지 실상은 진나라 치
하일세."[68]라고 한 대목을 보면, 지은이가 도원이라는 역 이름에 대
해 의심을 품었던 까닭을 알 수 있다. 도연명의 「도화원기」에 의하
면, 도원은 진나라 시대의 난리를 피해 온 사람들이 사는 세계다.
그런 이름을 가진 도원역의 실상이 진나라 치하와 다름이 없다는 데
서 그곳 생민들의 참담함이 한층 뚜렷해진다.

---

67) 「過桃源驛」, 같은 곳.
68) 「過桃源驛」, 같은 곳. 山下蕭條數戶民 ······ 名是桃源實是秦.

무너진 역 건물이 산기슭에 있고,
백성들 사는 형세 가련하기도 하네.
메마른 밭은 거칠어 씨 뿌릴 수 없고,
도망간 집은 삭막하여 연기도 없네.
혹독한 아전은 승냥이처럼 길을 막고,
뻔질나게 오는 관원들로 말은 채찍 맞아 곤하네.
언제나 예전 태평성대로 돌아가
배불리 먹고 히 잠잘까.
破驛依山麓　居民勢可憐
薄田荒不種　逋戶索無烟
吏酷豺當路　賓多馬困鞭
何時回太古　飽食得安眠[69]

이 시에 이르면, 산골의 생민들이 유망하는 속사정을 알 수 있다. 땅이 척박하여 생계가 막연하므로 고향을 떠나는 것이 아니라, 혹독한 아전들의 수탈과 관원들의 행차 접대에 시달려 그나마 제대로 누릴 수가 없기 때문인 것이다. 유망하는 사람이 늘어갈수록 마을은 황폐해져 남은 사람들조차 살아가기 힘겹게 되는 사정을 미루어 짐작할 수 있다. 이렇듯 유망 길에 나선 백성이 많은 고을은 '어두운 방에 굶주린 쥐 소리'[70]가 들릴 뿐이고, '굶주린 날다람쥐가 무너진 벽을 타고 다니고, 날리는 눈이 빈 집을 씻을 뿐'[71]인 폐허가 될 수밖에 없었다. 이러한 실상의 더욱 구체적인 모습을 시가 아닌 다른

---

69) 「是日過孤山驛」, 같은 곳.
70) 「宿銀溪驛」, 같은 곳. 暗室聞飢鼠.
71) 「過楓林驛」, 같은 곳. 飢鼺緣壞壁 飛雪洒虛堂.

기록을 통해 살펴보기로 하자.

> 국가에 변란이 많은 뒤로부터 일이 옛날과 달라져서 염치의 도는
> 없어지고 상하가 서로 이익만을 챙기니, 세력 있는 집안에서는 겸
> 병해서 차지하고 혹독한 아전들도 따라서 수탈을 자행하여, 땅이라
> 고는 송곳 하나 꽂을 곳이 없고, 집들은 텅텅 비어 한탄스러울 뿐이
> 다. 수령 노릇을 하는 자는 앉아서 보기만 할 뿐 감히 말도 하지
> 못하면서 도리어 백성들을 호령하여 제 배를 부르게 할 따름이니,
> 인민들의 고달프고 무료함이 이보다 더 심한 적은 없었다.[72]

인용문에서 말한 '국가의 변란'은 멀리 무신의 난에서부터 원의
고려 내정 간섭에 이르기까지 다변한 고려 후기의 동향을 말하는 것
이다. 무신란 이후 새로이 등장한 이른바 권문세족은 원나라 조정과
결탁하여 고려 왕실조차 대수롭지 않게 여기며 이익을 구하기에 혈
안이 되었다. 그들은 전국에 걸쳐 농토를 점탈하여 수백 결, 수천
결에 이르렀으며, 심한 경우는 산천을 경계로 하여 토지를 차지하거
나 일개 주군(州郡)의 땅을 송두리째 소유하기도 했다고 한다. 어떤
경우는 같은 땅에 소유주가 7~8명에 이르러, 그 땅을 경작하는 농
민은 한 해에 수차례나 세를 물어야 하는 기막힌 실상도 있었다고
한다.[73]

---

72) 이곡, 「送鄭參軍序」, 앞의 책, 권8. 自國家多故 事異古先 廉恥道喪 而上下交征利
豪家得以兼幷 酷吏因而掊克 地無立錐之閑 室明懸罄之歎 爲守令者 坐視莫敢言 厲民
自奉而已 民之困且無聊 未有甚於此時也.
73) 金潤坤, 「權門世族과 新興士族」, 『韓國史研究入門』(서울: 지식산업사, 1981),
253~4쪽.

권문세족을 등에 업은 아전들은 조(租)를 받는다는 명목으로 더욱
혹독하게 농민을 수탈했으므로 곧잘 승냥이로 비유되어 나타난다.
앞에 인용한 「시일과고산역」이라는 작품의 '혹독한 아전은 승냥이
처럼 길을 막고'가 그 예다. 이처럼 가혹한 수탈에 견디지 못한 백성
들은 고향을 버리고 혹은 산 속으로 혹은 바다로 유망의 길을 떠나
지 않을 수 없었던 것이다. 근재가 관동지방을 다니면서 곳곳에서
목격한 것은 바로 이렇듯 참담한 실상이었다. 그리하여 '배불리 먹
고 편히 잠자는 예전의 태평성대가 언제나 돌아올 것인가' 하고 개
탄했던 것이다.

(4) 관인의 기상과 낙관적 현실관

근재가 생민들의 참담한 생활 현장에 남다른 관심을 보였으나 현
실을 비관적으로 본 것은 아니다. 학문과 경륜을 갖춘 양심적 사대
부로서 현실의 모순을 보면서 고민을 했을망정 중세적 왕조체제 자
체에 대해 회의를 품었던 것도 아니다. 오히려 사회적 모순에 직면
할수록 지배층으로서의 책임을 통감하고, 지향하고 있던 이상을 현
실 가운데 실현하고자 고민했다고 보는 것이 온당할 것이다. 그것이
관인으로서의 사대부가 지닌 기상이며, 현실을 낙관적으로 보는 데
서 그러한 기상을 나타낼 수 있었던 것이라고 본다.

> 쓸쓸한 폐읍에 비가 사람을 머물게 하여,
> 끼니 대할 때마다 아전과 백성들에게 부끄럽네.
> 새벽에 일어나니 구름은 모두 걷히고,

해가 떠오르니 날씨가 문득 맑고 새롭네.
앉아 있자니 가시가 등을 찌르는 듯하더니,
돌아서니 몸에 날개가 돋친 듯 기쁘네.
마음이 통하는 어진 태수에게 부탁하노니,
올 한 해 농사만은 그전대로 따르지 마오.
蕭條弊邑雨留人　對食時時愧吏民
曉起雲容皆脫壞　日昇天氣忽淸新
坐知芒刺在吾背　旋喜羽毛生此身
爲囑同心賢太守　一年農課莫因循[74]

　이 시는 작자가 비를 만나 통주에서 머물다가 비가 갠 뒤 고성을
향해 떠나면서 통주 태수에게 지어 보낸 것이다. 지방 고을의 어려
운 생활을 해결할 별다른 대책도 마련해주지 못한 채 폐만 끼치는
데 대한 안쓰러움이 잘 나타나 있다. 머물 동안 가시방석 같던 것이
떠나려 하니 날개가 돋친 듯하다는 말에서 그것을 알 수 있다. 마음
이 통한다는 말은 통주 태수와 작자가 가진 생각이 일치한다는 말일
것이다. 작자는 여기저기 다니며 생민들의 아픔을 몸소 살펴보았고,
태수는 바로 그러한 현장을 다스리는 위치에 있으니, 두 사람 사이
에 어떤 생각이 일치했는가는 능히 미루어 짐작할 수 있다.
　일치된 생각이 구체적으로 드러난 대목이 마지막 줄이다. 농사가
그전처럼 되지 않도록 하라는 말이 흉년이 들지 않도록 하라는 뜻이라
면, 이 말은 곧 백성들을 도탄에서 구해주어야 한다는 당부다. 바꾸어
말하면, 세상이 어떻게 돌아가든 관인 혹은 사대부로서의 해야 할

---

74) 안축, 「阻雨留通州 雨晴向高城有作 贈太守」, 앞의 책, 같은 곳.

바를 충실히 다하자는 서로의 다짐인 것이다. 여기서 시세에 좌절하거나 타협하지 않고, 이상으로 생각하는 방향으로 꿋꿋이 나아가고자 하는 관인의 기상이 나타나 있다고 하겠다. 이러한 기상은 다른 관인들에게 사대부로서 나아갈 방향을 권고하는 시에서 두드러지게 나타난다.

> 밝은 임금 시절을 근심하여 어진 신하를 기용하니
> 거듭 정승 자리 올랐어도 아직 중년일세.
> 비록 한 끼니를 먹을 때도 어찌 나라를 잊으랴.
> 도탄에 빠진 창생들이 짐 벗고 쉬기를 바라는데.
> 明主憂時起大賢　再魁黃閣尙中年
> 雖當一飯寧忘國　塗炭蒼生望息肩[75)]

이 시의 제목에 나타난 '윤 시중'은 윤석(尹碩, ?~1348)인 듯한데, 그가 거듭 정승이 된 것을 축하하는 뜻에서 지은 시다. 축하의 뜻과 아울러 권고를 잊지 않았다. 한 끼니의 밥을 대해서도 나라를 잊지 않고 도탄에 빠진 창생들을 구제해야 한다는 것이 작자의 권고다. 그것이 곧 시절에 대한 임금의 근심을 덜어주는 길이라는 생각이 엿보인다. 윤 시중이 중년의 나이에 두 번이나 정승이 되었다는 말은 칭탄하는 말이면서 동시에 나이가 젊은 만큼 기대와 희망을 갖는다는 뜻도 포함되어 있다. 이와 비슷한 예로 김 칠재라는 재상을 축하한 시에서는 "내 이제 구구한 뜻으로 잔치를 축하함은 / 다만 창생을 위해서요, 공을 위해서가 아니네."[76)]라고 하여 축하의 뜻 못지않게

---

75) 「賀尹侍中」, 같은 곳.
76) 「賀金七宰」, 같은 곳. 我今鶱賀區區意 但爲蒼生不爲公.

권고에 비중을 많이 두고 있음을 드러냈다.

> 바위 아래 노는 고기 떼를 지어 다니는데,
> 낚시와 그물 피해 온전한 목숨 얻었네.
> 이제같이 은혜가 동해물처럼 흡족하다면,
> 기운 없던 물고기 생기 돌아 꼬리 붉어지지 않으리.
> 巖下遊魚作隊行　避釣逃網得全生
> 如今恩洽東溟水　圉圉洋洋尾不赬[77)]

위의 시는 백문보(白文寶, 1303~1374)가 충목왕 원년(1345) 관동 지방에 존무사로 나갈 때, 근재가 지어 준 8편의 시 가운데 영해 지방의 관어대를 두고 읊은 것이다. 물고기는 피로하면 꼬리가 붉어지는 바, 가혹한 정치에 지친 백성의 모습을 빗대어 하는 말이다.[78)] 이렇게 보면, 이 시에 등장하는 물고기는 단순히 물고기만을 가리키는 것이 아님을 알 수 있다. 물고기가 생민들을 가리키는 것이라면, 낚싯대와 그물 또한 단순히 고기 잡는 도구라는 의미로 한정할 수는 없다. 앞에서 권문세족들과 그들을 등에 업은 아전들이 어떻게 생민들을 수탈했는가를 보았다. 낚시와 그물이 이 시의 문맥에서는 곧 수탈의 도구를 뜻하는 것이다.

작자는 관어대 바위 아래 떼 지어 노니는 물고기를 두고 수탈의 손길을 피해 용케도 살아남은 생민들을 떠올린 것이다. 이제 존무사 백문보가 동해물처럼 흡족한 은혜를 베풀게 되면, 생민들은 시달림

---

77) 「寧海 觀魚臺」, 같은 책, 권2.
78) 『詩經』周南篇「여분(汝墳)」제3장에 "魴魚赬尾 王室如燬"라고 했다. 모전(毛傳)에 "물고기는 피로하면 꼬리가 붉어진다."라고 했다.

속에서 벗어날 수 있으리라는 것이다. 생민들이 소생하는 희망적인 모습을 그리면서 동시에 존무사로 나가는 백문보에게 그리 되도록 은혜로운 정사를 펴달라는 권고가 은근한 가운데 스미어 있음을 알 수 있다. '기운 없던 물고기 생기 돌아 꼬리 붉어지지 않으리'는 작자가 희망하는 생민들의 모습이면서 또한 존무사의 역할에 대한 기대이기도 한 것이다.

> 한 조각 무산의 구름이 유정한 듯 속여,
> 생민 근심으로 밤마다 꿈 이루기 어렵네.
> 이제부터 수레 가는 곳마다 비를 만들어,
> 빗발 이끌어 큰 은혜를 곳곳에 베푸시라.
> 一片巫雲謾有情　憂民夜夜夢難成
> 從今便作隨車雨　導霈弘恩處處行[79]

위의 시는 기생의 이름에 부처 역시 백문보에게 지어준 것이다. 기생의 이름이 '무아'이므로, 무산(巫山)·양대(陽臺)·운우(雲雨)의 고사를 이끌어 서두를 삼았다. 무산의 구름에서 내리는 비는 유정하기에 가능한 것이다. 남녀 간의 정을 '운우'에 비하는 것이 그것이다. 생민들을 근심하며 밤잠을 이루지 못하고 작자가 기다리는 것은 다스리는 자들의 유정함이다. 그것은 곧 '은혜의 비'인 것이다. 그러나 그러한 기대는 다스리는 자들이 '유정한 듯' 속임으로써 작자에게는 상심이 되고 말았다는 것이다. 이제 백문보가 다스리는 자로 나아감에 진정으로 유정한 은혜의 비를 퍼붓듯 내려 달라는 권유의 뜻으로

---

79) 안축, 「巫娥」, 앞의 책, 권2.

이 시를 지었다.

이밖에도 관인 사대부로서의 기상과 긍지를 나타낸 예는 많다. 특히 사대부층 가운데 그 문하생이 과거를 통해 관인으로 진출하게 된 것을 기리는 시에 그러한 모습이 역력하다. 이제현(李齊賢, 1287~ 1367)의 문하생인 윤지현(尹之賢)이 젊은 나이로 시관이 되어 영재들을 뽑았을 때, 근재가 이를 기린 시에 "나이 스물여덟에 문형을 맡았으니 / 동국 유림에 드문 영광이로다 / 급제하여 들어온 영재들이 모두 빼어나니 / 자세한 살핌 정밀한 안목이 유독 분명코나 / 어버이는 늙지 않았는데 헌수를 받고 / 좌주도 함께 있어 홀을 잡고 맞이하네."[80]라고 했다.

이 당시는 시관이 곧 좌주로, 윤지현은 충숙왕 7년(1320) 이제현이 박효수와 시관일 때 수재과에 급제했다. 충숙왕 17년(1330), 그가 이번에는 시관이 되어 여러 영재들을 뽑았으니, 이제현은 좌주의 좌주가 되는 셈이었다. 이제현의 수연을 축하하는 시에 이러한 모습이 다시 그려졌다. "문생이 자신의 문생을 거느려 오고 / 좌주가 몸소 좌주를 맞아들이네."[81]가 그것이다. 정승이 된 윤석에게 바친 시에서도 "수많은 문생들이 문에 가득 서 있고 / 많고 많은 선비들이 길 가득히 맞이하네."[82]라는 대목을 볼 수 있다. 비온 뒤 죽순이 돋아나듯이 많은 문생들이 관인으로 진출함으로써 사대부층의 지반이 굳건해짐을 자랑스럽게 여기는 모습을 이들 시에서 확인할 수 있다.

---

80) 「賀尹代言」, 같은 책, 권1. 年方列宿掌文衡 東國儒林罕有榮 入彀英才皆俊逸 察毫精鑑獨分明 堂親未老稱觴壽 座主俱存擁笏迎.

81) 「賀益齋相國」, 같은 곳. 門生自領門生到 座主親迎座主來.

82) 「用前韻 獻尹政丞」, 같은 곳. 森森玉笋盈門立 濟濟簪裾滿路迎.

조정에서 경륜이 한 몸에 매었으니,

태산북두와 같이 덕망 높으신 노유신이여!

문중 가득 자질들이 남은 경사 이어받아,

같은 날 예닐곱이나 벼슬자리 올랐다네.

廊廟經綸係一身　德高山斗老儒臣

滿門子姪承餘慶　同日遷官六七人[83]

　이 시는 근재가 화주에 있을 때, 비목(批目)을 받아보고 당시의 재
상인 안문개(安文凱, 1273~1338)[84]에게 지어 부친 것이다. '비목'은 인
사명령을 적은 공문서다. 조정의 주요한 위치에 있는 원로 유신을
찬양하면서 그의 여러 자질(子姪)들이 또한 조정의 곳곳에서 능력을
발휘하여 한 번에 예닐곱 사람이나 승진하게 된 것을 축하하는 내용
이다. 질재는 근재의 9촌 숙항(叔行)의 인물이다. 질재는 순흥안씨의
시조인 자미(子美)의 둘째아들인 영린(永麟)의 증손으로, 자신의 당대
에 이르러 중앙정계로 진출한 사대부다. 그의 자질 가운데는 근재도
포함되는 것이다. 사제관계에서뿐만 아니라, 한 집안에서 사대부적
체질을 지닌 많은 관인이 배출된 것을 기리고 있음을 볼 수 있다.
　근재의 경우, 자신의 당대에 중앙정계에 발신하여 두 아우 안보(安
輔)·안집(安輯)과 더불어 고려의 과거에 급제했다. 특히 자신과 그의
아우인 안보는 원나라 제과에도 급제한 바, 그 영광[85]을 「죽계별곡」

---

83)「在和州 伏見批目 寄獻質齋尹大叔相國元凱」, 같은 곳.

84) 제목 가운데 원개(元凱)는 문개(文凱)의 잘못된 표기로 보인다. 질재(質齋)는 안문개
　의 호로, 처음 이름은 균(鈞), 자는 국평(國平)이며, 고려 원종 계유년에 출생하여
　충렬왕 병오년에 문과에 급제했다. 벼슬은 첨의참리찬성사에 이르렀고, 순흥부원군
　에 봉해졌다. 충숙왕 무인년에 졸하여 향년이 66세였으며, 문의라는 시호가 내려졌
　다. 안종영 편, 『순흥안씨족보』(서울: 국립중앙도서관소장본), 43~44쪽 참조.

제1장에서 호기 있게 자랑했다. 후반부의 "淸風杜閣 兩國頭銜 爲山水
淸高景 幾何如"가 그것이다. 청백의 기풍으로 선정을 베푸는 가문으
로 고려와 원나라의 벼슬을 했다고 하고, 산이 높고 물이 맑은 모습이
어떠하냐고 했다. '산수청고경'은 소백산이 높고 죽계수가 맑은 모습
을 뜻하는 것이면서, 또한 근재 형제의 벼슬이 뚜렷하고 그 가풍이
맑은 것을 아울러 나타낸 말이다. 소백산에 빗대어 관인으로서의 기
상을 나타냈다면, 죽계수에 빗대어 사심 없는 다스림을 폈다는 긍지
를 드러냈다. 그것은 곧 현실을 이상적인 방향으로 이끈다는 자신감
의 표현이며, 현실을 낙관적으로 바라본 결과인 것이다.

4. 마무리

이제까지 논의한 바를 요약하여 정리하는 것으로 마무리를 삼고
자 한다. 먼저 근재의 생애를 알아보고자 했다. 근재는 고려 후기
충렬왕조에 순흥 지방의 세습 향리 가문에서 발신하여 과거를 통해
중앙정계로 진출한 전형적인 신흥사대부의 한 사람이다. 그의 친척
들은 모두 고려 후기에 중앙 조정으로 나아가 중용되는 한편, 명문
거족들과 통혼관계를 맺고 다른 신흥사대부들과 교유 또는 학문적
인 수수관계를 맺으며 가세를 확장시켰다. 특히 족대부(族大父)인 안
향은 이 땅에 처음으로 신유학을 들여온 인물로, 그 영향을 상당히
입었으리라는 것은 충분히 짐작할 수 있다.

---

85) 이곡, 「문정안공묘지명」, 앞의 책, 권11. 公與二弟 旣登第矣 又與其仲 俱中皇朝甲第
實世所稀.

유가적 사고방식을 지녔던 근재는 지방에 지반을 두고 중앙정계에 진출했기 때문에 직접 생산에 종사하고 있는 백성들의 고충을 생산자의 입장에서 바라볼 수 있었다. 또한 그가 익힌 신유학은 인륜에 따른 질서를 근본이념으로 하는 것이었다. 따라서 그의 생애는 신흥사대부의 공통적 성향이기도 한 민생의 안정과 왕실의 존중으로 일관된 것이었다고 할 수 있다.

다음으로는 근재의 창작활동의 주를 차지하는 『관동와주』「관동별곡」「죽계별곡」의 제작 배경과 유포상황에 대해 고찰했다. 『관동와주』는 근재가 1330년 5월 30일부터 이듬해 9월 17일까지 15개월 남짓한 사이에 강릉도 존무사로 활동하면서 쓴 한시문집이다. 1364년 8월에 최초로 간행되었으며, 그 뒤 3차례에 걸쳐 내용이 보완되어 오늘날 볼 수 있는 4권 1책의 『근재집』이 이루어졌다.

이어서 근재의 세계인식 태도를 알아보고자 그 세부적 사항으로 자연과 현실에 대한 인식태도를 살펴보았다. 자연에 대한 근재의 인식태도는 첫째로, 자연사물을 객관적으로 인식하고 있다는 점이다. 자연물에 공허한 의미를 부여하고 거기에 빠져드는 관념적이고 비현실적인 사고방식을 거부하고 있음을 보았다. 즉 자연의 사물을 사물 그 자체로 봄으로써 객관적으로 인식하고자 한 것이다. 이러한 점은 자연경관 등의 사물을 대해 비유나 상징이 없이 즉흥적 서경으로 그친 그의 경기체가 작품에서도 확인된다. 여기서 고려 전기의 문벌귀족들이 사물에 비현실적 관념을 부여했던 것과는 다른 모습을 발견할 수 있었다.

둘째로, 자연물을 대할 때 느끼는 아름다움, 곧 자연미를 일반미로 파악하지 않고 개별미로 파악하고 있음을 보았다. 바위나 돌을

보면서 바위나 돌 일반의 아름다움을 말하는 것은 '범론(泛論)'이라
고 나무라면서, 개별적인 자연물의 구체적인 특징에 따라 나타나는
아름다움을 보아야 한다고 했다. 개별적인 자연미를 다시 겉으로 드
러나는 외면적 자연미와 마음으로 느끼는 내면적 자연미로 나누고,
외면적 자연미는 누구나 다 느낄 수 있는 것이지만 내면적 자연미는
군자만이 느낄 수 있는 것이라 하여, 내면적 자연미를 더 우위에 두
고 있다.

셋째로, 강호생활에 대한 동경으로 자연을 인식하는 태도가 나타
나 있다. 그는 강호의 자연을 세속의 헛된 부귀영화나 혼란스러움으
로부터 벗어난 것으로 보았다. 관인 혹은 당대의 지식인으로서 한계
를 느낄 때마다 강호를 동경하기는 했으나, 그것은 늘 동경으로 그
치고 말았다. 그것은 그가 세속적 영달에 미련이 있어서가 아니라,
참담하게 살아가는 민생의 현실을 양심적으로 바라보는 그의 현실
인식에 연유하는 것으로 보았다.

현실에 대한 그의 인식태도는 첫째로, 당대의 지식인이면서 관인
인 그가 관동 지방의 생민들이 살아가는 실상과 마주하면서 고민하
는 가운데 드러난다. 어느 개인의 능력이나 노력으로 해결하기 어려
운 당대 사회의 모순을 지배층의 한 사람으로서 자신이 책임져야 할
몫으로 생각했기에 고민할 수밖에 없었던 것이다. 둘째로, 관동 지
방의 명승을 유람지로만 보지 않고, 명승지이기에 그 인근 주민들이
겪어야 하는 고통을 그들의 입장에서 고발하고 있는 데에서 그의 현
실인식을 볼 수 있다. 지배층의 무분별한 유람으로 명승지 인근에
사는 생민들은 농사를 지을 겨를도 없을 만큼 시달리는 실상을 폭로
했다. 셋째로, 변경지방을 다스리는 지배층의 무능이나 졸렬한 계

책으로 인해, 또는 세제나 공납상의 모순을 정당화한 수탈경제체제로 인해 민생이 고초를 겪는 현장을 사실 그대로 그려내고 있는 데에서 그의 현실인식태도를 살펴볼 수 있다. 고초를 겪는 생민들의 입장에서 가슴 아파하고 자신의 책임을 통감하는 모습을 볼 수 있으나, 개탄으로 그칠 뿐 실현가능한 대책을 제시하지 못하고 있는 점이 그의 한계로 드러난다. 넷째로, 당면한 현실의 참담함을 보고 고민하거나 개탄했을망정, 현실을 비관적으로 본 것은 아니다. 지배층으로서의 책임을 느끼면서 자신이 지향하는 이상을 현실 가운데 실현하고자 하는 기상을 보여주고 있다. 그 이상은 민생을 안정시키고 왕실을 중심으로 한 중세적 지배질서를 확립하는 데 두고 있다.

양심적 사대부,
시대적 고민을 시로 읊다

1. 격동의 고려 후기와 근재의 『관동와주』

　한국사학에서 뿐만 아니라, 우리 문학사에서도 고려후기는 격동
기이자 하나의 커다란 전환기였다.[1] 정치나 사회현실의 변화와 함
께 문학을 주로 담당하는 계층에도 변모가 있었기 때문이다. 이제까
지 고려후기의 시가문학연구는 주로 이른바 고려가요 또는 속요라
고 불러온 속악가사에 치중하여 이루어진 형편이다.

　근재(謹齋) 안축(安軸, 1282~1348)은 고려후기의 전형적인 사대부
이면서 경기체가와 한시를 아울러 남긴 작가다. 그러나 이제까지 우
리 문학사에서 그가 거론된 것은 대체로 「관동별곡」과 「죽계별곡」

---

1) 조윤제는 고려후기를 국문학의 위축시대(고려태조~성종)에서 소생시대(조선태조~
　성종)로 옮겨가는 과도기로 파악하여 잠동시대(의종~고려말)라고 하였다. 그 뒤 조
　동일은 고려후기를 우리 문학사에서 문벌귀족중심의 중세전기문학을 청산하고 신흥
　사대부중심의 중세후기문학이 비롯되는 시기로 보았다. 같은 시기를 각기 부정적인
　관점과 긍정적인 관점에서 상이하게 보고 있으나, 전환기로 파악한 점은 일치한다.
　조윤제, 『한국문학사』, 동국문화사, 1963., 조동일, 「시대구분의 방법」·「시대구분
　의 실제」, 『한국문학통사』 1, 지식산업사, 1982.

이라는 경기체가를 지은 작가라는 관점에서였을 뿐이다. 그가 남긴
『관동와주(關東瓦注)』라는 한시문집은 우리의 한문학으로 한정하여
보아도 중요한 자료인데 오래도록 연구자들의 관심에서 벗어나 있
었다. 최근에 경기체가에 관심을 둔 한두 연구자가 『관동와주』를 거
론하였으나, 그 중요성을 강조하면서도 실제로는 부분적으로 다루
거나 「관동별곡」을 설명하는 보충자료 이상으로 활용하지 않았
다.2) 여기에 이 글을 쓰게 된 까닭이 있다.

　이 글에서는 근재가 1330년 5월 30일에 강릉도 존무사의 명을 받
고 떠나 이듬해 9월 17일 임무를 끝내기까지 만 1년 4개월여 사이에
지은 『관동와주』를 중심으로 그의 시문학적 성격을 고찰하고자 한
다. 관동의 별경을 다룬 『관동와주』 시는 대체로 회고(懷古)의 정(情)
을 나타낸 것과 생민(生民)들의 고초를 그린 것으로 구별된다. 회고
의 현실적 의미가 무엇이며, 작자가 관동의 별경과 생민의 생활상을
어떻게 관련지어 바라보았는가가 관심사다.

　이어서 『관동와주』에 수록된 시의 특징이 무엇인가를 가늠해볼
것이다. 기존의 연구에서 근재의 작품을 기행문학 혹은 유람문학과
관련지어 다룬 사례가 있으므로, 이 문제를 다시금 검토하고자 한
다. 또한 『관동와주』 시의 특징을 한층 분명히 밝히기 위해서는, 그
가운데 『동문선』에 수록된 그의 시 대부분을 차지하는 율시(律詩)를
중심으로 표현기교상의 특징을 살피는 것도 필요한 일이라 생각한

---

2) 이제까지 『관동와주』 시를 다룬 업적은 다음과 같다. 金倉圭, 「謹齋詩歌攷」, 『論文
　集』 2, 영주경상대학, 1979., 李東英, 「朝鮮朝 嶺南詩歌의 形成過程」, 『石溪李明九
　博士回甲紀念論叢』, 성균관대 출판부, 1984., 李樹鳳, 「安軸論」, 黃浿江 外編, 『韓
　國文學作家論』 2, 형설출판사, 1986.

다. 여기에 수록된 작품이 나머지 다른 그의 작품과 어떤 관계에 있는가는, 『동문선』이 조선 초기까지의 우리 한문학에서 가지는 권위가 인정될수록 더 긴요한 일일 것이다. 특히 근재의 시에서 느낄 수 있는 시적 생동감과 표현기교의 비중이 어떤 관계에 있는가를 주목하고자 한다. 그가 신의(新意)를 내세운 대목이 있으므로 아울러 검토할 것이다.

끝으로, 사대부의 詩3)로서의 『관동와주』의 성격을 검토할 것이다. 문학적 기능과 성격에서 '가(歌)'인 경기체가와 다른 점, 그리고 관련되는 양상을 함께 살피고자 한다. 이러한 논의가 근재의 시세계, 문학사적 위치 및 그 의의를 밝히는 일뿐만 아니라 고려후기 사대부문학의 일단을 올바로 이해하는 데 얼마간의 보탬이 되기를 기대한다.

2. 자연물과 인간사의 어긋남

1) 회고의 현실적 의미

과거의 일을 돌이켜보며 짓는 회고시는 두 가지 부류로 나누어 볼 수 있다. 단순히 과거에 대한 향수를 나타내는 것과 과거를 통해 현실의 문제를 비추어 보는 것이 그것이다. 이승소(李承召, 1422~1484)

---

3) 우리 문학의 연구에서 일반적으로 운문문학을 '시가'라고 통칭하고 있다. 이 글에서도 운문문학 일반을 통칭하는 경우에는 '시가'라는 말을 쓰되, 음영문학으로서의 한시만을 가리킬 때에는 '시'로, 가창문학인 경기체가를 가리킬 때에는 '가'로 구분하여 쓰고자 한다.

의 「송도삼수」와 유득공(柳得恭, 1749~?)의 「이십일도회고시」가 그 각
각의 좋은 예다.4) 한시의 경우는 대체로 영사시가 이러한 범주에
속하지만, 반드시 역사를 읊지 않은 경우도 있다. 『관동와주』에 실려
있는 회고시가 바로 그러한 예다. 『관동와주』 소재 회고시에서 회고
의 대상은 대개가 신라시대의 사선(四仙)이다.

> 사선이 일찍이 여기 모였으니,
> 따르는 이 맹상군 문객만 하였으리.
> 구슬 신 신은 무리 구름처럼 자취 없고,
> 푸른 관솔은 불에 타 사라졌네.
> 선경을 찾으려니 푸른 숲이 그립구나.
> 옛날을 회상하며 황혼에 서 있네.
> 오직 남은 건 차 달이던 우물,
> 돌부리 옆에 의연히 있구나.
> 四仙曾會此　客似孟嘗門
> 珠履雲無迹　蒼官火不存
> 尋眞思翠密　懷古立黃昏
> 惟有煎茶井　依然在石根5)

　　사선의 전설이 남아 있는 한송정에서 지은 시다. 사선의 자취는
구름처럼 흩어졌고, 찬솔이 **빽빽**이 들어섰던 선경도 불에 타 사라졌

---

4) 李承召의 「松都三首」 가운데 첫 수는 다음과 같다. 洞府深深鎖紫霞 樓臺何處侍中家
　仙妹一去無消息. 樂府空傳進酒歌. 이에는 단순한 복고적 취향이 나타나 있을 뿐이다.
　柳得恭의 「二十一都懷古詩」의 성격에 대해서는 宋雋鎬, 「柳得恭의 詩文學硏究」, 동
　국대 박사학위논문, 1983. 참조.
5) 안축, 「題寒松亭」, 『근재집』, 권1.

다고 옛일을 회고하였다. 작자는 시 끝에 '소나무가 근년에 산불로
타버렸기에 이른다.'고 하였다.[6) 사선은 간 데 없으나, 그 자취를
말해주던 솔숲이 작자 시대 가까이 남아 있었음을 알 수 있다. 솔숲
을 통해 옛 자취를 읽을 수 있었을 텐데 그것마저 사라져 아쉽다는
회고의 뜻이 담겨 있다. 그러나 옛 자취가 모두 사라진 것은 아니다.
사선이 차 달이던 우물만은 의연히 남아 있었던 것이다.

이렇게 보면, 이 시는 단순히 과거에 대한 향수를 나타낸 듯하다.
근재의 「삼일포」 시에 "동강난 비석은 모래톱에 묻혔고, / 붉은 글
씨는 붓 자취 남겼네. / 배타고 맑은 향기 움키나, / 구슬 신 신은
무리 좇을 수 없네."[7)라고 한 것을 보아도 복고적인 취향이 짙게 느
껴진다. 그러나 이 시의 마무리 부분을 보면, "슬프다, 이 내 몸 늦게
태어나, / 눈에 가득 수심 구름 짙구나."[8)라고 하여, 사실상 짙은
것은 과거에 대한 향수가 아니라 자신이 처한 현실의 수심임을 말하
였다. '늦게 태어나[生苦晚]'라는 말은 단지 시간적인 선후만을 말하
는 것이 아니다. 사선이 노닐던 과거에 비해 괴롭게 변한 작자 당대
의 현실을 슬퍼하고 있는 것이다.

> 갑을 글자는 비석 전각의 자취에서 찾기 어렵고,
> 궁상 음률은 뱃노래 소리로 변한 지 오래일세.
> 오직 돌 벽에 붉은 글씨만이 남아 있으니,
> 사선의 만고정이야 누가 있어 알리오.

---

6) 같은 책, 같은 곳. 松近爲山火 所燒故云.
7) 「三日浦」, 같은 곳. 斷碣沒沙際 丹書留筆蹤 乘舟挹清芬 簪履無由從.
8) 같은 시. 嗟余生苦晚 滿目愁雲濃.

甲乙難尋碑篆跡　宮商已變棹歌聲
惟餘石面丹書在　誰解仙郎萬古情[9]

　비석은 남아 있으나 비문은 비바람에 깎여 읽기가 어렵다고 하였
다. 사선이 즐겼던 궁상의 음률도 어느 샌가 뱃노래로 변하고 말았
다. 돌 벽에 남아 있는 붉은 글씨만으로는 선랑의 오랜 뜻을 헤아릴
수 없다고 하였다. 사선의 행적을 기록한 비문도, 그들의 음률도 모
두 변하고 다만 비석과 돌 벽만이 남아 그 자취를 어슴푸레하게 남
기고 있다는 것이다. 돌과 같은 자연물은 깎일망정 그대로 남아 있
는데, 인간사는 변하기만 한다는 말을 이렇게 나타냈다. 한송정을
읊은 시에서 차 달이던 우물만 의연히 남아 있다는 말에서도 그것을
볼 수 있다.

> 일은 지나가고 사람은 옛사람 아닌데 물은 절로 동쪽으로 흐르고,
> 귀하게 뿌린 종자, 정자 솔이 되어 있네.
> (중략)
> 어느 선랑이 있어 함께 학을 구으리.
> 초부로 하여금 용 잡는 재주 배우게 하지 말라.
> 事去人非水自東　千金遺種在亭松 ……
> 有底仙郎同煮鶴　莫令樵父學屠龍[10]

　월송정에서 지은 위의 시에서도 자연물과 인간사는 대조적으로

---

9) 「再游三日浦次板上詩」, 같은 곳.
10) 「次越松亭詩韻」, 같은 곳.

나타난다. 사선의 무리나 그 자취는 사라지고 없는데, 월송정 앞을 흐르는 물은 예나 다름없이 동해로 흘러간다는 것이다. 선랑들이 심은 소나무는 자라 그 모습이 의연하지만, 사람의 일은 쉬 달라짐을 말하였다. 이미 사람 사는 세상은 바뀌어 사선을 자처해도 학을 굽는 것처럼 살풍경일 뿐이다. 초부는 선랑과 대조되는 존재다. 선랑이 숭고한 존재라면, 초부는 비속한 존재일 뿐이다. 비속한 존재인 초부에게 용을 잡는 특별한 재주는 실용의 가치가 없는, 쓸데없는 것에 지나지 않는다. 과거의 숭고함을 동경하기에 앞서, 비속하게 바뀐 현실을 자각하는 모습이 뚜렷하다.

> 비 갠 가을 기운이 강 마을에 가득한데,
> 조각배 띄워 와서 속된 마음 풀어놓네.
> 땅은 별천지에 들어 세속 티끌 이르지 않고,
> 사람은 거울 속에 놀아 그림을 이루기 어렵네.
> 내 낀 물결에 흰 물새 때때로 지나가고,
> 모랫길에 청노새는 느릿느릿 걸어가네.
> 사공에게 고하여 급한 노질 쉬라고 하고,
> 외로운 달 바라보며 깊은 밤 밝히기를 기다리네.
> 雨晴秋氣滿江城　來泛扁舟放野情
> 地入壺中塵不到　人遊鏡裏畫難成
> 烟波白鳥時時過　沙路靑驢緩緩行
> 爲報長年休疾棹　待看孤月夜深明[11]

---

11) 「鏡浦泛舟」, 같은 곳.

경포에서 배를 타며 지은 위의 시에는 자연과 인간이 지속적으로
대조되어 나타난다. 비가 갠 후 가을 기운이 가득한 강 마을은 자연
의 모습이다. 여기서 배를 타는 인간은 속된 마음을 지니고 있다고
하였다. 강 마을은 세속의 티끌이 이르지 않는 별천지인데 속된 인
간이 그 속에 노니 그림이 이루어질 수 없다는 것이다. 즉 자연 가운
데 인간이 끼어들어 조화가 깨졌다는 말이다. 후반부에는 이러한 대
조적인 모습이 한층 구체화된다. 흰 물새와 청노새는 다 같이 한가
로운데, 이와는 달리 사람은 까닭 없이 급하기만 하다. 달은 스스로
빛을 내어 밝힐 뿐인데, 인간은 그것을 외롭다고 한다. 실상 외로운
것은 자연의 달이 아니라 자연과 어울려 그림, 곧 조화를 이룰 수
없음을 자각한 인간인 것이다. 어둠은 깊은 밤이기에 그러한 것이면
서, 한가롭지 못한 인간의 외로움 때문에 더욱 짙어진다. 달빛이 밤
의 어둠은 밝혀줄 수 있으나, 그것을 외롭게 느끼는 인간의 어둠까
지는 밝혀줄 수 없을 것이다.

> 못 위에 낀 내 옅었다 짙었다 그림 그리니,
> 옛사람을 만난 듯 흔연하구나.
> 아마도 내가 총총히 지나간다고 노하리니,
> 다시 와 그 모습 못 볼까 두렵구나.
> 潭上風烟畵淡濃　欣然似與故人逢
> 也應嗔我恩恩過　却恐重來不見容[12]

선유담을 지나며 지은 시다. 예전의 신선은 그림 같은 선유담에

---

12) 「過仙游潭」, 같은 곳.

들어 놀았는데, 작자는 그 속에 들 엄두를 내지 못하고 지나치며 다만 흔연해 할뿐이다. 회고해본 과거에는 자연과 인간이 하나로 어울려 그림을 이루었는데 비해, 회고하며 바라보기만 하는 현실에서는 자연과 인간이 거리를 두고 있다는 것이다. 자연과 인간이 서로 어긋난 모습을 작자는 그림 같이 정지해 있는 자연과 그 곁을 바쁘게 지나가는 인간으로 형상화하였다. 여기서 인간이 자연으로부터 어긋나기 시작한 것이 인간의 분주함 때문이라고 한 것을 알 수 있다. 분주하다는 말의 구체적인 실상이 이 시에는 나타나지 않았지만, 그 분주함이 바로 인간이 처한 현실임은 분명하다.

> 비처럼 흩어진 신선의 무리 처량히 바라보는데,
> 구름 모이듯 속된 무리 보기 싫구나.
> 어찌하면 정자 앞의 갈매기 해오리 짝이 되어,
> 인간의 속된 자취 쓸어버릴까.
> 悵望仙徒已雨散　厭看俗子如雲從
> 若爲亭前伴鷗鷺　掃却人間塵土蹤[13]

작자가 처한 현실의 구체적인 한 단면을 보여주는 것이 위의 총석정을 읊은 시다. 인용 부분은 그 시의 뒷부분이다. 앞에서 총석정의 기이한 경치를 말하고, 사선의 자취를 회고한 뒤에 이어서 나오는 대목이다. 신선의 무리와 속된 무리가 대조되어 있다. 신선의 무리는 비처럼 흩어지고, 속된 무리는 구름같이 모여든다고 하였다. 속된 무리는 경치가 좋다는 말만 듣고 다투어 몰려온 사람들이다.

---

13) 「次叢石亭詩韻」, 같은 곳.

그들은 다만 경치를 구경하는 데 그치지 않고, 어렵게 살아가는 생민들을 괴롭히는 존재들이기에 속되기만 하다. 작자가 회고하는 사선의 무리들은 자연의 아름다움을 즐기는 데 그쳐 자연과 합일을 이루었지만, 속된 무리들은 자연을 빙자하여 방탕하게 놀뿐이니, 작자와 같은 처지에 있는 사람의 수심을 자아낼 따름이다.

여기서 살펴보았듯이, 『관동와주』 가운데 회고시의 성격은 단순히 복고적인 취향을 나타내거나 과거를 동경하는 데 있지 아니하다. 사선의 행적을 말하는 것은, 그들의 자취가 흩어진 사실을 통해 인간사의 변화가 무상함을 읽었기 때문이며, 근재가 당면한 현실이 또한 사선의 시절과는 달리 혼란스러움을 자각한 데 기인하는 것이다. 곧 회고의 시점이 과거에 있다기보다는 현실에 자리하고 있다고 할 수 있다.

2) 별경과 생민의 고초

『관동와주』에 나타난 관동지방의 여러 형승 가운데 특히 별경으로 지목된 곳은 총석정·천도·국도 등이다. 총석정에 대해 근재는, "이것은 솜씨 좋은 장인이 다듬고 쪼아서 만든 것이 아니요, 대개 천지가 처음 열릴 때에 원기가 모여서 이루어진 것이다. 그 이루어진 모양의 공교로움이 이처럼 기이하니, 아하! 참으로 놀랍다."[14] 라고 하였다. 천도에 대해서는 국도나 총석이 가지 친 한 자락이라고 하고, 사람들이 찾아 구경하는 것은 대개 그 가운데가 뚫려 있기

---

14) 「次叢石亭詩韻跋」, 같은 곳. 此非巧匠鎚琢之功 盖天地剖判之始 元氣所鍾者也 其賦狀之巧 若是之異 旴可怪也.

때문이라고 하였다.15) 국도에 대해서는, 돌의 모양이 총석정과 같
아 높이 솟은 것이 키가 고르지 않은데, 그 수가 많다고 하였다.16)
이러한 자연의 별경과 사람이 어떠한 관계에 있다고 하였는가를 살
펴보기로 하자.

> 신선의 섬 멀어 여섯 자라를 탔나 의아한데,
> 아득히 갈 길이 구름과 물결에 막혔네.
> 허공에 뜬 한 떨기 외로운 봉우리 오뚝하고,
> 바다에 꽂힌 천 줄기 괴석 높다랗구나.
> (중략)
> 노 젓느라 지친 사공 더운 땀을 흘리고,
> 차린 술자리는 가난한 고을에서 마저 짜낸 고혈이리.
> 어찌하면 동해물을 더 붇게 하여,
> 기묘한 구경거리 다 빠뜨려 이 수고 면케 할까.
> 仙島遙疑駕六鼇　茫茫去路隔雲濤
> 浮空一朵孤峰兀　揷海千條怪石高
> ……
> 搖棹疲民流熱汗　具筵貧邑瀝殘膏
> 若爲添作東溟水　沒盡奇觀免此勞17)

　앞부분은 국도의 자연경관을 그린 것이고, 뒷부분은 국도의 자연
경관과 인간과의 관련 상황이다. 작자는 국도에 대해, 호사자들이

---

15) 「穿島詩序」, 같은 곳. 島有石 國島叢石之支裔也 人所尋翫者 盖穿其腹耳.
16) 「國島詩序」, 같은 곳. 石之狀如叢石亭 差高而多其數.
17) 「國島詩」, 같은 곳.

모두 국도가 관동의 형승 가운데 최고라고 하지만, 먼저 총석정을 구경하면 이 섬은 보지 않아도 좋다고 하였다.[18] 국도와 총석정의 생김새가 별반 다를 게 없기 때문이다. 그런데 국도가 사람들 사이에 형승이라고 소문이 나서 다투어 구경 오는 바람에 인근 고을은 애꿎게 피해를 입는다는 것이다. 별난 경치가 그 주변에 사는 생민들에게는 별난 고초를 겪는 화근에 지나지 않는다는 것이다. 이러한 사실을 작자는, "구경하는 자들이 배를 준비하여 주찬과 기악을 실어 농사를 방해하고 백성들에게 해를 끼치니 한 지방이 이를 고통으로 여긴다."[19]고 지적하였다. 그리하여 별난 구경거리를 바다 속에 잠기게 할 묘책을 생각해내는 데 이르도록 하였다.

(가-1)   작은 섬이 큰 물결 위에 나왔는데,
          가로 뚫려서 통하는 굴이 되었네.
(가-2)   남북으로 물이 서로 이어져,
          서로 부딪고 부서져 흰 물보라를 날리네.
(가-3)   섬에 가득한 돌 모양이 기이한데,
          가닥가닥 고르게도 깎이고 잘렸네.
(가-4)   가로누운 것은 산가지 쌓은 듯하고,
          거꾸로 선 것은 쇠로 얽은 것 같네.
          (중략)

(나-1)   총석정을 보면 천도는 버려도 되는데,
          남의 말 믿은 것을 후회하네.

---

18) 「國島詩序」, 같은 곳. 好事者皆曰 關東形勝 國島爲最 若先觀叢石亭 則不觀是島可也.
19) 같은 곳. 使遊賞者 具舟楫 載酒殽妓樂 而妨農害民 一方苦之.

(나-2)　　　관원들 멀리서 명성을 듣고,
　　　　　오고감에 시도 때도 없네.

(나-3)　　　어찌 다만 뱃사람의 수고뿐이랴.
　　　　　또한 백성들의 고혈을 짜내기도 하네.

(나-4)　　　벼락이라도 쳐부수지 않는다면,
　　　　　이 폐해가 어느 때나 없어질까.

　　　小島出洪波　　橫穿作通穴
　　　南北水互連　　相激碎飛雪
　　　滿島石狀奇　　條條均削截
　　　橫臥若積籌　　倒垂如褁鐵
　　　……
　　　觀彼此可遺　　悔余信人說
　　　使賓遠聞名　　來往無時節
　　　豈惟舟楫勞　　亦浚民膏血
　　　霹靂不摧殘　　此害何時絕[20]

　「천도시」는 전체가 32줄로 이루어져 있는 바, 위에 인용한 것은 서두의 8줄과 결말의 8줄이다. 자세히 읽어보면, 앞부분과 뒷부분이 서로 대응관계에 있음을 알 수 있다. 논의의 편의상, 위에 인용한 부분 가운데 앞부분을 (가), 뒷부분을 (나)라고 해보자. 또한 (가)의 앞에서부터 두 줄씩을 각각 (가-1)·(가-2)·(가-3)·(가-4)라고 하고, (나)도 이와 같이 구분하기로 한다. 이렇게 하고 보면, 전체적으로 (가)와 (나)가 대응관계에 있고, (가-1)과 (나-1)의 식으로 서로

---

20) 「穿島詩」, 같은 곳.

부분적 대응관계가 성립된다. 이것을 하나씩 검토해 보자.

(가-1) 小島出洪波 / 橫穿作通穴 : (나-1) 觀彼此可遺 / 悔余信人說

위의 대응관계가 한마디로 요약된 것이 각각의 운자로 쓰인 '혈 (穴)'과 '설(說)'이다. '혈'은 관동의 형승이라고 불렸던 천도의 가장 뚜렷한 특징이다. '천도'라는 이름 자체가 섬에 구멍이 뚫려 있기에 붙여진 것이다. '설'은 다른 사람들의 말, 곧 천도에 대한 세상의 평 판과 소문을 뜻한다. 그 평판과 소문은, 천도가 섬 가운데 구멍이 뚫려 있기에 구경할 만하다는 것이다. 근재가 「천도시서」에서 '사람 들이 찾아 구경하는 것은 대개 그 가운데가 뚫려 있기 때문[人所尋翫 者 盖穿其腹耳]'이라고 한 것이 바로 그 점을 가리킨 말이다. 결국 '혈' 과 '설'은 천도의 특이한 형상과 그에 대한 세상의 평판이라는 대응 관계에 있는 것이다. '혈'이 자연의 모습을 가리킨 말이라면, '설'은 그에 대한 인간의 반응을 나타낸 말이라고 할 수 있다.

(가-2) 南北水互連 / 相激碎飛雪 : (나-2) 使賓遠聞名 / 來往無時節

위의 대응관계는 쉽사리 드러나지 않는다. (가-2)의 의미는 섬 가운데 구멍이 뚫려, 그 구멍으로 섬 남쪽의 바닷물과 섬 북쪽의 바 닷물이 서로 이어져 들락거리며 부딪고 부서져 물보라를 날린다는 것이다. 뚫린 구멍으로 인해 섬 남북의 물이 끊임없이 서로 이어지 는 모습을 그렸다고 하겠다. 바닷물이 서로 이어져 끊임없이 들락거 리는 것이 (나-2)에서는 관원들이 사시절 끊임없이 천도를 찾아왔다가는 것으로 대체되어 있음을 알 수 있다. 그들이 이렇듯 끊이지 않고 천도를 찾아오는 것은 바로 섬에 구멍이 뚫린 기이한 모습을 보기 위해서다. 따라서 여기에 나타난 대응관계는 '물이 서로 이어짐[水互連]'과 '구경꾼이 사시절 오고감[來往無時節]'이며, 이들 역시 각각 자연의 모습과 그에 대한 인간의 반응이라고 할 수 있다.

(가-3) 滿島石狀奇 / 條條均削截 : (나-3) 豈惟舟楫勞 / 亦浚民膏血

(가-3)은 뚫린 구멍 이외에 천도가 지닌 기이한 모습의 형용이다. 섬에 가득한 것이 기이한 돌 모양이라고 하고, 그 구체적인 모양을 가닥마다 고르게 깎이고 잘렸다고 하였다. (나-3)에는 천도의 기이한 경치 때문에 생겨나는 사람들의 고통을 그렸다. 고통을 받는 것은 뱃사람뿐만이 아니라, 고혈을 짜내야 하는 인근의 많은 백성들도 포함된다. (가-3)에서 천도에 기이한 돌 모양이 가득한 것을 말하였다면, (나-3)에서는 그로 인해 그 곳 백성들이 받게 되는 고통이 가득함을 나타낸 것이라 할 수 있다. (가-3)에서 돌 모양이 가닥가닥 고르게 깎이고 잘린 것을 말하였다면, (나-3)에서는 백성들이 너나없이 깎이고 잘리는 고통을 받는 실상을 지적한 것이다. 여기에 나타나는 대응관계는 자연의 기이한 모습과 그로 인해 빚어지는 인간의 고통이다.

(가-4) 橫臥若積籌 / 倒垂如裊鐵 : (나-4) 霹靂不摧殘 / 此害何時絕

(가-4)는 (가-3)에서 말한 바를 한층 구체적으로 묘사한 부분이다. 가로로 누운 것과 세로로 선 것으로 나누어, 쌓인 산가지와 얽힌

쇠에 각각 비유하였다. 가로누운 돌의 비유에서는 높이가, 세로로
선 돌의 비유에서는 단단함이 느껴진다. (가-4)에서는 천도의 모습
이 높고 무쇠같이 단단함을 나타냈다고 할 수 있다. (나-4)도 또한
(나-3)을 이어받아 말한 것이다. 백성들의 고통을 없애기 위해서는
그 고통의 원인이 되는 천도를 없애야 할 것이다. 그래서 벼락이라
도 쳐서 백성들 고통의 화근이 제거되었으면 좋겠다는 희망을 말하
였다. (가-4)에서 말한 천도의 모습이 단단히 쌓아 올린 것인데 비
해, (나-4)에서 말한 희망사항은 쳐서 부수고 허물어 내려야겠다는
것으로 나타났다. 폐해를 끊자(絶)는 것이 (나-4)에 나타난 의지인
데 대해, (가-4)에 그려진 끊을 대상은 쇠[鐵]처럼 단단하기만 하다.
여기 나타나는 대응관계도 자연의 기이한 모습과 그로 인해 빚어지
는 인간의 고통이다.

　위와 같이 분석해 보면, (가)와 (나)의 대응관계는 자연의 모습과
그에 따라 발생하는 인간의 반응이나 고통으로 나타난다. 그러나
(가-1)·(가-2)와 (나-1)·(나-2)의 대응관계와 (가-3)·(가-4)와
(나-3)·(나-4)의 대응관계는 그 성격상 동일하지 않다. 전자의 대
응관계가 상호호응으로 나타나는데 비해 후자의 대응관계는 상호대
립으로 나타난다. (가)는 전체가 작자의 눈을 통해 본 천도의 모습이
형용된 데 비해, (나)는 작자의 눈에 비친 모습과 함께 직접 작자가
개입한 부분도 있다. (나-2)와 (나-3)이 작자의 눈에 비친 모습이
고, (나-1)과 (나-4)는 작자가 개입한 부분이다. 이때, 작자가 직접
개입함으로써 이 시의 주제가 드러남을 볼 수 있다. 천도가 좋은 구
경거리라고 하는 남들의 말이 정작 믿을 것이 못 되는데, 그것을 믿
고 찾아오는 데서 생민들의 고통이 비롯한다는 것이다. 따라서 작자

가 의도한 (가)와 (나) 사이의 대응은 대립관계이고, (가-1)·(가-2)
와 (나-1)·(나-2)의 호응관계는 전체적인 대립관계를 첨예하게 하
기 위한 의도적인 설정이라고 할 수 있다.

> 사선봉이 바닷가에 있는데,
> 구경하니 기이하고 또 장하구나.
> 난간에 기대 사방을 돌아보니,
> 하늘은 내 긴 물결에 맞닿았네.
> 가닥 진 돌은 물 가운데 벌여 있는데,
> 떨기 져 서 있는 양 하 기이하구나.
> 마치 먹줄 그어 깎아 이룬 듯,
> 원기가 훌륭한 장인구실 하였네.
> 신라 때 사선의 무리,
> 비녀 꽂고 구슬 신 신고 정자 위에 노닐었네.
> 당시의 비석 상기도 있어,
> 손으로 어루만지며 한스러이 바라보네.
> 좋다는 말이 사방에 두루 퍼져,
> 관인들이 다투어 찾아오고,
> 근방 고을은 보내고 맞는 게 관행이 되어,
> 바삐 연회 자리를 옮겨 차리네.
> 정자 아래서 아전들은 한숨을 쉬고,
> 술동이 앞에 선녀 같은 기생은 노래 부르네.
> 백성들은 이제 농사일을 잃어,
> 처자식을 능히 기를 수 없네.
> 조금 모은 것을 이미 다 써버렸으니,
> 한번 잔치가 갈백의 구향보다 더하네.

누가 이 모습 그림으로 그려,
임금과 재상에게 갖다 바칠꼬.

仙峰在海濱　觀覽奇且壯
倚欄四面顧　長天接烟浪
條石列水中　叢立多異狀
如繩墨削成　元氣爲良匠
羅代四仙徒　簪履遊亭上
當時碣猶存　摩挲空悵望
嘉言遍四方　使賓競來訪
傍邑慣送迎　奔走移供帳
亭下吏呀咻　樽前仙妓唱
民今失農業　妻子不能養
斗蓄已殫空　一宴勝仇餉
何人寫作圖　持獻君與相21)

　　이 시는 총석정에서 사신을 위해 잔치를 베푼 광경을 보며 지은
것이다. 전체 24줄 가운데 전반부 12줄에서는 총석정의 자연경관과
사선에 대한 회고의 뜻을 읊었다. 후반부에서는 총석정의 절경을 구
경하러 온 벼슬아치들로 인해 부근의 백성들이 당하는 고통을 말하
였다. 전반부 끝의 '비석을 손으로 어루만지며 한스럽게 바라본다'
는 대목은 사선에 대한 회고의 성격을 뚜렷이 말해준다. 한스럽게
바라보는 까닭이 뒤이어 나오는 후반부에 구체적으로 제시되어 있
다. 손님 접대로 방해를 받아 농사일을 잃고, 더구나 그때까지 약간
남아 있던 것도 다 써버리게 되니, 한번 잔치가 갈백(葛伯)의 구향(仇

---

21)「叢石亭宴使臣有作」, 같은 곳.

餉)22)보다 더하다는 것이 그것이다. 과거 사실에 대한 동경으로서 의 회고가 아니라, 사선의 시대와는 대조적으로 참담한 현실의 참모 습을 깨닫게 되었다는 데에 회고의 성격이 자리하는 것이다.

이상에서 논의한 바에 따르면, 근재는 『관동와주』에서 관동의 별 경이 갖는 그 자체의 의미보다 그로 인해 빚어지는 인간의 상황에 더욱 깊은 관심을 가졌다고 할 수 있다. 아름다운 경치와 다스림을 받는 자들의 삶을 서로 대립적으로 파악하고 있는 데서 그러함을 알 수 있다. 그가 파악한 현실적인 문제는 자연과 인간이 서로 동화하거 나 동질적으로 작용하지 못하고, 인간이 자연을 눈요기의 대상으로 삼으려는 데서 비롯되었다는 것이다. 근재는 자연의 경치를 즐거움 의 대상으로 하는 데에 두 가지 길이 있음을 말한 바 있다. 눈요기만을 하는 것과 마음으로 즐기는 것이 그것이다. 그리고 그는, "눈요기만 을 하는 것은 형체의 기이한 것만을 찾는 것으로, 누구나 다 할 수 있는 것이지만 그 편벽된 것을 보는데 그치므로 군자는 취하지 않는 다고 하였다. 마음으로 즐기는 것은 이치의 묘한 것을 얻고자 하는 것으로, 군자만이 그것이 가능하며, 그 전체를 즐길 수 있다."23)고 하였다. 이 말에는 자연을 대하는 인간의 태도에 관한 가치판단이 개재해 있다. 생민들의 고초는 바로 지배층이 자연을 눈요깃거리로 보는 데서 발생한다는 것이 근재의 생각이다.

---

22) 먹을 것을 주는 사람을 죽이고 그 음식을 빼앗는다(殺餉者而奪其食也)는 뜻이다. 『書經』,「仲虺之誥」참조.

23)「寄題丹陽北樓詩序」, 같은 곳. 飽膏粱之食者 無適口之味 飫咸韶之樂者 無盈耳之音 類此而推之 則人之於天下之物 心之所樂 目之所翫 莫不皆然.
「鏡浦新亭記」, 같은 곳. 夫形之奇者 在乎顯而目所翫 理之妙者 隱乎微而心所得 目翫 奇形者 愚智皆同而見其偏 心得妙理者 君子爲然而樂其全.

3. 『관동와주』시의 특징

1) 민풍의 관찰과 시적 형상화

『관동와주』의 특징적 성격이 무엇인가에 대해 기왕의 논의에서는 반유람적[24] 혹은 '유람객의 풍류를 자랑하는 기행시를 반대로 뒤집어 놓은 것'[25]이라고 하였다. '반유람적'이라는 말은 유람이라는 기준에 놓고 볼 때 상반되는 성격이라는 뜻이겠다. '뒤집어 놓은 기행시'라는 말도 기행시라는 기준을 통해 볼 때 상반되게 나타난다는 뜻이겠다. 결국 유람 혹은 기행문학의 관점에서『관동와주』시의 특징적인 성격을 찾고자 하였다고 할 수 있다.

기행문학은 여행을 하는 가운데 보고들은 것, 일어난 일, 느낌 등을 서술하는 것이 일반적이다. 보고들은 것은 여행지의 경물이나 유래 등을 말한다. 일어난 일은 여행지에서 발생한 사건이다. 느낌은 보고들은 것이나 일어난 일에 대한 여행자의 마음의 움직임을 뜻한다. 이 가운데 여행자가 본 것을 중심으로 말하자면, 대개의 기행문학은 경치의 아름다움을 소개하거나 찬탄하는 것을 주류로 삼는다. 이런 점에서 기행문학의 주요 내용은 유람의 즐거움을 표현하는 것이 일반적이다.

그러나 앞에서 살펴보았듯이, 『관동와주』의 경우는 경치의 아름다움을 말하는 데 주안점이 있지 않다. 기행문학 일반이 유람의 즐거움을 서술한다면, 『관동와주』의 대부분은 유람으로 인해 고통을 받는 현장과 그것을 바라보는 양심적인 관인의 아픔을 표현하고 있

---

24) 김창규, 앞의 글, 20~23쪽.
25) 조동일, 앞의 책, 214쪽.

다. 이것을 기행문학이라는 기준에 의해 반유람적 혹은 뒤집어 놓은 기행시라고 할 수는 없다. 근재의 관동지방 역방이 여행이나 유람과는 본질적으로 다른 것임을 간과해서는 안 될 것이다. 그는 중앙 조정에서 파견되어 관풍찰속(觀風察俗)의 직임을 수행하는 존무사였기 때문이다. 요컨대, 『관동와주』 시는 존무사로서 민간의 풍속에 대해 관찰한 바26)를 시적으로 형상화한 것으로, 기행시와는 구별해야 마땅하다. 이러한 점은 동일한 대상을 읊은 다른 작가의 기행시와 근재의 시를 견주어 보면 한층 뚜렷하게 드러날 것이다.

> 구구하게 봉황의 생황에 견줄 것 없이,
> 기괴한 그 형상 정말 이름 짓기 어렵네.
> 不用區區比鳳笙　奇形詭狀諒難名27)
>
> 동쪽으로 바다에 놀아 홍몽세계 찾으니,
> 만 가지 물상이 한 눈에 다가오네.
> 돌은 난새의 생황을 묶어 푸른 바다에 임했고,
> 솔은 공작의 일산을 날리며 푸른 하늘을 향했네.
> 東遊大壑訪鴻濛　萬像奔趨一望中
> 石束鸞笙臨碧海　松飛孔盖向靑空28)

---

26) 『禮記』 제5 「왕제편(王制篇)」의 "命大師陳詩 以觀民風"이라는 말이 이와 관련된다. 그 소(疏)에 "各陳其國風之詩 以觀其政令之善惡"이라고 하였는 바, 『관동와주』 시의 취지와 부합한다. 본디 관풍(觀風)의 대상인 시는 관인이 지은 것을 말하는 것이 아니라 민간의 시요(詩謠)를 뜻하는 것이다. 이 점에서 『관동와주』 시와는 다른 것이나, 그 취지는 같은 것이라 할 수 있다. 이러한 성격에서 『관동와주』 시는 일반적인 기행시와 뚜렷이 구별된다.
27) 金克己, 「叢石亭詩」, 이행 등편, 『신증동국여지승람』 권45. 통천군 누정조.
28) 같은 책, 같은 곳.

위의 시는 모두 김극기(金克己, ?~1209)가 총석정을 두고 읊은 시의 일부다. 총석정의 기이한 모습을 아름답게 형용하는 데 그치고 있음을 볼 수 있다. 이곡(李穀, 1298~1351)이 지은 「총석정시」에서도 "바닷가 어느 곳에 푸른 봉우리 없으랴만, / 예 와서야 짙은 티끌 인연 모두 다 씻는 것이. / 기이한 바위 높게 섰는데 옥 묶음 나란히 서 있고, / 옛 비석 부서져 떨어졌는데 이끼 봉한 것이 겹겹이네."[29] 라고 하여, 총석정의 아름다움이 인간세상에서 찾아보기 어려운 것임을 말하였다. 김극기가 천도를 두고 지은 시에, "천 길 바다 위에 신선 산이 솟았는데, / 동구 문이 첩첩한 벽 사이를 가로 뚫었네. / 누가 달 가운데를 향해 창호를 하나 불러다가, / 옥도끼로 갈라내어 푸른 산을 쪼개었나."[30]라고 한 것도 역시 천도의 경관을 달 가운데 선경에 빗대 찬탄한 것이다.

> 아마도 나의 전신은 속된 선비 아니었나봐,
> 참으로 이 놀이가 사선과 같은 것이.
> 恐我前身非俗士 眞遊亦興四仙同[31]
>
> 당의 호증이 일찍이 와 혼자 크게 부르짖었고,
> 사선은 이미 갔는데 나는 누굴 좇아 놀거나.
> 봉 머리에 좀 섰다가 문득 말에 오르니,

---

29) 李穀, 「題叢石亭次韻」, 『稼亭集』, 권14. 海邊何處無靑峰 到此洗盡塵緣濃 奇巖峭拔玉束亞 古碑剝落苔封重.
30) 김극기, 「穿島詩」, 이행 등편, 앞의 책, 권45, 흡곡현 산천조. 千尋海面湧仙山 洞戶橫穿疊壁間 誰向月中呼一戶 玉斤鑱破碧屛顏.
31) 「총석정시」 같은 책, 권45, 통천군 누정조.

속세 인간이라 높은 자취에 맞지 않네.
老胡曾來獨大叫　仙子已去吾誰從
小立峰頭便上馬　塵卑未合攀高蹤[32]

　앞의 것은 김극기가 총석정을 두고 지은 시의 마지막 대목이고,
뒤의 것은 이달충(李達衷, 1309~1384)이 총석정을 읊은 시의 뒷부분
이다. 김극기는 자신이 총석정에 노니는 흥이 사선과 다름없다고 하
면서 유람객의 정회를 드러냈다. 이달충은 김극기와는 다른 입장에
서 유람객의 회포를 펼쳤다. 스스로를 속세 인간이라고 한 것을 자
조하는 뜻에서라기보다는 총석정의 속세를 떠난 듯한 분위기를 돋
보이게 하기 위한 것이라고 봄이 타당할 듯하다. 이들 작품과 견주
어 보면, 근재가 총석정이나 천도를 보고 지은 시가 일반적인 기행
시와 얼마만큼의 거리에 있는가를 알 수 있다.

　　　풀과 나무 조금 나서 벗겨진 머리의 터럭 같고,
　　　내와 노을 반만 걷혀 어깨 드러난 가사 같구나.
　　　우뚝 높은 봉우리 뼈뿐이라 홀로 외롭고 깨끗하니,
　　　응당 肉山의 크고 살찌기만 한 것을 웃으리라.
　　　草木微生禿首髮　烟霞半卷袒肩衣
　　　兀然皆骨獨孤潔　應笑肉山都大肥[33]

　　　뼈처럼 솟은 봉우리들 창칼처럼 번쩍이네.
　　　여기 스님들 재 끝낸 뒤 가만 앉아 할 일 없네.

32) 李達衷, 「次叢石亭」, 『霽亭集』, 권1.
33) 田致儒, 「金剛山詩」, 이행 등편, 앞의 책, 권47, 회양도호부 산천조.

> 어찌하여 산 아래의 생민들은
> 바라보며 때때로 찡그리며 지나가나.
> 骨立峰巒釖戟明　居僧齋罷坐無營
> 如何山下生民類　瞻望時時蹙頞行[34]

　　위의 두 시는 모두 중국인들이 '고려에 태어나서 금강산을 한번 보는 것이 소원[願生高麗國 一見金剛山]'이라고 하였다는 금강산을 두고 읊은 것이다. 앞의 시는 고려조 사람으로만 알려진 전치유(田致儒)가 지은 것이고, 뒤의 것은 근재의 작품이다. 앞의 작품은 금강산의 특징적인 모습을 묘사하고, 다른 산과 달리 빼어난 점을 말하는 것으로 시종하였다. 이와는 달리, 근재의 「금강산」 시는 금강산의 외형적 모습은 단 한 줄에 집약하고, 그 경치로 인한 생민들의 고통을 말하는 데 주력하였다. 여기서 근재의 『관동와주』 시가 일반적인 기행시와는 본질적으로 다른 것으로, 민풍을 관찰하여 시적으로 형상화한 것임을 다시 한 번 확인할 수 있다. 근재 당대에 금강산 주변의 생민들이 그 산을 보며 찡그린 까닭을 알려주는 자료가 있다.

　　하늘의 동쪽 끝에 바다를 가에 둔 산이 있는데, 세상에서 이르는 이름은 풍악이나, 중의 무리는 금강산이라고 한다. …… 대체로 처음에는 이 산이 사람 사는 곳에서 수백 리가 되도록 멀리 떨어져 있을 뿐 아니라, 바위 봉우리가 벽처럼 서 있어 이르는 곳마다 다 천 길 만 길이어서, 달아놓은 것 같은 벼랑과 끊어진 구렁에 몸을 의지할 만한 암자도 움집도 없었다. …… 근래에는 그렇지 않다.

---

34) 안축, 「金剛山」, 앞의 책, 권1.

산중의 암자가 해마다 또 백 개씩 불어나고 있다. 그 중의 큰 사찰
로는 보덕사·표훈사·장안사 등이 있는데, 그 절들은 다 관에서
짓고 수리하여, 전각은 하늘 형상으로 높고 둥그렇게 산골짜기에
가득하며, 금빛과 푸른빛의 단청은 빛나고 밝아서 사람의 눈을 부
시게 한다. …… 매번 사자를 보내서 해마다 옷과 식량과 기름과
소금 등을 지급하는데, 반드시 모자람이 없게 하였다. …… 백성들
이 도피하여 부역을 면하는 자가 항상 수천수만 명이 있어 편안히
앉아 먹여주기를 기다린다. …… 그 위에 더욱 심한 자가 있으니,
사람을 속이고 꾀어 말하기를, '한번 이 산을 보면 죽어서 지옥에
떨어지지 않는다.' 하니 위로는 공경으로부터 아래로는 사서인에
이르기까지 아내를 데리고 자식을 이끌어 다투어 가서 예배한다.
눈과 얼음으로 혹독하게 추운 때와 여름에 장마가 오래고 홍수가
넘쳐서 길이 막히게 된 때를 제외하고는 산에 노니는 무리가 길에
잇닿게 되었다. …… 그 수요를 공급하는 비용이 자칫하면 만금으
로 계산하게 된다. 산 곁에 사는 백성들은 응접하는 일에 피곤하여
성내며 꾸짖어 말하기를, '산은 어째서 딴 고을에 있지 않았던가!'
하는 자가 있기에 이르렀다. …… 그런데 머리를 깎은 자들이 이
산을 속여 팔아서 스스로 따뜻하고 배부르기를 도모하여, 백성들이
그 해를 입으니 더 무슨 말을 하겠는가?[35]

35) 崔瀣,「送僧禪智游金剛山序」,『拙藁千百』, 권1. 極天之東 濱海有山 俗號楓岳 僧徒謂
之金剛山 …… 盖始此山 距人境不啻數百里之遠 而巖嶂壁立 所至皆千萬仞懸崖絶壑
無菴廬可以庇身 …… 邇來不然 山中菴居 歲增且百 其大寺則有報德表訓長安等寺 皆
得官爲營葺 殿閣穹隆 彌漫山谷 金碧輝煌 眩奪人目 …… 每遣使人 歲支衣粮油鹽之具
必視無闕 …… 其民避其徭 常有數千萬人 安坐待哺 …… 復有甚者 誕誘人云 一覩是山
死不墮惡塗 上自公卿 下至士庶 携妻挈子 爭往禮之 除氷雪沍寒 夏潦淫溢 路爲之阻
遊山之徒 絡繹於道 …… 供億之費 動以萬計 傍山居民 困於應接 至有怒且詈曰 山胡
不在他境者 …… 而髡首者 衒鬻是山 自圖溫飽 而民受其害 尚何言哉.

위의 글은 최해(崔瀣, 1287~1340)가 쓴 「송승선지유금강산서」의 일부다. 금강산에 관의 비호 아래 사찰이 들어서면서 생기게 된 금강산 주변 백성들의 고난상이 자세히 서술되어 있다. 지옥에 떨어지지 않기 위해 금강산에 찾아오는 무리들로 인해 실상은 그 인근 주민들이 지옥에 떨어져 살게 되었음을 꼬집은 글이라고 하겠다. 고려 후기에는 금강산뿐만 아니라, 삼일포나 한송정 등의 명승지에도 유상객으로 인한 주민들의 고통이 자심하였던 것으로 보인다.36) 이곡이 쓴 「동유기」에 따르면, 이 지역 주민들이 유상객들을 공급하기가 어려워 삼일포의 단서벽(丹書壁)을 쪼아내고 한송정의 정자를 헐어버린 사례가 실제로 있었던 듯하다. 근재는 이러한 실상을 보고, 유람자의 입장이 아닌 존무사의 입장에서 관찰한 바를 시로 형상화하였던 것이다. 이러한 점이 그의 『관동와주』 시에 나타나 있는 특징의 하나라고 할 수 있다.

2) 표현기교와 시적 생동감

근재의 시로 『동문선』에 실린 것은 5언 율시가 3편, 7언 율시가 6편, 7언 절구 1편, 7언 고시 2편 등 모두 12편이다. 그 가운데 5언 율시로는 「숙용담역」·「제한송정」·「팔월장부경우유지잉행추제남

---

36) 徐居正 編, 『太平閑話滑稽傳』에 「저끽폭포(猪喫瀑布)」라는 제목 아래 다음과 같은 이야기가 실려 있어 흥미롭다. 진양고을 원이 가렴주구가 심해 백성들뿐만 아니라 절간의 중들에게도 폐해가 미쳤는데, 어느 날 원이 어떤 중에게 그 절의 폭포가 좋으냐고 묻자, 폭포가 무엇인지도 모르는 중이 또 세금을 거둘까 두려워 '돼지가 올여름에 다 먹어버렸다'고 한 이야기에 이어 나오는 이야기다. 江陵有寒松亭 山水之勝擅關東 使賓客之遊賞 蹄輪轃集 供費不貲 州人常話日 寒松亭何日虎將去 有人作詩云 瀑布當年猪喫盡 寒松何日虎將去.

행노상유작」 등이 『동문선』 제9권에 실려 있다. 율시가 두 줄씩을
한 연으로 하여 각각 수연(首聯)·함연(含聯)·경연(頸聯)·미연(尾聯)
으로 이루어진다는 것은 누구나 아는 사실이다. 율시의 경우, 대구
법(對句法)이 두드러진 특징의 하나고, 함연과 경연에 대구가 이루어
져야 한다는 것도 상식이다. 따라서 율시가 주를 이루고 있는『동문
선』 소재 『관동와주』 시의 시적인 특징을 살피자면 대구법이 실현
된 양상을 분석해 보는 것이 무엇보다도 중요하다. 먼저 「숙용담역」
을 들어 이 점을 검토하기로 하자.

　　　초가에 들어 하룻밤을 묵노라니,
　　　서리가 짙어 추운 기운 맵구나.
　　　피곤하게 왔기에 아픈 다리 뻗치고,
　　　바르게 앉아서 성긴 수염 비비네.
　　　집은 낡아 빠져 먼지가 벽에 끼었고,
　　　창문이 훤하게 달이 추녀에 걸렸네.
　　　마음이 바빠 편히 잠들지 못하는데,
　　　문득 밤이 지루함을 깨닫겠구나.
　　　寄宿茅茨下　霜濃冽氣嚴
　　　困來伸病脚　危坐撚疎髥
　　　屋老塵棲壁　窓明月掛簷
　　　心忙眠未穩　斗覺夜猒猒[37]

　수연에는 숙박지의 대체적인 상황이, 함연에는 작자의 외부적인
상태가, 경연에는 숙박지 내부의 구체적인 상황이, 미연에는 작자

---

37) 안축, 「宿龍潭驛」, 앞의 책, 권1.

의 내부적인 심리상태가 각각 그려져 있다. 특히 함연에 나타나는 대구법을 보면, '곤하게 옴[困來]'과 '바르게 앉음[危坐]'이, '아픈 다리를 뻗침[伸病脚]'과 '성긴 수염을 비빔[撚疎髯]'이 각각 대를 이루고 있다. '困來'가 동적인 상태라면, '危坐'는 정적인 상태다. '伸病脚'이 일회적인 동작으로 정지 상태에 들어간다면, '撚疎髯'은 연속적인 동작상태다. 따라서 함연의 전반부가 動中靜을 나타내고 있다면, 그 후반부는 靜中動의 상태를 보여주고 있다. 즉 동작의 상태를 지양하여 정지의 상태를 추구하였으나, 완전한 정지 또는 휴식의 상태에 이르지 못한 채 다시 동작의 상태가 지속됨을 알 수 있다.

경연에 나타나는 대구법을 보면, '낡은 집[屋老]'과 '훤한 창[窓明]'이 '벽에 낀 먼지[塵棲壁]'와 '추녀에 걸린 달[月掛簷]'이 각각 대를 이루고 있다. 집이 낡았다는 것을 방안에 들어와 비로소 알게 된 것이 아니라면, 그 사실은 이미 방안에 들어오기 전에 느꼈을 것이다. 창이 훤한 것이 방안에 불을 밝혀 그런 것이 아니라면, 그것에 밖에서 달이 비추기 때문일 것이다. 이렇게 보면, '屋老'는 집 외부에서 이미 본 상황이고, '窓明'은 집 내부에서 본 상황이다. '塵棲壁'이 방안에서 본 상황이라면, '月掛簷'은 방 밖에서 볼 수 있는 상황이다. 따라서 경연의 전반부가 외부에서 내부로의 상황에 대한 시각의 변화를 나타내고 있다면, 그 후반부는 내부에서 외부로의 상황에 대한 시각의 변화를 뜻한다고 하겠다. 즉 외부의 상황을 지양하여 내부의 상황을 선택하였으나, 완전히 내부의 상황에 머물지 못하고 있음을 알 수 있다.

함연과 경연에 나타난 대구법의 성격은 이 시의 주제와 밀접한 관련을 맺고 있다. 작자가 추구한 상태나 선택한 상황이 제대로 실현되지 못한 것과 미연에 나타난 '마음의 바쁨'과 '잠자리의 불편함'

이 직결되어 있는 것이다. 마음이 바쁜 것은 심리적으로 정적인 상
태에 머물지 못하기 때문이다. 수염을 비비는 행위에 안정되지 못한
심리상태가 투영되어 있다. 잠자리가 불편한 것은 방안을 내부적 상
황으로 받아들이지 못하기 때문이다. 내부에 머물고 있으면서도 외
부로 관심이 자꾸 옮겨가기 때문에 내부가 휴식의 장소로 느껴지지
않는 것이다. 따라서 이 시의 주제는 함연과 경연에 상징적으로 암
시되어 있고, 그 외면적인 상황이 수연에, 그 내면적인 상태가 미연
에 각각 표출되어 있다고 할 수 있다.

> 사선이 일찍이 여기 모였으니,
> 따르는 이 孟嘗君의 門客만큼 되었으리.
> 구슬신 신은 무리 구름처럼 자취 없고,
> 푸른 관솔은 불에 타 사라졌네.
> 선경을 찾으려니 푸른 숲이 그립구나.
> 옛날을 회상하여 황혼에 서 있네.
> 오직 남은 건 차 달이던 우물,
> 돌부리 옆에 의연히 있구나.
> 四仙曾會此　客似孟嘗門
> 珠履雲無迹　蒼官火不存
> 尋眞思翠密　懷古立黃昏
> 惟有煎茶井　依然在石根[38]

「제한송정」 시의 기연에는 과거의 상태가, 함연에는 과거에서 현
재로의 변화가, 경연에는 과거에 대한 회고가, 미연에는 현재의 상

---

38) 「제한송정」, 같은 책, 같은 곳.

태가 각각 그려져 있다. 함연에는 '구슬신 신은 무리[珠履]'와 '푸른
관솔[蒼官]'이, '구름처럼 자취 없음[雲無迹]'과 '불에 타 사라짐[火不
存]'이 각각 대를 이루고 있다. '珠履'가 인간적인 존재를 나타내는데
대해 '蒼官'은 자연적 존재를 나타낸다. '雲無迹'과 '火不存'은 다 같
이 자취 없이 사라진다는 의미를 갖는다. 그런데 여기서 '雲'과 '火'
는 각각 '구름'과 '불'의 의미로 쓰이지 않고, 구름처럼 '흩어짐(散)'
과 불에 '탐(燒)'의 의미로 쓰였다는 점을 유의해야 할 것이다. 곧 명
사를 가져다가 동작을 부여하여 사용한 것이라 할 수 있다.

경연에는 '선경을 찾음[尋眞]'과 '옛날을 회상함[懷古]'이, '푸른 숲
을 그리워함[思翠密]'과 '황혼에 섬[立黃昏]'이 각기 대를 이루고 있다.
'尋眞'이 공간적인 찾음이라면, '懷古'는 시간적인 찾음이다. '翠密'
과 '黃昏'은 서로 시각적인 대조를 이루면서, 불에 타기 이전(과거)의
상황을 전자가 보여준다면, 후자는 현재 직면한 시점을 말한다는 차
이가 있다. 이때, '그리워하다(思)'와 '서다[立]'는 동사로 쓰였으면서
도 역동적이지 못하거나 정지를 뜻한다는 데 유의해야 할 것이다.

함연에서 명사를 동사화함으로써 과거적 존재인 '珠履'나 '蒼官'
이 현재에 사라지도록 하는 변화에 역동성을 부여하였다면, 경연에
서는 역동적이지 못하거나 정지를 나타내는 동사를 사용함으로써
과거적 공간의 찾음은 어느 정도 가능하였으나, 과거적 시간으로의
소급은 불가능함을 보여준다. 찾아간 공간 역시 과거의 푸른빛이 아
니라, 노을빛으로 현재화되어 있을 뿐이다. 사선과 그들의 무리가
푸른 솔이 빽빽한 한송정에 모여 노니는 것이 과거의 시공을 구성하
였다면, 사선과 그 무리가 사라지고 솔도 불에 타 없어진 한송정 노
을 속에 차 달이던 우물만이 남아 있는 모습이 현재의 시공을 구성

하고 있는 것이다. 수연과 미연이 각각 그에 해당하며, 또한 서로 대를 이루게 된다.

이 시의 함연과 경연에 나타난 대구법의 성격도 또한 주제와 직결된다. 함연에는 과거에서 현재로의 변화가 동적으로 설정되어 있다. 이에 비해 경연에는 현재에서 과거로의 회상이 정적인 데 머물고 있다. 따라서 과거에서 현재로의 변화는 가능하게 나타나 있지만, 현재에서 과거로의 소급이나 회상은 불가능한 것으로 나타나 있는 것이다. 소급이나 회상을 가능하게 하려는 작자의 생각과 불가능한 상황이 서로 부딪치는 데에서 이 시의 긴장이 이루어진다고 할 수 있다.

> 말에 앉아 관동 길을 가더니,
> 가을 곡식 익자 다시 괴문에 들어가네.
> 이민들은 옹졸한 정사에 물렸겠지.
> 산수도 범용한 재주가 싫으렷다.
> 어제 이미 밀어서 보냈는데,
> 오늘 어이 가다가 다시 돌아오는고.
> 물새 바라보기 하 부끄럽구나.
> 헛되이 낚시터 앞을 지나가려니.
> 鞍馬關東路　秋黃再入槐
> 吏民嫌拙政　山水猒凡才
> 昨已推相送　今胡去又廻
> 多慚見沙鳥　虛過釣魚臺[39]

---

39)「八月將赴京又有旨仍行秋祭南行路上有作」, 같은 곳.

이 시는 근재가 존무사의 임무를 마치고 서울을 향해 가던 중, 다시 왕명이 내려 秋祭를 지내러 남쪽으로 되돌아가며 지은 것이다. 함연에는 '吏民'과 '山水'가, '옹졸한 정사에 물림[嫌拙政]'과 '범용한 재주가 싫음[猒凡才]'이 각각 대구를 이루고 있다. '이민'과 '산수'의 대는 곧 인간과 자연의 대라고 할 수 있다. '졸정'과 '범재'는 다 같이 작자의 못났음을 뜻하는데, '졸정'은 다스리는 자로서의 못났음을, '범재'는 자연인으로서의 못났음을 각각 나타낸다. 경연에는 '어제[昨]'와 '오늘[今]'이, '밀어서 보냄[推相送]'과 '가다가 돌아옴[去又廻]'이 각기 대를 이루고 있다. '어제'와 '오늘'에는 시간적인 차이가, '밀어서 보냄'과 "가다가 돌아옴'에는 행하는 방향에 차이가 있다.

'어제'와 '밀어서 보냄'은 '옹졸한 정사에 물림'에 대한 결과라고 할 수 있다. 그런데 '오늘'과 '가다가 돌아옴'은 '범용한 재주가 싫음'에 대한 결과가 아니다. '어제'와 '밀어서 보냄'은 '옹졸한 정사에 물림'에 대한 결과이기에 부끄럽고, '오늘'과 '가다가 돌아옴'은 '범용한 재주가 싫음'에 대한 결과가 아니기에 부끄러운 것이다. 이런 점에서 수연의 '안마관동로'와 미연의 '허과조어대'도 서로 대를 이루고 있다. '관동로'가 관인으로서 가야할 길이라면, '조어대'는 자연인으로서 머물 곳이다. '관동로'는 이렇다 할 공적도 없이 되돌아가게 되고, 그렇다고 '조어대'에 머물 처지도 못 되어 헛되이 지나치니, 이래저래 부끄러움만 남는다는 것이 이 시의 주제라고 할 수 있다.

『동문선』에 실려 있는 『관동와주』의 7언 율시는 모두 6편으로, 「천력삼년오월수강릉도존무사지명시월삼십일발송경숙백령역야반우작유회」·「차화주본영시운」·「차양주공관시운」·「등주고성회고」·「하익재상국시」·「등태백산」 등이 권15에 실려 있다. 이 가운데 「등

주고성회고」를 먼저 보기로 하자.

저문 날 성 머리에 서서 옛일을 생각나니,
단풍잎 국화꽃 보이는 곳마다 가을일세.
제 집 담 안에 화가 감춰진 줄 모르고,
바다 섬만 믿고 깊은 꾀를 삼았구나.
백년 언덕엔 무정한 풀만 더부룩하고,
십리 연파엔 유신한 갈매기뿐.
멀리 북쪽 바라보며 헛되이 탄식하노라니,
어디서 강적 한 소리 남을 시름케 하누나.
暮天懷古立城頭　赤葉黃花滿眼秋
不覺蕭墻藏近禍　惟憑海島作深謀
百年丘隴無情草　十里風煙有信鷗
遙望朔方空歎息　一聲羌笛使人愁[40]

함연에는 '집 담장[蕭墻]'과 '바다 섬[海島]'이, '가까운 화가 감춰짐
[藏近禍]'과 '깊은 꾀를 삼음[作深謀]'이 각각 대를 이루고 있다. 여기
서 말하는 '제 집 담 안에 감춰진 화'는 1258년(고종45)에 일어난 조
휘·탁정의 모반사건을 가리킨다.[41] 그렇다면 '蕭墻'은 이른바 인화

---

40)「登州古城懷古」, 같은 곳.

41)「竹島詩幷序」, 같은 곳. 戊午年兵亂 朔方十二城 入保是島 時大將軍愼執平 爲知兵馬
使 都兵馬錄事全諒爲參謀 城中乏食 全諒議發粟賑給 執平持其議不從 城中人多有怨
怒者 有吏趙暉卓正二人 素蓄異志 乘衆怒謀亂 因踰城引敵 入殺知兵馬使 幷十二城守
令 凡民不從反者皆殺之 驅掠民物投于彼 由是諸城皆敗., 金宗瑞 等編,『高麗史節要』,
권17, 高宗安孝大王 45년 동10월. 高和定長宜文等十五州人 徙居猪島 東北面兵馬使
愼執平 以爲猪島城大人少 守之甚難 遂以十五州 徙保竹島 島狹隘無井泉 人皆不欲
集平强驅而納之 人多逃散 徙者十二三., 같은 책, 같은 곳, 12월. 愼執平自僑寓竹島

에 관계되는 것이고, '海島'는 지리에 관계되는 것이다.[42] '가까운 화를 깨닫지 못함[不覺近禍]'과 '깊은 꾀를 믿음[惟憑深謀]'의 대는 곧 인화와 지리의 대이기도 하다. 결국, 함연의 전반부와 후반부의 대구법으로 지리에 대한 인화의 중요성을 나타냈다고 할 수 있다. 여기에는 '不覺'·'藏'·'憑'··'作' 등 동작을 나타내는 말이 많이 쓰여 동적임을 보여준다. 그러나 그 동작과 행위가 (인화를) '불각'하고, (지리를) '유빙'한 것으로 나타나므로 공허한 것에 지나지 않는다.

경연에는 '百年'과 '十里', '丘隴'과 '風煙', '無情草'와 '有信鷗'가 각기 대를 이루고 있다. '백년'은 시간적 개념이면서 '구롱'을 꾸미는 말이다. 따라서 '구롱'은 현재의 폐허가 된 성을 가리키면서 동시에 백 년 전의 역사적 과거를 포함하는 말이다. '십리'는 공간적 개념이면서 '풍연'을 꾸미는 말이다. 따라서 '풍연'은 현재의 바다를 가리키는 말일뿐이다. 경연에는 동작을 나타내는 말이 하나도 쓰이지 않았다. '유신구'에는 그나마 동작이 느껴지지만, '무정초'에서는 전혀 동작이 느껴지지 않는다. 과거의 역사적 사실은 토막토막 유허로만 남아 전하는데, 오늘날 갈매기만이 아득한 풍연 속에 그 사실을 아는 듯하다는 것이 이 시의 주제라고 하겠다. 조신(曺伸, 1454~?)이 이 시의 경련을 가리켜 '시어침통(詩語沈痛)'이라고 한 연유가 여기에 있을 듯하다.[43]

糧儲乏少 分遣別抄 請粟於朝廷 催運他道 守備稍懈.

42) 『孟子』, 권4,「公孫丑章句」下 1장에 "天時不如地利 地利不如人和 三里之城 七里之郭 環而攻之而不勝 …… 城非不高也 池非不深也 兵革非不堅利也 米粟非不多也 委而去之 是地利不如人和也."라 하였다.

43) 曺伸, 『謏聞鎖錄』. 詩語沈痛 如謹齋 百年丘隴無情草 十里風煙有信鷗.

먼 하늘을 바로 지나 붉은 연기 속에 들어,
비로소 알고 보니 최고봉에 올랐구나.
한 덩이 밝은 해는 머리 위에 나직하고,
사방의 뭇 산들이 눈앞에 떨어지네.
몸이 구름 좇아가니 내가 학을 탄 것인가.
길이 벼랑에 걸려 하늘 오르는 사다리인 듯,
비 내려 온 골짜기 물이 휘몰려 넘치니,
오십천 굽이진 물을 어이 건너갈거나.
直過長空入紫烟　始知登了最高巔
一丸白日低頭上　四面群山落眼前
身逐飛雲疑駕鶴　路懸危磴似梯天
雨餘萬壑奔流漲　愁度縈廻五十川[44]

　이 시의 함연에는 '一丸白日'과 '四面群山'이, '머리 위에 나직함
[低頭上]'과 '눈앞에 떨어짐[落眼前]'이 각각 대를 이루고 있다. '일환
백일'은 해가 하늘 높이 밝게 떠 있는 상태를 말하고, '사면군산'은
산들이 땅 위에 높이 솟아 있는 상태를 뜻한다. '머리 위에 나직함'
은 태백산이 하늘과 가까움을 말하자는 것이고, '눈앞에 떨어짐'은
그것이 땅으로부터 멀리 있음을 뜻하자는 것이다. 태백산의 높음을,
하늘에 속한 것이 아님에도 하늘과 가깝고, 땅에 속한 것이면서도
땅에서 멀리 떨어진 것으로 나타냈다. 이때, '나직하다[低]'와 '떨어
지다[落]'가 상태나 동작을 나타내는 말들인데, '低'는 '머리 위[頭上]'
라는 말과 어울려 태백산이 해를 향해 서서히 다가가는 느낌을 주는

---

44) 안축, 「登太白山」, 앞의 책, 권1.

반면, '落'은 '눈앞[眼前]'이라는 말과 어울려 뭇 산이 태백산으로부
터 갑자기 멀어지는 느낌을 준다.

경연에는 '몸이 구름을 좇음[身逐飛雲]'과 '길이 벼랑에 걸림[路懸危
磴]'이, '학을 탔나 의심스러움[疑駕鶴]'과 '하늘로 오르는 사다리 같
음[似梯天]'이 각기 대를 이루고 있다. '신축비운'은 몸이 하늘 높이
떠 있는 듯함을 말한 것이라면, '노현위등'은 길이 땅 위로 높이 걸
쳐 있는 듯함을 뜻한 것이다. '의가학'과 '사제천' 역시 그와 같다.
여기서도 태백산의 높음을, 몸이 하늘을 나는 것도 아닌데 구름을
좇고 학을 탄 듯하고, 길이 하늘까지 걸쳐 있는 것도 아닌데 하늘로
오르는 사다리인 듯하다는 것으로 나타냈다. 경연에는 '좇다[逐]'·
'걸리다[懸]'·'타다[駕]'·'오르다[梯]' 등의 동작을 나타내는 말이 쓰
였다. '逐'과 '懸'은 급박하고 아슬아슬한 느낌을, '駕'와 '梯'는 名詞
를 動詞化하여 역동적인 느낌을 준다. 수연에서 '最高巓'이라고 한
것을 실감할 수 있도록 대를 지었다고 하겠다.

> 科場에 글 題 내어 英才들을 얻고,
> 兩代에 掌試하여 壽宴을 열었도다.
> 白雪淸歌는 거문고 비파에 화답하고,
> 紫霞酒 신선 술은 금잔에 가득하네.
> 門生이 제 문생을 거느려 오고,
> 座主가 몸소 좌주들을 맞아들이네.
> 상공의 잇단 경사 賀禮드리고,
> 둘째 자젠 마땅히 장원급제하리다.
> 文闈發策得英才　掌試傳芳壽宴開
> 白雪淸歌和寶瑟　紫霞靈液滿金杯

門生自領門生到　座主親迎座主來
多賀相公連喜慶　二郎當作桂林魁[45]

　이 시는 이제현의 수연(壽宴)을 하례하여 지은 것이다. 수연에서
는 잔치를 열게 된 경위를, 함연에서는 잔치 자리의 모습을, 경연에
서는 하례하러 찾아오고 맞이하는 모습을, 미연에서는 하례와 덕담
을 서술하였다. 함연에서는 '백설청가(白雪淸歌)'와 '자하영액(紫霞靈
液)'이, '거문고 비파에 화답함[和寶瑟]'과 '금잔에 가득 참[滿金杯]'이
각기 대를 이루고 있다. '백설청가'는 시각적인 것과 청각적인 것을
아우른 표현이고, '자하영액'은 시각적인 것과 미각적인 것을 아우
른 표현이다. '화보슬'은 노래와 기악이 어우러짐을 나타내고, '만금
배'는 술자리가 풍성함을 보여준다. 노래와 기악의 음률과 낭자한
술자리가 한데 어우러진 잔치의 흥을 느끼도록 하고 있다.
　경연에는 '문생(門生)'과 '좌주(座主)'가 거듭 대를 이루고 있다. 문
생을 거느린 문생은 좌주이기도 하다. 그 좌주를 다시 좌주가 맞아
들인다는 것이다. 경연의 처음에 나온 문생은 문생이면서 좌주이기
도 하다. 뒤에 나오는 문생은 문생일 뿐이다. 경연의 후반부 처음에
나오는 좌주는 좌주일 뿐으로, 곧 이제현을 가리킨다. 그러나 뒤에
나오는 좌주는 좌주이면서 이제현에게는 문생이 된다. 문생과 좌주
라는 말이 거듭 대를 이루어, 반복에서 오는 율동감과 함께 문하의
융성함을 느끼도록 하고 있다.
　유협(劉勰)은 『문심조룡(文心雕龍)』에서 대구법을 4종으로 나누

---

45) 「賀益齋相國詩」, 같은 곳.

고, 그 난이와 우열을 말하였다. 사대(事對)·언대(言對)·반대(反對)·
정대(正對)가 그것이다. '사대'는 사람이 체험한 바를 나란히 드는
것이라고 하고, 사람이 배운 데서 구하는 것이므로 어렵다고 하였
다. '언대'라는 것은 뜻이 없는 말을 짝지어 놓는 것으로, 흉중에 있
는 말을 짝짓는 것이므로 쉽다고 하고, 정교히 하는 데 그 아름다움
이 있다고 하였다. '반대'는 이치는 다르지만 취향이 부합하는 것이
라고 하고, 그윽한 것과 드러난 것이 한 가지 뜻을 가지므로 우월하
다고 하였다. '정대'는 사물이나 사건은 다르지만 뜻이 같은 것이라
하고, 귀한 것을 나란히 하여 마음이 같은 것을 나타내므로 열등하
다고 하였다.46)

앞에서 살펴본『동문선』소재『관동와주』시는 대체로 동과 정,
내면과 외면, 시간과 공간, 과거와 현재, 지리와 인화, 상과 하, 시
각과 청각 또는 미각 등 서로 상반된 개념을 뜻하는 말을 이끌어 대
를 이루고 있음을 보았다. 이 가운데「숙용담역」에 보이는 '동중정'
·'정중동'의 대는 서로 그 이치가 다르면서 주제를 드러내는 데는
부합됨을 보아 '반대'의 예가 될 것이다.「하익재상국시」에 보이는
감각적인 대와 좌주·문생의 대는 사물이 서로 다르면서 잔치의 성
한 모습이라는 같은 뜻을 나타내는 것이므로 '정대'의 예가 될 법하
다. 이렇듯, 그 우열의 차이는 있을망정『동문선』에 실린 근재의 시
는 표현기교 면에서 상당한 수준에 있음을 알 수 있다.

---

46) 劉勰,『文心雕龍』, 台北, 弘道文化事業有限公司, 1976, 480~481쪽. 麗辭 第35. 凡
有四對 言對爲易 事對爲難 反對爲優 正對爲劣 言對者 雙比空辭者也 事對者 並擧人
驗者也 反對者 理殊趣合者也 正對者 事異義同者也 …… 凡偶辭胸臆 言對所以爲易也
徵人之學 事對所以爲難也 幽顯同志 反對所以爲優也 並貴共心 正對所以爲熱也.

그러나 『동문선』에 실린 작품을 근재의 대표작이라고 할 수는 없다. 표현기교를 앞세운 시보다는 오히려 당면한 현실문제를 생생히 그려낸 작품에서 그의 시적 재능을 유감없이 발휘하였다고 생각되기 때문이다. 예컨대, 「염호」에서 "한 사람 몸 위의 옷에 / 만민의 괴로움 깊이 쌓였네.[一身上衣 萬民苦深積]"하는 것이나, 「삼탄」에서 "생민의 한 병이 약에서 나오니, / 약 다스리는 약을 그 누가 행하랴.[生民一病出於藥 理藥之藥其誰行]"하는 것, 또는 「국도시」에서 도탄에 빠진 생민을 구하기 위해서는 기묘한 구경거리를 다 빠뜨려야 한다고 한 데서 시적 생동감을 강하게 느낄 수 있다. 『동문선』에 이러한 작품이 별반 선택되지 않은 것은 그 편찬자들의 문학관이 근재와는 상당한 거리에 있었기 때문이 아닌가 여겨진다.47)

한편, 근재가 신의(新意)를 내세운 대목이 있어 시적 생동감의 문제와 관련하여 주목된다. '신의'에 관한 논의가 이규보에서 비롯되었음은 널리 알려진 사실이다.48) 이규보는 신의를 "옛 사람의 말을 도습하지 않고, 새로운 뜻을 지어내는 것"49)이라고 정의하였다. 도습은 곧 표절을 뜻한다. 이규보는 표절해서 빼앗는 것을 도둑질에 비유하여, "먼저 부잣집을 잘 살피고, 그 대문이나 창호, 담장이나 울타리를 익힌 뒤에 집안으로 들어가야만, 그 집 사람의 것을 빼앗

---

47) 『동문선』을 편찬한 서거정 등이 유학에 입각한 문학론을 주장하기는 하였으나, 사장을 우위에 두는 태도가 짙었다고 할 수 있다. 이에 대해서는 趙東一, 「徐居正」, 『韓國文學思想史試論』(서울: 지식산업사, 1978), 116~125쪽 참조.

48) 이규보의 신의론을 다룬 주요 업적은 다음과 같다. 崔信浩, 「初期詩話에 나타난 用事理論의 樣相」, 『古典文學硏究』 1(서울: 고전문학연구회, 1971), 조동일, 「李奎報」, 『한국문학사상사시론』(서울: 지식산업사, 1978), 金時鄴, 「李奎報의 新意論과 詩의 特質」, 『韓國漢文學硏究』 3·4(서울: 한국한문학연구회, 1979)

49) 李奎報, 「答全履之論文書」, 『東國李相國集』, 권26. 不襲蹈古人 其造語皆出新意.

아 자기의 것을 만들어도 그 집 사람이 모르게 할 수 있다. 그렇지 않으면 주머니나 뒤지고 상자를 열어보는 데도 이르지 못하고 반드시 잡히고 만다."[50]고 하였다.

이 비유는 도둑질을 완벽하게 하는 방법을 일러주기 위한 것은 아니다. 오히려 완벽한 도둑질의 어려움을 일깨워, 도둑질할 마음이 생기지 않도록 하려는 데 숨은 의도가 있다. 그 근거가 "그 글에 익지 않았으니, 그 체를 본받고 그 말을 훔칠 수 있겠는가? 이것이 신어를 지어내지 않을 수 없는 연유다."[51]에 있다. '그 글'은 육경·제자백가·사기·제가장구 등을 뜻한다. 훔쳐 쓴 글은 언젠가 들통이 나지 않을 수 없으므로, 새로운 말을 지어내는 것만 같지 못하다는 말이 그 뒤에 나온다.[52]

최자는 이인로·임춘·이규보의 작품을 서로 비교하여 표절과 신의의 문제를 구체적으로 다루었다. 임춘이 이인로에게 보낸 편지에 "나와 그대가 비록 『동파집』을 읽지 않았으나, 왕왕 구법이 서로 비슷한 것은 동파에 적중하고 부합한 것이 아니겠는가?" 하였다. 이에 최자가 이인로와 임춘의 시를 살펴보니, 이인로의 시는 일곱 자에 다섯 자는 『동파집』에서 따왔고, 임춘의 시는 심지어 옛 사람의 말에서 연달아 수십 자를 따다가 자기의 말로 삼았다는 것이다. 이에 반해 이규보의 시는 일곱 자에 네댓 자도 『동파집』에서 따온 것이 없지만, 그 호매한 기상과 풍부한 체는 곧바로 동파와 부합한다고

---

50) 같은 책, 같은 곳. 譬之盜者 先窺謀富人之家 習熟其門戶墻籬 然後善入其室 奪人所有 爲己之有 而使人不知也 不爾 未及探囊胠篋 必見捕捉矣.

51) 같은 곳. 旣不熟其文 其可效其體 盜其語乎 是新語所不得已而作也.

52) 같은 곳. 至百歲之下 若有人如足下者 判別其眞贗 則雖善盜者 必被擒捕 而僕之生澁語 反見褒美.

하였다. 이인로나 임춘의 경우는 옛 사람의 체를 얻은 것이 아니라, 그들의 말을 빼앗은 것이라는 견해다.[53] 최자 역시 표절을 도둑질로 보고, 표절하지 않고 호매한 기상과 풍부한 체를 얻은 이규보의 시를 높이 평가하였다.

근재가 신의에 대해 이규보나 최자만큼 깊이 있는 생각을 보여준 자료는 없다. 다만 그가 지은 시의 앞뒤에 짤막하게 붙인 서발에 신의에 대해 간단히 언급한 것이 있어, 신의에 대한 그의 입장을 엿볼 수 있다. 백문보가 관동지방에 존무사로 나가게 되었을 때, 근재가 삼한의 이적을 두고 여덟 편의 시를 지은 일이 있다. 이보다 앞서 동한 지방의 향선생이 생도들을 거느리고 백문보에게 시를 지어 바친 것이 있었다. 근재가 살펴보니, 모두 앞 시대의 작품을 답습한 진부한 말이라 능히 신의를 표출하지 못하여 족히 볼 만한 것이 없었다는 것이다.[54]

지극히 간단한 언급이지만, 여기서 '신의'는 '진부한 말을 답습함 [蹈襲陳言]'과 상대적으로 쓰였음을 알 수 있다. 바로 이규보가 정의하고 최자가 계승한 신의론을 근재도 그대로 이어받고 있음을 보게 된다. 능히 신의를 표출하지 못하였기에 족히 볼 만한지 않다는 말에서, 전대의 작품을 답습하는 것보다 새로운 뜻을 창출한 작품을 높이 평가하는 그의 태도가 엿보인다. 여러 사람들이 백문보를 위해

---

53) 崔滋, 『補閑集』, 卷中. 林先生椿 贈李眉叟書云 僕與君子 雖未讀東坡 往往句法 已略
相似矣 豈非得於中者 闇與之合 今觀眉叟詩 或有七字五字 從東坡集來 觀文順公詩
無四五字奪東坡語 其豪邁之氣 富贍之體 直與東坡吻合 世以椿之文 得古人體 觀其文
皆攘取古人語 或之連數十字綴之 以爲己辭 此非得其體 奪其語.

54) 안축, 「白文寶按部上謠八首序」, 앞의 책, 권2. 按部之行東韓重臨境也 鄕先生奉生徒
述獻詩 啓者尙矣 然閱前代之作 皆蹈襲陳言 而不能表出新意故 皆不足觀也.

지은 시축을 가져다 근재에게 보여주었을 때, 그 작품들에 나타난
신의를 사랑하여 세 번이나 읽었다는 말[55]에서 그의 신의에 대한
생각을 거듭 확인할 수 있다. 그러나 근재가 신의의 예로 든 그 작품
들이 오늘날 전하지 않아, 그가 구체적으로 신의를 어떻게 파악하였
는가를 알아보기는 어려운 형편이다.

　근재의 시대에까지도 전대의 작품이나 옛 사람의 말을 본받는 것
이 시 짓는 이들의 일반적인 풍조였던 듯하다. 이에 대해서는 후대
에 박지원(朴趾源, 1737~1805)이 편 주장 가운데 명쾌히 정곡을 찌른
것이 있다. 그가 쓴 「영처고서」의 다음 내용이 그것이다. 이 글은
이덕무(李德懋, 1741~1793)의 시집 『영처고』의 서문이다. 이덕무의
시고를 보고 자패라는 이가 야루하다고 평하였다. 그 까닭은 고인의
시를 배웠으면서도 비슷한 점을 발견할 수 없기 때문이라고 하였다.
비속한 야인의 기상을 달가워하고 시시콜콜한 시속의 사물들을 다
루고 있으니, 이덕무의 시는 금세의 시지 고인의 시가 아니라는 것
이다. 이 말을 들은 연암은 매우 기뻐하며 이렇게 말하였다.

　　이 시야말로 볼 만하다. 옛날의 입장에서 오늘날을 본다면 오늘날
　이 비속한 것은 사실이다. 그러나 옛사람들이 자기 시대의 것들을
　보았을 때도 반드시 고풍스럽지는 않았을 테고, 당시 사람들에게는
　그 시대 역시 하나의 금세였을 뿐이다. …… 그러므로 오늘날이라는
　말은 옛날을 상대로 하여 일컫는 말이요, 비슷하다는 것은 다른 것
　과 견주어 하는 말이다. 대저 비슷하다고 말하면 비슷하기는 하겠으
　나, 다른 어떤 것은 다른 어떤 것일 뿐이다. 견준다는 것 자체가

───────────

55) 같은 글. 諸生示余 以獻按部歌謠一軸 愛其新意 玩讀至三.

이미 그 견주는 상대가 되는 다른 어떤 것이 아님을 의미한다. 나는 견주는 것이 견주는 상대가 된 것을 아직 보지 못하였다.56)

연암은 절대적인 옛것이 있을 수 없음을 위와 같이 말하였다. 오늘날 옛것이라고 말하는 것들도 그 당시에는 옛것이 아니었으며, 오늘날의 것들도 시간이 흐르면 다시 옛것이 될 수도 있다는 것이다. 옛것을 절대시하면서 그것과 늘 견주어 평가하려는 태도의 허점을 예리하게 지적하였다. 비슷한 것은 결코 꼭 같은 것이 아닌데 비슷한 데에 의미를 부여하는 것이 부질없는 일임을 밝혔다. 오히려 가장 오늘날의 것 다운 것이 후대에 사이비로 떨어지지 않고, 진정한 옛것이 될 수 있다는 의미로 해석된다. 그래서 연암은 자패의 평가를 뒤집어 이덕무의 시야말로 볼 만하다고 하였을 것이다. 신의가 지니는 문학적 의미도 이와 상통하는 것이라 할 수 있다. 상투적으로 굳어진 문학관을 거부하려는 데서 이러한 주장들이 가능하였다고 본다면, 일상적인 것을 허물어 고정된 틀에 얽매인 인간정신에 참신한 충격을 준다는 점에서, 문학 일반론적인 의의도 지니는 것이다.

4. 사대부 '시'로서의 『관동와주』

고려 왕조는 12세기 후반의 무신란을 분수령으로 하여 전·후기

---

56) 朴趾源, 「嬰處稿序」, 『燕巖集』, 권7. 此可以觀 由古視今 今誠卑矣 古人自視 未必自 古 當時觀者 亦一今耳 …… 然則今者 對古之謂也 似者方彼之辭也 夫云似也似也 彼則 彼也 方則非彼也 吾未見其爲彼也.

로 나뉜다는 것이 문학사나 일반 사학의 공통적인 견해다. 무신난 이후로 전대의 문벌귀족을 대신하여 신흥사대부층이 새로운 문학담당층으로 대두하였다고 한다. 이들에 의해 수립된 것이 이른바 사대부문학이다.57) 고려 전기의 문벌귀족들은 정치·경제적인 지반을 중앙에 두고, 신라적인 체질을 발휘하여 향가계열의 작품을 수용하면서 한문학의 소양도 아울러 발휘하였다. 이에 반해 고려 후기의 사대부층은 정치적인 기반은 중앙에 경제적인 지반은 지방에 두고, 향가를 대신하여 경기체가·시조 등과 함께 한문학을 수용하면서 사대부문학을 형성하였던 것이다. 고려 후기의 문학담당층이 사대부 계급임에는 틀림없으나 정치적으로는 고려 후기의 또 다른 지배계층인 권문세족에 대하여 우위를 확보하지 못하였다.

고려 후기, 특히 원나라의 지배 아래서 성장한 권문세족은 간혹 왕권을 넘볼 만큼의 권력을 중앙에 뿌리내리고, 지방에서는 민전을 마구 탈취하여 방대한 지역을 농장으로 경영하면서 고려 전기의 문벌귀족을 능가하는 영화를 누렸다. 이들은 대체로 음서에 의해 정계에 진출한 권세가였을 뿐 당대의 지식층은 아니었다. 그에 따라 문학적인 역량에 있어서 전대 문벌귀족의 성향을 막연히 추종하였으나 그 수준에는 이르지 못한 것으로 보인다. 이에 비해 사대부층은 권력에 있어서는 권문세족보다 열세에 있었으나, 관료로서의 기능과 함께 학문을 갖춘 지식계급이었으며, 새로이 일어난 성리학에 사상적 바탕을 두고 문학의 새로운 방향을 모색하기에 이르렀다.

권문세족들이 주로 추종한 전대 문학의 부화하고 관념적인 성격을

---

57) 고려 후기 사대부문학의 성립 과정에 대해서는 李佑成,「高麗末·李朝初의 漁父歌」,『論文集』9(서울: 성균관대학교, 1964) 참조.

청산하고, 현실에 바탕을 둔 실제적인 문학풍토를 구축하여 갔던 것이다. 권문세족들이 현실을 도외시하고 관념적 향락의 추구에 빠져 있는 동안, 사대부층은 현실에 대한 인식을 새롭게 하여 부정적인 현실을 과감히 비판하거나 개혁하고자 하면서, 이념적 기반과 문학적 역량을 아울러 다져나갔다.[58] 문학을 통해 다진 사대부층의 이념적 기반은 권문세족과의 정치적인 주도권 다툼에서도 굳건한 토대가 되어 결국 그들을 제압하고 조선왕조를 건국하는 데 이르렀던 것이다.

사대부층이 당대의 현실에 대해 깊은 관심을 가지면서 발견한 것은 피폐한 농·어촌과 도탄에 빠진 생민들의 실상이었다. 유학의 근본이념 가운데 하나인 민본주의의 입장에 서 있던 그들로서는 이러한 참상이 심각한 문제가 아닐 수 없었을 것이다. 부정적인 현실을 문제로 파악한 것은 치민의 도리를 익힌 관료로서 당연한 일이기도 하였다. 이러한 데에서 『관동와주』시의 현실인식 태도가 비롯된 것이라 할 수 있다. 권력가들의 민생에 대한 횡포와 수탈상을 고발하고 비판하며, 그러한 문제를 해결하려는 지식인으로서의 고민을 보여주기도 하였다. 그러나 사대부층이 생민들의 입장, 바로 그들의 위치에서 현실을 문제시하고 고민하였던 것은 아니다. 중세적인 지배질서 아래서 사대부와 인민은 엄연히 신분과 처지가 다를 수밖에 없었다. 그러면서도 『관동와주』와 같은 시가 나온 것은 지배질서를 무리 없이 가다듬어 유지하려는 데 그 근본 동기가 있다고 할 것이다.

이와 함께 생민들 자신의 살고자 하는 본능적인 움직임이 『관동와주』시의 제작에 간접적인 요인으로 작용하였다고 볼 수 있다.[59]

---

58) 이 책 제1부의 「고려 후기의 「영호루」시 두 편」 참조.
59) 이 점에 대해서는 김시업이 이미 지적한 바 있다. 김시업, 「高麗後期 士大夫文學의

유망(流亡)이 그 대표적인 사례가 될 것이다. 지배계층의 수탈과 혹
독한 세금 징수를 피해 토지를 버리고 유망한 사례는 『관동와주』에
실려 있는 시 가운데서도 어렵지 않게 발견할 수 있고, 근재 자신이
유망한 생민의 처지를 이해할 수 있겠다고 한 대목도 있다.[60] 유망
뿐만 아니라, 명승지 근방에 사는 주민들이 유람객들에게 시달리다
못해 불만을 터뜨리고 바위를 깨버리거나 정자를 헐어버린 사례[61]
도 생민들의 소극적인 저항의 한 형태로 볼 수 있다. 이러한 움직임
에 대한 양심적 지배층으로서의 이해와 동정이 작품 제작의 부분적
인 동기가 되었을 것이다.

　문학작품을 수용하는 독자의 측면으로 볼 때, 한시 형태인 『관동
와주』는 분명 피지배계층을 대상으로 한 것은 아니다. 사대부가 지
은 것을 사대부가 수용하기에 사대부문학인 것이다. 이 점에 대해
김시업은 농민시의 역사적 의미를 언급하는 가운데, "농민시는 사
대부 자신들의 농민에 대한 인식을 더욱 발전시키고 나아가 사회적
인 각성을 불러오게 하는 데 의미가 있을 것이다. 따라서 농민의 저
항활동과의 상관관계 위에 농민시가 나오고, 나아가서는 농민에 대
한 정책이 전진적으로 개선될 수 있었던 것이다."[62]라고 하였다. 곧
의식을 같이하는 사대부들이 이러한 작품을 읽음으로써 현실을 올

　一性格」, 『大東文化硏究』 15(서울: 성균관대 대동문화연구원, 1982), 47쪽.

60) 안축, 「過松澗驛」, 앞의 책, 권1. 地瘠山危少廣平 此間何事可安生 居民不忍離鄕土
　料得流亡非本情.

61) 삼일포의 바위를 깨뜨리고 한송정의 건물을 허물어 버린 사실은 이곡의 「동유기」에
　기록되어 있다. 이곡, 「동유기」, 『가정집』, 권5. 昔州人 苦其供給遊賞者 斲而去之
　…… 郡人厭其遊賞者多 撤去屋.

62) 김시업, 앞의 글, 같은 곳.

바르게 파악하여 부정적 현실에 대처하고 개혁해나가는 역량을 갖출 수 있게 된다는 것이다.

이러한 측면에서 볼 때, 『관동와주』는 기행시와 관련지어 보기보다는, 존무사의 입장에서 민풍을 관찰하여 시적으로 형상화 한 것이라는 사실을 이해할 수 있게 된다. 여기에 실린 시들은 본질적으로 사대부들이 지향하는 이념에 입각하여 쓰인 것으로, '긴장을 풀기 위한 문학'이 아니라 '긴장하자는 문학'이라고 할 수 있다. 긴장의 문학은 그 성격 자체가 정감적이기보다는 이지적이어야 한다. 사물을 대할 때 일어나는 감흥을 즉흥적으로 발산하는 것이기보다는, 사물의 구체적인 실상을 파헤치고 수렴하여 음미하는 것이기에 냉철한 시각과 절제가 필요할 것이다. 이러한 조건을 충족시키는 데는 가창에 적합한 문학 형식보다는 음미하는 문학 형식이 적절하다. 근재가 경기체가를 짓기도 하였지만 한시 형식을 빌려 『관동와주』를 지은 까닭이 이에 연유한다고 생각된다.

일찍이 고유 문자를 갖지 못하였던 우리나라에서는 가창에 적합한 문학 형식과 음영에 적합한 문학 형식이 오래도록 공존해 왔다. 신라시대에서 고려전기에 이르기까지의 향가와 한시, 고려후기의 경기체가와 한시, 고려말 이후의 시조와 한시 등이 그 구체적인 예다. 신라와 고려시대에 더러 한시 형태를 가창한 예도 없지는 않으나, 그것은 대체로 범패라든가 구호 혹은 사나 칠언율 등에 한정된 것이었다.[63] 고려후기에 들어와서 경기체가가 가창문학으로 자리를 잡으면서 한시는 음영문학으로 자리를 굳혔다고 할 수 있다. 근

---

63) 이우성, 앞의 글, 6~13쪽.

재의 「관동별곡」이 가창문학으로, 『관동와주』 시가 음영문학으로
받아들여졌음을 입증하는 자료가 『가정집』에 전한다.

　　근재 선생이 존무사로 있을 때 이 호수(영랑호-필자)에 노닐며,
"저문 구름 반쯤 걷으니 산은 그림 같고, / 가을비 새로 개니 물결이
절로 이네. / 이 땅에 다시 올 일 기약하기 어려우니, / 배 위에서
노래 한 곡조 듣노라."라는 절구 한 수를 지었다. 또 관동별곡을
지었는데, 이제 그 노래를 듣고 그 시를 읊조리니 처연하여 느낌이
있다.[64]

　이곡이 영랑호에 찾아가 근재가 지은 시를 차운하여 "안상의 정
회는 황학의 달이오, / 이생의 행지는 백구의 물결이네. / 이 땅에
다시 옴을 진실로 기약하기 어려워, / 공연히 관동의 한 곡조를 듣
노라."[65]라는 시를 짓고, 그 연유를 기록한 글이다. 그 가운데 근재
가 지은 「팔월시사일북행범영랑호」 시와 「관동별곡」을 함께 거론한
뒤, 「관동별곡」에 대해서는 '그 노래를 듣는다[聞其曲]'고 하고, 『관
동와주』 시에 대해서는 '그 시를 읊조린다[誦其詩]'고 구별하여 말하
였다. 이곡의 시 결구의 '관동일곡가(關東一曲歌)'도 「관동별곡」을 가
리킨 것으로 보인다. '노래를 듣는다[聽~歌]'는 말로 보아 그러하다.
사대부인 이곡이 스스로 시는 읊조릴지언정 노래를 부르지는 않았
을 것이기 때문이다. 그러나 음영문학인 한시 형식을 빌려 『관동와

---

64) 이곡, 「永郞湖次安謹齋詩韻跋」, 앞의 책, 권19. 謹齋先生存撫之日 遊此湖 作一絶云
　　暮雲半卷山如畵 秋雨新晴水自波 此地重來難可必 更聞船上一聲歌 又作關東別曲 今
　　聞其歌 誦其詩 凄然有感故云.
65) 같은 곳. 安相情懷黃鶴月 李生行止白鷗波 重來此地誠難必 空聽關東一曲歌.

주』를 지었다고 해서, 한시는 어느 것이나 현실의 문제를 다루고, 노래는 그렇지 않다는 논리는 성립되지 않는다. 다만 가창문학 형식에 비해 상대적으로 그러한 문제를 다루기에 적합하였을 것이라는 말이다.

끝으로 남는 문제는 현실문제를 주로 다룬『관동와주』시가 우리 시문학사에서 어떤 위치에 자리하는가 하는 것이다. 시를 바라보는 시각은 경우에 따라 여러 가지로 말할 수 있겠으나, 크게 나누면 대체로 두 종류가 있다고 할 수 있다. 사회 속에서 일어나는 개인의 문제를 제재로 하는 부류와, 거꾸로 개인을 통해 본 사회의 문제를 제재로 하는 부류가 그것이다. 전자의 경우에서는 사회생활을 하면서 생겨나는 개인적 고민을 시로 표현하는데 대해, 후자의 경우에는 개인의 눈에 비쳐진 사회적 모순을 시로 다루게 된다. 전자의 입장에 선 시인은 시를 자기의 재능발휘나 지적 도락의 수단으로 삼기도 한다. 후자의 입장에 선 시인은 시를 통해 자신을 가다듬거나 현실문제에 대한 자신의 입장을 밝히기도 한다. 전자의 시가 표현에 치중하여 수식을 일거리로 삼으려는 경향이 많은데 비해, 후자의 시는 꾸미지 않는 가운데 실속과 공감을 얻고자 한다.

그러나 이 두 부류가 대립적인 관계에 있다고 할 수는 없다. 대체로 역사적인 안정기에는 사회의 문제보다 개인적인 문제가 주관심사가 될 수 있다. 역으로, 역사적인 격동기나 전환기에는 개인의 문제에 앞서 사회적인 문제가 표면화할 가능성이 높아진다. 따라서 역사적 안정기에는 개인의 고뇌나 재능을 표현하는 시가 주류를 이루고, 역사적인 격동기나 전환기에는 사회적인 모순이나 그로 인한 개인 혹은 집단의 고뇌를 다루는 시가 문학사의 큰 비중을 차지하는 것이 자연스러운 추세다. 근재의 생존 시기인 13,4세기의 고려왕조는 역사적으로 격동기이자 전환기에 처해 있었다. 국내외적인 여러 변란으로 사회가 안정되지 못하였던 시기다. 『관동와주』는 이러한 역사적 배경 속에서 제작되었던 것이다. 『관동와주』에서 볼 수 있는 현실에 대한 강렬한 관심은 시대적인 성격과 무관하지 않음을 알 수 있다. 여기에 사대부문학으로서의 의미를 찾아볼 수 있는 것이다.

5. 마무리

이 글에서는 『관동와주』 시의 문학적 성격에 관해 고찰하였다. 『관동와주』에 실려 있는 시 116편에는 대체로 관동형승이라는 자연물과 인간사가 서로 어긋나는 모습을 담고 있다. 근재는 관동의 별경이 갖는 그 자체의 아름다움이나 의미보다 그로 인해 빚어지는 인간의 상황에 더욱 깊은 관심을 가졌던 것으로 보인다. 아름다운 경치와 다스림을 받는 자들의 삶을 서로 대립적으로 파악하고 있다. 그가 파악한 현실적인 문제는 자연과 인간이 서로 동화하거나 동질적으로 작용하지 못하고, 지배층이 별경을 눈요기의 대상으로 삼으려는 데에서 비롯되었다는 것이다.

『관동와주』 시의 특징은 첫째로, 일반적인 기행시가 아니라 존무사의 입장에서 생민들의 고충을 사실 그대로 바라본 것을 시로 형상화하였다는 것이다. 둘째로, 표현기교에 의해서보다는 생생한 현실을 그려냄으로써 시적 생동감을 획득하고 있다는 점이다. 『동문선』에는 근재의 시가 모두 12편이 실려 있다. 그 가운데 대부분을 차지하는 율시를 중심으로 살펴본 결과, 표현기교의 면에서 상당한 수준에 있음을 발견할 수 있었다. 그러나 이 작품들을 근재의 대표작이라고 할 수는 없다. 표현기교를 앞세운 시보다는 오히려 당면한 현실 문제를 생생히 그려낸 작품에서 그의 시적 재능을 유감없이 발휘하였다. 『동문선』에 이러한 작품이 별반 선택되지 않은 것은 그 편찬자들의 문학관이 근재와는 상당한 거리에 있었기 때문이다. 『관동와주』 시에서 작자의 주관심사로 등장하는 것은 당시의 피폐한 농어촌과 도탄에 빠져 허덕이는 피지배계층민들의 참담한 실상이다.

이에 반해, 근재의 경기체가 작품에 드러나는 것은 당대의 현실과는 유리된 듯이 보이는 자기과시의 풍류와 향락이다.66) 이렇듯 다르게 나타나는 양상을 작자 혹은 사대부층의 분열된 모습이나 이중성으로 설명하고 만다면, 논의가 지나치게 소박하고 평면적임을 면할 수 없다. 여기서는 이러한 현상을 고려후기 사대부계층이 지녔던 시대적 양면성이면서 동시에 그들의 문학에 나타난 양면성으로 파악하였다. 요컨대, 「관동별곡」이나 「죽계별곡」이 흥겹게 즉흥적으로 떠벌려 긴장을 풀자는 문학이라면, 『관동와주』 시는 긴장을 하자는 문학이었던 것이다. 긴장을 하도록 하기 위해서는 정감을 즉흥적으로 발산할 수는 없다. 따라서 노래로 부르는 형식보다는 웅얼거리고 읊조리는 형식이 적합하다. 『관동와주』 시를 한시라는 음영문학의 형식에 담은 까닭이 여기에 있다.

---

66) 이 책의 제2부 「향리가문 출신 사대부, 기개와 호기를 노래하다」 참조.

향리가문 출신 사대부,
기개와 호기를 노래하다

1. 고려 사대부와 경기체가

근재는 고려 후기 충렬왕조에 순흥 지방의 세습 향리 가문에서
발신하여 과거를 통하여 중앙 정계로 진출한 전형적인 신흥사대부
의 한 사람이다. 또한 그는 국문 문학인 경기체가와 한문학인 한시
를 아울러 남긴 작가이다. 이 글에서는 근재가 지은 경기체가인 「관
동별곡」과 「죽계별곡」의 문학적 구조를 밝히고, 이 작품이 사대부의
가(歌)로서 어떠한 문학적 기능과 성격을 나타내는가를 고찰하고자
한다. 경기체가에 대해서는 기왕에 상당한 논의가 진행되어 온 터이
므로, 그 현황에서 문제점을 찾아 논의의 시발점으로 삼고자 한다.

경기체가 논의에 있어서 주요한 문제로 거론된 것은, 형성 및 변
천 과정, 형식, 작자, 문학적 갈래, 작품 성격, 작품 구조, 미의식
등이었다. 이 글은 경기체가의 전반적인 문제를 해결하고자 하는 것
이 아니므로, 논지 전개상 관련이 되는 형식, 작품 성격, 문학적 갈
래, 작품 구조 등에 대한 기왕의 논의를 검토하여 디딤돌로 삼고자

한다. 이 가운데서도 특히 형식에 관한 논의가 경기체가 연구의 출발점이 되었다고 할 수 있다. 김태준이 경기체가의 형식을 자수율로 검토하여 기본형을 제시한 이래, 조윤제·양주동·김사엽·이명구·김창규 등이 새로운 기본형을 제시하였다. 이들이 경기체가의 율격을 자수율로만 파악한 데 이어 정병욱은 음보율과 자수율을 함께 거론하면서 자수율에 중점을 두었다. 음절수를 통계 처리하여 기본형을 마련한 자수율론의 성과가 실제적 효용성이 없다고 판단되면서 음보율이 주류를 이루게 되었다. 이종출·성호경·김문기가 그러한 입장에 서 있다.[1]

경기체가 연구에 있어서 형식에 관한 논의, 특히 율격론이 가장 오래도록 논란되었으면서도, 다른 문제에 비하여 성과가 부진한 데에는 어떤 근본적인 문제를 간과하였기 때문이 아닌가 하는 의심이 든다. 자수율론이나 음보율론 또는 기타 율격 이론의 타당성을 떠나서, 기왕의 여러 갈래의 주장들은 드러나지 않은 가운데 일치된 전제를 포함하고 있다. 그것은 경기체가가 엄격한 정형성을 띠고 있다는 것이다. 어찌 보면, 형식에 관한 거의 대부분의 논의가 경기체가의 정형성을 어떻게 하면 가장 합리적이고 보기 좋게 설명하는가를

---

1) 경기체가의 형식에 관한 주요 업적은 다음과 같다. 金台俊,「別曲의 研究」,『東亞日報』, 1932., 趙潤濟,『韓國詩歌史綱』(서울: 을유문화사, 1954), 105~106쪽., 梁柱東,『麗謠箋注』(서울: 을유문화사, 1947), 23~37쪽., 金思燁,『改稿國文學史』(서울: 정음사, 1956), 260쪽., 李明九,「景幾體歌의 形成過程小考」,『論文集』5(서울: 성균관대, 1960)., 金倉圭,「別曲體歌形式攷」,『國語教育研究』5(대구: 경북사대 국어교육연구회, 1973)., 鄭炳昱,「別曲論」,『韓國古典詩歌論』(서울: 신구문화사, 1977), 99쪽., 李鍾出,「景幾體歌의 形態的 考究」,『韓國言語文學』12(대전: 한국언어문학회, 1974)., 成昊慶,「景幾體歌의 構造研究」(서울: 서울대 대학원, 1980)., 金文起,「景幾體歌의 綜合的 考察」,『韓國詩歌研究』(서울: 형설출판사, 1981).

다투어 왔다고 할 수 있다. 그렇다고 여기서 경기체가가 정형시가라는 것에 대하여 반론을 제기하자는 것은 아니다. 정형성이 경기체가라는 문학 양식과 어떤 관련을 가지는가에 대한 고려 없이, 성격 규정을 하는 것으로 모든 것이 해결된 것으로 보는 데 문제가 있다는 말이다. 문학 작품에서 형식만이 따로 떨어져 존재한다고 믿는 연구자는 없음에도, 논의의 편의상 떼어낸 것을 독립체로만 보는 데서 어긋나기 시작하는 것이다.

문제는 정형성이 문학 작품에서 또는 문학 작품을 생산하는 작가에게 있어서 구속 요건으로 작용하는가에 대한 검토가 아울러 이루어져야 하리라는 것이다. 단언할 수는 없으나, 연구자들이 정형성을 생각하거나 말할 때에는 무의식 가운데 현대시(그것도 서구적인)에 있어서 자유시와 대립 개념으로서의 정형시를 떠올리는 것이 아닌가 여겨진다. 자유시와 대립적인 개념으로서의 정형시에서는 두말할 나위 없이 정형성이 구속 요건이 된다. 그러나 적어도 우리의 고전 시가에 있어서 정형성은 자유로운 형식과의 대립 개념이 아님을 분명히 하여야 할 것이다. 따라서 별다른 검토 없이 정형성이 구속 요건으로 작용한다고 생각한다면, 그것은 무의식중에 현대시의 특성을 고전 시가에 유추하여 적용한 결과에 지나지 않는다. 정제된 형식이 오히려 당대인들의 의식 속에 모국어에 대한 문법 체계처럼 자리하고 있었다면, 정형성은 구속 요건이 아니라 도리어 그 반대의 효용을 가질 수가 있다. 이러한 점을 고려할 때, 더욱 실상과 부합되는 율격 이론의 모형도 찾아낼 수 있는 것이라 생각된다.

경기체가의 작품 성격에 대해서는, 조윤제·양주동 등이 「한림별곡」을 거론하면서, 상층 지배계급의 호화로운 생활상이나 향락적 기풍을 담은 퇴폐적 문학으로 규정한 데서 출발하였다. 여기에는 퇴계의 '한림별곡류는 긍호방탕하고 설만희압하여 군자가 마땅히 숭상할 바가 못 된다'는 평가가 작용한 것으로 보인다. 이명구는 작자층의 역사적 성격과 관련지어 고려 시대에 제작된 작품을 각각 평하였다. 즉, 「한림별곡」은 문인의 화려·유연·득의·신선·명랑·전망·의욕에 찬 호탕한 기품의 넘쳐흐름이라고 하고, 「관동별곡」은 관인의 득의에 찬 감흥, 「죽계별곡」은 신흥사대부의 득의·환희에 찬 현실적 생활 향유라고 평하였다. 조동일은 개별적 사물 자체를 존중하는 신흥사대부의 사고방식이 드러난 것으로 보았다. 김창규는 사대부층의 패기 넘치는 자기 과시를 나타낸 것이라고 하였다. 이동영은 근재의 경기체가 작품을 주로 다루면서, 퇴계의 평가가 이들 작품에도 그대로 다 적용되는 것은 아니라고 하였다. 즉, 근재의 작품을 통하여 볼 때 방탕하고 설만희압한 내용은 가셔졌으며, 인물 중심의 열거가 산수경으로 바뀌었다고 지적하였다.[2]

초기의 논의가 「한림별곡」을 중심으로 이루어지다 보니, 무신정권 시대 문인들의 성향이나 그 시대 배경과 관련하여 작품 성격을 말하였다. 그 뒤로는 다른 작품들을 두루 포괄하여 다룬 결과, 무신난 이후 새로이 등장한 사대부 계층이 경기체가의 작자임이 거듭 확인되었다. 그리하여 이들 사대부층의 성격과 관련하여 경기체가의

---

2) 작품 성격에 관한 주요 업적은 다음과 같다. 조윤제, 『한국문학사』(서울: 동국문화사, 1963), 91쪽., 양주동, 앞의 책, 31~32쪽., 이명구, 『고려가요의 연구』(서울: 신아사, 1974), 122~124쪽., 조동일, 「경기체가의 장르적 성격」, 『학술원론문집』 15(서울: 대한민국학술원, 1976), 김창규, 「별곡체가의 보편적 성격고찰」, 『한국시가연구』(대구: 형설출판사, 1981)., 이동영, 「조선조 영남시가의 형성과정」, 『석계 이명구박사회갑기념논총』(서울: 성균관대 출판부, 1984).

작품 성격을 논하기에 이른 것이다. 그러나 특히 고려 후기 사대부
층의 문학 성격에 관한 논의는, 한시를 주로 다루는 연구자와 경기
체가를 주로 다루는 논자 사이에 그 성격 규정이 사뭇 다른 데가 있
다. 한시를 주로 다루는 연구자는 사대부 문학의 성격이 현실을 비
판적으로 인식하는 일면이 중요하다고 하는데,[3] 경기체가를 주로
다룬 연구자는 사대부 문학의 성격을 '그들이 이념과 현실 사이에서
괴리감을 느끼지 않는 것'이거나, '현실에 대한 비판적인 자세나 골
계적인 시선이 전혀 개재되어 있지 않은 것'으로 파악하고 있다.[4]
어느 경우나 연구자 자신들이 다룬 자료에서 추출된 바를 가감 없이
말한 것임에도 이러한 차이가 생기는 것은 어디에 기인하는 것일까?

　한문학 연구자가 다룬 한시의 작자와 경기체가 연구자가 다룬 작
자가 서로 일치하지는 않으나, 그들이 모두 사대부층이라는 사실은
분명하다. 그렇다면, 한시를 지은 사대부와 경기체가를 지은 사대
부는 그 성격이 다르다고 할 수 있을 것인가. 그러나 그렇게 말하고
만다면, 사대부라는 용어와 그 실상이 어긋나게 된다. 서로 다른 성
격의 집단을 사대부라는 하나의 용어로 포괄할 수는 없기 때문이다.
여기에 문제의 소재가 있다. 국문시가 연구자와 한시 연구자 사이의
연계나 교류가 단절된 채, 각자의 관심거리와 연구대상만을 다루어
나갔기 때문에 각기 내놓은 결론이 상치되어도 설명할 길을 찾을 수
없게 된 것이다. 오늘날 국문학 연구자 가운데 한국한문학이 국문학

3) 김시업, 「고려후기 사대부문학의 일성격」, 『대동문화연구』 15(서울: 성균관대 대동
　　문화연구원, 1982), 45~47쪽.
4) 박일용, 「경기체가의 장르적 성격과 그 변화」, 『韓國學報』 46(서울: 일지사, 1987.
　　봄), 52쪽., 金學成, 『韓國古典詩歌의 硏究』(이리: 원광대 출판국, 1980), 238쪽.,
　　같은 이, 「경기체가」, 『한국문학연구입문』(서울: 지식산업사, 1982), 372쪽.

의 큰 테두리에 포함된다는 데 대하여 동의하지 않을 사람은 없다. 사정이 이렇고 보면, 각기 연구한 결과가 상반되게 나타났을 때, 그 사실을 납득이 가도록 설명할 수 있는 방도를 마련하는 것이 긴요한 일이다. 이 일이 요긴한 줄 알면서도 한 사대부 작자가 한시와 경기 체가를 모두 남긴 사례가 드물어 어려운 점이 없지 않았을 것이다. 그러나 그러한 대상이 전혀 없는 것은 아니다. 바로 근재가 그 대표적인 예인 것이다.

연구사를 검토하여 보면, 경기체가 연구가 본 궤도에 오른 것은 그 문학적 갈래의 성격에 관한 논의가 비롯되면서부터임을 알 수 있다. 조동일은 모든 문학 작품이 자아와 세계의 관계로 이루어진다고 보고, 그 양자의 관련 양상과, 작품 밖의 자아나 세계가 작품에 개입하는가의 여부에 따라, 서정·서사·희곡·교술의 4분법적 갈래 체계를 세웠다. 이 이론에 따라 경기체가는 작품외적 세계의 개입으로 이루어지는 자아의 세계화이므로 교술이라는 갈래에 속한다고 하였다. 이에 대하여 김학성은 경기체가의 사물 열거가 세계의 객관성을 그대로 제시한 것이 아니라, 자아의 미적 감각에 의해 변형시켜 미적 구조물로 형상화하였으므로 세계의 자아화이고, 따라서 서정 갈래에 속한다고 반론을 폈다. 김흥규는 두 연구자의 견해가 모두 어긋난다고 하면서, 경기체가는 서정과 교술의 중간 갈래이거나 서정의 주변적인 갈래라고 하였다.[5]

이러한 논의들은 각기 일면의 타당성을 지니지만, 그 입론의 토대 자체에 문제가 있다는 사실을 지나치고 있다. 처음에 조동일이

---

5) 조동일, 앞의 논문., 김학성, 앞의 책,12쪽., 김흥규, 「장르론의 전망과 경기체가」, 『한국시가문학연구』(서울: 신구문화사, 1983).

경기체가의 본질적 성격을 '개별적 사물의 열거'라고 하고, '개별적'이라는 말은 각기 독립되어 있다는 뜻이며, '열거'는 율격을 유지하는 범위 내에서 제시한 사물들의 순서를 바꾸어도 혼란이 생기지 않고, 순차적 관계에서도 독립적이라는 뜻이라고 하였다. 그러나 그 뒤에 반론을 제기한 연구자들이 여러 가지 이견을 제시하면서도 이 점에 대하여는 구체적인 지적이 없이 묵인하는 태도를 보이고 있다. '개별적인 열거'가 위에서 말한 대로의 뜻이라면, 이른바 '개별화의 원리'가 나타나는 대목의 어절들은 모두 문장을 이룰 수 없는 토막토막의 낱말에 지나지 않아야 할 것이다. 만약 그 어절들이 모여 문장을 이룬다면, 각 어절들은 문장의 일정한 성분을 지녀 전체 문장에 종속되고, 따라서 독립성을 가질 수 없게 되기 때문이다.

그러나 지금까지 경기체가를 해독하거나 읽는 사람이 한자를 빌어 표기한 토막토막의 어절들을 그 자체로만 읽은 예는 없어 보인다. 그것은 경기체가가 한자를 빌어 표기하였을 뿐, 국문 시가나 다름이 없기 때문이다. 경기체가를 한문 문장으로 보지 않는 한, 각 어절을 토막토막 읽을 수는 없다. 명사나 명사구의 나열로만 보이는 그 토막토막을 읽을 때는 자연스럽게 토가 붙어 이어지도록 되어 있다. 우리말의 경우, 문장 성분이 자리를 바꾸어도 문장의 의미나 문법에 어긋나지 않는 경우가 허다하다. 작품에 제시된 사물의 순서를 바꾸어도 혼란이 생기지 않는 것은 그러한 경우에 해당되기 때문이다. 이 점을 올바로 지적한 것이 박일용의 견해이다. 그는 경기체가에 나열된 사물들이 일정한 통사적 체계에 참여함으로써 시로 구성된다고 하고, 이에 근거하여 경기체가는 '위~경 어떠하니잇고'라는 단일한 감탄문의 병렬이라는 내적 구조로 이루어져 있다고 하였다.[6]

여기서 경기체가의 문학적 갈래에 관한 기왕의 업적들을 검토하는 것은 갈래에 관한 새로운 견해를 제시하자는 것이 아니다. 기왕에 경기체가를 작품을 위주로 다룬 예는 거의 없는 형편이고, 경기체가 갈래에 관한 논의는 곧 경기체가의 작품 구조를 다루는 방법에 직결되어 있기 때문이다. 역으로 작품 구조에 관한 논의의 결과가 경기체가의 갈래적 성격을 한층 명쾌히 파악하는 데 새로운 모색의 계기를 마련하여 줄 수도 있을 것이다. 이상의 문제 제기를 염두에 두면서 근재의「관동별곡」과「죽계별곡」의 문학적 성격을 검토하여 나갈 것이다.

2. 경기체가 연 단위의 공통구조

1) 'ㅇㅇ景'에 의한 경물화(景物化)

경기체가를 다루는 데 있어서 우선적으로 주목하여야 할 핵심은 '爲 ㅇㅇ景 幾何如'라는 말의 기능과 의미다. 이 점은 이미 조동일이 지적한 바 있다. 이 말을 여기서는 'ㅇㅇ景'의 부분과 '爲~幾何如'의 부분으로 나누어 고찰하고자 한다. 이 두 부분의 기능과 의미가 각각 다른 것으로 생각되기 때문이다. 'ㅇㅇ景'의 부분이 경기체가에서 하는 기능을 조동일은 사물화(事物化)라고 하였다. 이 말이 틀린 것은 아니나, 'ㅇㅇ景'이라는 말과 관련된 것이므로 경물화라는 용어가 더 적절한 것으로 판단된다. 'ㅇㅇ景'은 사물로 나타내 보여주

---

6) 박일용, 앞의 논문, 44~48쪽.

는 것이지만, 좀더 구체적으로는 볼 만한 광경으로 제시하는 것이기 때문이다. 특히 「관동별곡」의 경우는 대개가 경치로 제시되어 있다. 먼저 「관동별곡」의 제1연을 들어 '경물화'의 양상을 검토하여 보자.

> 海千重 山萬疊 關東別境
> 碧油幢 紅蓮幕 兵馬營主
> 玉帶傾盖 黑槊紅旗 鳴沙路
> 爲 巡察景 幾何如
> 朔方民物 慕義起風 朔方民物 慕義起風
> 爲 王化中興景 幾何如[7]

언뜻 보면 이 노래는 9토막의 말을 나열한 뒤, 그것을 싸잡아 '순찰경(巡察景)'이라고 한 듯하다. 그러나 좀 더 자세히 살펴보면, 해천중(海千重)/산만첩(山萬疊)/관동별경(關東別境)이 서로 대등한 관계에 있지 않다는 것을 알 수 있다. 이 노래가 한자로 표기되기는 하였으나 우리말을 나타낸 것이라고 한다면, 첫 줄은 다음과 같이 읽어야 할 것이다.

> 바다가 겹겹이고 산이 첩첩인 관동의 별경에

이렇게 보면, 첫 줄에서 중요한 말은 '(관동의)별경'이고, '해천중·산만첩'은 모두 관동 별경의 구체적인 모습을 설명하는 관형어임

---

7) 안축, 「관동별곡」, 『근재집』, 권2. 이하에서는 별도로 출전을 밝히지 않고, 작품명과 연의 차례만을 밝히기로 한다.

을 알 수 있다. 결국 이 노래의 첫 줄은 두 개의 관형어('관동'까지 관형어로 볼 경우 세 개)와 하나의 명사가 모여 공간을 뜻하는 부사구를 이루고 있는 셈이다. 문장 성분으로 보아 '해천중'과 '산만첩'은 서로 대등한 관계라고 할 수 있으나, '관동별경'은 이들과 대등한 관계라 할 수가 없다.

둘째 줄은 다음과 같이 읽을 수 있다.

푸른 휘장 붉은 장막 속의 병마영주가

여기서 독립된 명사인 듯이 보이는 '벽유당'·'홍련막'이 실제로는 '병마영주'를 설명하는 관형어로 쓰였음을 알 수 있다. '병마영주'는 이 부분의 주어이다.

셋째 줄은 다음과 같이 읽을 수 있다.

옥대 띠고 일산 기울이며 검은 창, 붉은 깃발 늘어선 명사 길에서

'옥대경개'는 병마영주의 모습을 구체적으로 설명하는 말이다. '흑삭홍기'는 병마영주의 위엄 있는 모습을 암시하면서 동시에 '명사로'의 상황을 설명하는 관형어로 쓰였다. 결국 셋째 줄은 첫째 줄보다 범위가 좁혀진 공간을 나타내는 부사구로 쓰였다고 할 수가 있는 것이다.

셋째 줄까지에서 주어 구실을 하는 '병마영주'와 호응 관계에 있는 술어가 나타나는 데가 넷째 줄이다. '순찰'이 그것이다. '순찰'까지의 노랫말을 요약하여 보면 다음과 같다.

관동 별경의 명사길에서 병마영주가 순찰하다

그런데 문제는 여기서 문장이 끝나지 않았다는 데 있다. '순찰하다'가 아니라 '순찰하는 광경'으로 나타나 있기 때문이다. 그렇다면 '순찰'까지의 문장은 '景'을 설명하여 주는 관형절이 되는 셈이다. 요컨대, 넷째 줄까지에서의 사실상의 주어는 '경'이고, '병마영주'는 '경'을 설명하는 관형절 내의 주어에 지나지 않는다. 셋째 줄까지의 모든 말은 결국 '순찰'에 집중된 뒤 '경'을 향하여 수렴되고 있다고 하여도 좋을 것이다. 중첩한 산과 바다, 여러 가지 의장 기물과 함께 병마영주도 '경'에 수렴되고 있다고 할 수 있다. 자연과 사물, 그리고 인물까지도 경물화하고 있음을 볼 수 있다.

사정이 이렇다면, 경기체가에서는 자아가 세계의 객관성(경)에 굴복하고, 그것에 봉사하기만 한다고 할 수가 있다. '병마영주'라는 말은 분명히 작자 자신을 가리키는 말일 터인데, 제3자인 듯이 객관화하여 표현한 데에서도 그러한 점이 느껴진다. 그런데 넷째 줄이 서술문의 형태가 아니라 의문문인 점을 소홀히 해서는 안 될 듯하다. '○○景이 ××하다'와 같은 서술문이라면, 마땅히 '경'이 주체가 될 수 있다. 그러나 '○○경이 어떠한가?'라는 의문문일 경우, '경'의 뒤에 또 다른 주체, 곧 의문을 제기한 주체가 문장 표면에 생략된 채 존재함을 지나쳐보지 말아야 할 것이다. 자연·사물·인물을 '경'에 수렴하도록 만든 장본인도 그 숨어 있는 주체, 곧 작자 자신이다. 「관동별곡」 제1연의 '순찰경'은 다름 아닌 작자가 선택하고 한정한 경물이다. 작자가 선택하고 한정한 경물이기에, 경물 자체가 아니라 '경물화'인 것이다.

'경물화'라는 말은 구경거리로 제시한다는 말이겠는데, 자연의 경치나 사물을 구경거리로 내보인다면 별달리 이상할 것이 없지만, 사람이나 사람의 별날 것이 없는 행위조차 구경거리로 내세우는 일은 별나다고 하겠다. 그 별난 짓을 별나 보이지 않게, 오히려 볼 만한 것으로 느껴지도록 하기 위해서는 반복적인 제시가 필요하다. 「한림별곡」의 예로 보면, 각 연의 다섯째 줄 자체가 같은 말의 반복으로 이루어져 있고, 다섯째 줄과 여섯째 줄(이른바 후소절)이 다시 첫 줄부터 넷째 줄까지(이른바 전대절)의 반복적 형태로 되어 있다. 「관동별곡」이나 「죽계별곡」의 경우, 다섯째 줄에 반복이 나타나지 않는 것으로 표기되어 있으나, 이것을 기준 형식에서 벗어난 것으로 보기보다는 생략된 것으로 보는 것이 마땅하다고 생각한다.

다섯째 줄은 넷째 줄의 '○○경'과 밀접하게 이어져 있으면서, 셋째 줄까지의 축약된 반복이다. 여섯째 줄은 다섯째 줄을 경물화하는 현장이면서, 넷째 줄의 반복이다. 넷째 줄과 여섯째 줄의 '幾何如[긔 엇더ᄒ니잇고]'는 대단하다는 답을 전제로 한, 감탄을 내포한 의문이다.[8] 넷째 줄로 이 작품이 마무리되었다면 작자 스스로 '○○경'에 매료되어 감탄을 할 수는 있을지언정 남으로부터 대단하다는 대답을 기대하기에는 불확실하다. 이 불확실한 기대를 확실하도록 하는 장치가 바로 다섯째 줄 자체의 반복, 혹은 이른바 후소절 전체의 반복인 것이다.

이렇게 볼 때, 「관동별곡」의 연 단위 내의 구조는, 첫째 줄부터 셋째 줄까지의 개별화와 넷째 줄의 포괄화, 다섯째 줄의 개별화와

---

8) 조동일, 앞의 논문, 237쪽.

여섯째 줄의 포괄화 사이의 대립구조9)라고 할 수 없다. 여기에 나타나는 구조는 첫째 줄부터 넷째 줄까지의 경물화와 다섯째 줄부터 여섯째 줄까지의 경물화라는 반복적 구조라 할 수 있다.

또한「관동별곡」의 제1연을 통하여 볼 때, 작자 자신과 '병마영주', 달리 말해서 대상을 경물화하는 자아와 경물화되어 대상으로 나타나는 자아 사이의 대립 관계가 이루어진다고 할 수 있다. 자아는 양면성을 띠기 마련이다. 대상 자체로서의 자아(이른바 卽自)와 다른 사물을 대상화하는 주체로서의 자아(이른바 對自)가 그것이다. 양자 가운데 어느 하나만으로는 온전한 자아가 될 수 없다. 이 두 자아는 서로 배타적이면서도 궁극적으로는 하나일 수밖에 없다. 그런 까닭에 이 두 자아의 관계가「관동별곡」에 현상적으로 나타나는 것은 대립 관계이지만, 본질적으로는 상호 보완 관계이다.

작자가 다른 사물뿐만이 아니라 자신마저도 대상화함으로써, 대상화하는 주체로서의 자아가 아닌 대상으로서의 자아를 발견하는 기쁨을 얻게 된다. 그것은 온전한 자아를 발견한 기쁨이기도 하다. 위의 작품에서 대상화된 것은 사물이든 자아든 화려하게 그려져 있다. 자연 경관인 경우 기이하고 빼어나게, 의장 기물인 경우 화려하고 장엄하게, 음률과 기녀는 아름답고 격조 높게, 추상적인 개념도 품위 있는 것들만 선택하였다. 그러한 사물들과 똑같이 기품 있는, 대상으로서의 자아를 발견하는 데 '경물화'라는 기능의 의미가 있다고 할 것이다.「관동별곡」의 제2연 이하에는 '병마영주'와 같이 대상화된 자아가 나타나지 않으나, 제1연이 이 노래 전체의 서곡임을

---

9) 같은 논문, 237~238쪽.

감안한다면 그 이하에서는 생략된 것으로 볼 수 있다. 「죽계별곡」에
서도 제1연의 '양국두함'이 그러한 구실을 하고 있다.

연 단위 내의 이러한 구조는 「관동별곡」과 「죽계별곡」의 여러 연
에 공통적으로 나타난다. 이것을 정리하여 보면 다음과 같다. 다음
의 표에서 앞에 나오는 '○○경'이 (가)이고, 뒤에 나오는 '○○경'이
(나)이다. 이 표에서 보면, '○○경'이 나타나지 않는 곳이 더러 있
다. 「관동별곡」 제3·4연의 (가)와 (나), 제5·6·8연의 (나), 「죽계
별곡」 제4연의 (가)와 (나), 제5연의 (나)가 그러하다.

연	「관동별곡」		「죽계별곡」	
	(가)	(나)	(가)	(나)
1	巡察景	王化中興景	釀作中興景	山水淸高景
2	登望滄溟景	歷訪景	游興景	携手相從景
3	(四海天下無豆舍叱多)	(又來悉何奴日是古)	春誦夏絃景	呵喝迎新景
4	(古溫貌我隱伊西爲乎伊多)	(萬古千秋尙分明)	(一朶綠雲垂未絶)	(千里相思又奈何)
5	泛舟景	(羊酪豈勿參爲里古)	雪月交光景	(四節游伊沙伊多)
6	爭弄朱絃景	(四節游伊沙伊多)		
7	游賞景	日出景		
8	迎送佳賓景	(鷗伊鳥藩甲豆斜羅)		
9	避暑景	傳子傳孫景		

이 대목들은 앞에서 논의한 '경물화'가 그대로 통용되지 않는 부
분들이다. 이러한 현상이 극소수에 지나지 않으면 단순환 예외로 돌
릴 수 있으나, 적지 않게 나타나는 것을 예외로만 처리할 수는 없다.
(가)와 (나)가 모두 예외인 제3연과 「죽계별곡」 제4연을 예로 들어
살펴보기로 하자.

叢石亭 金幱窟 奇巖怪石
顚倒巖 四仙峰 蒼苔古碣
我也足 石巖回 殊形異狀
爲 四海天下 無豆舍叱多
玉簪珠履 三千徒客 玉簪珠履 三千徒客
爲 又來悉 何奴日是古 —「관동별곡」3

처음 셋째 줄까지의 노랫말은 다음과 같이 읽을 수 있다.

총석정 금란굴의 기괴한 바윗돌과
전도암 사선봉의 푸른 이끼 낀 옛 비석
통족암(痛足巖) 돌연못10)의 기이한 형상은

여기까지의 주어는 셋으로 나타난다. '기암괴석'·'창태고갈'·'수
형이상'이 모두 주어이다. 총석정·금란굴·전도암·사선봉·아야족
·석암회는 각 줄에 나타난 주어를 설명하는 관형어로 쓰였다. 여기
서 각 줄의 관형어와 주어는 각각 대등한 관계이다. 이 노래에는 '○
○경'이 나타나지 않으므로, 셋째 줄까지의 주어들이 '경'을 설명하
는 관형절의 주어가 아니라, 그대로 '사해 천하에 없두샷다(四海天下
無豆舍叱多)'의 주어가 된다. '○○경'이 나타나야 할 자리에는 '천하

---

10) 양주동은 '我也足'을 '어야차'라는 감탄어로 보았으나(앞의 책, 413쪽), 다른 예로
보아 감탄어가 올 자리가 아니다. 이곡의 「동유기」에 따르면, 금란굴 옆에 통족암(痛
足巖)과 석지(石池)가 있다고 한다. '아야족'은 '통족암'의 우리말식 표기로 생각되
고, '석암회'는 바윗돌로 둘려진 곳, 곧 '석지'를 가리키는 것으로 보인다. 이곡, 「동
유기」, 『가정집』, 권5. 窟東有石池 人言觀音浴處 又有巖石簇簇 方寸其大 多至數畝
皆欹側 人謂痛足巖 盖觀音菩薩足踏 而痛巖爲之欹側也.

에 없도다'라는 작자의 감탄이 대신하였다.

대상화된 자아는 사라지고, 대신에 감탄을 하는 작자 자신이 개입하고 있는 것이다. 따라서 이 노래에는 대상화하는 자아와 대상화된 자아의 대립 관계가 나타나지 않는다. 대상화된 자아를 발견하기에 앞서 대상화하는 자아의 정감이 곧바로 분출된 것이다. 그러므로이 노래에 나타나는 대립 관계는 양면적인 자아 사이에 있는 것이아니라, 작자와 대상 사이에 있다고 할 수 있다. 여기서 대상은 '기암괴석'·'청태고갈'·'수형이상' 등이다. 이들은 한 마디로 기이한자연 경관들이다. 그러나 단순한 자연 경관이 아니라, 평원군과 춘신군의 삼천도객에 비유된 사선과 그 무리를 환기하는 매개체이기도 하다. 다섯째 줄에 그러한 사정이 나타나 있다. 자연 경관은 사선의 무리를 환기시켜 주지만, 그들은 다시 올 기약이 없다. 여섯째줄은 차라리 비탄이라고 할 수 있을 것이다.

> 楚山曉 小雲英 山苑佳節
> 花爛熳 爲君開 柳陰谷
> 忙待重來 獨依欄干 新鶯聲裏
> 爲 一朵綠雲 垂未絶
> 天生絶艶 小紅時 天生絶艶 小紅時
> 爲 千里相思 又奈何 —「죽계별곡」4

「죽계별곡」제4연의 노랫말은 다음과 같이 읽을 수 있다.

> 초산효 소운영과 노닐던 동산의 좋은 시절에
> 꽃은 난만한데 그대 위해 트인 버드나무 그늘진 골짜기로

　　바삐 다시 오길 기다리며 홀로 난간에 기댔었네, 첫 봄 꾀꼬리
　　　　울음 속에
　　아아 한 떨기 꽃처럼 흘러내린 푸른 살쩍 끊임없었네.
　　타고난 절세미인, 약간 붉어지던 때를
　　아아, 천 리 밖에서 서로 그리워함은 또 어찌하리오.

　이 노래에는 아리따운 여성이 대상화되어 있다. '녹운'과 '상사'가
주어로 쓰였다. 그 여성에 대한 작자의 그리움과 만날 수 없음이 서
로 대립되어 나타난다. 아리따운 여성의 아름다움으로 인하여 그리
움이 생겼다고 할 수 있다. 그 아름다움을 비유적으로 나타낸 것이
'녹운'이다. 그런데 '녹운'은 끊이지 않는다고 하였다. 아름다움에서
그리움이 생겼듯이, 끊이지 않던 '녹운'으로 인하여 어찌할 수 없는
'상사'가 생긴 것이다.

　위와 같은 작품들에 이르면, 이미 경기체가의 특징적 성격이 사
라졌다고 보아도 좋을 듯하다. 사물의 이름이 사물 그 자체의 의미
를 떠나서 비유적으로 쓰인 것이 그 증거이다. 위의 자료에서 '옥잠
주리'나 '녹운'이 그 예이다. '옥잠주리'는 '옥관자에 구슬 꿴 신'이라
는 의미를 떠나서 '평원군이나 춘신군의 3천 식객' 혹은 '신라 때 사
선을 따라 노닐던 귀족 출신의 낭도들'의 비유로 쓰이고 있고, '녹운'
은 '푸른 구름'이라는 의미를 떠나서 '푸른 살쩍', 나아가서는 미인
의 비유로 쓰이고 있는 것이다. 사물이 경물화된 모습은 찾아볼 길
이 없고, 작자의 정감이 그대로 노출되어 있다. 이러한 사실을 통하
여 반증적으로 경기체가에 있어서 '경물화'의 기능이 얼마만큼 중요
한가가 판명되는 것이다.

2) '爲~幾何如'에 의한 즉흥적 찬탄

경기체가에서 또 하나 중요한 부분은 '爲~幾何如'라는 대목이다. '위(爲)'는 우리말의 감탄사를 한자로 표기한 것이고, '기하여(幾何如)'도 대단하다는 답을 전제로 한 감탄적 의문이라면, '위~기하여'는 찬탄(讚嘆)을 나타낸 대목이라고 할 수 있다. 그런데 이러한 찬탄은 '○○경'으로 경물화된 모습을 대하여 즉흥적으로 일어난 것이므로, 이 대목의 성격은 한 마디로 '즉흥적 찬탄'이라고 이름할 만하다. "찬탄"이라는 말은 '찬양'과 '감탄'의 복합적 의미를 지닌다.

'감탄'이 감동적인 사상(事象)을 접한 인간이 즉흥적으로 나타내는 반응이라는 점은 새삼 설명할 필요가 없을 것이다. '찬양'의 본원적 의미는 신성과 같이 성스러운 대상에 한정적으로 적용된 것이었던 듯하다. 찬양으로 이루어진 노래를 찬가라고 하겠는데, 찬가는 최고의 내적 감동과 고조적인 긴장성을 그 특징으로 한다고 한다.[11] 성스러운 대상에 대한 찬양이 후대에는 위대한 것 또는 아름다운 것에도 두루 적용되었다고 하겠는데, 경기체가에서는 '경물화한 것'이 그 대상으로 등장한다. 이제 그 구체적인 양상을 보기로 하자.

앞서 인용하였던 「관동별곡」 제1연에서 찬탄의 대상은 전반부의 '순찰경'과 후반부의 '왕화중흥경'이다. '순찰경'이 찬탄의 대상이 될 수 있는 것은, 빼어난 자연 경관 속에서 화려하고 위엄 있는 의장기물을 갖춘 병마영주가 하는 순찰의 광경이기 때문이다. '왕화중흥

---

11) 이재선은 W. Kayser와 H. Seidler의 이론을 빌어, 찬가는 '신적이고 누미노스적인 것의 칭찬' 혹은 '최고의 내적 감동과 고조적인 긴장성을 그 특징으로 하는 것'이라고 하였다. 이재선, 「신라 향가의 어법과 수사」, 김열규 외편, 『국문학논문선』 1(서울: 민중서관, 1977), 94~95쪽 참조.

경'이 찬탄의 대상이 되는 까닭은, 변경 지방의 민심과 물정에 왕의
교화를 베풀어 의리를 사모하는 풍속을 일으킴으로써 중흥의 길을
열었기 때문이다. 빼어난 경치와 위엄 있는 차림새와 거동, 그리고
변방의 풍속을 중앙과 다름없게 하는 일은 작자의 입장에서 볼 때
다 같이 긍정적인 가치를 지니는 것들이다. 긍정적인 가치를 지녔다
는 것은 곧 그것들이 위대하거나 아름다운 것으로 보였기 때문이고,
그에 따라 찬탄의 대상이 될 수 있는 것이다.

> 鶴城東 元帥臺 穿島國島
> 轉三山 移十洲 金鼇頂上
> 收紫霧 卷紅嵐 風恬浪靜
> 爲 登望滄溟景 幾何如
> 桂棹蘭舟 紅粉歌吹 桂棹蘭舟 紅粉歌吹
> 爲 歷訪景 幾何如   ―「관동별곡」 2

　　제2연에서 찬탄의 대상은 전반부의 '등망창명경'과 후반부의 '역
방경'이다. '등망창명경'이 찬탄의 대상이 될 수 있는 것은, 학성 동
쪽 바다에 있는 원수대·천도·국도의 기이한 경치와 그 경치를 연출
하는 자무·홍람·풍랑 등 자연 현상의 기묘한 변화를 바라보는 광경
이기 때문이다. '역방경'이 찬탄의 대상이 되는 까닭은, 아름다운 자
연을 배경으로 그림같이 떠 있는 배 위에 곱게 차린 기녀가 노래를
부르고 악공이 음률을 연주하는 것을 두루 바라보는 광경이기 때문
이다. 신선이 산다는 삼신산과 십주인 듯 황홀한 경치와 자연 현상
의 오묘한 변화, 그리고 화려하게 꾸민 배와 기녀와 음률 등은 아름

다운 모습들이다. 아름다운 모습을 대하여 찬탄을 발하는 것은 자연
스러운 일일 것이다.

> 仙游潭 永郎湖 神清洞裏
> 綠荷洲 青瑤嶂 風烟十里
> 香冉冉 翠霏霏 琉璃水面
> 爲 泛舟景 幾何如   -「관동별곡」 5, 전반

> 雪嶽東 洛山西 襄陽風景
> 降仙亭 祥雲亭 南北相望
> 騎紫鳳 駕紅鸞 佳麗神仙
> 爲 爭弄朱絃景 幾何如   -「관동별곡」 6, 전반

> 五十川 竹西樓 西村八景
> 翠雲樓 越松亭 十里青松
> 吹玉簫 弄瑤琴 清歌緩舞
> 爲 迎送佳賓景 幾何如   -「관동별곡」 8, 전반

제5·6·8연에서 찬탄의 대상은 각 연의 전반부에 나타나는 '범주
경'·'쟁롱주현경'·'영송가빈경' 등이다. '범주경'은, 선유담과 영랑
호에 연잎이 가득하고 푸른 바위 병풍에 풍연이 길게 서린 가운데
맑은 물에서 배를 띄운 광경이므로 찬탄의 대상이 되었다. '쟁롱주
현경'은, 양양의 강선정과 상운정의 좋은 경치 속에 자줏빛 안개와
붉은 남기가 서렸는데, 그 가운데 자줏빛 봉새를 탄 듯 붉은 난새를
탄 듯 선녀 같은 기녀들이 다투어 거문고를 희롱하는 광경이므로 찬

탄의 대상이 된 것이다. '영송가빈경'은, 삼척 죽서루의 아름다운 팔
경과 취운루 월송정의 푸른 솔숲에서 흥겨운 노래와 춤으로 잔치를
벌이며 좋은 손들을 맞고 보내는 광경이므로 찬탄의 대상이 되었다.
빼어난 경치와 어울린 아름다운 인간의 모습을 보며 찬탄을 하였음
을 알 수 있다.

<blockquote>

三韓禮義 千古風流 臨瀛古邑

鏡浦臺 寒松亭 明月淸風

海棠路 菡萏池 春秋佳節

爲 游賞景 何如爲尼伊古

燈明樓上 五更鍾後 燈明樓上 五更鍾後

爲 日出景 幾何如 　-「관동별곡」7

江十里 壁千層 屛圍鏡澈

倚風巖 臨水穴 飛龍頂上

傾綠蟻 聳冰峰 六月淸風

爲 避暑景 幾何如

朱陳家世 武陵風物 朱陳家世 武陵風物

爲 傳子傳孫景 幾何如 　-「관동별곡」9

</blockquote>

　제7연의 '유상경'은 예의를 숭상하고 오래도록 풍류를 지녀온 강
릉에서 경포대와 한송정의 좋은 풍경과, 해당화와 연꽃 피는 좋은
계절에 노니는 광경이므로 찬탄의 대상이 되었다. '일출경'은 등명
루의 오경 종소리가 울린 뒤에 장엄하게 해 뜨는 광경이므로 찬탄의
대상이 된 것이다. 제9연의 '피서경'이 찬탄의 대상이 될 수 있는 것

은, 산이 높고 강이 길게 뻗은 곳에서 산수를 바라보며 동동주를 기
울이고, 빙봉에 올라 시원한 바람을 쏘이며 더위를 피하는 광경이기
때문이다. '전자전손경'은 무릉도원과 같은 별천지에서 태평스럽게
대를 이어 살아가는 광경이므로 찬탄할 만하다. 아름다운 경치나 장
엄한 모습을 보며 한가롭게 노닐며 살아가는 모습에서 찬탄의 대상
을 찾았다고 하겠다.

> 竹嶺南 永嘉北 小白山前
> 千載興亡 一樣風流 順政城裏
> 他代無隱 翠華峰 王子藏胎
> 爲 釀作中興景 幾何如
> 淸風杜閣 兩國頭銜 淸風杜閣 兩國頭銜
> 爲 山水淸高景 幾何如 −「죽계별곡」 1

「죽계별곡」의 제1연에는 '양작중흥경'과 '산수청고경'이 찬탄의
대상으로 등장한다. '양작중흥경'은, 죽령과 소백산으로 둘러싸이고
천 년의 흥망에도 한결같은 풍류를 간직한 순흥 땅이 여러 왕의 安
胎로 인하여 중흥케 된 광경이므로 찬탄의 대상이 되었다. 그러한
산수와 유서 깊은 내력을 배경으로 일어난 안씨 가문이 청렴한 기풍
을 떨치고 고려와 원 두 나라에서 벼슬을 하여 산수의 높고 맑음을
더욱 빛나게 한 광경이므로, '산수청고경'은 찬탄의 대상이 될 법하
다. 빼어난 자연 경관이 왕의 안태로 더욱 빛나게 된 모습과 안씨
일문이 그 배경 못지않게 맑고 높은 이름을 드날렸기에 찬탄을 하였
다고 하겠다.

宿水樓 福田臺 僧林亭子
草庵洞 郁錦溪 聚遠樓上
半醉半醒 紅白花開 山雨裏良
爲 游興景 幾何如
高陽酒徒 珠履三千 高陽酒徒 珠履三千
爲 携手相從景 幾何如[12] −「죽계별곡」 2

「죽계별곡」 제2연에서 찬탄의 대상은 '유흥경'과 '휴수상종경'이
다. '유흥경'이 찬탄의 대상이 된 것은, 풍경 좋은 절에서 울긋불긋
핀 꽃을 바라보며 비를 맞고 술에 취하여 흥겹게 노는 광경이기 때
문이다. '휴수상종경'은, 그 술에 취하여 노는 모습이 마치 예로부터
중국에 전해오는 고양지의 술꾼들이나 춘신군의 문객들처럼 흥에
겨워 손을 잡고 서로 좇아 노니는 광경이므로 찬탄의 대상이 된 것
이다. 아름다운 경치 속에서 거리낌 없이 분방하게 취하여 노는 모
습에서 찬탄의 대상을 찾은 것이라고 하겠다.

彩鳳飛 玉龍盤 碧山松麓
紙筆峰 硯墨池 齊隱鄕校
心趣六經 志窮千古 夫子門徒
爲 春誦夏絃景 幾何如
年年三月 長程路良 年年三月 長程路良
爲 呵喝迎新景 幾何如 −「죽계별곡」 3

---

12) 「죽계별곡」 제2연의 후반부가 『고려명현집』 2 소재의 함주 중간본 『근재집』에만
   없다. 다른 이본에 이 부분이 두루 포함되어 있으므로, 여기서도 포함하여 다룬다.
   주세붕 편, 『죽계지』 권1. 참조.

　　紅杏紛紛　芳草萋萋　樽前永日
　　綠樹捴陰　畫閣沈沈　琴上薰風
　　黃菊丹楓　錦繡春山　鴻飛後良
　　爲　雪月交光景　幾何如　－「죽계별곡」 5. 전반

　「죽계별곡」 제3연에서는 '춘송하현경'과 '가갈영신경'이 찬탄의
대상이 되었다. '춘송하현경'은, 문방사우를 갖춘 듯 좋은 환경에 세
워진 향교에서 경사에 뜻을 둔 유생들이 학문에 몰두하며 때로 음률
로 성품을 닦는 광경이므로 찬탄의 대상이 되었다. '가갈영신경'은
그러한 유생들이 해마다 3월이면 신입자를 맞이하는 절도 있는 광경
이기에 찬탄의 대상이 되었다. 학문과 음률로 심신을 가다듬고, 후
배를 맞이함에 있어 그 배우고 익힌 것이 절도 있는 행동으로 나타나
는 유생들의 당당한 패기가 찬탄의 대상이 되었음을 볼 수 있다. 제5
연의 앞부분에는 '설월교광경'이 나타난다. 여기서는 봄·여름·가
을의 아름다운 경관과 그 속에서의 감흥을 말한 뒤, 겨울의 아름다
운 모습으로 흰 눈 위에 달빛이 어려 비치는 광경을 말하였다. 사계
절에 나타나는 감흥 어린 광경이기에 찬탄의 대상이 된 것이다.

　이상에서 검토하여 본 바와 같이 '爲~幾何如'의 찬탄은 '○○경'
으로 경물화 된 것이 그 대상으로 나타난다. '○○경'이 찬탄의 대상
이 되기 위해서는 그 내용이 긍정적인 가치, 곧 아름다움·위엄 있
음·위대함·장엄함·흥겨움·당당함 등을 나타내어야 하는 바, 그
러한 내용이 구체적으로 드러나는 곳은 '○○경' 앞부분의 노랫말이
다. 이 부분에서 제시된 내용이 '○○경'에 이르러 일단 객관적인 경
물로 그려지면서 찬탄이 유발되는 것이다. 그러나 앞에서도 살펴보

았듯이, 「관동별곡」과 「죽계별곡」에는 '○○경'으로 객관적인 경물
화가 이루어지지 않는 곳이 상당수 나타난다. 이제 이들이 즉흥적
찬탄과 어떠한 관계에 있는가를 살피는 일이 해결되지 않은 과제로
남는다. 이에 관하여 보기로 하자.

> 叢石亭 金幱窟 奇巖怪石
> 顚倒巖 四仙峰 蒼苔古碣
> 我也足 石巖回 殊形異狀
> 爲 四海天下 無豆舍叱多
> 玉簪珠履 三千徒客 玉簪珠履 三千徒客
> 爲 又來悉 何奴日是古 　－「관동별곡」 3

넷째 줄의 '四海天下無豆舍叱多'는 '사해 천하에 없두샷다'로 읽
힌다. 앞에서 노래한 총석정 등이 천하에 다시없는 형승임을 찬탄
한 것이다. 이 대목도 역시 즉흥적 찬탄임에는 틀림이 없다. 그러나
'○○景 幾何如'에서와 같은 객관적 경물화에 의하여 이끌린 찬탄이
아니라는 점을 유의하여야 할 것이다. 총석정 등의 형승이 기이하
여 볼 만하다는 것은 많은 사람들이 인정한 것이지만, 천하에 유일
한 것이라고 절대시하여 공인된 것은 아니다. 이것은 다만 작자 개
인이나 작자와 같은 생각을 하였던 일부 사람들의 주관적인 평가였
을 따름이다. 따라서 이 대목에는 객관화된 사실에 대한 주관적 찬
탄이 나타난 것이 아니라, 작자의 주관적인 감흥이 그대로 찬탄으
로 이끌린 것이라 할 수 있다. 마지막 줄의 '又來悉何奴日是古'는
'또 오실 어느 날이(니)고'로 읽힌다. 이것을 찬탄이라고 할 수는 없

다. '다시는 오지 않는다'는 부정적 대답을 전제로 한 의문이며, 굳이 말한다면 비탄에 가깝다. 즉흥적 감상이 그대로 드러났다고 할 수 있다.

> 三日浦 四仙亭 奇觀異迹
> 彌勒堂 安祥渚 三十六峰
> 夜深深 波激激 松梢片月
> 爲 古溫貌 我隱 伊西爲乎伊多
> 述郞徒矣 六字丹書 述郞徒矣 六字丹書
> 爲 萬古千秋 尙分明 -「관동별곡」 4

넷째 줄의 '古溫貌我隱伊西爲乎伊多'는 '고운 모양 나는 이숫후요이다'로 읽힌다. 삼일포 등의 기이한 경관과 사선이 남긴 자취에 밤이 깊어 물결은 잔잔한데, 나무 끝에 걸린 조각달의 고운 모양이 작자와 비슷하다는 말이다. 여기에 나타난 '조각달'은 이미 세계상의 하나로서의 그것에서 벗어나 있다. 조각달의 일반적인 의미에서 작자의 모습을 그려주는 매개체로서의 의미로 바뀌었으므로, 이 문맥에서 조각달은 비유로 사용된 것이다. 조각달이 주는 이미지는 둥근 달과 대비하여 볼 때, 긍정적인 가치를 나타낸다고 할 수 없다. 그러므로 조각달의 비유에 이어 찬탄은 이끌려 나올 수 없는 것이다.

마지막 줄은 '아, 만고천추에 아직도 분명하구나'로 읽힌다. 감탄의 표현이기는 하지만 찬탄이라고 할 수는 없다. 그것은 조각달과 같은 작자의 모습과 대조적으로 느껴지기 때문이다. 삼일포의 '육자단서'는 '述郞徒 南石行'으로 두 줄의 세로 글인데, 아래 두 글자인

'徒'·'行'은 형체를 알아 볼 수 없을 정도로 깎여졌다고 한다.13) 이 것으로 미루어 보면, '아직도 분명하구나'는 작자의 주관적 감흥으로 말한 것임을 알 수 있다. 작자 자신이 나무 끝에 걸린 조각달처럼 쓸쓸하고 희미한 존재로 생각된 데 반하여, '육자단서'는 오랜 세월에도 불구하고 뚜렷하게 사선의 자취를 남기고 있는 데서 비감이 어린 회포가 일었음을 느낄 수 있다. '분명하구나'는 제3연의 마지막 줄에서와 같이 비탄을 나타내고 있다고 하겠다.

　　　　蓴羹鱸膾 銀絲雪縷 蓴羹鱸膾 銀絲雪縷
　　　　爲　羊酪　豈勿參爲里古　－「관동별곡」 5, 후반

　　　　高陽酒徒 習家池館 高陽酒徒 習家池館
　　　　爲　四節　游伊沙伊多　－「관동별곡」 6, 후반

　　　　望槎亭上 滄波萬里 望槎亭上 滄波萬里
　　　　爲　鷗伊鳥 藩甲豆斜羅　－「관동별곡」 8, 후반

　위에 든 세 연은 모두 전반부에는 '○○경'이 나타나고 후반부에만 그것이 나타나지 않는 것들이다. '羊酪豈勿參爲里古'는 '양젖을 어찌 말슴 ᄒ리이꼬'로 읽힌다. 순채국에 실같이 저며 놓은 농어회가 양젖과는 비교가 되지 않을 만큼 훌륭하다는 뜻을 이렇게 말하였다. 그러나 음식의 맛이 어느 것이 낫다는 것은 주관적인 기호에 따

13) 이곡, 「동유기」, 앞의 책, 같은 곳. 其崖北東面 有六字丹書 就視之則兩行行三字 其文曰 逃郎徒南石行 其逃郎南石四字則明甚 其下二字稀微不可識.

른 판단일 뿐이다. 제6연의 마지막 줄은 '사철 노니스이다'로 읽힌다. 옛날 습욱의 고양지에 노닐던 술꾼들처럼 사시사철 노닐자는 권유이다. 이는 직정적인 서술에 그친 것이라 할 수 있다.

제8연의 마지막 줄은 '갈매기새 반급두스라'로 읽힌다. 그 앞부분에서는 죽서루 등 좋은 경치 속에서 손을 맞고 보내는 광경[迎送佳賓景]을 찬탄하였다. 그것이 객관화 된 경물에 대한 찬탄이라면, 이 대목은 주관적인 감흥에서 일어난 찬탄이다. 갈매기가 반갑다는 것은 언제나 통용되는 말일 수 없다. 앞부분의 '영송가빈경'과 대비하여 볼 때, 여기서의 갈매기는 '가빈'을 상징하는 것이라고 할 수 있다. 오락가락 날아다니는 갈매기는 오고가는 손들과 대응 관계에 있고, 다 같이 반가운 대상이라는 일치점이 있기 때문이다. 단순한 객관적 세계상의 하나로서의 갈매기가 이미 아님을 알 수 있다.

이상에서 '경물화'와 '즉흥적 찬탄'이라는 두 가지 측면의 기능과 그 의미를 고찰하여 보았다. 즉 「관동별곡」과 「죽계별곡」을 통하여 본 경기체가의 연 단위의 공통적 구조는, '○○경'에 의하여 일단 경물화 되어 객관 세계에 이르렀다가, '위~기하여'에 의하여 객관 세계 속에서 주관적 감흥이 고양되고, 다시 경물화 되어 객관 세계를 드러내다가, 그 속에서 주관적 감흥을 한층 더 고양시키는 것으로 마무리를 짓는다. 이러한 전개는 일시적인 반전을 거쳐서 완결에 이르는 일반적인 질적 변화 과정에 부합된다. 그러나 경물화가 이루어지지 않는 부분은 이러한 틀에 적용을 받지 않는다.

그 결과에 따르면, '○○경'이 있는 대목의 전체적인 대립 관계는, 경물화로 인하여 객관화 된 것과 즉흥적 찬탄에 의하여 주관화 된 것 사이에 나타난다. 이것을 문학적 갈래의 측면에서 말하면, 경물

화가 이루어지는 부분에서는 작자에 의하여 선택된 세계상이 제시
되면서도 객관적인 성격을 벗어나지 않으므로, 서정시의 기본적인
속성에 위배되는 구실을 한다. 또한, 사물을 대하여 즉흥적으로 일
어나는 찬탄은 서정시적 속성으로 강하게 이끌림을 보여준다. 이러
한 사실은 일견 경물화 된 것이 결과적으로 고양된 즉흥적 찬탄으로
나타남으로써 서정성으로 마무리 된 듯이 보이기도 한다. 그러나 그
렇게 고양된 찬탄은 주관적인 감흥으로 일어난 것이 아니라, 경물화
된 세계상을 대상으로 나타났다는 점에 유의하여야 할 것이다. 경물
화 된 세계상 자체를 중시하여 문학적 갈래를 교술에 귀속시키려는
것과 마찬가지로, 즉흥적 찬탄을 중시하여 그 갈래를 서정에 귀속시
키려는 것도 마땅한 결론이라고 할 수 없다는 데 경기체가의 갈래적
특성이 자리하고 있다. 경기체가가 서정과 교술의 어중간한 위치에
있다는 지적은 여기에 기인하는 것이라고 하겠다.[14]

　이와는 달리, '○○경'이 나타나지 않는 대목에서는 작자 자신의
주관적 감흥이 그대로 개입하면서 감탄이 일어난다. 따라서 이러한
대목에서는 경물화로 인한 객관화와 찬탄으로 인한 주관화가 대립
관계로 나타나지 않는다. 그 대신 대개 작자 자신과 그 대상 세계가
대립되어 나타남을 볼 수 있다. 이때, 대상 세계는 작자에 의하여

---

14) 김흥규, 앞의 논문, 143쪽. 경기체가의 갈래 귀속 문제를 통하여 볼 때, 갈래 논의의
　　문제점은 정태적인 틀로 기정화된 이른바 '장르류'(서정·서사·희곡·교술 등)의 기
　　득권을 독점적으로 앞세워, 문학의 모든 종류를 이에 맞추려고 하는 데 있다고 본다.
　　문학 작품이 낱낱의 점으로 찍혀지는 것이 아니라, 선과 면을 이루고 나아가서는
　　입체를 이루어 나가는 운동이라는 관점에서 본다면, 갈래를 동태적으로 파악할 수
　　있는 이론의 모색이 요망된다. 구체적인 '역사장르'를 무리 없도록 설명할 수 있는
　　'이론 장르'체계를 세워 나가야 할 것이다.

일방적으로 주관화 된 것이다. 이러한 대목에서는 갈래의 성격이 서정으로 드러나는 것이 분명하다. 앞 시대의 「한림별곡」에 견주어 볼 때, 「관동별곡」이나 「죽계별곡」에는 이러한 부분이 상당히 많이 나타남을 볼 수 있다. 이것이 경기체가라는 양식의 형성 과정에서 나타난 정제되지 못한 양상인지, 이미 정제되었던 양식이 파괴되어 가는 모습을 반영한 것인지는 오늘날 전하는 자료만으로 단언하기가 어렵다. 그러나 어느 경우든, 이 점을 경기체가라는 측면에서 볼 때는 이질적인 양상이라고 아니할 수가 없다.

3. 연의 전개방식과 그 의미

1) 「관동별곡」과 공간적 전개

지금까지 경기체가의 구조에 대한 연구는, 오늘날 전하는 경기체가 작품이 하나의 예외도 없이 여러 연으로 이루어져 있음에도 불구하고, 연 단위 자체 내의 구조만을 문제 삼아 온 것이 사실이다. 경기체가에 있어서 연의 전개가 단순히 앞의 연의 반복에 그친다면 크게 문제로 삼을 것이 못 될 수도 있다. 그러나 경기체가에 나타나는 여러 연이 단순히 반복적으로 전개되는 것으로 손쉽게 처리하고 말 일은 아니다. 반복이라고만 할 수 없는 일정한 질서가 발견되기 때문이다. 「관동별곡」에 이러한 점이 어떻게 나타나는가를 먼저 보기로 하자.

「관동별곡」은 대략 훑어보아도 관동 지방의 지명이 다수 나타남을 볼 수 있다. 제2연에서 제8연 사이에 특히 두드러지게 나타난다.

제1연에는 노랫말 자체에 구체적인 지명이 드러나 있지 않다. '관동별경'과 '삭방민물'이라는 말에서 막연히 관동 지방이면서 북쪽 변경 지역임을 짐작할 수 있을 뿐이다. 이런 정도로는 작자가 어떤 곳을 두고 제1연을 노래하였는지 알 수가 없다. 그런데 『관동와주』에 실려 있는 시 가운데 그 구체적인 지명을 추적할 만한 자료가 있다.

(가) 萬疊山圍四望中
　　 東溟隔岸水浮空　－「차화주본영시운」

(나) 山水關東雖信美
　　 出城西笑馬蹄經　－「발화주마상우작」

(다) 路入關門眼暫開
　　 紅旗黑槊共徘徊　－「입철령관망화주작」

(라) 隣境兵塵犯塞垣
　　 朔方民物此來奔　－「죽도시이수」

　(가)는 「관동별곡」 제1연의 '해천중 산만첩'에 그대로 대응되는 내용이다. (나)의 전반부는 '관동별경'과 대응이 된다. (다)의 '홍기흑삭'은 제1연의 '흑삭홍기'와 다름없는 표현이다. (라)의 '삭방민물'은 제1연의 그것과 그대로 일치한다. 그런데 위에 든 시들은 철령관·화주·죽도 등을 두고 지은 것이라는 점이 주목된다. 철령관은 오늘날의 철령에 고려 당시 관방을 두었기에 이른 이름이다. 화주는 오늘날의 함경남도 영흥을 그 당시에 일컫던 이름이다. 죽도라는 지

명은 동해안에 적지 않게 나타나는데, 위의 시에서 말한 죽도는 오늘날의 함경도 문천과 안변 사이에 있었던 의주 앞바다에 있는 섬의 이름이다.[15] 따라서 제1연은 철령관에서 화주를 거쳐 죽도에 이르기까지의 노정을 두고 노래한 것임을 알 수 있다.

제2연에는 학성산·원수대·천도·국도가 등장한다. '학성동'은 학성산의 동쪽이라는 뜻이다. 학성산은 오늘날의 안변(고려 당시에는 등주)에서 동쪽으로 5리 되는 곳에 있는 진산이다. 원수대는 안변으로부터 동쪽으로 60리에 있는 학포현의 바닷가에 있던 누대이다. 천도는 흡곡현 남쪽 16리 되는 곳에 위치한 둘레 300여 보 가량의 섬이다. 흡곡현은 오늘날의 통천 북쪽으로 18리에 위치하였다. 국도는 안변에서 동쪽으로 60리 떨어진 바다에 있는 섬이다.[16] 따라서 제2연은 안변에서 함경남도 해안의 남단에 위치한 원수대와 국도를 거쳐 거의 통천 가까이 위치한 천도에 이르기까지의 노정을 두고 노래한 것임을 알 수 있다.

제3연에는 총석정·금란굴·사선봉 등이 나타나 있다. 총석정은 오늘날의 통천에서 북쪽으로 18리 떨어진 바닷가에 총석을 마주 대하고 있던 정자이다. 바다 속에 총석이 네 곳에 벌여져 있고, 신라 때 四仙이 노닐었다고 하여 네 총석을 사선봉이라고 한다. 금란굴은

---

15) 이행 등편, 『신증동국여지승람』, 권49, 안변도호부 산천조. 鐵嶺 在府南八十三里 高麗置關門 號鐵關., 같은 책, 권48, 영흥대도호부 건치연혁조. 高麗初爲和州., 같은 책, 권49, 덕원도호부 건치연혁조. 高麗時稱湧州 ⋯⋯ 後改宜州., 같은 곳, 산천조. 竹島 在府東十五里.

16) 같은 책, 권49, 안변도호부 산천조. 鶴城山 在府東五里鎭山 ⋯⋯ 國島 在府東六十里., 같은 곳, 속현조. 鶴浦縣 在府東六十里., 같은 곳, 누정조. 元帥臺 在鶴浦縣., 같은 책, 권45, 歙谷縣 南至通川郡十八里., 같은 곳, 산천조. 穿島 在縣南十六里 周三百餘步.

통천에서 동쪽으로 12리 바닷가에 위치한 굴이다. 『동국여지승람』
의 이정에 따르면, 총석정이 천도보다 더 북쪽에 위치하여야 하나,
이곡의 「동유기」에 따르면, 총석정은 천도로부터 남쪽으로 8~9리
에 위치한다.[17] 따라서 제3연은 흡곡을 지나 통천에 이르는 노정을
두고 노래한 것임을 알 수 있다.

　　제4연에는 삼일포·사선정·미륵당·안상저·삼십육봉 등이 나타
나 있다. 삼일포는 고성에서 북쪽으로 7~8리에 위치한 호수이다.
그 호수 가운데 있는 조그만 섬에 있는 정자가 사선정이다. 호수 남
쪽에 조그만 봉우리가 있는데, 그 봉우리 위에 돌로 만든 감실에 미
륵불을 안치하였으므로 미륵당이라고 한다. 안상저는 호수 가운데
섬을 가리키는 듯하다. 삼십육봉은 삼일포를 둘러싼 봉우리를 가리
킨다.[18] 따라서 제4연은 통천을 떠나 고성에 이르는 사이에 위치한
삼일포와 그 주변을 두고 노래한 것임을 알 수 있다.

　　제5연에는 선유담과 영랑호가 등장한다. 선유담은 오늘날의 간
성 남쪽 11리쯤에 있다. 영랑호는 간성에서 남쪽으로 55리에 있는
오늘날의 속초에 위치한 둘레 30여 리 가량의 호수이다.[19] 따라서

---

17) 같은 책, 권45. 통천군 누정조. 叢石亭 在郡北十八里 有數十石柱 叢立海中 皆六面
　　形如削玉者 凡四處 傳新羅述郞南郞永郞安詳游賞于此 號稱四仙峰., 같은 곳, 산천
　　조. 金幱窟 在郡東十二里 …… 安軸序 …… 東臨大海 峰之懸崖有窟., 이곡, 「동유기」,
　　앞의 책, 권5. 九月朔 踰歙谷縣東嶺 欲入穿島 …… 自穿島絶海而南 可往叢石亭 其間
　　八九里. 이곡의 「동유기」로 미루어 볼 때, 『신증동국여지승람』의 천도에 대한 이정
　　'在縣南十六里'는 '在縣東十六里'의 착오가 아닌가 생각된다.

18) 안축 「三日浦詩序」, 앞의 책, 권1. 浦在高城北七八里 外有重峰疊嶂合抱 而內有三十
　　六峰周列 洞壑淸幽 松石奇古 中有小島 蒼石盤陁 …… 水南 又有小峰 峰上有石龕 安彌
　　勒石像 …… 小島古無亭 存撫使朴公 搆亭於其上. 安祥渚는 安詳汀(洪貴達의 시에
　　"風高永郞湖 月上安詳汀"이라 하였다.), 安詳仇旀(『신증동국여지승람』 고성군 토산
　　조에 水爛石 出郡北 安詳仇旀라 하였다.) 등과 함께 같은 곳을 가리키는 말인 듯하다.

제5연은 고성과 간성을 지나 양양과의 사이에 위치한 선유담과 영
랑호를 두고 노래한 것임을 알 수 있다. 제6연에는 설악산·낙산사
·양양·강선정·상운정 등이 나타나 있다. 설악산은 양양의 서북쪽
50리에, 낙산사는 양양의 동북쪽 15리에 있는 오봉산에 있다. 강선
정은 양양 북쪽 29리에 있으며, 상운정은 양양 남쪽 25리에 위치하
였다.[20] 따라서 제6연은 양양 주변의 명승지를 두고 노래한 것임을
알 수 있다.

제7연에는 임영·경포대·한송정·등명사 등이 나타나 있다. 임영
은 강릉의 옛 이름이다. 경포대는 강릉에서 동북쪽으로 15리에 있는
둘레 20리의 호수 서쪽 언덕에 있는 누대이다. 한송정은 강릉에서
동쪽으로 15리 떨어진 바닷가에 있는 정자이다. 등명사는 강릉에서
동쪽으로 30리에 있는 절이다.[21] 이들은 모두 강릉 지역에 있는 명
승지들이다. 제8연에는 오십천·죽서루·서촌팔경·취운루·월송정·
망사정 등이 등장한다. 오십천은 우보산에서 발원하여 죽서루 아래
로 흐르는 내이다. 죽서루는 삼척 객관 서쪽 절벽 위에 세운 누대이
다. 서촌팔경은 이른바 죽서루 주위의 빼어난 여덟 경치를 뜻한
다.[22] 취운루는 울진에서 남쪽으로 8리 되는 곳에 위치한 누대이

---

19) 이행 등편, 앞의 책, 권45. 간성군 산천조. 仙游潭 郡南十一里許 山麓周遭成谷 谷中
   有潭曰仙游 …… 永郎湖 在郡南五十五里 周三十餘里.
20) 같은 책, 권44. 양양도호부 산천조. 雪嶽 在府西北五十里 …… 五峰山 在府東十五里
   或稱洛山, 樓亭條. 降仙亭 在府北二十九里 祥雲亭 在府南二十五里.
21) 같은 책, 권44. 강릉대도호부 군명조. 臨瀛., 누정조. 寒松亭 在府東十五里 東臨大海
   …… 鏡浦臺 在府東北十五里 浦之周二十里 …… 西岸有峰 峰上有臺, 佛宇條. 燈明寺
   在府東三十里.
22) 같은 책, 권44. 삼척도호부 산천조. 五十川在府城南一百五里 源出牛甫峴 至竹西樓
   下, 樓亭條. 竹西樓 在客館西 絶壁千仞 奇巖叢列 其上架飛樓曰竹西., 제영조. 八景

다. 월송정은 평해에서 동쪽으로 7리 되는 곳에, 망사정은 평해 남
쪽에 있는 정자이다.[23] 따라서 제8연은 삼척에서 울진을 거쳐 평해
에 이르기까지의 명승지를 두고 노래한 것임을 알 수 있다.

제9연은 제1연과 마찬가지로 언뜻 보아서는 어디를 두고 노래한
것인지 알아차리기 어렵다. 그 구체적인 지명을 추적할 만한 자료를
『동국여지승람』과 『관동와주』의 시 가운데에서 뽑아 보기로 하자.
출전을 각각 『동』·『관』으로 약칭한다.

> (가) <u>百曲流川</u>朝海遠
> <u>千層絶壁</u>倚天橫 –『동』 정선군 형승조 곽충룡의 시
>
> (나) <u>水穴風巖</u>誰造汝
> 最憐當暑有餘淸 –『동』 정선군 산천조 정추의 시
> <u>風巖水穴</u>非人世
> 洗盡塵痕骨已淸 –『관』「차정선공관조원수시운」
>
> (다) <u>飛鳳山</u> 在郡北鎭山 –『동』 정선군 산천조
>
> (라) 山中古郡是<u>朱陳</u>
> 桑栢家家傍水濱 –『동』 정선군 누정조 송인의 시

(가)의 '백곡류천'과 '천층절벽'은 「관동별곡」 제9연의 '강십리 벽

竹藏古寺 巖控淸潭 依山村舍 臥水木橋 牛背牧童 壟頭餉婦 臨流數魚 隔墻呼僧.
23) 같은 책, 권45. 울진현 고적조. 翠雲樓在縣南八里., 평해군 누정조. 越松亭 在郡東七
里 …… 望槎亭 在郡南.

천층'과 대응이 된다. (나)의 '수혈풍암'과 '풍암수혈'은 '의풍암 임수
혈'과 대응이 된다. (다)의 '비봉산'은 '비룡정상'과 대응이 된다.
(라)의 '주진'은 '주진가세'의 의미와 상통한다. 주진촌은 본디 중국
서주의 풍현에 있던 마을 이름이지만, 정선의 다른 이름이기도 하
다. 제9연과 대응을 이루는 위의 자료들은 하나같이 정선을 두고 말
한 것들이다. 정선에 있는 풍혈 아래에 얼음을 두면 여름이 지나도
녹지 않는다고 하고, 정추가 정선을 읊은 시에 "다섯 동혈은 차고
서늘하여서 능히 사람의 뼈 속까지를 시리게 하고"라 한 것은 '피서
경'과도 부합하는 것이라 하겠다.24) 따라서 제9연은 정선을 두고 노
래한 것임을 알 수 있다.

지금까지 「관동별곡」의 각 연에 나타난 지명을 장황하게 상고한
것은 관동 지방의 지리를 고찰하자는 데 그 까닭이 있는 것은 아니
다. 이제껏 이 작품에 나타난 지명에 대하여 별다른 관심을 두지 않
은 탓도 있으나, 그보다 그 가운데에서 일정한 질서를 찾아내어 그
의미를 밝히기 위해서는 불가피한 일이기 때문이다. 위에서 논의한
바를 정리하여 보면, '철령·화주(영흥)→등주(안변)·흡곡→통천→
고성→간성→양양→임영(강릉)→삼척·울진·평해→정선'의 노
정을 대상으로 「관동별곡」의 연이 전개되고 있음을 알 수 있다. 지
명이 달라지면서 연이 전개되어 나간다는 사실은 달리 말하면, 연이
공간적인 질서 아래 전개되는 것이라고 할 수 있다. 그러나 중요한
것은 공간적인 질서 속에 연이 전개된다는 사실이 아니라, 그 의미
가 무엇인가 하는 것이다.

---

24) 같은 책, 권46. 정선군 군명조. 朱陳., 산천조. 風穴 在大陰山巖石間 其下置冰則經夏
不消., 제영조. 鄭樞詩云 …… 五竇凄凉能爽骨.

쉽게 생각하자면, 공간적인 연의 전개는 작자가 실제로 거쳐 갔던 노정의 순서가 자연스럽게 반영되었다고 하면 그만일 수도 있다. 그러나 근재의 '관동 노정'을 대략 살펴본 바에 따르면,25) 「관동별곡」에 나타난 노정이 실제의 노정 그대로가 아니라는 데 문제가 있다. 그 한 예로 이 노래 제2연에서 말한 국도를 실제로는 제3연에 나오는 총석정보다 뒤에 보았다는 기록을 작자 자신이 남기고 있는 점이다. 근재는 화주에서 남행하면서 국도를 멀리서 바라만 보았다가 나중에 구경한 뒤, 총석정을 먼저 보게 되면 국도는 보지 않아도 좋을 것인데 굳이 보러 와서 후회가 된다고 하였다.26) 그렇다면 연의 전개 순서를 실제 노정의 순서와 관계없이 앞에서 살펴본 대로 편차한 것은 무슨 까닭일까? 그것을 밝히는 데 참고가 될 만한 다음의 자료를 우선 보기로 하자.

> 동남의 주군에서 경주가 크고, 상주가 그 다음이다. 그 도의 이름을 경상도라고 하는 것은 이 때문이다. 그러나 사명을 받든 자는 반드시 먼저 상주를 거쳐서 경주로 가게 되므로 풍화의 유행이 상주로 말미암아 남쪽으로 가고, 일찍이 경주를 거쳐 북쪽으로 온 일은 없다.27)

위의 글은 이제현이 상주목사로 내려가는 근재를 전송하는 글의

---

25) 이 책 제2부의 「양심적 사대부, 시대적 고민을 시로 읊다」 참조.
26) 안축, 「국도시서」, 앞의 책, 권1. 余自和州南行 望而過焉 ······ 自南還和州 和州守金君 ······ 勸余訪是島 ······ 先觀叢石亭 則不觀是島可也 余旣至而悔.
27) 李齊賢, 「送謹齋安大夫赴尙州牧序」, 『益齋亂藁』, 권5. 東南州郡 慶爲大而尙次之 其道之號慶尙者以此也 然而奉使命者 必先取道于尙而後至慶 故風化之流行 由尙而南 靡嘗由慶而北也.

첫 머리이다. 목사는 왕명을 받들어 그 교화를 지방에 펴고자 파견
되는 관리의 하나이다. 경주가 경상도에서는 그 당시 가장 큰 고을
이긴 하지만, 왕성으로부터 내려가는 노정의 순서로 보아 그보다 작
은 고을인 상주를 먼저 거치므로 임금의 교화는 반드시 상주를 거쳐
경주에 이르게 된다는 것이다. 이 말은 물론 근재가 부임하는 상주
의 중요성을 일깨우기 위하여 한 말이겠지만, 여기서 당시 중앙의
정책이 시행되는 과정을 엿볼 수 있다. 반드시 사람의 손을 통하여
시책이 전달되던 것이 당시의 실정이므로, 노정에 따라 그것이 전달
될 수밖에 없었던 것이다.

　「관동별곡」은 주지하다시피 근재가 관동 지방의 존무사로 나가
서 지은 것이다. 노래의 전반적인 내용에 그러한 사정이 반영되었는
가의 여부를 떠나서, 존무사의 입장에서 지은 것임에는 틀림이 없
다. 제1연의 '순찰경'이라든가 '왕화중흥경' 등은 그러한 입장의 직
접적 반영이기도 하다. 앞에서 보았듯이, 제1연과 제9연에는 구체
적인 지명이 등장하지 않거나 다른 연에 비하여 약화되어 나타난다.
그것은 어떤 특정 지역을 두고 노래를 하면서도 노래 전반에 걸친
무엇을 말하고자 하였기 때문에 생긴 현상이 아닌가 한다. 흔히 말
하듯이, 노래 전체의 서사와 결사 구실을 제1연과 제9연이 하고 있
는 것이다.

　제1연에서 말한 전반적인 내용은 '변방의 인심과 물정에 의리를
사모하는 풍속을 일으키는 것[朔方民物 慕義起風]'이고, 그것이 곧 '임
금의 교화를 중흥하는 것[王化中興]'이기도 하다. 풍속이 순후한 가
운데 평화스럽게 살아가는 모습을 발견한 것이 제9연의 정선에서이
다. '주진가세 무릉풍물'과 '전자전손경'이 그것을 말한다. 결국, 「관

동별곡」에 나타난 노정의 순서는 그 당시 왕성으로부터 관동 지방
에 이르는 노정의 순서와 일치하며, 그것은 곧 왕화를 펴나가는 순
서이기도 한 것이다. 따라서 「관동별곡」에 나타난 연의 전개 방식은
변방의 풍속을 순화하고 교화를 펴나가는 과정과 긴밀하게 결부되
어 있다고 할 수 있다.

2) 「죽계별곡」과 시간적 전개

「죽계별곡」은 「관동별곡」보다 훨씬 뒤인 1348년(근재의 졸년이기
도 하다.)에 지었다는 것이 거의 확실시 되고 있다.[28] 작자가 만년에
고향인 순흥에 내려가 지은 것이다. 흔히 이 작품에 등장하는 죽령
·소백산·숙수루·초암동·욱금계 등을 염두에 두고 죽계의 명승을
노래한 것으로 말하여 왔다. 그러나 그러한 성격은 「죽계별곡」의 제
1연과 제2연에만 나타나는 것으로, 그것이 작품 전반에서 주도적인
의미를 갖는 것은 아니다. 따라서 이 작품에서는 「관동별곡」의 경우
만큼 명승지의 이름 자체가 중요하다고 할 수는 없다. 공간에 대한
관심보다는 시간에 대한 관심이 상대적으로 줄기차게 나타남을 볼
수 있다. 「죽계별곡」에서 주를 이루는 시간에 대한 관심과 부수적으
로 나타나는 공간에 대한 관심이 연이 전개됨에 따라 어떻게 나타나
는가를 살필 필요가 있다.

제1연에는 '죽령남 영가북 소백산전'·'순정성' 등 공간을 나타내
는 말들이 우세하게 나타난다. 시간을 뜻하는 말은 '천재흥망'이라

---

28) 김창규, 「竹溪別曲評釋攷」, 『국어교육연구』 12, (대구: 경북사대 국어교육연구회,
    1980), 28~30쪽.

는 대목에만 보인다. '죽령남 영가북 소백산전'은 순정성의 구체적인 위치를 설명하는 말인데, 그 추상화된 양상이 '산수청고'로 나났다. 순정성, 곧 순흥의 산수가 빼어나므로 천 년의 흥망 속에서도 한결같은 풍류[一樣風流]를 지닐 수 있었다는 말이다. '천 년의 흥망'은 분명 변화의 시간인데, 순흥은 그러한 변화가 미칠 수 없는 곳이라는 생각이 드러나 있다. 시간이라는 측면에서 본다면, 그 가변성을 부정하고 불변의 시간을 말한 것이다.

제2연에도 또한 숙수루·복전대·승림정·초암동·욱금계·취원루 등 공간을 나타내는 말들이 우세하게 나타난다. 이에 반하여 시간을 뜻하는 말은 보이지 않는 듯하다. 그러나 '홍백화개'는 봄이라는 시간을 암시하여 준다. 꽃이 피는 봄이라는 시간과 숙수사 등의 빼어난 공간이 어울림으로써 '반취반성'의 유흥이 이루어지는 것이다. 제3연에는 지필봉·연묵지·향교 등의 공간을 나타내는 말과 봄·여름·3월 등 시간을 나타내는 말들이 보인다. 지필봉과 연묵지는 향교가 향교다움을 나타내는 공간들이다. 이들은 '벽산송록'의 구체적인 모습이기도 하다. 이렇듯 훌륭한 공간과 봄·여름이라는 시간이 만남으로써 읊조리고 거문고 타는 풍취와 신임자를 맞는 장한 모습이 이루어지는 것이다.

제4연에는 꽃이 만발하고 꾀꼬리가 우는 여름의 정경이 펼쳐져 있다. 아름다운 그 정경 속에서 초산효·소운영 등의 기녀들과 노닐던 과거와, 그 시절을 그리워하는 현재가 교차하여 나타나고 있다. '천리상사'는 이별의 안타까움을 공간을 나타내는 '천리'라는 말로 표현하였으나, 기실 이별이 안타까운 것은 기녀들과 노닐던 일이 과거의 사실로 그쳤기 때문이다. 다시 말해서 과거와 현재가 분명히 나뉘면서 이별과 상사라는 갈등이 빚어지게 된 것이다.

제5연에는 사계의 시간이 순차적으로 모두 나타나 있다. 첫째 줄의 '홍행분분'과 '방초처처'는 봄의 정경이다. 둘째 줄의 '녹수음음'과 '금상훈풍'은 여름의 형상이다. 셋째 줄의 '황국단풍'과 '홍비후량'은 가을을 말해준다. 넷째 줄의 '설월교광경'은 겨울철의 아름다운 경관이다. 사계절의 좋은 경치를 말한 뒤, '사철 노닐자[四節游伊沙伊多]'고 하였다. 계절 혹은 시간에 구애됨이 없이 놀자고 하면서, 그럴 만한 까닭으로 중흥의 태평성대임을 말하였다.

위에서 논의한 바를 정리하여 보면, 「죽계별곡」은 '불변의 시간(천재흥망 일양풍류) → 봄 → 봄·여름 → 여름(과거/현재) → 사계절'이라는 시간의 질서를 보이면서 연이 전개되고 있다. 봄과 여름이라는 시간은 개별적으로 거론된 데 반하여 가을과 겨울은 그렇지 않고 사계절에 대하여 언급하면서 잠시 거론하였을 뿐이다. 그러면서 이 작품의 서사격인 제1연에서는 불변의 시간을, 결사격인 제5연에서는 사계절을 두루 말하였다. 이렇게 나타나는 것을 과연 질서라고 할 수 있을까? 또 질서라고 한다면 어떠한 질서이며, 그것의 의미는 무엇일까 하는 점이 남은 문제이다.

사계절을 놓고 볼 때, 일반적으로 봄과 여름이 생물의 성장기에 대응된다면, 가을과 겨울은 그 쇠퇴기에 대응된다. 이 작품에서 봄과 여름만이 개별적으로 거론된 것은, 제1연에서 말한 '순흥의 한결 같은 풍류와 드높은 기풍'에 밀접한 관련이 있는 것으로 보인다. 순흥이라는 공간이 가지고 있는 그러한 성격은 성장하고 지속적으로 뻗어나가야 할 것이지 쇠퇴해서는 안될 것으로 여겼을 것이기 때문이다. '천재흥망 일양풍류'라는 말이 성장된 상태를 수긍할지언정,

성장에서 쇠퇴로의 시간적 변화를 부정하였다는 데에서도 그러한 사실이 입증된다.

　제4연에서, 과거에서 현재로의 시간적 변화가 잠시 긍정되어 이별과 상사라는 갈등의 모습을 드러내기는 하였으나, 제5연에 이르러 그 사실은 전면 부정되고 있음을 볼 수 있다. '사절 노니사이다(四節游伊沙伊多)'는 제1연에서와 마찬가지로 시간의 변화나 구분을 부정하는 말이다. 앞에서 봄이니 여름이니 나누어 말하였지만, 그러한 구분이 없이 사철 노니는 풍류를 갖자는 것이다. 계절의 변화를 구분할 이유가 없다는 근거로 사철 모두 노닐기 좋은 경관이 있음을 제5연 전반부에서 들었다. 이렇게 보면, 「죽계별곡」에 나타난 연의 전개방식은 시간에 주축을 두면서, 그 변화를 부정하여 변함없는 풍류의 지속을 희구하였다고 할 수 있다. 이를 죽계 주변 명승지의 구체적인 경치와 '양작중흥경'과 같은 추상화된 경관이 뒷받침하고 있는 것이다.

4. 가창문학으로서의 「관동별곡」·「죽계별곡」

　우리나라에는 일찍부터 가창문학과 음영문학이 공존하여 왔다.[29] 이처럼 두 종류의 문학 형태가 공존하여 온 까닭을 밝히는 데에는 「모시대서」의 다음 대목이 참고가 된다. 곧 "시라는 것은 뜻이 가는 바이다. 마음에 있으면 뜻이 되고, 말로 나타내면 시가 된다. 정이 마음 가운데에서 움직여 말로 나타나는데, 말로 부족하여 차탄

29) 이우성, 「고려말·이조초의 어부가」, 『논문집』 9(서울: 성균관대, 1964) 참조.

하고, 차탄으로 부족하여 읊조리고 노래하며, 읊조리고 노래하는 것
으로 부족하여 자신도 모르는 사이에 손발로 춤을 추게 된다.")30)고
하였다. 사람의 정이 나타나는 정도에 단계를 두어 설명한 것이다.
여기서는 읊조리는 것과 노래하는 것을 같은 단계로 파악하였다. 음
영과 가창의 관계에 대하여는 「도산십이곡발」의 다음 대목에 한층
분명히 나타나 있다.

　　도산노인이 「도산십이곡」을 지은 까닭은 무엇인가? …… 무릇
　성정에 느껴진 바는 대번 시로 나타나게 된다. 그러나 오늘의 시는
　옛날의 시와는 달라서, 읊조릴 수는 있지만 노래 부를 수는 없다.
　노래 부르려면 반드시 우리말로 엮어야 한다. 대개 우리말의 음절
　이 그렇지 않을 수 없는 것이다. 아이들로 하여금 스스로 노래 부르
　고 스스로 춤추게 한다면, 거의 더러움을 씻고 감발융통케 되나니,
　노래 부르는 이와 듣는 이가 서로 유익하지 않을 수 없다.31)

　여기에는 두 가지 중요한 사실이 지적되었다. 첫째는 노래로 부
르기 위해서는 우리말로 된 것이라야 한다는 것이다. 둘째로는 노래
를 부름으로써 감발융통하게 된다는 것이다. 이러한 것들은 가창문

---

30) 毛亨, 「毛詩大序」, 『詩傳』. 詩者 志之所之也 在心爲志 發言爲詩 情動於中 而形於言
　言之不足嗟嘆之 嗟嘆之不足故詠歌之 詠歌之不足 不知手之舞之足之蹈之. 조선 후기
　에 편찬된 많은 가집의 서발에 이와 같은 내용을 전제로 가론을 편 사실도 참고가
　된다.
31) 李滉, 「陶山十二曲跋」, 『退溪集』권43. 老人之作 此何爲也哉 …… 凡有感於情性者
　每發於詩 然今之詩異於古之詩 可詠而不可歌也 如欲歌之 必綴以俚俗之語 蓋國俗音
　節 所得不然也 …… 亦令兒輩 自歌而自舞蹈之 庶幾可以蕩滌鄙吝 感發融通 而歌者
　與聽者 不能無交有益焉.

학을 설명하는 것이면서 동시에 음영문학과의 근본적인 차이점을
지적한 것이라고 할 수 있다. 한시가 가창 문학에서 음영 문학으로
바뀌게 된 것은 고려 후기에서 조선 초기 사이라고 한다.[32) 고려
후기에도 권문세족들은 주로 사나 칠언율 등 한시계의 작품들을 가
창하였으나, 사대부층은 음영 문학으로 굳어져 가는 한시를 대신하
여 우리말로 된 경기체가를 통하여 한시로서는 미처 나타낼 수 없는
정감을 표출하였다고 하겠다.

경기체가가 가창된 사실은 이곡이 남긴 글에 근거가 있다.[33) 경
기체가는 가창되었을 뿐만 아니라, 대체로 사대부들의 잔치에서 쓰
였다.[34) 「관동별곡」 제8연에 '취옥적 농요금 청가완무'라는 대목이
있다. 죽서루·취운루·월송정 등에서 기악에 맞추어 노래와 춤을 추
며 좋은 손님을 맞고 보낸다는 내용 가운데 나오는 대목이다. 여기
에 보이는 청가(淸歌)는 근재의 「하익재상국시」 가운데에도 보인다.
'백설청가화보슬'이 그것이다. 이것 역시 잔치 자리에서 기악에 맞
추어 부른 노래를 가리킨다. 그런데 주세붕이 황준량의 편지에 답하
는 가운데 다음과 같은 대목이 있어 주목된다.

지금의 노래라는 것은 음란한 풍속에서 나온 것이 많으니, 「쌍화
점」·청가의 종류들은 모두 사람을 꾀어 악하게 되도록 합니다. 이
것들이 어떠한 말들입니까? 풍속을 미미하게 하고 날로 저급한 데

32) 이우성, 앞의 글, 10~21쪽 참조.
33) 이곡, 「영랑호차안근재시운발」, 앞의 책, 권19. 謹齋先生存撫之日 遊此湖 作一絶云
······ 又作關東別曲 今聞其歌 誦其詩 悽然有感故云.
34) 김창규, 「別曲體歌의 普遍的 性格 考察」, 『韓國詩歌研究』(대구: 형설출판사, 1981)
참조.

로 나아가게 하니, 그 음란하여 도리를 무너뜨림은 차마 듣지 못할
것이 있기까지 합니다.[35)

황준량은 주세붕이 편찬한『죽계지』를 보고 그 문제점을 지적하
는 가운데, 주세붕이 근재의「죽계별곡」을 한 때 선학(善謔)의 나머지
에서 나온 것으로 후세에 읊조릴 만한 것이 못된다고 평을 하고서도
실어 놓은 것과, 주세붕 자신이 지은「엄연가」등의 작품을 실어 놓
은 것이 잘못이라고 하였다. 그러므로「죽계별곡」은 삭제하고,「엄
연가」등도 일단 싣지 말았다가 다른 사람의 취함을 기다리는 것이
좋겠다는 의견을 덧붙였다.[36) 이에 대하여 답하면서 주세붕은, 자신
이 지은「엄연가」등이 창작한 것이 아니라 옛 성현의 격언을 번안한
것으로, 근재의「죽계별곡」을 수정하기 위한 것이라고 하며 위의 말
을 하였다.[37)
근재의「죽계별곡」이 되풀이하여 노래할 만하지 못하다는 데 대
해서는 주세붕도 황준량과 의견이 다를 바 없다. 주세붕이「죽계별
곡」을 굳이『죽계지』에 실은 것은 소수서원에 추향한 인물의 작품
으로 죽계와 관련이 있는 것이기 때문이기도 하였겠지만, 그 내용을
소개하고 그것을 지양하여 자신이 지은 작품과 대조하여 보이려고

---

35) 周世鵬,「答黃俊良書」, 權鼈 編,『海東雜錄』, 권6. 今之爲歌者 多出於桑濮 如雙花店
   淸歌之屬 皆誘人爲惡 此何等語也 使風俗靡靡日氣於下 其淫褻敗理 至有不忍聞者.
36) 黃俊良,「與周景游書」, 같은 책, 같은 곳. 頃者 又見竹溪志等編 行錄則諸安之事 諸篇
   則朱子之書 亦皆可觀可法者也 …… 如竹溪之編 似未盡出於至當之歸 此下學之所不
   能無疑者也 …… 且文貞珠履高陽之曲 必出於一時善謔之餘 而非可誦於後世者也 先
   生旣爲之評 …… 妄意 刪去竹溪之曲 而并與別錄及儼然等歌 姑舍之而俟人之見取爾.
37) 주세붕, 앞의 글. 且僕之諸歌 非僕所自作 皆飜得古聖賢格言 所以檃括文貞之所謂別
   曲者.

하는 의도도 있었던 듯하다. 바로 위의 인용문과 같이 말한 데에서 그것을 짐작할 수 있다. 「죽계별곡」이 지닌 내용상의 문제점에서 발단이 되어 그 당시 노래의 대체적인 경향이 음란하여 심한 경우는 차마 듣지 못할 것이 있기까지 하다고 하였다. 그 대표적인 예로 든 것이 「쌍화점」과 '청가' 등속이라는 것이다.

여기에도 '청가'라는 것이 거론되었다. 「쌍화점」은 잘 알려진 대로 이른바 고려 속요의 하나이다. 그러나 '청가'가 무엇인가는 현재로서는 밝히기 어려운 형편이다. 「쌍화점」과 '청가'가 「죽계별곡」과 동일한 선상에서 논의된 것이라는 점을 볼 때, '청가'가 경기체가와 어떤 관련이 있는 것이 아닌가 의심된다. '청가'가 곧 경기체가를 가리킨 말이라고 할 근거는 없으나, 그것이 잔치 자리에서 불려진 것이라는 근거가 분명하고 내용이 「쌍화점」과 동류임을 감안한다면, 경기체가와 밀접한 관련이 있을 듯하다.

속악 가사인 「쌍화점」은 고려 후기에 왕실과 권문세족들이 향유한 것이라고 한다.[38] 「쌍화점」과 함께 일컬은 '청가'는 위 인용문의 문맥으로 보아 「쌍화점」과 동일한 성격의 노래이거나 동일 계통이면서 변별되는 점이 있는 노래일 것이다. 그런데 오늘날 전하는 문헌에 '청가'라고 불리거나 불릴 만한 고려 노래는 없다. 이에 추측하건대, 「쌍화점」이 왕실이나 권문세족이 향유한 노래를 지칭하는 예로 거론되었다면, '청가'는 고려 후기에 사대부층이 향유한 노래를 지칭 또는 통칭하는 예로 거론된 것이 아닌가 한다. 이렇게 본다면, '청가'로 경기체가를 지칭하였을 가능성도 배제할 수는 없는 것이다.

---

38) 崔東元, 「高麗俗謠의 享有階層과 그 性格」, 김열규 외편, 『고려시대의 가요문학』, (서울: 새문사, 1982), 제2편 101~105쪽 참조.

고려 사대부층이 잔치 자리에서 부른 가창 문학으로서의 경기체
가가 하나의 양식으로 굳어진 데에는 그 형식적 장치가 중요한 구실
을 하였을 것이다. 전체가 여섯 줄로 이루어져 있으면서, 넷째 줄과
여섯째 줄에는 '爲 ○○景 幾何如'로 나타나는 것이 그것이다. 이같
이 고정된 형식은 상당한 제약을 주는 것이라 할 수 있다. 경기체가
가 엄격한 정형시가라는 견해는 여기에 근거한 것이다. 그러나 이
때의 '정형'이라는 말은 근대적인 자유시에 대립되는 개념은 아닌
것이다. '爲 ○○景 幾何如'라는 형식적 장치를 고려 후기에서 조선
조에 이르는 사대부들의 뇌리에 박혀 있었던 일종의 공식구39)라고
본다면, 그것은 표면상 제약 조건이면서 실제로는 즉흥적 창작을 용
이하게 하는 구실을 하였다고 할 수 있다. 이 점은 시조의 경우를
미루어 보면 한결 분명해질 것이다.

시조는 주로 조선조 사대부들이 가창 문학으로 향유한 것이다.
시조도 많은 연구자들이 밝혔듯이, 상당히 엄격한 정형 시가이다.
그러나 그것이 제약 조건으로만 작용하였다면, 한시로 미처 나타내
지 못한 정서를 펴기에 거추장스러웠을 것이고, 오래도록 향유하는
문학 양식이 될 수 없었을 것이다. 시조에도 여러 가지 관용적인 공
식구들이 나타남을 밝힌 성과가 이미 있다.40) 시조에 비하여 경기

---

39) 공식구는 formula의 번역어이다. 공식구 이론은 M.Parry가 Homeros의 서사시를
다루는 가운데 도출한 것으로, 그 뒤를 계승한 A.B. Lord가 유고슬라비아 서사시를
통하여 정립한 것이다. Parry는 공식구를 '동일한 운율적 조건 아래서 규칙적으로
사용되어 주어진 主題素(theme)를 나타내는 낱말의 집단'이라고 정의하였다. A.B.
Lord, *The Singer of Tales*(N.Y.: Atheneum, 1968) 참조.
40) 崔載南, 「口碑的 側面에서 본 時調의 詩的 構成方式」, 『國文學研究』 64(서울: 서울
대 국문학연구회, 1983)

체가의 공식구는 극히 단순한 것이라 할 수 있다. 단순하므로 다양
성은 없으나, 즉흥적 창작에는 그만큼 용이하였을 것이다. 시조가
즉흥적 서경이나 찬탄에 머물고 있지 않음에 대하여, 경기체가는 경
물화하여 찬탄하는 것으로 그치는 데에서도 그러한 점이 드러난다.

　퇴계는 우리말로 된 가창 문학의 기능 가운데 하나로 '감발융통'
을 들었다. 음영 문학인 한시로 미처 다 나타낼 수 없는 정감을 가창
문학으로 풀어낼 수 있다는 것이다. 퇴계가 말한 가창 문학은 구체
적으로 시조 형태인 「도산십이곡」이지만, 가창 문학이라는 점에서
는 경기체가에도 적용될 수 있는 말이다. 다만 '감발융통'의 성격이
나 결과는 시조와 경기체가의 경우가 각각 다르게 나타난다고 할 수
있다. 그가 지적하였듯이, 「도산십이곡」류의 시조에서는 '온유돈후'
로 나타나지만, 「한림별곡」류의 경기체가에서는 '긍호방탕' 혹은
'설만희압'으로 나타나는 것이다.[41]

　퇴계는 고려 시대의 경기체가 작품을 한림별곡지류로 통틀어 '긍
호방탕·설만희압'이라고 평하였다. 황준량의 말에 따르면, 주세붕
은 「죽계별곡」을 가리켜 '반드시 한 때 선학한 나머지에 지은 것'이
라고 평하였다고 한다. 주세붕은 완곡한 표현을 써서 평하였으나 마
침내 퇴계의 평가와 크게 다른 것은 아니다. '감발융통'의 결과나 성
격에 대한 견해가 '긍호방탕·설만희압/온유돈후'로 달리 나타나는
것은, 고려의 사대부와 조선의 양반이 서로 다른 생활 감정을 지녔

---

41) 이황, 앞의 글. 吾東方歌曲 大抵多淫哇不足言 如翰林別曲之類 出於文人之口 而矜豪
　　放蕩 兼以褻慢戱狎 尤非君子所宜尙 惟近世有李鼈六歌者 世所盛傳 猶爲彼善於此 亦
　　惜乎 其有玩世不恭之意 而少溫柔敦厚之實也 …… 故嘗略倣李歌 而作爲陶山六曲者
　　二焉.

었기 때문이다.[42] 긍호방탕·설만희압·선학 등의 평가는 감발융통의 결과로 나타나는 향락적 홍(興)을 지적한 것인 바, 고려 사대부들에게는 이 같은 향락적 홍이 '천고의 풍류'(「관동별곡」제7연)로 당연시되었던 것으로 보인다.

경기체가가 지닌 이러한 성격을 김홍규는 '구체적 현실을 존중하면서 동시에 그것을 이상적 조화의 차원으로 관념화 하였던 사대부층의 세계관과 미의식의 소산'이라고 하였다. 박일용은 '현실적 삶에 대한 만족과 그 만족에 따르는 감정적 고양감을 표현하고 즐기기 위해서 사대부들이 지어 부른 것이며, 이러한 정서적 고양감은 사대부가 시대의 주체로서 그 이념과 현실의 괴리감을 느끼지 않는 진취적 위치를 점유하는 시대에 가능하다'고 하였다.[43] 이러한 평가는 경기체가로 그 대상을 한정할 때 타당한 것이지만, 고려 후기 사대부 문학의 성격이라는 좀더 넓은 범위에서는 그대로 통용될 수 없다.

필자는 근재의 『관동와주』에 실린 한시를 다루면서, 그 성격은 사대부들이 지향하는 이념을 바탕에 깔고 있으면서 긴장을 풀기 위한 문학으로서가 아니라 긴장하자는 문학으로 지은 것이라고 하였다.[44] 이때, 사대부들이 지향하는 이념이라고 한 것은 당대의 현실을 올바로 통찰하여 부정적인 요소에 대처하고 개혁해나가야 한다는 것이다. 그러나 경기체가의 경우에는 부정적 현실의 모습이나 현실과의 괴리가 전혀 나타나지 않는다. 앞에서 살펴보았듯이, 「관동

---

42) 崔珍源, 『國文學과 自然』(서울: 성균관대 출판부, 1977), 50~53쪽 참조. 이 글에서 주세붕이 말한 바 '선학'은 이황의 '긍호방탕'이라는 평과 같은 것임을 논증하였다.

43) 김홍규, 앞의 글, 150쪽., 박일용, 앞의 글, 52쪽.

44) 이 책의 제2부 「양심적 사대부, 시대적 고민을 시로 읊다」 참조.

별곡」의 경우에 찬탄해야 할 대상만이 나타나거나, 그 대상에 대한 찬탄으로 일관하고 있다. 단적으로 말해서 근재의 경우, 그의 한시에 나타나는 현실의 모습이나 성격과 경기체가에 나타나는 그것들이 서로 어긋나고 있는 것이다.

이러한 현상을 설명하자면, 경기체가가 고려 사대부들에게 있어서 어떠한 구실을 하였던 문학인가를 먼저 말하여야 한다. 고려의 사대부들이 잔치 자리에서 즉흥적으로 정감을 드러내 지은 경기체가는 한시와 달리 긴장을 푸는 문학이었다고 할 수 있다. 오래도록 음미하고 절제하는 과정을 거쳐 짓는 것이 음영 문학인 한시라면, 경기체가는 사물을 대하여 일어나는 감흥을 즉흥적으로 발산하는 가창 문학인 것이다. 그런 까닭에 피지배층이 처한 부정적인 현실을 따지고 파헤치기보다는, 지배층으로 지위를 굳혀 가는 자신들의 처지와 좋은 경치, 훌륭한 물건, 아름다운 인물 등 긍정적인 현실의 모습을 함께 들어 자랑하고 찬탄하는 것으로 노랫말을 삼았던 것이라 하겠다.

고려 후기는 역사적인 격동기이다. 안정되지 못한 시대에 지방의 향리 가문 출신으로 중앙 정계에 나선 신흥사대부들로서는 심화된 계급 사이의 갈등을 해소하여 나가면서 동시에 자신들이 굳건히 설 지반을 닦는 이중의 부담이 주어졌었다. 한편으로 현실의 부정적인 요소를 드러내어 비판하고 개혁해 나가야 했으면서, 다른 한편으로는 자신들의 위치나 풍류가 다른 지배층에 못지않다는 것을 과시하면서 현실에서 직면하는 긴장과 갈등을 풀어나가는 일도 긴요하였을 것이다. 이것이 고려 사대부들이 지녔던 시대적 양면성이면서 동시에 그들의 문학에 나타난 양면성이기도 한 것이다. 이러한 양면성을 구체적으로 보여주는 이가 전형적인 신흥사대부인 근재이며, 그가 남긴 『관동와주』 소재 시와 「관동별곡」・「죽계별곡」 등의 경기체가가 그 양면을 두루 보여주는 구체적인 증거이다.

5. 마무리

　지금까지의 논의를 요약하는 것으로 마무리를 삼고자 한다. 근재가 지은 경기체가의 작품 구조는 지금까지의 큰 수확이라고 할 수 있는 '개별화'와 '포괄화'의 원리로 설명하기에는 적절하지 못하다. 경기체가는 '○○景'으로 사물이 집약되어 경물화하는 것과 '爲~幾何如'로 즉흥적 찬탄을 하는 것이 중요한 구실을 한다. 「관동별곡」의 연 단위에 공통적으로 나타나는 구조는 첫째 줄부터 넷째 줄까지의 경물화와 다섯째 줄부터 여섯째 줄까지의 경물화라는 반복적 구조이다. 이렇듯 경물화 된 것을 대상으로 '爲~幾何如'의 즉흥적 찬탄이 일어난다. '○○景'이 찬탄의 대상이 되기 위해서는 그 내용이 아름다움・위엄 있음・위대함・장엄함・흥겨움・당당함 등 긍정적인 가치를 나타내야 한다. 그 내용이 구체적으로 드러나는 곳은 '○○景' 앞부분의 노랫말에서이다. 이 부분에 제시된 내용이 '○○景'에 이르러 일단 객관적인 경물로 그려지면서 주관적 찬탄이 유발된다. 이에 따라 '○○景'이 있는 대목의 전체적인 대립 관계는 경물화로 인하여 객관화 된 것과 즉흥적 찬탄에 의하여 주관화 된 것 사이에 나타난다. 그런데 「관동별곡」과 「죽계별곡」에는 '○○景'으로 객관적인 경물화가 이루어지지 않은 곳이 상당수 있다. 이런 곳에는 작자의 주관적 감흥이 그대로 개입하면서 감탄이 일어난다. 따라서 이러한 대목에서는 경물화로 인한 객관화와 찬탄으로 인한 주관화가 대립 관계로 나타날 수가 없다. 그 대신 대개 작자 자신과 그 대상 세계가 대립되어 나타난다. 그러나 '爲 ○○景 幾何如'가 나타나지 않은 대목은 경기체가로서는 분명 이질적이다.

경기체가를 연 단위의 공통 구조만으로 논의하는 데 그쳐서는 미흡한 결론을 얻을 수밖에 없다. 연이 전개되어 나가는 양상이 예사롭지 않기 때문이다. 「관동별곡」은 여러 명승지의 지명을 바꾸어 나가면서 공간적으로 전개하는 방식을 취하고 있다. 그 전개 순서는 14세기 당시 고려 왕성으로부터 관동 지방에 이르는 노정의 순서와 일치한다. 그것의 의미는 서사격인 제1연에 나타난 바, 변방의 풍속을 순화하고 왕화를 펴나가는 과정에 긴밀하게 결부되어 있다는 데 있다. 「죽계별곡」에는 불변의 시간(천재흥망 일양풍류) → 봄 → 봄·여름 → 여름(과거/현재) → 사계절이라는 시간적 질서를 보이면서 연이 전개되고 있다. 여기에는 '천재흥망 일양풍류'(제1연)나 '사철노니사이다'(제5연)와 같은 불변의 시간과 봄·여름 등 가을·겨울과는 상대적으로 지속적 성장을 나타내는 시간만이 나타난다. 중간(제2~4연)에서 봄이나 여름이니 나누어 말하였지만, 서사나 결사격인 제1연과 제5연에서 시간에 따른 변화나 계절의 구분을 부정함으로써 항상 노니는 풍류를 갖자는 뜻을 말하였다. 계절의 변화를 구분할 이유가 없다는 근거로 사철 모두 노닐기 좋은 경관이 있음을 들었다. 결국 이 작품에 나타난 연의 전개방식과 그 의미는 시간에 주축을 두면서, 그 변화를 부정하여 변함없는 풍류의 지속을 희구한 것이다. 이 작품에 나타나는 여러 아름다운 경관과 '양작중흥경'(제1연)과 같은 추상화된 경관은 시간적 전개를 뒷받침하는 구실을 하고 있다.

　고려 후기라는 역사적 격동기에 지방의 향리 가문 출신으로 중앙 정계에 나선 신흥사대부들로서는 심화된 계급간의 갈등을 해소해 나가면서 아울러 자신들의 지반을 튼튼히 해야 하는 이중의 부담이 주어졌었다. 현실의 부정적인 요소들을 드러내어 비판하고 개혁해 나가는 한편, 자신들의 위치나 풍류가 다른 지배층에 못지않다는 것을 과시할 필요도 있었다. 이것이 그들이 지녔던 시대적 양면성이다.

　「관동별곡」·「죽계별곡」은 흥겹게 떠벌려 긴장을 푸는 문학이다. 우리말로 된 것으로 노래 부를 수 있는 것이라야 감발융통할 수 있다는 이황의 지적이 이에 뒷받침이 된다. 잔치 자리에서 사물을 대하여 일어나는 감흥을 즉흥적으로 발산하는 가창문학이 바로 경기체가인 것이다. 이런 측면에서 볼 때, 경기체가의 정형성은 창작하는 데 구속 요건으로 작용하였다기보다는 오히려 일종의 공식구(formula)의 구실을 함으로써 즉흥적 창작을 용이하게 하는 구실을 하였을 듯하다. 이러한 조건은 경기체가가 현실의 모순을 파헤치기보다는 지배층으로 지위를 굳혀 가는 사대부의 처지와 좋은 경관, 훌륭한 물건, 아름다운 인물 등 긍정적인 현실의 모습을 함께 들어 자랑하고 찬탄하는 데 적합하였을 것이다. 여기에 고려 사대부 문학의 양면성이 자리하는 것으로 보았다.

근재의 사대부문학론

1. 머리글

　　고려 후기 전형적인 신흥사대부의 한 사람인 근재(謹齋) 안축(安軸, 1282~1348)의 문학론이 어떠한 것인가는 그의 문학세계를 이해하는 데 있어서나 우리 문학사에서 그의 위치를 밝히는 데 있어서나 결코 소홀히 할 수 없는 문제다. 그러나 이 문제를 깊이 있게 논의할 만한 자료가 충분하지 못한 것이 오늘날의 형편이다.

　　이 글에서는 이제현이 쓴 「관동와주서」를 논의의 근거로 삼아 근재의 문학사상을 가능한 대로 추적해 보고자 한다. 그 순서로 먼저 근재의 출신배경과 신흥사대부적 성격을 일별한 뒤, 이제현의 평과 『관동와주』의 실제 작품을 관련지어 근재가 지녔던 문학사상의 일면을 밝힐 것이다.

2. 근재의 출신배경과 신흥사대부적 성격

　　어떤 인물의 문학사상을 이해하는 데 있어서 그의 출신이나 시대적 배경에 관한 검토는 필수불가결의 디딤돌이 될 수 있다. 13~4세기경의 고려 후기 사회에서 근재가 어떠한 가문에서 발신하여 시대적으로 여하한 위상에 자리하는가를 살피는 일은 그런 까닭에 긴요하다.

근재의 가문은 경상도 순흥에서 비롯하여 대대로 그곳을 근거지로 했다. 순흥안씨는 고려 신종 때의 인물인 안자미(安子美)로부터 비롯되는 바, 그는 근재의 5대조가 된다. 그가 흥위위보승별장을 지냈다는 것으로 보아 순흥의 호장(戶長)이었음을 알 수 있다. 그 자손들이 순흥의 호장직을 세습해 가다가 근재의 부친인 석(碩)에 이르러 처음으로 중앙의 과거에 급제하게 된다. 그러나 그는 벼슬에 나아가지 않았고, 근재에 이르러 중앙정계로 진출했다. 요컨대, 순흥안씨는 지방의 향리로 있다가 고려 후기에 이르러 중앙정계로 진출한 전형적인 신흥사대부 가문임을 알 수 있다.[1]

근재의 가계와 출신배경을 통해, 그가 고려 후기의 전형적인 신흥사대부 가문의 출신임을 보았다. 이제 그의 실제 행적을 추적하여 신흥사대부로서의 성격이 어떻게 나타나고 있는가를 알아볼 필요가 있다. 먼저 근재의 사람됨에 대해 그를 가까이 따랐던 이곡은, "공은 마음가짐이 공정하고, 집안 다스리기를 부지런하고 검소하게 했으며, 발언할 때에는 명확하게 하여 꾸며대는 말이 없었다. 관직에 있어서는 부지런히 일하고 게으른 기색이 없었으며, 선한 일을 보면 칭찬을 그치지 않았기 때문에 칭송이 자자했고, 악한 일을 보면 피하

---

1) 순흥안씨 세계를 상고하는 데 참고가 되는 문헌은 다음과 같다. 鄭麟趾 等編, 『高麗史』 권105. 安珦傳, 같은 책, 권109. 安軸傳., 이행 등편, 『신증동국여지승람』 권25., 주세붕, 『竹溪志』소재 세계도., 이곡, 『가정집』 권11. 「文貞安公墓誌銘」., 安鍾永 編, 『順興安氏族譜』 권1.(국립중앙도서관 소장본)., 李樹健, 『韓國中世社會史硏究』 (서울: 일조각, 1985).

여 가까이 하지 않았기 때문에 원망이 적었다. 스스로 거처하는 데를 이름하여 '근재'라고 했으니 그 뜻을 가히 알 만하다."[2]라고 했다.

묘지명이라는 글이 본디 과장이 많은 법이라고 할 것을 염려했던지, 이곡은 그 묘지명 끝에 "내가 지은 명이 아당함이 아니요, 공의 봉분 그대로네."[3]라고 했다. 이곡은 근재의 사람됨에 대해 총평을 했다고 할 수 있는데, 평가의 내용은 그대로 유가에서 말하는 수신제가치국평천하(修身齊家治國平天下)에 부합된다. 마음가짐이 공정하다든가 선악을 분별하여 권면하거나 경계 했다고 하는 것은 '수신'에 대한 언급이다. 집안을 부지런하고 검소하게 다스렸다는 것은 '제가'에 대한 말이다. 공무를 게을리 하지 않고 꾸밈없이 의견을 제시했다는 것은 '치국'의 태도에 관해 평한 것이다. 그리고 그 모든 출발점을 스스로 삼가는 것, 곧 자기수양에 두고 있었다는 것이 '근재'라는 호에 대한 이곡의 풀이인 셈이다.

충혜왕이 복위한 4년(1343) 봄에 근재는 감찰대부 우문관제학으로서 상주목사로 나가게 되었다. 이에 이제현이 그 송별의 뜻을 쓴 서문이 있다. 여기서 이제현은 먼저 시세(時勢)를 말했다. 세상 사람들이 임금에게 인정을 받거나 자신에 대한 남들의 기대가 무겁게 되면 백발의 부모가 계셔도 약한 아우나 어린 누이에게 봉양을 미루면서까지 짧은 영화를 위해 분주히 나다니면서도 조금도 이상하게 여기지 않는다는 것이다. 임금이나 남들로부터 추앙을 받으면서도 능

---

2) 이곡, 「문정안공묘지명」, 앞의 책, 같은 곳. 公處心公正 持家勤儉 發言便便無遁詞 居官矻矻無倦色 見善則稱之不已故多譽 見惡則避之不近故寡怨 自號所居曰謹齋 其志可見已.

3) 같은 글. 我銘不諛 維公之墳.

히 겸손하여 그칠 줄 아는 이는 고금에 찾아봐도 백에 하나에 지나지 않는다고 하면서, 근재가 바로 그러한 인물이라고 했다. 그 전해에 근재가 노모를 모시려고 낙향하던 도중 임금이 소환하여 감찰대부를 맡기자, 이를 사양하고 힘써 외직을 구한 사실을 그 근거로 들었다. 굳이 외직을 구한 것은 노모를 가까이에서 모시려는 생각 때문이라는 것이다. 이를 평하여 이제현은,

> 임금의 지우가 깊지 않은 것이 아니며, 남들이 기대하는 바가 중하지 않은 것이 아닌데, 힘써 (노모를) 보살피는 데 편하게 했다. 지금 그 형제는 중외에서 벼슬하고 있으니, 그 청렴하고 퇴양하는 아름다움과 효우의 독실함이 족히 당세를 격려하고 후세에 전할 만하다. 어찌 한 고을을 복되게 하고 한 도를 풍화하는 데 그칠 뿐이랴!4)

라고 했다. 이보다 앞서 다른 사람들이 근재가 상주목사로 부임하게 된 것을 기려, 그 덕화가 미쳐 상주뿐만 아니라 경상도 전체가 혹독한 다스림으로부터 벗어날 것이라고 한 데 대해, 이제현이 그 말을 보충하여 이렇게 말한 것이다. 일개 고을이나 도를 복되게 하고 교화하는 데 그치는 것이 아니라, 후세에까지 그 감화를 드리울 것이라는 것이다. 그 까닭을 이제현은, 올바른 다스림을 넘어 사람으로서의 바른 도리를 갖추었기 때문이라고 했다. 근재의 경우, 그 바른 도리는 염퇴(廉退)와 효우(孝友)라는 것이다.

여기서 말하는 '염퇴'는 임금이 알아주어 내린 중앙의 좋은 벼슬

---

4) 李齊賢, 「送謹齋安大夫赴尙州牧序」, 『益齋亂藁』 권5. 君之所以知者不爲不深 人之所以望者不爲不重 顧乃力求外寄 以便觀省 而令昆季 得以游宦中外 其廉退之懿孝友之篤 足以激當時而垂後世 豈止福一州化道哉.

을 근재가 마다고 한 것을 가리킨다. 좋은 벼슬, 곧 부귀를 근재는 스스로 버린 것이다. 이것은 이른바 '부귀는 사람마다 원하는 것이나 올바른 도리에 근거한 것이 아니면 취하지 않는다.'[5]는 유가의 태도를 보여준다. 노모를 멀리 두고 일신의 부귀만을 좇는 것은 올바른 도리에 근거한 것이 아니라는 생각이다. 앞에서 이제현은, 자신의 영달과 명예를 위해 늙은 부모를 팽개쳐 두고 분주히 나다니는 세태를 지적하고, 근재는 그런 사람이 아니기에 훌륭하다고 한 바 있다. 이는 '군자가 인(仁)을 떠나서 어찌 명예를 이루겠는가?'[6]하는 생각에 바탕을 둔 것이라 하겠다.

이제현이 말한 '효우'는, 근재가 노모를 극진히 모시고자 하는 것과, 그 아우 안보와 안집이 각각 원나라와 개경에서 벼슬을 살고 있으므로 자신이 노모를 봉양하려는 우애를 가리키는 것이다. 이것은 이른바 '군자는 근본에 힘쓰는 것이니, 근본이 서야 도가 생겨난다. 부모에게 효성스럽고 형제간에 우애하는 것이 인의 근본이 된다.'[7]는 유가의 태도에 부합한다. 이렇게 보면, 근재는 사람됨 자체가 유가적 가치관에 바탕을 두고 있었음을 알 수 있다. '수신제가치국평천하'의 이념 가운데 특히 그 근본에 힘쓴 인물이었다고 할 수 있다.

그 벼슬에 있으면서 일에 임하면 닥치는 곳마다 이룬 업적이 있었고, 충의의 대절에 이르러서는 무너진 풍속을 격려하고 쇠퇴한

---

5) 『論語』 권4. 里仁篇 제5장에 '富與貴 是人之所欲也 不以其道得之 不處也.'라고 했다.
6) 같은 책, 같은 곳에 '君子去仁 惡乎成名?'이라고 했다.
7) 같은 책, 권1. 學而篇 제2장에 '君子務本 本立而道生 孝弟也者 其爲仁之本與.'라고 했다.

세상을 진작하며, 나약한 자를 일으켜 세우고 완악한 자를 청렴하
게 한 적이 많아 지금까지 칭송을 받고 있다.[8]

위의 글은 이색이 양광도 안렴사로 떠나는 안종원(安宗源)을 전별
하며 지은 시의 서문으로 쓴 것의 앞 대목이다. 당자인 안종원에 대
해 말하기에 앞서 그 부친인 근재의 풍도에 대해 한 말이다. 벼슬을
할 때마다 업적이 있었다는 말이야 기리는 글에서 어렵지 않게 대할
수 있는 것이나, 그 뒤에 한 말이 좀더 구체적이어서 살펴볼 만하다.
나약한 자를 일으켜 세우고 완악한 자를 청렴하게 한다는 말은 맹자
가 백이(伯夷)를 가리켜 한 말이다.[9] 맹자는 백이가 백세의 스승이
될 만하다고 하면서 이 말을 했다. 이색은 근재가 후세에까지 모범
이 될 유가적 인물임을 이렇게 말한 것이라고 하겠다. 이밖에도 이
제현이 서연 강설을 면해 줄 것을 빌며 근재를 그 자리에 천거하는
글에서 그 사람 됨됨이를 '맑은 절개가 있고 겉치레가 없으며 단정
하여 지키는 바가 있다.'라고 평한 것이 있다.[10]

갑자년에 경사에서 회시가 있었는데, 정대에서 갑 7명 중에 세
번째로 급제하니, 칙명으로 개주판관을 제수했다. 그때 충숙왕이
황궁에 머물러 있게 된 지 4년째였다. 공(근재─필자)이 동지들에

---

8) 李穡, 「送楊廣道按廉使安侍御詩序」, 『牧隱文藁』권8. 其居官莅事 動有成績 至於忠
   義大節 激頹風翼衰也 立懦廉頑多矣 至于今稱誦之.
9) 『孟子』권14. 盡心章句 下 제15장에 '孟子曰 聖人百世之師也 伯夷柳下惠是也 故聞伯
   夷之風者 頑夫廉 懦夫有立志.'라고 했다.
10) 이제현, 「乞免書筵講說 擧贊成事安軸 密直副使李穀 自代箋」, 앞의 책, 권8. 淸介無
    華 端方有守 學問高於東方 才名動於上國.

게 일러 말하기를, "임금의 근심은 신하의 욕이며, 임금이 욕을 보면 신하는 죽어야 하는 것이다. 우리들이 배운 것이 이러하다." 하며, 이에 글을 올려 왕의 죄 없음을 호소하니, 왕이 매우 가상하게 여겨 벼슬을 성균악정으로 껑충 올려 주었다.[11]

위의 자료는 군신관계에 대한 근재의 생각이 잘 나타난 것이다. 인용문의 갑자년은 충숙왕 11년(1324)이다. 충숙왕은 그 8년(1321)에 원에 입조한 이후로 이때까지 환국하지 못하고 있었다. 이 무렵 상왕인 충선왕은, 고려 노비 출신으로 원 조정의 환관이 된 임백안독고사의 무고로 토번 땅에 유배되어 있었다. 유청신, 오잠 등의 부원배가 상왕과 충숙왕 사이를 이간하면서 한편으로는 심왕 고(暠)를 고려 국왕으로 추대하려는 책동을 벌이고 있었던 것이다. 드디어 충숙왕 10년(1323)에는 이들이 원 조정에 고려를 원의 직할성으로 해줄 것을 청했다. 이것이 이른바 정동행성(征東行省)설치 문제다.[12] 심왕 옹립의 움직임이나 정동행성 문제는 겉보기에 몇 사람의 왕실에 대한 사적인 원한에 의해 건의된 듯하나, 사실은 권문세족 가운데 원에 아첨하며 자국의 왕권을 가볍게 보는 무리들이 있었음을 반증하는 것이다. 이 문제는 왕권이나 왕실에만 국한된 것이 아니라, 고려의 존망과도 관련된 것이었다.

이러한 사태에 직면하여 근재는 왕실과 왕권을 수호하고자 결연히 나섰던 것이다. 왕실이 당면한 위태로움에 대해 근심, 치욕, 죽음의

---

11) 이곡, 「문정안공묘지명」, 앞의 책, 권11. 甲子會試京師 廷對第三甲七人 勅授盖州判官 時忠肅王被留輦轂四年矣 公謂同志曰 主憂臣辱 主辱臣死 吾曹之學如此 乃上書訟王無它 王甚嘉之 起拜成均樂正.
12) 金宗瑞 等編, 『高麗史節要』권24. 忠肅王 8~11년조 기사 참조.

세 단계를 말하면서, 신하된 자는 임금보다 한 단계 깊이 상황을 인식해야 한다고 주장했다. 이 주장은 곧 신하가 왕실 수호의 전초선임을 자각한 결과다. 이러한 자각이 학문에 의해 이끌려진 것임을 근재는 '우리들이 배운 것이 이러하다'는 말로 나타냈다. '배운 것'이 군신간의 윤리, 곧 유학의 교리임은 물론이다. 따라서 '우리들'이 가리키는 것은 유가적 윤리를 실천할 수 있는 사람들, 곧 사대부층이다.

왕권을 그 신하된 자가 존중한다는 것은 중세 왕조사회에 있어서는 관행화한 윤리라고 할 수 있다. 그러나 원 지배하의 고려 사회에서는 그러한 관행이 제대로 지켜지지 않았다. 이때, 고려국왕은 원 제국의 부마에 지나지 않았고, 원 제실을 등에 업고 부와 권력을 축적한 부원적 권문세족들은 걸핏하면 왕을 중상모략하고 심지어는 속국이 되도록 하려는 책동도 서슴지 않았다. 이에 과감히 맞섰던 것은 근재와 같은 사대부들뿐이었던 것이다. 이제현이 원나라 도당에 글을 올려 정동행성 설치에 대한 논의를 그치게 한 것이 그 대표적인 사례라 할 수 있다.[13]

> 내가 경사에 있을 적에 근재가 앓아누웠다는 소문을 듣고 돌아와서 문병을 했다. …… 또 묘지를 부탁하면서 말하기를, "내 평생에 아무 것도 자랑할 만한 것이 없지만, 내가 네 번이나 법관이 되어 무릇 백성들 가운데 강제로 억눌려 억울하게 노예가 된 자는 반드시 양민으로 되돌려 주었으니, 이것이 기록할 만한 일이네." 했다.[14]

---

13) 이제현이 쓴 「在大都 上中書都堂書」, 「上伯住丞相書」, 「同崔松坡 贈元郎中書」, 앞의 책, 권6 참조.

14) 이곡, 「문정안공묘지명」, 앞의 책, 권11. 余在京師 聞謹齋病 旣歸問疾 …… 且以墓誌 屬之曰 吾平生無可稱 吾四爲士師 凡民屈抑奴人者 必理而良之 此其可記者也.

위의 인용문은 이곡이 쓴 근재의 묘지명 서두에 있는 것이다. 앞에서 다룬 자료가 근재의 왕실에 대한 태도를 보여준다면, 이 자료는 그가 피지배층을 대하는 자세를 나타내고 있다. 평생에 자랑할 만한 일이 아무 것도 없다고 한 말이 겸양을 나타낸 것이라면, 겸양하는 가운데서도 자신의 공적으로 내세운 것은 그만큼 관심과 노력을 기울여 한 일이었을 것이다. 그러한 일이 곧 백성들의 억울함을 덜어준 것이라고 했다. 근재는 전법총랑을 시작으로 해서 판전교지전법사, 전법판서, 감찰대부 등 네 차례에 걸쳐 법관을 지냈다. 전법판서로 재직할 당시, 억울하게 노비가 된 양민을 구제해준 사례가 『고려사』申青傳에 전한다.[15] 권력을 빙자해 양민을 강제로 붙들어다가 노비를 만들고, 남의 노비를 탈취하는 등 무법천지가 된 가운데 민생의 권익을 보호하는 일은 쉽지 않았을 것이다.

근재의 이러한 자세가 그의 글을 통해 나타난 것이『관동와주』에 실려 있는 많은 시와「임영공관묵죽병기」다. 특히 후자의 기문은 근재의 사물에 대한 생각을 구체적으로 보여주는 자료다.[16] 그가 공관에 대나무를 그린 병풍을 설치한 근본적인 이유는, 관리들이 대의 맑음을 보고서 염치를 품어 인민의 재물을 해치지 않도록 하고, 대의 텅 빈 것을 보고 너그러운 마음을 가져 혹독한 마음을 없애도록 하자는 데 있다.[17] 근재가 이렇게 주장하는 데 그치지 않고 실행에

---

15) 鄭麟趾 等編,『高麗史』권124, 열전 권37, 申青傳 참조. 신청이 金化郡의 아전 文世 등 50여 인을 붙잡아다가 강압적으로 노비를 삼았다가 典法判書로 있던 근재에 의해 巡軍獄에 갇힌 사례가 실려 있다.

16) 근재가 지은 시문학의 성격에 대해서는 이 책의 제2부「양심적 사대부, 시대적 고민을 시로 읊다」참조.

17) 안축,「臨瀛公館墨竹屏記」, 앞의 책, 권1. 夫竹之爲物 淸而無累 貞而不變 虛而有容

옮겼음을 많은 사람들이 인정해준 듯하다. 앞에 들었던 이제현의 서문 앞부분에 그것이 나타난다.

> 어진 진신들과 종유하는 훌륭한 인물들이 모두 서로 경하해 말하기를, "…… 그의 사명을 받드는 자가 전에는 그 이름을 사모하다가 지금 그 덕행을 보게 되었으니, 비록 범 같은 영성과 매 같은 질도가 있더라도 거의 그 혹독함을 늦출 것이요, 상양처럼 관각을 하던 자도 또한 그 가혹함을 중지할 것이니, 상주 백성들이 거의 부담을 덜게 될 것이다. 이미 교화가 상주를 거쳐 남쪽으로 간다고 했으니, 곧 상주 한 고을만이 그 복을 오로지 받는 것이 아니라 또한 경상도 전체의 복이다."라고들 했다.[18]

영성(甯成)은 중국 전한 시대의 가혹한 세리(稅吏)였고, 질도(郅都)는 혹독한 법관이었다. 상양(桑羊)은 전한 무제 때의 상홍양(桑弘羊)을 가리킨다. 상홍양은 대농승으로 있으면서 천하의 소금과 철을 전매하여 나라에는 이익을 주었으나 백성들에게는 원성이 많았다고 한다. 근재가 상주목사로 가게 되면, 설혹 이러한 인물들이 그곳에 있어도 근재의 덕에 감화를 받아 훌륭한 다스림이 베풀어질 것이라

直而不倚 古之賢人君子 無不愛之 …… 求之於人則伯夷之流也 孟子曰 聞伯夷之風者 頑夫廉 懦夫有立志 且於百歲之下 聞其風者 其效至此 況於晨夕起居之際 目見而親炙之乎 自今 到是館而坐是屛者 見竹之淸 則可以懷廉恥 而不傷民財 見竹之貞 則可以礪節義 而不易所守 見竹之虛 則可以寬裕容衆 而無苛暴之心 見竹之直 則可以不隨時阿附 而挺然獨立 竹之所以激人者如是 則斯屛之設 豈非生民之福歟.

18) 이제현, 「송근재안대부 부상주목서」, 앞의 책, 권5. 薦紳之賢 游從之良 皆相慶而言曰 …… 彼其奉使命者 昔慕其名 今觀其德 雖有甯成之虎郅都之鷹 庶可以紓其酷 而爲桑羊筭權之計 亦可以戢其苛矣 尙之民 其殆息肩乎 旣曰 風化由尙而南 匪直尙之一州 專受其福 抑亦慶尙一道之福也.

는 말이다. 여기서 '덕'이라고 뭉뚱그려 말한 것이 생민들의 고초를
그들의 입장에서 이해하고자 하는 근재의 대민의식임은 자명하다.
뒷날 그의 아들인 안종원(安宗源, 1324~1393)이 강릉부사로 부임할
때, 원송수(元松壽, 1323~1366)가 그를 전별하며 지은 시에, "관동에
안찰사로 간 이 몇이던가 / 어부와 초동들 상기도 근재의 어짊을 말
하네."[19]라고 그 점을 다시 확인했다.

　고려 의종 24년(1170)의 무신란을 분수령으로 고려 왕조는 전후기
로 나누어 볼 수 있다는 것이 일반적인 견해다. 고려 전기의 지배계
층이 문벌귀족들이었다면, 고려 후기의 지배층은 권문세족과 신흥
사대부라고 할 수 있다. 권문세족들이 정방의 인사권을 장악하고 거
대한 농장을 소유한 것으로 그 특징을 삼는다면, 신흥사대부는 무신
란 이후 과거를 통해 중앙정계로 진출한 지방 향리 출신으로, 관료
로서의 능력과 학자로서의 교양을 아울러 갖추었다는 특징이 있
다.[20] 신흥사대부는 지방에 지반을 두고 중앙에 진출했기 때문에
직접 생산에 종사하고 있는 백성들의 고충을 생산자의 입장에서 바
라볼 수 있었고, 이들이 익힌 학문적인 소양이 한당유학을 발전시킨
신유학이었기에 인륜에 따른 질서를 이념으로 갖출 수 있었다. 따라
서 신흥사대부들의 공통적 성향은 민생의 안정과 왕실의 존중이라
는 두 가지 문제에 걸쳐 있다고 할 수 있다. 근재의 생애를 검토하여
그의 경우에도 이 같은 특성이 여실하게 나타남을 확인했다.

---

19) 元松壽, 「送安宗源 赴江陵府使」, 서거정 등편, 『동문선』 권22. 出按關東有幾人 魚樵
　　猶說謹齋仁.
20) 金潤坤, 「權門世族과 新興士族」, 『한국사연구입문』(서울: 지식산업사, 1981),
　　251~7쪽.

3. 이제현의 『관동와주』 논평

　오늘날 전하는 근재의 문집에는 그의 문학사상을 살펴볼 만한 자료가 별반 없다. 다만 그가 남긴 작품들을 통해 문학을 인식한 태도가 어떠했는가를 추출해볼 수 있을 뿐이다. 그런데 이제현이 쓴 「관동와주서」가 있어, 근재가 지은 작품의 대부분을 차지하는 『관동와주』의 문학적 성향을 가늠하는 데 도움이 된다.

　근재와 이제현은 동시대를 살아간 인물이고, 서로 주고받은 글이 더러 전하는 것으로 보아 상당한 교분이 있었던 듯하다. 특히 이제현이 당대의 대문장가라는 점을 고려한다면, 그의 안목으로 내린 평가가 근재의 문학적 성향을 이해하는 데 적지 않은 도움이 될 것이다. 그러므로 근재의 문학사상을 검토하는 일을 이제현의 「관동와주서」를 살피는 데서 시작하고자 한다.

　　옛날에 관리를 두어 시를 채집한 것은 그 장구를 꾸미는 것을 취하고자 함이 아니요, 그 선을 찬미하고 악을 풍자한 것을 살핌으로써 권면과 경계를 삼고자 함이었다. 당지 학사(근재－필자)가 강릉도에 존무사로 나가서 지은 시문을 모아 이름하기를 『관동와주』라 했다. 풍월을 읊조린 것과 물상을 그린 것이 진실로 또한 옛사람에게 양보할 것이 없다. 그가 감분하여 지은 것은 풍속의 득실과 생민의 휴척에 관계되는 것이 열에 아홉이다. 이것을 읽으면 사람으로 하여금 참연하게 한다. 오호라! 누가 능히 이 분보다 앞서 이런 것을 읊을 수 있었던가.[21]

---

21) 이제현, 「關東瓦注序」, 『謹齋集』 권1. 古者 置官採詩 非取其絳章繪句而已 欲以觀其
　　美刺而爲之勸誡也 當之學士 存撫江陵道 集其所爲詩若文 名之曰關東瓦注 吟哮風月

이에 따르면, 이제현은 『관동와주』의 전반적인 성격을 '감동하고 분개하여 지은 것[感憤之作]'으로 보고, 그 구체적인 성격을 풍속의 득실과 생민의 휴척에 관계된 것으로 파악했다. 풍월을 읊조린 것과 물상을 그린 것이 옛사람들보다 못하지 않다고 하여, 이 범주에 드는 시가 있다는 것도 인정했으나 역시 『관동와주』의 주조는 '감분지작'의 범주에 속한다고 본 듯하다. 풍속의 득실과 생민의 휴척은 서두에서 전제한 시의 효용론과 밀접한 관계에 있다. 이제현은 이 글의 서두에서 채시관을 두어 시를 수집한 옛 사례를 들고, 그 목적이 시에 나타난 찬미와 풍자를 살펴 권면과 경계를 삼는 데 있다고 했다.

찬미와 풍자는 긍정적인 것을 찬미하고 부정적인 것을 풍자한다는 뜻이다. 권면과 경계 또한 긍정적인 것을 권면하고 부정적인 것을 경계한다는 의미다.22) 따라서 찬미와 권면, 풍자와 경계는 불가분의 관계에 있다. 즉 긍정적인 것은 찬미하여 권면하고, 부정적인 것은 풍자하여 경계해야 한다는 뜻이다. 풍속의 득실과 생민의 휴척도 이와 관련하여 논의가 가능하다. 곧 풍속의 얻음[風俗之得]은 찬미의 대상이고 권면할 일이며, 풍속의 잃음[風俗之失]은 풍자의 대상이고 경

摹寫物像 固亦無讓於前人矣 其感憤之作 關乎風俗之得失 生民之休戚者 十篇而九 讀之使人慘然 嗚呼 孰能誦之吾君之前乎.

22) 미자(美刺)나 권계(勸誡), 권징(勸懲) 등의 용어는 『詩經』의 성격에 대해 논의하는 가운데 이루어진 말이다. '미자'는 하이풍자상(下以風刺上)의 의미로 풀이되며, 이른바 간서론적(諫書論的) 관점을 나타내는 말로, 「모시대서(毛詩大序)」 이후 한당시대까지 주류를 이루었다. '권계'는 상이풍화하(上以風化下)의 의미로 풀이되며, 이른바 교화론적(敎化論的) 관점을 나타내는 말로, 주자 이후 보편화 되었다. 金興圭, 『朝鮮後期 詩經論과 詩意識』(서울: 고려대 민족문화연구소, 1982). 그러나 이제현은 그러한 논쟁적 입장에서 이 말을 쓴 것이 아니다. 『관동와주』의 시가 민간에서 채집된 것이 아니라, 지배층의 한 사람인 근재가 지은 것이므로, '미자'와 '권계'의 양면에서 보고자 했던 것이다.

계할 일이 된다. 또한 생민의 기쁨[生民之休]는 찬미의 대상이고 권면
할 일이며, 생민의 슬픔[生民之戚]은 풍자의 대상이고 경계할 일이 되
는 것이다. 이것을 도표화 하면 결국 다음과 같이 된다.

(가)	(나)	(다)
풍속지득·생민지휴	찬미	권면
풍속지실·생민지척	풍자	경계

   위의 도표에서 (가)는 시인이 시로 나타내고자 하는 대상, 즉 제
재의 영역에 속한다. 이때, 풍속과 생민 그 자체가 소재다. (나)는
대상을 시로 지었을 때 나타나는 것으로 주제의 영역에 속한다. (다)
는 지어진 시를 읽었을 때 기대되는 효과이거나 부수되는 효용이다.
이렇게 (가), (나), (다)로 나누어 본 것은 엄격히 구분되어서가 아니
라, 「관동와주서」의 대체적인 골격을 파악하기 위한 편의에 따른 것
이다. 도표에서 상단은 긍정적 대상의 경우고, 하단은 부정적인 대
상의 경우다.
   「관동와주서」를 이렇게 분석했다고 해서 근재의 문학인식 태도
가 드러나는 것은 아니다. 이것은 어디까지나 『관동와주』의 문학적
성향을 이제현의 입장에서 평가한 것에 지나지 않기 때문이다. 근재
가 지은 실제 작품을 통해 입증될 때 비로소 의미를 지닐 수 있다.
따라서 이제현의 평가를 중심 틀로 하여 실제로 작품을 통해 검증하
는 일이 과제로 남는다. 「관동와주서」에서 말한 '미자이권계'와 '음
롱풍월·모사물상'에 대해 구체적으로 살펴보기로 하자.

1) 미자이권계(美刺而勸誡)

필자가 분류한 바에 따르면, 『관동와주』에 실려 있는 총 116편의 시 가운데 71편이 '미자이권계'에 속한다. 71편은 다시 찬미와 권면을 나타낸 것이 17편, 풍자와 경계를 나타낸 것이 54편으로 각각 구분된다. 그밖에 '음롱풍월'이 11편, '모사물상'이 20편, 기타 14편의 분포를 나타낸다. 이 분류가 절대적인 것은 될 수 없으나 대체적인 성향을 가늠하는 데는 도움이 된다. 분류의 결과를 놓고 보면, 『관동와주』의 시는 '미자이권계'를 나타낸 것이 반수를 훨씬 넘어서고 있고, 그 가운데서도 찬미나 권면보다는 풍자나 경계를 나타낸 작품이 월등히 많음을 알 수 있다. 이제현의 '그 감분하여 지은 것은 풍속의 득실과 생민의 휴척에 관계되는 것이 열에 아홉'이라는 지적은 기실 '풍속지실'과 '생민지척'에 타당한 평가라고 하겠다. 이제 찬미나 권면을 나타낸 작품과 풍자나 경계를 나타낸 작품을 각각 살펴본 뒤, 그러한 성향을 통해 추출해낼 수 있는 근재의 문학인식 태도가 어떠한 것인가를 보기로 하겠다.

> 비 온 뒤 강물 불어 쇠잔한 고을에 머물며,
> 백성들 사정 상세히 물어보았네.
> 은사가 나란히 밭가니 장저 걸익 아닌가 싶고,
> 한가한 신선이 오가니 경상초 같네.
> 지경이 높고 서리 일러 벼가 자라지 못하고,
> 골이 빽빽하고 그늘 깊어 나무만 웃자라네.
> 한 세대 뒷사람에 준수한 이 많아,
> 백년 끼친 풍속이 상기도 선량하네.

산골 돼지 배불러 새벽 먹이 마시지 않고,
이웃집 닭 살쪄 낮에도 땅을 파헤치지 않네.
태수는 술자리와 풍악 차릴 필요가 없소,
내 게으른 병이 있어 술잔 대하면 어지럽느니.

雨餘江漲滯殘鄕　　民事民情問細詳
隱士耦耕疑桀溺　　散仙來過是庚桑
地高霜早秋禾短　　洞密陰深夏木長
一代後生多俊秀　　百年遺俗尙循良
山村豚飽非晨飮　　隣舍鷄肥無日攘
太守不須開宴樂　　我因懤病眩臨觴[23]

위의 시는 근재가 정선에 갔을 때, 비가 온 뒤에 강물이 불어 머물며 지은 것이다. 『관동와주』시 가운데 '풍속지득'을 읊은 유일한 작품이다. 겉보기에 쇠잔한 고을이라 백성들의 고충이 있을까 하여 사정을 물었다는 것이다. 묻고 보니 장저(長沮)와 걸익(桀溺) 같은 은자가 나란히 밭을 갈고,[24] 경상초(庚桑楚)[25] 같은 신선이 한가롭게 오가는 평화로운 고을이었다. 풍속이 선량함을 말하고 그 구체적인 예로 돼지와 닭을 들었다. 돼지는 배가 불러 새벽부터 먹이를 먹느라 꿀꿀거리지 않고, 닭은 살쪄서 한낮에도 흙 속의 먹이를 찾느라 땅을 파헤치지 않는다는 것이다. 이렇듯 평화롭게 사는 고을에는 작자가 머물며 살필 여지가 없었을 것이다. 그래서 어지럼병을 핑계로

---

23) 안축, 「次旌善板上韻」, 앞의 책, 권1.
24) 『論語』권18. 微子篇에 "長沮桀溺耦而耕"이라 했고, 그 주에 "二人隱者 耦並耕地"라고 했다.
25) 『莊子』에 나오는 인물로, 노자의 제자다. 『장자』잡편 서두의 편명이기도 하다. 『列子』仲尼篇에는 항창자(亢倉子)라고 했다.

태수의 대접도 사양한 것이라 생각된다.

> 장마에 민망스러운 근심을 견디기 어렵더니,
> 갠 해가 구름 밖에 나옴을 기쁘게 보노라.
> 발길 닿는 대로 가는 곳에 좋은 경치를 만나니,
> 가히 좋은 날에 멋진 유람을 겸하였네.
> 들판에는 늦은 꽃향기 고요히 맑고,
> 벼논에는 새 잎의 푸르름이 싱싱하구나.
> 길가에서 늙은 농부 하는 말 듣자니,
> 올해는 마땅히 대풍이 들 거라고.
> 積雨難堪悶悶愁　喜看晴日出雲頭
> 自然行處得佳景　可是良辰兼勝游
> 草野晚花香澹澹　稻畦新葉綠油油
> 道傍聞說老農話　今歲應逢大有秋[26]

이 시는 통천을 지나 고성을 향해 남행하는 도중에 지은 것이다. 장마로 길이 막혀 통천에서 근심 속에 머물다가 날이 개 떠난 길이므로 밝고 새로운 기분이 들었을 것이다. 그래서 말이 끄는 대로 가면서 좋은 경치에 유람하는 느낌이 든다고 했다. 늦은 꽃향기와 새 잎의 푸름은 시간적 대조와 취각·시각의 감각적 대조에도 불구하고 상쾌한 느낌 속에 수렴된다. 여기까지가 작자의 주관적인 느낌인 데 비해, 마무리 부분에 늙은 농부가 등장하여 대풍이 들 거라는 예고를 함으로써 희망적인 분위기는 객관화되기에 이른다. '생민지척'을

---

26) 안축, 「是日馬上卽事」, 앞의 책, 권1.

근심하던 작자로서는 비가 개면서 '생민지휴'에 대한 기대를 가졌을
법한데, 농부의 예견을 통해 그 기대가 실현될 가능성을 보여준 것
이다.

그러한 기대가 가능성에 그치지 않고 실현된 모습을 다음의 시가
보여준다. "이랑마다 벼와 기장 바람에 춤을 추고 / 농가에 대풍 든
것 기꺼이 바라보노라 / 그늘진 마루에 오래 쉬니 발까지 상쾌한데
/ 작은 골짜기 내 속을 물새가 날아가네."27) 양양에서 삼척 쪽으로
내려가다가 흥부역에서 지은 시다. 농가에 대풍 든 것을 기꺼운 마
음으로 바라본다고 했다. 기꺼운 마음이기에 바람에 날리는 벼나 기
장이 춤을 추는 듯 보였을 것이다. '생민지휴'를 바라보며 오랜만에
한가로운 심경이 되었던 모양이다. 좁은 골짜기를 가볍게 날아가는
물새를 보며, '생민지척'을 근심하던 마음이 일시에 사라짐을 느꼈
을 듯하다.

> 관동 곳곳에서 홍매화를 보았는데,
> 새 가지에 그 중 늦게 핀 꽃이 사랑스럽네.
> 비바람으로 인간 세상엔 봄이 다했건만,
> 세속 떠난 어여쁨이 장대에 비치네.
> **關東處處賞紅梅　愛此新枝最後開**
> **風雨人間春掃地　出塵仙艷映粧臺**28)

이 시는 '풍속지득'이나 '생민지휴'와는 직접적으로 관련이 없으

---

27) 「次興富驛亭詩韻」, 같은 책, 같은 곳. 千畦禾黍舞風前 喜見農家大有年 久倚陰軒淸
爽足 水禽飛過小溪煙.
28) 「詠梅」, 같은 곳.

나 찬미를 주제로 한 작품이므로 살펴볼 필요가 있다. 이 시는 매화를 찬미한 것이다. 매화는 다른 어느 꽃보다도 먼저 봄을 알리기에 흔히 찬미의 대상이 되어 왔다.[29] 그러나 근재는 봄이 다하도록 매화가 피어 있기에 사랑스럽다고 했으니 주목이 된다. 먼저 피었던 매화는 땅에 떨어지고 비바람에 쓸려 봄의 자취를 남기지 못했지만, 늦게 핀 매화는 비바람에 시달려 봄이 사라진 인간 세상에 다시 봄을 알려준다는 것이다. 늦게 핀 매화는 풍우로 얼룩진 인간 세상의 때가 묻지 않았으므로 '세속을 벗어난 듯한', '선녀 같은 어여쁨'을 찬미한다는 생각이 엿보이는 작품이다.

> 큰 의리와 깊은 사랑이 상공 되게 했고,
> 많은 이익을 가벼이 하여 남의 궁함을 구제했네.
> 大義深仁作相公　能輕重利恤人窮[30]

> 석만경이 한번 사심 없는 은혜를 입으니,
> 천하 인민이 모두 보리배로 배를 불리리.
> 曼卿一得無心惠　天下民皆飽麥舟[31]

찬미의 대상은 매화와 같은 자연물뿐만이 아니라, 찬양할 만한 인물도 포함된다. 인용한 시에서는 송나라의 범중엄(范中淹, 990~1053)을 찬양했다. 범중엄은 고려 후기의 사대부들에게 의로운 인물

---

29) 이규보의 "庾嶺侵寒折凍脣 不將紅粉損天眞 …… 帶雪更粧千點雪 先春偷作一番春" 같은 것이 그 예다. 이규보, 「매화」, 『동국이상국집』 권1.
30) 안축, 「范丞相麥舟圖二首」, 같은 곳. 첫 번째 시의 전반부다.
31) 같은 시, 두 번째 시의 후반부다.

의 표본으로 생각되었던 듯하다. 한 예로 윤택(尹澤)은 일찍이 범중엄의 '천하 사람들의 근심을 내가 먼저 걱정하며, 천하 사람들이 즐거워함을 본 뒤에 나도 즐거워하겠다.'는 말을 외우곤 했다고 한다.[32] 위의 시는 범중엄이 석만경(石曼卿)의 초상에 배에 보리를 실어 보내주었다는 고사를 그린 그림을 보고 지은 것이다. 어려운 처지에 놓인 사람을 사심 없이 도운 범중엄의 의로움을 찬미한 작품이다.

「백안승상 방문정공의전택도」라는 시도 역시 그림을 보고 지은 것이다. 원나라의 승상 백안이 전쟁에 이기고 돌아오는 길에 범중엄의 고가를 방문하는 그림이다. "활과 말을 남으로 돌려 옛 고을을 지나니 / 옛 어진이 남긴 은택이 이제도 있네 / 싸움에 이긴 공이 어찌 다만 병력이 강해서리오 / 능히 옛 어진이의 살던 집 찾아 자손을 의롭게 해서일세."[33] 첫째 줄과 둘째 줄의 '옛 고을'과 '남긴 은택'은 각각 범중엄이 자취를 남긴 곳과 그 자취를 뜻한다. 백안이 싸움에서 이긴 것은 다만 병력이 강해서만이 아니라, 의로운 인물을 알아보고 추앙할 줄 알았기에 가능했다는 말을 하고 싶었던 것이다. 이 시에서는 의로운 인물을 알아볼 줄 아는 자의 의로움을 찬양했다.

지금까지 다룬 작품들은 '풍속지득'을 읊은 것, '생민지휴'를 그린 것, 자연물이나 인물을 찬미한 것 등이다. 풍속이 순후함을 나타낸 작품은 풍속을 교정하고 교화를 펼쳐 나가는 다스리는 자들에게 모범적인 사례를 제시해줄 것이다. 곧 다스림을 받는 자들을 권면하는

---

32) 이색, 「栗亭先生 尹文貞公 墓誌銘」, 『목은문고』 권17. 常誦范文正公 先天下之憂而憂 後天下之樂而樂.

33) 안축, 「伯顔丞相 訪文正公義田宅圖」, 앞의 책, 권1. 弓馬南廻過古村 前賢遺澤至今存 戰功豈獨彊兵力 能訪田廬義子孫.

데 유용할 수 있다. 생민들이 편안하게 사는 모습을 그린 작품은 정
사를 펴나가는 지배층에게 목민의 표본적인 사례가 될 것이다. 곧
다스리는 자들을 권면하는 효과를 기대할 수 있다. 자연물이나 인물
의 빼어난 점을 찬미한 작품은 인간이 살아가야할 방향이나 도리를
제시함으로써 그렇게 살아가지 못하는 인간들을 권면하는 효험이
있을 수 있다.

이어서 풍자와 경계에 속하는 작품을 살펴보기로 하자.

> 풍속이 야박해 어느 누가 내 교화를 따르리.
> 폐단은 많은데 이 시절 구할 계책이 없네.
> 처신할 도리는 가난해도 아첨하지 않는 것.
> 말할 때마다 겸손하게 거스르지 않음이 마땅하네.
> 俗薄何人遵我教　弊深無計救今時
> 處身道可貧無諂　到口言當遜莫違[34]

정언 벼슬을 하는 허 아무개라는 인물에게 부친 시로, '풍속지실'
을 직설적으로 드러낸 작품이다. '풍속지실'의 구체적인 내용이 상
대방과의 다짐 가운데 드러난다. 가난하다고 해서 아첨하는 것, 불
손한 말을 해서 남의 비위를 거스르는 것 등이 풍속이 나빠진 구체
적인 사례다. 이러한 풍속의 타락이 여러 가지 폐단으로 나타나는
데, 구할 계책이 없음을 개탄하고 있다. 그러나 개탄만 한다고 해서
문제가 해결되는 것은 아니다. 그래서 이 시를 받게 될 허정언에게
우리 둘만이라도 그러지 말자고 다짐하는 것이다.

---

34) 「次韻 許正言見寄」함·경연, 같은 곳.

민간의 온갖 물건 공후의 집으로 들어가도,
산수는 천년토록 한 마을에 딸렸구나.
(중략)
비온 뒤 새 정자에 수레 밀어도 못 갈 텐데,
아전이 맞아 절함은 거짓 존대함이리.
民間百物入侯門　山水千年屬一村 ……
雨過新亭推未去　吏人迎拜是陽尊35)

　　이 시의 앞부분의 뜻은, 권문세족들이 백성들의 온갖 물건을 편
취해도 산수만큼은 마음대로 빼앗을 수 없다는 것이다. 나타내고자
한 의미는 그러한 것이나, 그 표현 가운데 당시의 풍속이 나타나 있
다. 민간의 온갖 물건을 권문세족들이 빼앗는 경우도 있겠으나, 권
문세족에게 아첨하여 이득을 취하고자 지체 낮은 자들이 스스로 가
져다 바치는 경우도 있었을 것이다. 이 시를 두고 그렇게 말할 수
있는 근거가 미연에 나타나 있다. 관란정에 비가 내려 수레를 움직
일 수 없게 되었는데도 아전이 맞아 인사를 올리는 것은 겉으로만
존대하는 체하는 것이라고 했다. 반갑지 않은데도 절을 하는 것은
상대가 중앙에서 내려온 관리이기 때문이다. 그것은 곧 아첨하는 행
동이라고 할 수 있다. 자신의 이득을 위해서 마음에도 없는 존대를
하는 당시 풍속의 타락상을 아울러 나타낸 것이라 하겠다.
　　'생민지척'을 나타낸 작품으로는 「삼탄」의 "어찌하면 기한 전에
공출할 양 채울까 / 베잠방이 가시에 걸려 갈가리 찢어졌네 / ……
/ 돌아와 아내 보고 슬피 울다 보니 / 고향 땅 버리고 떠나고픈 마음

---

35) 「次洞山縣觀瀾亭詩韻」수·미연, 같은 곳.

만 드네.”36)와 「총석정연사신유작」의 “백성들은 이제 농사일을 잃
어 / 처자식을 능히 기를 수 없네 / 조금 모은 것을 이미 다 써버렸으
니 / 한번 잔치가 갈백의 구향보다 더하네.”37) 등에 그 실상이 잘 나
타나 있다. 이외에 “뼈처럼 솟은 봉우리들 창칼처럼 번쩍이고 / 여
기 중들 재 끝낸 뒤 가만 앉아 일이 없네 / 어찌하여 산 아래 생민들
은 / 때때로 바라보고 찡그리며 지나가나.”38)라는 「금강산」 시도
좋은 예다.

> 말술은 천금 같아 은혜 사기에 족하여,
> 옛사람 일찍이 귀한 이 집에 바쳤네.
> 산골 늙은이 치졸하여 기교가 없군,
> 헛되이 양주 노인에게 술 한 동이 먹였으니.
> 斗酒千金足市恩　古人曾獻貴人門
> 山翁癡拙無機巧　虛食涼州老一樽39)

‘풍속지실’이나 ‘생민지척’과 직접적인 관련이 없이 풍자를 주로
한 작품이 몇몇 있다. 위의 시는 화주의 은자가 근재에게 포도주를
가져왔을 때 지은 것이다. 첫 줄의 ‘시은(市恩)’은 남에게 은혜를 베
풀고 자신의 이익을 얻으려는 것을 말한다. 말술을 귀한 이에게 바
치면 그로 인해 이익을 얻을 수 있다는 것이 둘째 줄의 의미다. 그런

---

36) 「蔘欵」, 같은 곳. 何曾計日足銖兩 農衣弊盡披蓁荊……歸來對妻苦悲泣 已有棄土流
亡情.
37) 「叢石亭宴使臣有作」, 같은 곳. 民今失農業 妻子不能養 斗蓄已殫空 一宴勝仇餉.
38) 「金剛山」 같은 곳. 骨立峰巒釰戟明 居僧齋罷坐無營 如何山下生民類 瞻望時時蹙頞行.
39) 「葡萄酒」, 같은 곳.

데 화주의 은자는 포도주를 그렇게 사용할 줄 모르니 어리석고 못났
다는 것이다. 이 말을 화주의 은자를 조롱하는 의미로 받아들여서는
안 될 것이다. 어리석고 못난 것은 시세에 비추어 볼 때 그렇다는
말이다. 여기서 말하는 '기교'는 자신의 이익만을 추구하는 잔꾀를
뜻한다. 작자가 나타내고자 하는 속뜻은 어리석고 못나 보이는 것이
도리어 지혜로운 것이요, 기교를 부리는 것이 사실은 어리석고 못난
짓이라는 것이다. 겉으로는 화주의 은자를 비웃는 듯 하면서 실상은
자신의 이득을 위해 기교를 부리는 시세를 비웃은 것이다. 이렇게
뒤집어 말하는 데서 풍자가 이루어졌다.

> 팔딱팔딱 나는 듯 기운도 좋아,
> 내려 쏟아지는 폭포 열 자를 뛰어 넘네.
> 슬프다! 나아갈 줄만 알고 물러설 줄 모르니,
> 넓은 바다 끝없는 물결을 영영 잃었구나.
> 潑潑如飛氣力多　懸流十尺可跳過
> 嗟哉知進不知退　永失滄溟萬里波[40]

이는 산란기에 바다로부터 강으로 들어와 거슬러 오르기만 하는
송어를 두고 지은 시다. 앞의 포도주를 두고 지은 시와는 상반된 수
법으로 풍자를 하고 있다. 앞의 시에서는 비웃은 대상이 사실 비웃
을 대상이 아니라는 것을 보여주었다면, 이 시에서는 대단해 보이는
것이 실상은 대단할 것이 못 된다는 것을 말하고 있다. 전반부에서
는 열 자나 되는 폭포를 뛰어 넘는 송어의 기력이 대단함을 말했다.

---

40) 「松魚」, 같은 곳.

그러나 작자는 그것을 우직한 만용으로 보았다. 나아가는 것만 알고 물러서는 것을 모르는 데 우직함이 있다는 것이다. 대단한 것을 얻을 듯하던 기력이 오히려 소중한 것을 잃는 구실밖에 못한 것을 풍자했다.

여기까지 다룬 작품들은 '풍속지실'을 읊은 것, '생민지척'을 그린 것, 인물이나 자연물을 통해 인간 사회를 풍자한 것 등이다. 풍속이 타락했음을 나타낸 작품들은 풍속을 교화해 나가야 할 다스리는 자들을 경계하는 효과를 볼 수 있다. 생민들이 고통스럽게 사는 모습을 그린 작품은 생민들을 다스리는 자들을 경계하는 효과를 기대할 수 있다. 인물이나 자연물을 통해 풍자한 작품은 인간이 살아나가고 있는 방향이나 방법에 대해 경계하는 효험이 있을 수 있다.

이렇게 볼 때, '미자이권계'에 속하는 작품들은 어느 것이나 일종의 공리적인 문학인식 태도의 토대 위에서 이루어진 것임을 알 수 있다. 주제를 나타내는 데 그치지 않고, 그 주제의 배후에 항상 기대효과가 자리하고 있다. 작자가 그러한 효과를 기대하고 이 작품들을 지었는가의 여부는 어디에서도 확인할 길이 없지만, 작자의 창작 의도만이 결정적으로 중요한 것은 아니다. 작자의 기대 여부에 관계없이 이 시를 접하는 독자의 기대가 있기 때문이다. 그 좋은 예가 이제현이 쓴 「관동와주서」다. 이제현은 "관동와주를 읽으면 삶으로 하여금 참연하게 한다."라고 했다. 참연함을 느끼는 것이 일단은 감동의 결과라고 할 수 있겠지만, 단순한 감동이 아니라 현실의 한 단면을 확인하게 됨으로써 독자 자신도 예기치 못했던 기대가 일어나게 되는 것이다. 그 기대효과를 이제현은 '경계[誡]'라는 말로 나타냈다.

2) 음롱풍월(吟哢風月)과 모사물상(摹寫物像)

이제현의 「관동와주서」에 의하면, 『관동와주』의 시는 '음롱풍월'과 '모사물상'이 옛사람에게 뒤지지 않는다고 했다. 그러면서도 이제현은 『관동와주』의 시가 '음롱풍월'이나 '모사물상'보다는 풍속의 득실이나 생민의 휴척에 관계되는 것이 중심을 이루고 있다고 했다. 확실히 '음롱풍월'이나 '모사물상'의 범주에 들 만한 시는 그다지 많지 않다. 이 범주에 들 만한 작품을 몇몇 가려 살펴보고, 이런 계열의 작품이 당시 사대부들 사이에 어떻게 받아들여졌는가를 검토하여 그 문학인식 태도의 일단을 밝혀보고자 한다.

> 어느 나그네 고요히 거문고 타는데,
> 솔바람이 산골 가득 불어오네.
> 저물어서야 중류에서 노를 저어,
> 노래하고 웃으며 갔다가 다시 오네.
> 이런 즐거움이 인간에는 없나니,
> 잠이 오면 갈매기와 함께 자노라.
> 배 타고 남쪽 여울로 내려가니,
> 맑은 이슬이 성긴 대를 적시네.
> 有客靜彈琴　松風滿山谷
> 晚來棹中流　歌笑往而复
> 此樂人間無　眠來伴鷗宿
> 乘舟下南灘　清露泣疎竹[41]

---

41) 「六月十三日 眞珠南江泛舟」, 같은 곳.

밤빛은 텅 비어 밝고 물은 맑은데,
다락에 올라 난간 굽어보며 강물소리 듣누나.
오뚝이 나를 잊고 사람도 보이지 않는데,
바람과 이슬 허공에 가득한데 산달이 솟는구나.
夜色虛明水氣淸　登樓俯檻聽江聲
兀然忘我無人見　風露滿空山月生[42]

위의 두 작품은 모두 근재가 삼척에서 지은 것이다. 앞의 시는
진주 남강, 곧 삼척의 오십천에서 뱃놀이를 하며, 뒤의 시는 죽서루
에 올라 지은 것이다. 이런 작품은 얼핏 보아 '음롱풍월'적 성격과
'모사물상'적 성격이 뒤섞여 있는 듯이 보인다. 뒤의 작품에서 바람
과 달이 나타나 있어, 문자 그대로 풍월을 읊은 시인 듯하면서도 반
드시 그렇다고 단정 지을 수 없는 무엇이 있다. 앞의 시는 사물의
모습을 묘사하는 데 그친 것 같으면서도 또한 미심쩍은 데가 있다.
이제현이 「관동와주서」에서 '음롱풍월'과 '모사물상'이라고 별개의
용어로 말했으면서도 이 둘을 확연히 구분하여 말하지 않은 까닭이
이러한 데 있는 것이 아닌가 싶다.
　'음롱풍월'과 '모사물상'을 구분하여 말하자면, 먼저 그렇게 구분
할 수 있는 기준이 설정되어야 할 것이다. 이 두 작품을 다루면서
그 기준을 마련해 보기로 하자. 앞의 작품은 뱃놀이의 모습을 묘사
하는 데 그친 듯하지만, 자세히 살펴보면 단순히 사물의 묘사에 그
치고 있지 않음을 알 수 있다. 인용한 앞부분의 '산골 가득한 솔바
람'은 솔바람 그 자체에 대한 묘사라기보다는 '어느 나그네가 고요

---

42) 「六月十七日 三陟西樓夜坐」, 같은 곳.

히 타는 거문고 소리'와 관련을 지어야 올바른 의미를 읽어낼 수 있
다. 퍼져 나가는 거문고 소리와 가득한 솔바람은 서로 등가의 관계
에 있기 때문이다. 이러한 등가의 관계는 객관적으로 이루어지는 것
이 아니라, 작자의 주관이 개입할 때 비로소 가능해진다. 이 시에는
다른 사물보다 작자 자신의 개입이 상대적으로 뚜렷하다.

　앞의 시에 비해 뒤의 것은 작자 혹은 주관의 개입이 상당히 절제
되어 있다. 밤빛이 텅 비어 밝다든가 물이 맑다는 것은 객관적인 서
술에 지나지 않아 보인다. 난간을 굽어보며 강물소리를 듣는 것은
작자지만 작자 자신마저 사물이 된 듯하다. 셋째 줄의 '오뚝이 나를
잊고 사람도 보이지 않는데'가 그 사실을 입증해준다. 뒤의 작품에
는 풍월이 등장하지만 그 풍월을 음롱할 주체가 제거되어 있다. 주
체가 있다고 해도 정물화 되어 있는 것이다. 마치 달이 뜨는 장면을
그린 산수화를 보는 듯할 뿐이다.

　'음롱풍월'은 풍월만으로 이루어지는 것이 아니다. 말 자체에 나
타나 있듯이 음롱할 주체가 뚜렷이 개입할 때 가능하다. '모사물상'
역시 말 그대로 단순히 물상을 모사하는 것이다. 여기에는 주체의
개입이 최대한 절제되어야 한다. 작자가 등장하더라도 주관을 드러
내서는 모사가 깨어진다. 그것은 이미 모사가 아니라 주장이고 설명
이기 때문이다. 등장한 작자조차도 사물의 일부가 되어야 비로소
'모사물상'이 가능해진다. 따라서 위의 두 작품은 앞의 것이 '음롱풍
월'적 성격을, 뒤의 것이 '모사물상'적 성격을 띤다고 하겠다.

　『관동와주』에는 '음롱풍월'적 성격의 시보다 '모사물상'적 성격의
시가 압도적으로 많다. 그것은 '음롱풍월'적 성격의 시를 꺼려했기
때문이라고 생각한다. 이러한 성향은 비단 근재의 경우뿐만이 아니

라, 고려 후기 문단에서 새롭게 논란거리로 등장하면서 일반화된 추세로 보인다. 그 배경을 이해하는 데 도움이 될 자료가 『보한집』에 전한다.

예종 임금이 나라를 다스릴 때, 장구를 숭상하고 놀이와 잔치를 좋아했다. 당시에 증조부(최자의 증조부를 말함-필자)인 상서 최약이 글을 올렸는데 그 대략에, "옛날 당나라 문종이 시학사를 두려 하자 재상이 상주하기를, '시를 짓는 자들은 경박함이 많고 도리를 아는 데 어두워서 만약 자문에 응하게 된다면 성총을 어지럽힐까 두렵습니다.' 하니 문종이 그만두었습니다. 제왕은 마땅히 경술을 좋아하여 날마다 학문이 깊은 선비들로 더불어 경사를 토론하고 다스리는 도리를 자문하여 인민을 교화하고 풍속을 이루는 데 겨를이 없어야 합니다. 어찌 어린 것들의 아로새기고 꾸민 것을 일삼고, 자주 경박하고 방탕한 사신으로 더불어 풍월을 읊조려 천충의 순정함을 잃으시옵니까?" 하니, 예종이 받아들였다. 한 사신이 틈을 타 말하기를, "학문이 깊은 선비라는 것은 별다른 사람이옵니까? 최약이 풍월을 하는 데 짧아 남들이 창화함을 즐기지 않으므로 이런 말을 한 것이옵니다." 하니, 임금이 노하여 (최약을) 춘주부사로 좌천시켰다.[43)]

이 자료에는 '유아(儒雅)'와 '경탕사신(輕蕩詞臣)'이 대립적인 성격의 부류로 나타나 있다. 최약의 견해에 따르면, '유아'는 경전과 사

---

43) 崔滋, 『補閑集』卷上. 睿宗御宇 尚章句 好遊宴 時曾王父尚書崔瀹在綸閣 乃上書 略曰 昔唐文宗欲置詩學士 宰相奏曰 詩人多輕薄 昧於識理 若承顧問 恐撓聖聰 文宗乃止 帝王當好經術 日與儒雅 討論經史 諮諏政理 化民成俗之無暇 安有事童子之雕蟲 數與 輕蕩詞臣 吟風嘯月 以喪天衷之淳正耶 上優納 有一詞臣承隙曰 所言儒雅 別是何人 瀹短於風月 不樂人唱和 故有此言 上怒 左遷爲春州副使.

서에 대한 교양을 갖춘 자로 다스리는 도리에 대한 임금의 자문에
응하여 인민을 교화하고 풍속을 가꾸어 가도록 하는 구실을 한다고
했다. 이에 반해 '경탕사신'은 아로새기고 꾸미는 것을 일삼고 풍월
을 읊조리는 자로, 임금의 총명을 흐리게 하고 바른 마음을 잃게 한
다고 했다. 이에 대해 사신 쪽에서는 유아가 특별난 인물인가고 반
문하면서, 최약이 임금을 위하는 듯이 말하였지만 사실은 풍월을 읊
조리는 데 능력이 부족해서 하는 말이라고 했다. 결국 평소 '음풍소
월'을 즐겼던 예종은 사신의 편을 들어주어 최약을 좌천시키고 말았
으나, 두 세력 간에 주장하는 바가 상반되었다는 사실은 중시해야
할 문제다.

　최자가 굳이 자기의 증조부가 겪었던 수난을 자세하게 언급한 이
유를 생각해볼 필요가 있다. 최자는 「보한집서」에서 "문(文)은 도로
밟아 들어가는 문이므로 도에 어긋난 말을 쓰지 않는다."라고 전제
하고 표절하거나 다듬고 꾸미는 일은 유자로서 진실로 하지 말아야
한다고 했다. 또한 시를 짓는 사람들에게 조탁하고 연마하는 네 가
지 격식이 있기는 하지만, 거기서 취할 것은 구절을 조탁하고 의미
를 연마하는 것일 뿐인데, 당시의 후진들은 성률과 장구만을 숭상하
여 조탁한 말이 생삽하고 연마한 뜻이 옹졸하다고 했다.[44]

　최자가 시를 짓는 데 꾸미고 다듬는 일만 중시하는 당시의 풍조
를 못마땅하게 여긴 것을 알 수 있다. 그보다는 뜻을 세우는 일이
중요하다고 보았다. 그래서 도에 합당한 말을 써야 한다고 한 것이

---

44)「補閑集序」, 같은 책, 같은 곳. 文者 蹈道之門 不涉不經之語 …… 若剽竊刻畵 誇耀靑
　紅 儒者固不爲也 雖詩歌有琢鍊四格 所取者 琢句鍊意而已 今之後進 尙聲律章句 琢字
　必欲新 故其語生 鍊對必以類 故其意拙.

다. 여기서 말한 '도'가 유학의 그것임은 물론이다. 최자는 자기 증조부의 주장을 이어받아서, 다듬고 꾸미며 풍월이나 읊조리는 풍조를 배격하는 입장에 서 있었음을 알 수 있다. 이러한 최자의 배격론을 통해, 역으로 꾸미고 다듬어 풍월을 읊조리는 것이 당시의 일반적인 풍조였음을 엿볼 수도 있다.

예종시대를 지나 충선왕 무렵에 이르면 예종 때나 최자의 시대와는 달라진 모습을 볼 수 있다. 충선왕이 자질구레하게 문장을 꾸미는 무리는 많아지고 경서에 밝고 덕행을 닦는 선비가 적어지는 까닭을 이제현에게 물은 일이 있다. 그 이유를 이제현은, 무신란을 당해 많은 문인들이 살해되고 겨우 화를 피한 자들은 중이 되어 따르는 이들에게 장구만 익혀주었기 때문이라고 대답하고, 선왕의 도를 밝히는 문교시책을 펴면 달라지게 될 것이라고 건의했다.[45] 충선왕은 예종과 상당히 다른 생각을 가지고 있었음이 드러난다. 이제현 또한 이 문제에 대해 최자와 같은 생각을 가졌던 것으로 보인다.

이러한 생각은 신흥사대부가 본격적으로 대두하면서 한층 체계화되었다. 백문보는 「급암집서」에서 "성정에서 우러나야 바야흐로 시라고 할 수 있다."라고 전제하고, 말만 꾸미고 마는 자들은 많은 것을 자랑하고 산뜻한 것을 일삼지만, 보고 느낄 만한 것도 없고 군소리에 그치고 만다고 했다.[46] 최자는 도에 합당한 말을 써야 한다

---

45) 李齊賢, 『櫟翁稗說』前集1. 又問臣曰 我國古稱文物侔於中華 今其學者 皆從釋子 以習章句 是宜雕蟲篆刻之徒寔繁 而經明行修之士絶少也 此其故何也 臣對曰 …… 毅王季年 武人變起 所忽薰蕕同臭 玉石俱焚 其脫身虎口者 遯逃窮山 蛻冠帶而蒙伽梨 …… 士子雖有願學之志 顧無所從而學焉 未免裹足 遠尋蒙伽梨而遯窮山者 以講習之 …… 故臣謂學者從釋子習章句 其源蓋始于此.

46) 白文寶, 「及庵集序」, 『淡庵集』권2. 皆本乎性情 方可謂之詩 彼以言辭而已者 以誇多

고 했는데, 백문보는 성정에서 우러나온 말을 써야 한다고 함으로써 문학론이 한층 유학적으로 체계화되었음을 볼 수 있다. 이러한 입장에서 본다면, '음롱풍월'의 시는 단지 향락과 도취를 일삼고 올바른 도리의 추구를 외면하는 타락적 문학이라고 할 수밖에 없다. 생민들이 현실적으로 당면한 문제에 상당한 관심을 기울이고, 그 문제로 많은 고민을 했던 근재로서는 '음롱풍월'적인 시를 별반 짓지 않은 것이 당연한 일일 것이다.

한편, 『관동와주』 가운데 '모사물상'에 해당하는 작품은 '음롱풍월'에 해당하는 작품에 비해 월등 많은 편이다. '모사물상'적 시는 사물에 대한 관심과 무관하지 않을 것이다. 사물에 대한 관심은 고려 후기 사대부들에게 두드러지게 나타나는 현상 가운데 하나다.[47] 근재의 사물에 대한 관심의 성향이 어떠한 것인가를 보여주는 좋은 예는 그가 쓴 「임영공관묵죽병기」다. 근재가 강릉에 이르러 보니 공관에 병풍이 하나도 없어 지나치게 누추하고 소박하다고 여겨, 생초 몇 필을 구해 12폭의 병풍을 만든 뒤, 일산도인에게 청해 묵죽을 치게 하고 이 기문을 썼다.

> 사람의 마음이 마음속에만 있고 외부와 만나지 않으면 허령하여 움직이지 않고, 그 근본이 안정된 상태로 있다가 어떤 사물이 있어서 나와 만난 뒤에야 마음속에서 움직여 밖으로 드러나는 것이다. 사물과 만나 내 마음을 움직이는 것은 이목구비 등인데, 눈으로 만나는 것이 더욱 넓다. 무릇 나와 만나는 사물 가운데는 올바르게

鬪靡 英華其詞 不至於觀感 不近於性情 則乃無用之贅言也.

47) 이에 대해서는 이 책의 제3부에서 집중적으로 다루었다.

나를 격동시키는 것도 있고, 바르지 못해 나를 요동시키는 것도 있다. 오직 성인만이 사물에 응하는 데 도가 있어서 그 바른 것을 잃지 않으나, 일반 사람들은 사물로 인해 올바르지 못한 길로 나아가기도 한다. 그러므로 옛적의 군자가 그 마음을 바르게 하고자 하는 경우는 항상 일상생활을 하는 가운데 만나는 사물을 삼가고 눈으로 보고 즐기는 것에 이르러서는 더욱 스스로 가렸던 것이다.[48]

⊛사람의 마음은 외물과 만나지 않으면 겉으로 드러나지 않다가 외물과 만난 뒤에야 겉으로 드러난다고 전제하고, 사물과 만나 드러나는 바는 사람마다 다르다고 했다. 사물을 접하는 것이 올바르면 사물은 사람을 격동시킬 수 있으나, 그것이 올바르지 못하면 사물은 사람을 혼란스럽게 만들 뿐이라고 하면서, 오직 성인만이 사물에 응하는 도가 있어서 올바름을 잃지 않는다고 했다. 사람이 사물을 접하는 통로로 이목구비 등 감각기관을 들고, 이를 통해 들어오는 것을 신중히 가릴 수 있어야 인간의 내부에 있는 마음을 올바로 기를 수 있다는 것이다. 근재는 이러한 주장을 대나무를 예로 하여 구체화했다.

　　대저 대나무의 물건 됨은 맑아서 누가 없고, 곧아서 변하지 않으며, 텅 비어 포용함이 있고, 꼿꼿하여 기대지 않아서, 예전의 현인

---

48) 안축, 「임영공관묵죽병기」, 앞의 책, 권1. 人心之在乎中而不接於外 則虛靈不動而安其本 有事物交於我然後 有以動於中而發於外 其接物而動我心者 耳目口鼻之類皆是而目之所交者尤廣焉 凡物之交於我者 有正而激我者 有不正而撓我者 惟聖人應物有道 而不失其正 衆人則因物有遷 而趨向異道故 古之君子欲正其心者 常於日用之間愼其接物 而至於目之所翫 則尤自擇焉.

군자들이 사랑하지 않은 이가 없었다. …… 이를 사람 가운데서 구하면 그것은 백이와 같은 사람이다. 맹자께서 이르시기를, "백이의 유풍을 듣는 자는 탐욕한 자도 청렴해지고 나약한 자도 뜻을 세운다."라고 하셨다. 또한 백세의 뒤에 그 유풍을 듣는 자가 그 본받음이 여기에 이르렀으니, 하물며 아침저녁으로 기거하는 사이에 눈으로 보아 가까이 하고 교화를 입음에랴. 이제부터 이 공관에 이르러 이 병풍을 대하고 앉는 자가 대의 맑음을 보면 가히 염치를 품어 인민의 재물을 해치지 않을 것이고, 대의 곧음을 보면 가히 절의를 갈아 지키는 바를 바꾸지 않을 것이며, 대의 텅 빈 것을 보면 가히 너그러이 뭇사람을 포용하여 혹독한 마음을 없앨 것이며, 대의 꼿꼿함을 보면 가히 시세에 아부함을 좇지 않고 꼿꼿이 홀로 설 것이다. 대나무가 사람을 격동하는 까닭이 이와 같으니, 이 병풍을 설치하는 것이 어찌 생민들의 복이 아니겠는가!49)

　　근재는 외물로서의 대나무의 성격을 네 가지로 말했다. 청이무루(淸而無累)·정이불변(貞而不變)·허이유용(虛而有容)·직이불의(直而不倚)가 그것이다. 사람의 마음이 이들과 접촉하여 나타나는 바를 각각 회염치(懷廉恥)·여절의(礪節義)·관유용중(寬裕容衆)·불수시아부(不隨時阿附)라고 했다. 사람의 마음이 사물과 올바르게 접촉하면 사물은 사람을 격동시킬 수 있다고 했는 바, 그 격동의 결과로 나타나는 것을 각각 불상민재(不傷民財)·불역소수(不易所守)·무가포지심(無苛暴之心)·정연독립(挺然獨立)이라고 설명했다. 그리고 대나무가 이렇듯 사람을 올바로 격동시킬 수 있는 근거를, 대나무가 사람으로 치면 백이와

---

49) 앞의 주 16) 참조.

같은 사람이라는 데서 찾았다. 맹자의 말을 끌어서 백이로부터 백세 뒤에 그 유풍을 들은 사람들도 격동되었는데, 병풍에 대나무를 그려 사람으로 하여금 밤낮으로 대하게 하면 격동되지 않을 리가 없다고 했다.

이와 같이 근재의 주장을 정리해 보면, 외물을 매개로 하여 심성을 기른다는 유가적 문학관이 그대로 드러남을 알 수 있다. 얼음 항아리를 대하면 그 맑음을 생각하고, 활시위를 차고 그 급함을 본받으며, 가죽을 차고 그 부드러움을 본받는다는 예를 든 뒤에 근재는, "대개 그 바깥을 삼가서 그 가운데를 기르고자함이다."50)라고 했다. 이때, '바깥'이라고 한 것은 '외물'을 뜻하는 것이고, '가운데'는 사람의 '속마음'을 가리키는 말이다. 삼가는 까닭은 사람이 사물과 접촉하는 데 두 가지 경우가 있기 때문이다. '올바르게 나를 격동시키는 것'과 '올바르지 못해서 나를 요동시키는 것'이 그것이다. 올바르게 접촉하여 스스로를 격동시키기 위해서는 삼가지 않을 수 없다는 것이다.

사물과 사람의 관계를 말한 이러한 논지는 문학에 관한 논리로도 설명이 가능하다. 사물 가운데 특히 눈으로 접하는 사물을 만났을 때, 그 바름을 잃으면 정도에서 벗어난 길로 가게 된다는 것이다. 이렇게 된 예가 바로 '음롱풍월'이 아닌가 한다. 이에 비해 그 접하는 사물을 삼가 그 바름을 잃지 않을 때 비로소 사물에 응하는 정도를 가게 된다. 그 예가 '모사물상'으로 나타난다고 하겠다. 삼간다는 말은 곧 감정의 절제를 뜻한다. 결국, 문학을 이렇게 보는 것도 '미

---

50) 같은 글. 有對冰壺而思其淸 佩弦韋而效其柔急者有焉 盖欲謹其外而養其中也.

자이권계'의 예와 마찬가지로 공리적인 문학인식 태도에 다름 아니다. 최자가 문학은 도를 밟는 문이라고 한 것이나, 백문보가 성정에서 우러나야 바야흐로 시라고 한 말과 마찬가지로, 재도적인 문학관의 단초가 근재에게도 이미 마련되어 있었음을 확인할 수 있다.

4. 마무리

지금까지 논의한 바를 요약하여 정리하는 것으로 마무리를 삼고자 한다. 근재는 고려 후기 충렬왕조에 순흥 지방의 세습 향리 가문에서 발신하여 과거를 통해 중앙정계로 진출한 전형적인 신흥사대부의 한 사람이다. 그가 유가적 사고방식을 지녔었다는 것은 그의 행적에 두루 드러난다. 그는 지방에 지반을 두고 중앙에 진출했기 때문에 직접 생산에 종사하고 있는 백성들의 고충을 생산자의 입장에서 바라볼 수 있었다. 또한 그가 익힌 신유학은 인륜에 따른 질서를 근본이념으로 하는 것이었다. 따라서 그의 생애는 신흥사대부층의 공통적 성향이기도 한, 민생의 안정과 왕실의 존중으로 일관된 것이었다고 할 수 있다.

그의 출신배경과 성향을 바탕으로 그가 지녔던 문학사상이 어떤 것이었는가를 추적했다. 그의 문학사상을 살필 만한 직접적 자료는 오늘날 전하는 것이 별반 없는 형편이다. 다만 이제현이 쓴 「관동와주서」가 있어, 근재의 문학에 대한 인식태도를 살필 수 있는 조그마한 단서가 된다. 그러므로 「관동와주서」의 논평을 시발점으로 삼아, 근재의 작품에서 그것을 검증함으로써 문학에 대한 그의 인식태도의 편모를 밝히고자 했다.

근재는 '음롱풍월'적 시를 피하고, 그보다는 '모사물상'적 시를 많이 남겼다. 특히 두드러지는 경향은 '미자이권계'에 속하는 시를 집중적으로 지었다는 사실이다. 그 가운데서도 찬미하거나 권면하는 작품보다는 풍자하고 경계하는 작품이 월등히 많은 것으로 나타난다. 근재가 '음롱풍월'적 시를 피한 것은 그가 유가적 문학관을 지녔기 때문으로 보았다. 사물에 접하여 감정을 무절제하게 분출하는 것은 경계할 일이라는 그의 주장이 이를 뒷받침한다. 그가 유가적 문학관을 지녔다는 근거는 다른 부류의 작품에서도 드러난다. '미자이권계'나 '모사물상'에 해당하는 시들이 일정한 기대효과를 노리고 있는 점이 그것이다. 전자의 권면과 경계, 후자의 외물을 통한 마음의 기름 등이 그러하다. 이러한 공리주의적 문학인식 태도는 뒤이어 체계화된 재도론적 문학관의 시발점이 된다는 데에 그 문학사적 의의가 있다.

제3부
고려 후기 사대부문학과 사물

사물인식과
고려 사대부 문학관

1. 문제의 제기

12세기 후반의 무신란을 경계로 고려왕조는 대단한 변화를 겪었다는 것이 일반 사학이나 문학사의 공통된 견해다. 무신의 집권 이래로 새로이 등장한 신흥사대부는 고려의 지배 구조에 커다란 변화를 가져왔을 뿐만 아니라, 이들이 지식과 교양을 갖춘 문인학자들이었기에 문학에도 새 바람을 불어넣었기 때문이다. 또한 이들은 고려 일대로 그 역할을 끝낸 것이 아니라 직·간접으로 조선왕조의 성격 형성에 결정적인 이바지를 하였기에 결코 소홀히 다룰 수 없다. '사대부'라는 용어는 어느 특정 시기의 한 집단을 뜻하는 것이라기보다는, 고려와 조선 두 왕조를 넘나들면서 특정 성격을 지닌 한 무리를 가리키는 말이므로 집단 자체의 성장에 따른 변화의 모습을 밝히는 일도 요긴한 일이다. 그러나 변화를 살피기에 앞서 그 집단이 가지는 동질적 성격을 분명히 아는 일이 더 급하다고 하겠다. 기본적인 동질성을 분명히 파악하는 가운데 그 변화의 모습도 올바르게 살필 수 있겠기 때문이다.

고려 후기 사대부의 동질적 성향, 특히 문학에 나타나는 공통적 성격은 여러 각도에서 논할 수 있을 것이다. 예컨대, 새로이 등장한 집단으로서의 현실인식 태도와 사회를 보는 의식기반이 구체적인 작품과 어떤 양상으로 맺어지고 있는가를 살필 필요가 있을 것이다.[1] 이러한 연구가 이들 집단의 문학에 대한 사회적 시각의 접근이라면, 그와 함께 이들 집단의 문학사상에 관한 고찰 또한 요긴한 과제다. 신흥사대부는 지방의 중소지주 출신이며, 학문적 소양과 함께 실무적 능력을 아울렀다고 한다.[2] 그렇다면 그러한 출신성향과 배경이 현실을 보는 시각과 어떤 관련을 가지는가 하는 의문과 함께 문학을 보는 관점과는 어떻게 연결되는가를 살필 일이 과제로 나서게 된다. 편의상 대사회관과 대문학관으로 나누어 본 것이 결국은 이들 집단의 성격에 표리관계를 이루고 있다고 할 수 있다.

고려 전기의 지배층이 문벌귀족으로 유학자임을 표방하였으면서도 불교와 더 긴밀한 관계를 가졌던 반면에 고려 후기에 등장한 신흥사대부는 지방 향리 출신으로 실무 기술적 능력과 새로운 이념인 신유학의 교양을 지녔고, 더러는 불교에 대해 적대감을 가져 척불에 앞장서기도 했다. 그런데 고려 전기에 문학과 정치에 주도권을 잡았던 문벌귀족이 지녔던 체질과 성향이 고려 후기에 이르러 완전히 사라진 것은 아니었다. 새로이 등장한 권문세족이 전대의 문벌귀족 이

1) 이러한 각도에서 논한 예로 김시업의 「이규보의 현실인식과 농민시」, 『대동문화연구』 12, (서울: 성균관대 대동문화연구원, 1978), 「고려 후기 사대부문학의 일성격」, 『대동문화연구』 15, 위와 같은 곳, 1982. 등을 들 수 있다.
2) 이우성, 「고려조의 이에 대하여」, 『역사학보』 23, (서울: 역사학회, 1964) 참조.

상 가는 지배권을 장악하였던 것이다. 권문세족은 선종과 밀접한 관련을 가지면서 수많은 토지를 겸병하여 경제적으로 지배의 주도권을 잡았다. 그러나 이들은 전대적 성격을 청산하고 새로운 시대를 이끌어갈 이념을 갖추지는 못하였다. 이들 권문세족과 신흥사대부가 각기 권력과 이념을 앞세워 서로 주도권을 다투며 고려 후기를 이끌어 나갔다고 할 수 있다. 그러므로 신흥사대부가 권문세족과는 다른 점이 무엇이었는가를 문학의 측면에서 구체적으로 살피는 데서부터 이 글의 논의를 시작해야 한다.

　고려후기의 사대부문학이 전대의 문벌귀족이나 동시대의 권문세족과 다르다는 견해는 일반적이다. 특히 신흥사대부가 독특하게 이룩한 경기체가를 다루면서 사대부들이 사물에 관심이 깊었음을 입증한 예가 있다.3) 그러나 아직까지 사대부들이 지은 한시문을 대상으로 그러한 논의를 검증하거나 전개시킨 예는 충분하지 못하다. 이 글에서는 사대부의 한시문을 대상으로 그들이 사물을 권문세족과는 얼마나 달리 인식했는가를 살핀 뒤, 그 결과 드러나는 사대부의 사물인식태도가 구체적으로 어떻게 전개되었는가를 천착하고자 한다. 이렇게 하여 얻어낼 수 있는 사물인식 태도상의 특징이 사대부의 문학관과 어떤 관계에 있는가를 고찰하여 고려후기 문학의 실상을 밝히는 작업에 조그마한 보탬이 되고자 한다.

---

3) 조동일, 「경기체가의 장르적 성격」, 『학술원논문집』 15, (서울: 대한민국학술원, 1976)

2. 사물에 대한 새로운 인식

1) 권문세족과 신흥사대부의 사물인식 차이

고려 후기의 사대부가 사물을 어떻게 인식하였는가를 살피기 위해서는 먼저 같은 시대에 주도권을 다툰 권문세족과 사물을 보는 시각이 어떻게 달랐는가를 대비하는 것이 좋을 듯하다. 비슷한 시기에 일생을 보낸 채홍철(蔡洪哲, 1262~1340)과 우탁(禹倬, 1262~1342)이 같은 제재인 영호루를 두고 읊은 시 각 한 편을 들고, 이들이 각각 권문세족과 신흥사대부의 성향과 체질을 지녔음을 밝혀, 두 집단의 사물인식 태도를 대비하는 자료로 삼고자 한다.

영호루는 고려 당시 영가 혹은 복주 등으로 불려진 안동에 세워진 누대다. 영호루가 언제 처음 세워졌는지는 기록에 자세하지 않으나, 고려후기로부터 여러 문인이 제재로 삼아 읊은 것으로 보아 상당히 아낌을 받았음을 알 수 있다. 특히 공민왕 10년(1361)에 홍건적이 개경을 함락하였을 때, 왕이 나리를 피해 잠시 안동에 파천하였던 일로 개경을 수복한 뒤 안동을 대도호부로 승격시키고, 왕이 친필 사액을 하여 더 널리 알려진 곳이기도 하다.

　　　　때때로 바다와 산에 많이 다녀 보았어도
　　　　물외의 정신이 예 오니 더해지네.
　　　　처음엔 꿈에 운우협에 노니는가 했더니,
　　　　차차 몸이 그리 속에 드는가 싶네.
　　　　남강 가을밤엔 봉우리마다 달이 휘영청하고,
　　　　북리 봄바람 속에 온갖 나무에 꽃이 만발했네.

제 아무리 무정하고 한가한 이 도인도
예 와서야 삭정이 같진 않으리.
海山當日往來多　物外精神到此加
初謂夢遊雲雨峽　漸疑身入畵圖家
南江秋夜千峰月　北里春風萬樹花
雖是無情閑道者　登臨不得似枯槎4)

위의 시는 채홍철이 지은 것이다. 채홍철은『고려사』악지에 전
하듯이, 선경과 같은 자하동에 화려한 저택을 지어놓고 이른바 나라
의 원로들을 모아 사치스러운 잔치를 열며 호기를 뽐낸 인물이다.
충숙왕이 들어서서 새로이 전적과 세제를 제정할 때 지밀직사사로
서 오도순방계정사가 되어 수많은 백성들의 땅을 편취하여 거부가
되었다고『고려사』에 전한다. 또한 불교에 심취하여 집안에 전단원
을 지어놓고 승려들을 거처하게 했는데 그곳을 충선왕이 다녀가기
도 했다고 한다. 채홍철은 당대의 권신인 권한공·최성지 등의 환심
을 사서 비정상적인 승진을 거듭하면서 자신의 세력을 넓혀간 인물
이다. 특히 직권을 남용하여 농민들의 토지를 점탈한 사실은 그가
권문세족의 체질을 지녔다는 뚜렷한 증거다. 민전을 탈취하는 행위
는 고려 후기 권문세족들이 다반사로 벌이던 일이었기 때문이다.5)
　채홍철은 영호루에 오니 물외의 정신이 더해진다고 하였다. 영호
루라는 누대 자체가 사물의 하나인데, 그는 사물을 대하면서 물외의
정신을 말한 셈이다. 물외의 정신이 더하게 되었다고 한 사정은 위

4) 蔡洪哲,「福州暎湖樓」, 徐居正 編,『東文選』권14.
5) 閔賢九,「高麗後期의 權門世族」,『한국사』8, (서울: 국사편찬위원회, 1981)

시의 셋째 줄과 넷째 줄에 드러나 있다. 채홍철은 영호루의 경치를
운우협과 화도가에 견주었다. '운우협'은 무산·양대의 고사로 널리
알려진 선경이고, '화도가' 역시 선경을 형용한 말이다. 현실세계의
사물 가운데 하나인 영호루를 통해 작자는 비현실적 세계인 선경을
그렸던 것이다. 사물을 사물 자체의 성격이나 가치로서보다는 물외
의 관념적인 성격이나 가치로 받아들이고자 하였음을 볼 수 있다.
'꿈에 운우협에 노는가 했다'는 말은 비현실적인 세계가 현실 밖의
꿈에서 펼쳐지는 줄 알았다는 말이다. 즉 영호루에 대한 작자 자신
의 생각이 비현실적임을 인정한다는 뜻이다. 그러나 그것은 처음의
생각이었을 뿐, 뒤이어 꿈에서가 아닌 현실에서 몸이 선경에 드는
듯하다고 했다. '천봉월'과 '만수화'는 이미 현실세계의 달과 꽃이
아니라, 작자가 들어간 물외의 선경인 것이다.

> 영남에 여러 해 두루 놀았으나,
> 이 산수의 경치를 내 가장 사랑하네.
> 풀 우거진 나루터에 나그네길 갈리고,
> 푸른 버들 언덕 가에 농가가 있네.
> 맑은 수면 바람 자니 연기 눈썹 비끼었고,
> 오랜 세월 담 머리엔 토화가 자랐구나.
> 비 갠 뒤 온 벌판에 격양가 노랫소리,
> 수풀 너머 붉은 강물에 넘실대는 삭정이를 바라보노라.
> 嶺南遊蕩閱年多　最愛好山景氣加
> 芳草渡頭分客路　綠楊堤畔有農家
> 風恬鏡面橫煙黛　歲久墻頭長土花
> 雨歇四郊歌擊壤　坐看林杪漲寒槎6)

위의 시는 우탁이 지은 것이다. 『고려사』 열전에 의하면, 우탁은 그 아버지인 천규(天珪)가 향공진사(鄕貢進士)였을 뿐으로, 자기 대에 이르러 과거를 통해 중앙정계에 진출한 전형적 신흥사대부다. 첫 벼슬인 영해사록(寧海司錄)으로 재직할 당시 민심을 현혹시키는 팔령신(八鈴神)의 사당을 헐어 바다에 던진 일은 널리 알려져 있다. 감찰규정(監察糾正)으로 있을 당시는 충선왕이 그의 부왕인 충렬왕의 후비 숙창원비(淑昌院妃)와 밀통한 사실을 들어 극간하리만큼 강직한 인물로 전한다. 또한 경사에 널리 통하고 특히 『주역』에 밝아 점을 치면 맞지 않는 것이 없었다고 한다. 이 무렵에 정이천(程伊川)의 역전(易傳)이 처음 고려에 들어왔는데 해득하는 사람이 없자, 우탁이 이를 연구하여 달포 만에 풀었다는 것이다. 그가 문벌이 뚜렷하지 않은 지방 출신으로 과거를 통해 중앙에 진출하였으며, 신유학의 교양을 갖추고 어지러운 세상에서 올바른 치민의 도를 펴고자 하였던 사실은 신흥사대부의 체질과 성향을 고루 갖추었던 인물이라는 증거가 된다.

우탁의 「영호루」 시도 채홍철의 경우와 마찬가지로 영호루의 경치를 찬양하는 말로 시작했다. 그러나 셋째 줄부터의 내용은 채홍철의 시와 사뭇 대조적이다. 채홍철의 시에서는 셋째 줄부터 현실세계를 벗어난 '운우협'·'화도가'가 일컬어진 데 대해, 이 시에서는 현실의 세계가 사실적으로 그려졌다. 풀 우거진 나루터, 갈려진 나그네 길, 푸른 버들이 서 있는 언덕, 언덕 위의 농가 등이 이 시에서 영호루의 주변 경관을 이루고 있는 부분적 모습들이다. 내 낀 호수의 모

6) 禹倬, 「暎湖樓」, 서거정 편, 앞의 책, 권15.

습도 담 머리에 핀 토화와 연결되어 은둔처로서의 자연경관이 아니라, 고요하고 한적한 생활현장의 일부임을 보여준다. 채홍철이 무산지몽과 양대운우의 고사를 떠올려 스스로 신선이 된 듯 물외의 정신이 더해진다고 한 반면, 우탁은 누대 주변의 한적하고 평화로운 정경을 통해 고복격양의 고사를 말하였다. 좋은 경치 속에서 태평스럽게 잘 다스려지는 인간세상의 모습을 발견하고자 하고 있음을 볼수 있다.

채홍철이 선경을 꿈꾼 바로 그 자리에서 우탁이 농가의 담장에 토화가 핀 모습을 발견하였다는 사실은 결코 예사롭게 보아 넘길 수 없는 일이다. 권문세족의 한 사람인 채홍철은 대상을 그 자체로 보지 않고 사물을 통해 비현실적 세계를 그리려 하고 있으며, 민생에 대해 무관심한 반면 실속 없이 글을 꾸미는 데 힘을 기울였다. 이에 비해 우탁은 구체적인 사물을 그대로 보고자 하였기에 민생에 대해 늘 관심을 기울였고, 그에 따라 꾸미고 다듬는 일에는 무관심하였다. 결국 권문세족이 물외의 관념적 세계에 빠져 현실을 외면하고 있을 때 신흥사대부들은 낱낱의 사물 자체를 중시하면서 실재의 현실을 올바로 파악하고자 했음을 알 수 있다.

2) 현실적 사고방식과 사물인식

앞에서는 사대부의 사물인식 태도가 권문세족의 그것과 다른 점을 보았다. 그 가운데 사대부의 사물을 중시하는 입장은 현실적인 사고방식과 밀접한 관련을 가진다는 사실을 알았다. 여기서는 사대부의 현실적 사고방식을 한층 상세히 살피면서 사물인식 태도와의

관련양상을 검토해 보고자 한다. 먼저 이제현(李齊賢, 1287~1367)의
「운금루기」를 자료로 논의를 시작해 보자. 이제현의 가문에서는 신
라 말 고려 초에 그의 선조가 공신의 칭호를 받기는 하였으나 그 뒤
로는 한동안 중앙정계에 진출한 인물이 없었다. 그의 가문은 아버지
인 진(瑱)에 이르러 과거를 통해 중앙에 진출하였으니, 사대부 가문
이라고 할 수 있다. 운금루는 이제현의 처조카인 현복군 권염(權廉)
이 1337년(충숙왕 복위6)에 개경 남쪽에 지은 누대다. 이제현은 권염
이 권문세족이면서도 남다른 데가 있어 본받을 만하다고 하면서 이
기문을 지었다.

　　올라가 볼 만한 산천의 경치는 반드시 모두 궁벽하고 거리가 먼
　　지방에만 있는 것이 아니고, 도읍지나 대중들이 모인 도회지에도
　　본래 좋은 산천이 없는 것은 아니다. 이름을 다투는 자들은 조정에,
　　이익을 다투는 자들은 저자에 묻혀, 비록 형산·여산·동정호·소
　　상강이 굽어보고 쳐다볼 수 있는 가까운 거리에 널려 있어 장차
　　우연히 만나게 된다 하더라도, 그런 것이 있음을 알지 못하는 것이
　　다. …… 이는 마음에 쏠리는 일이 있어 눈이 다른 데를 볼 겨를이
　　없기 때문이다. 일을 좋아하고 세력이 있는 자들은 관을 넘고 진을
　　건너 터를 잡고는 산수놀이에 몰두하면서 스스로 고상한 체하지만,
　　강락이 길을 내자 주민들이 놀랐고, 허사가 집터를 묻자 호사가 꺼
　　렸으니, 그렇게 하지 않는 것이 도리어 고상하다.[7]

7) 李齊賢, 「雲錦樓記」, 『益齋亂藁』 권6. 山川登臨之勝 不必皆在僻遠之方 王者之所都
萬衆之所會 固未嘗無山川也 爭名者於朝 爭利者於市 雖使衡廬湖湘 列于跬步俯仰之
內 將邂逅而莫之知有也 何者 …… 心有所專 而目不暇他及也 其好事而有力者 踰關津
卜田里 規規於丘壑之遊 自以爲高 康樂之開道 小民之所驚 許汜之問舍 豪士之所諱
又不若不爲之爲高也.

이제현은 누대 지을 장소를 가리는 데 두 가지 유형이 있음을 말했다. 구경할 만한 경치를 먼 곳에서 찾는 자와 가까운 곳에서 찾는 자가 그것이다. 이제현은 이 두 유형 가운데 전자를 많은 사람들이 취하고 있는 데 대해 반론을 펴면서 후자의 타당성을 내세웠다. 먼 곳에만 좋은 경치가 있는 것은 아닌데, 굳이 먼 곳에서 구경거리를 찾는 자들은 이름과 이익을 다투는 데 마음이 쏠려 가까운 곳에 훌륭한 경치가 있음을 보지 못한다는 것이다. 이제현이 이름과 이익을 다투는 자들이라고 한 것은 바로 권문세족 일반을 가리키는 말일 듯하다. 가까운 개경 안에서 누대 자리를 찾은 권염이 권문세족답지 않게 본받을 만하다고 한 데서 그것을 알 수 있다.

권문세족이 도읍 안에서는 명리를 다투는 데 여념이 없고, 걸핏하면 현실을 벗어난 자연 속에서 허망한 고상함만을 찾는 태도를 못마땅하게 여긴 이제현의 생각이 드러나 있는 글이다. 그것이 허망한 고상함임을 중국의 두 가지 고사를 들어 보였다. 남조 송의 사령운(謝靈運)이 산수를 좋아하여 한번은 수백 명을 동원해서 시령의 남산에서부터 임해까지 나무를 베어내고 길을 내니, 태수인 왕수(王琇)가 놀라서 산적이라고 했다는 것이 앞의 이야기다. 삼국시대 허사(許汜)가 진등(陳登)에게 푸대접받은 일을 유비(劉備)에게 말했을 때, 허사가 집터를 구하는 일에만 열중한 것을 유비가 힐난했다는 것이 뒤의 이야기다. 특히 허사의 고사는 권문세족이 좋은 산천을 찾아 겸병이나 일삼는 태도에 빗댄 것이라 할 수 있다. 이제현은 굳이 먼 곳에서 구경거리를 찾는 일이 고상한 듯하지만, 실상 그런 짓을 하지 않는 것이 오히려 고상하다고 했다. 곧 가까운 곳에서 구경거리를 찾는 것이 고상하다는 뜻이겠는데, 그것이 구체적으로 무엇인가를 다음과 같이 말했다.

> 내가 한번 가보니 …… 푸른 용산의 여러 봉우리가 처마 앞에 몰렸는데, 밝은 아침 어두운 저녁이면 매양 형상이 달라지며, 건너편 여염집들은 그 형세의 곡절을 앉아서 헤아릴 수 있고, 지거나 이고 타거나 걸어 오가는 사람들의 달리는 것, 쉬는 것, 돌아보는 것, 부르는 것, 벗을 만나 서서 말하는 것, 어른을 만나자 달려가 절하는 것들이 또한 모두 모습을 감출 수 없어 바라보며 즐길 만하다.8)

주변의 산봉우리가 아침저녁으로 변하는 모습, 인가의 모습, 왕래하는 사람들의 가지각색의 모습을 바라볼 수 있는 데서 구경할 만한 경치를 찾을 수 있다고 했다. 이제현이 비교적 먼 산봉우리로부터 거리를 오가는 사람들의 개별적인 모습에 이르기까지 거리를 좁혀 가며 세부적으로 묘사한 구경거리는 하나같이 현실 생활을 향해 모아져 있다. 그가 뜻하는 진정한 고상함이란 다름이 아니라 생활현장의 생생한 모습 속에서 찾을 수 있다는 것이다. 따라서 낱낱의 사물 그 자체가 바로 참다운 구경거리라는 말이 된다. 이제현은 이런 생각을 실재보다 관념을 중시하는 불교에서의 깨달음에 대해서도 그대로 전개시켰다. 다음의 글을 보자.

> 마침내 북으로 경사를 보고, 남으로 강소·절강·광동·광서·사천·감숙·운남·대주 등지를 유람하느라 몇 해의 더위와 추위를 넘기며

---

8) 같은 책, 같은 글. 余試往觀之 …… 龍山諸峰 攢靑抹綠 輻輳簷下 晦明朝夕 每各異狀 而嚮之閭閻煙火之舍 其面勢曲折 可坐而數 負戴騎步之往來者 馳者休者顧者招者 遇朋儔而立語者 値尊長而趨拜者 亦皆莫能遁形 而望之可樂也.

가보지 않은 데가 없으니, 본 바가 확연하였으므로 세운 바가 우뚝하
였으며, 경험한 바가 작연하였으므로 지키는 바가 확실해졌다.9)

서역의 지공사라는 승려가 훌륭하다는 소문을 듣고, 많은 사람들
이 찾아가 제자가 되기를 원했다. 호공이라는 승려도 그를 찾아갔으
나 스승으로 삼을 만하지 못함을 알고 그곳을 떠나 중국의 여러 곳
을 다녀본 뒤 주견을 확고히 세워서 돌아왔다는 이야기다. '소립자
탁연'과 '소수자확연'은 호공이 여러 곳을 다녀온 뒤 달라진 모습이
다. 그런데 그런 결과에 이르게 한 원인을 이제현은 각각 '소견자확
연', '소험자작연'이라고 했다. 본 것과 경험한 것이 이름난 승려보
다 깨우치는 데 낫다는 생각을 이렇게 나타냈다고 할 수 있다. 명성
을 듣고 찾아간 것이 공허한 관념을 추종한 것이라면, 직접 보고 경
험한 것은 실재를 따른 것이겠는데, 실재를 따름으로써 세우고 지키
는 것이 우뚝하고 확실해졌다는 것이다. 이러한 현실적 사고방식이
사물을 인식하는 태도와 만나는 것을 안축(安軸, 1282~1348)의 다음
글에서 찾아볼 수 있다.

　　서로 전해 이르기를, '이 굴은 관음의 진신이 상주하는 곳이어서
사람이 지성으로 귀의하면 진신이 바윗돌에 나타나고 청조가 날아
오니 이로써 신령스럽다'고 한다. 내가 조그만 배를 타고 굴에 이르
니, 이 날은 다행히 바람과 물결이 고요히 자서 굴속에 깊이 들어가
그 모습을 자세히 관찰하였다. 굴의 석벽은 높이가 석 자 가량인데

---

9) 같은 책, 권5, 「送大禪師瑚公之定慧社詩序」. 遂北觀京師 南遊江浙二廣四川甘肅雲
代 炎涼幾年 靡所不至 所見者廓然 則所立者卓然 所驗者灼然 則所守者確然矣.

돌무늬가 누런빛을 띠면서 반점이 어지러워 이른바 승려들이 입는
가사의 금란과 같았다. 얼굴·눈·어깨·팔·몸의 형상이 없는데 사
람들이 이를 보고 관음의 진신이 돌에 나타났다고 하고, 그 아래에
돌이 있어 우뚝하며 그 빛이 푸르스름한 것을 사람들이 연대라고
하였다. 이것이 과연 관음의 진신인가. 만일 돌무늬가 승복과 같은
까닭에 존경한다면 옳겠거니와, 이것을 관음의 진신이라고 하는 것
은 내가 아직 믿을 수 없다. 내가 굴에 도착하던 날 청조가 굴속으
로 날아 들어가니, 뱃사공이 바닷새라고 말하였다. 이것이 과연 관
음의 응현인가. 내가 이 굴을 둘러보며 이미 이러한 마음이 있는데
어찌 청조의 응함이 있겠는가. 만약 이 새가 과연 관음보살의 응현
이라면 나의 이러한 마음이 관음과 꼭 부합하고, 세상 사람들이 돌
무늬를 관음이라고 하는 것은 미혹한 것이다.10)

  안축은 그의 증조와 조부가 모두 순흥의 호장을 지냈고, 아버지인
석(碩)은 과거에 급제하였으나 벼슬길에 나아가지 않았다. 안축의 대
에 이르러 비로소 중앙에 진출한 전형적인 사대부 가문 출신이다.
그가 강릉도 존무사로 나갔을 때 금란굴에 이르러 지은 시에 대한
서문으로 위의 글을 썼다. 사대부는 불교를 인정하면서 유학의 입장
에 선 부류와 유학의 입장에서 불교를 적극적으로 배척한 부류로 나
누어 볼 수 있다. 안축은 불교를 적극 배척하는 입장은 아니었다.

10) 안축,「金幱窟詩幷序」,『謹齋集』권1. 相傳云 窟是觀音眞身常住處 人有至誠歸心 則
   眞身現于巖石而靑鳥飛來 以此靈之 余乘小舟到窟 是日幸風浪靜息 深入窟中 細觀其
   狀 窟之澳石壁高三尺許 石紋黃而爛斑 如浮屠所謂袈裟之金幱 無面目肩臂體相 人見
   此以爲觀音眞身現于石 下有石磊嵬 而其色微靑者 人以此爲蓮臺 噫 此果是觀音眞身
   耶 若曰 石紋如佛服故尊敬則可矣 以此爲觀音眞身 則余未之信也 余到窟之日 有靑鳥
   飛入窟中 舟人云 此海鳥也 此果是觀音之應耶 余觀是窟 而旣有是心 寧有靑鳥之應乎
   若是鳥 果爲觀音之應 余之是心 眞合觀音 而世人之以石紋爲觀音者惑矣.

이 글에서도 관음의 존재 자체를 부정하지는 않았으나, 사람들이 불교의 본의를 파악하지 못하고 미혹에 빠져 있는 것을 개탄했다.

그러한 사정은 금란굴 석벽의 돌무늬에 대한 안축의 견해에 드러나 있다. 돌무늬는 한낱 자연적 사물에 지나지 않는데 사람들은 그것이 관음의 응현인 양 잘못 알고 있다는 것이다. 돌무늬가 그것과 같은 사물의 하나인 승복으로 보이기 때문에 공경한다면 잘못 될 것이 없지만 관음의 진신이라고까지 하는 데는 동의할 수 없다고 했다. 안축 자신이 사람들의 그러한 믿음을 의심하는 마음[既有是心]으로 금란굴에 임하였는데, 관음의 응현을 알린다는 청조가 나타났을 리 없다는 것으로 자신의 견해를 입증했다. 금빛 가사 모양을 한 돌무늬일망정 그것은 한낱 돌무늬일 뿐이지 그 이상의 무엇도 아니라는 생각이 엿보인다. 사물에 공허한 의미를 부여하고 거기에 빠져드는 관념적 사고방식을 거부한 것이라 할 수 있다. 현실적 사고방식과 함께 사물을 사물로서 보고자 하는 태도가 잘 드러난 글이라고 하겠다.

위에서 살펴보았듯이, 고려 후기 사대부는 그 이전까지 별반 중시하지 않았던 사물을 새롭게 인식하면서 자신들의 이념의 바탕을 마련했다. 구체적이고 개별적인 사물을 통해 현실적 사고를 하면서, 그들은 그 이전까지 비현실적 관념적 세계에 매몰되었던 사고방식을 비판하기도 했다. 사물에 대한 사대부의 재평가는 비단 여기서 다룬 자료에 국한되는 것은 아니다. 그들이 독특한 형식으로 만들어낸 경기체가와 개별적인 사물의 특성을 전(傳)의 형식에 담은 가전체 작품들이 그 또 다른 예다. 사대부들이 이렇듯 사물을 중시한 것은 그들의 출신에서 비롯된 체질과 성향이 그 이전의 지배층과는 달랐기 때문이다. 지방에서 실무를 담당하면서 체질을 갖춘 사대부가 실무적 기능을 무시해온 구 귀족층과 맞서 자신들의 지반을 다지면서 낱낱의 사물이 갖는 생활현장에서의 의의를 크게 내세운 것은 당연한 일이었다. 그러나 사물 자체를 역설하는 데 그쳐서는 새로운 시대를 주도할 이념을 확고히 세우기에 미흡할 수밖에 없다. 이에 따라 사물을 사물로만 보는 데 머물 수 없었고, 사물이 인간생활과 어떤 관련을 가지는가가 새로운 관심사로 등장했다.[11]

3. 사물과 인간과 도

1) 인간생활의 거울로서의 사물

사물을 인간생활과 관련짓고자 한 첫째 예는, 사물이 인간생활의 모습을 비쳐주는 거울이라고 인식한 것이다. 사물을 이렇게 인식한 초기의 예는 김양경(金良鏡, ?~1235)의 「석불가탈견」이라는 시에서 찾을 수 있다. 김양경은 고려 전기에 문벌을 형성하였던 경주김씨의 일족이기는 하였으나 그의 선대에 별다른 벼슬을 한 것 같지는 않고, 그가 명종조에 과거를 통해 중앙에 진출하였다. 「한림별곡」에 '양경시부'로 일컬어졌듯이 시부에 뛰어났고, 뒤에는 인경(仁鏡)이라고 이름을 바꾸었다.

---

11) 조동일, 앞의 글, 240~246쪽 참조.

음양이 처음 갈라진 뒤에,
우주 안에 사물의 종류 만 가지로되,
돌은 그 속에 바탕을 가져,
그 굳음을 밖에서 빼앗을 사람 없네.
쳐부술 수는 있을지언정,
본성은 타고난 대로 잃지 않나니.
형체는 만들어진 것,
타고난 것은 옮길 수 없네.
쇠는 녹아 그릇 됨이 부끄러운 일,
구리 부어 돈이 됨도 창피한 것.
비유컨대, 어진 선비가 바로 돌이니,
그 지조와 마음을 누가 옮기리.
二儀初判後　物種萬紛然
有石中含質　無人外奪堅
勢堪從擊破　性莫失生全
素受形資地　難移守自天
鐵慚融作器　銅恥鑄成錢
比若賢良士　操心固莫遷[12]

　　위의 시에서 김양경이 거울로 인식한 사물은 '돌'이다. 만물 가운
데 돌은 견고한 바탕을 지녀서 사람이 그것을 빼앗을 수 없다고 했
다. 쇠나 구리도 단단하기는 하지만, 그 굳은 바탕이 사람을 만나면
녹여져 그릇도 되고 돈도 되니 돌에 비하면 부끄럽고 창피하기만 하
다고 했다. 상대의 힘이 감당하기 어려울 때 깨어질망정 본성을 굽

---

12) 金良鏡, 「石不可奪堅」, 서거정, 앞의 책, 권11.

히지 않는 돌이야말로 절개 있는 선비가 본받아야 할 줏대와 마음을
지녔다는 것이다. 돌이야 주변 어디서나 흔히 볼 수 있는 것이지만
전대의 귀족이나 권문세족들은 별반 시에서 다루지 않던 소재다. 미
미한 사물의 하나인 돌에서 인간이 취할 바를 발견한 감동이 이런
표현을 얻었다고 할 수 있다. 이 시와는 약간 각도를 달리 하여, 사
물이 인간의 본이라는 뜻을 오히려 사람을 따르기만 하는 그림자에
서 찾은 흥미로운 자료가 있다.

> 내가 내 그림자 미워,
> 달아나면 그림자도 달린다.
> 나 없으면 그림자도 없고,
> 나 있으면 그림자도 따른다.
> 나 있어도 그림자 없는
> 재주 있으련만 난 모르네.
> 남들이 말하길 그림자가 밉거든
> 그늘에 가면 뗄 수 있다고.
> 그늘도 사물의 그림잔데,
> 그 말이 더 어리석도다.
> 사물이나 내가 있기만 하면,
> 그늘과 그림자가 또 여기 있네.
> 나도 없고 사물도 없으면,
> 그늘이나 그림자가 어디 생길까.
> 소리 높여 그림자에게 묻지만,
> 그림자는 한마디 대답도 없네.
> 마치 안회의 어리석음처럼

말없이 알고 깊이 생각하나봐.
무엇이나 내가 움직이는 건
하나하나 모조리 흉내를 내네.
나는 오로지 말이 많은데,
이것만은 그림자도 따르지 않네.
그림자가 이르지 않을까,
말은 곧 몸을 위태롭게 한다고.
돌아보니 그림자가 날 본받는 게 아니라,
내 곧 그림자를 스승으로 삼는 것이네.

我惡我之影　我走影亦馳
無我則無影　有我影相隨
有我使無影　有術吾未知
人言若惡影　處陰庶可離
陰亦物之影　人言乃更癡
物我苟有矣　陰影復在玆
無我亦無物　陰影安所施
擧聲我問影　影也無一辭
有如回也愚　黙識而深思
凡我所動作　一一皆效爲
唯我頗多言　影也不取斯
影也豈不云　言乃身之危
顧非影效我　我乃影爲師[13]

위의 시를 지은 이달충(李達衷, 1309~1385) 역시 경주이씨 출신으

---

13) 李達衷, 「贈影」, 『霽亭集』 권1.

로 충숙왕 때 과거에 급제했다. 공민왕 때에는 신돈의 면전에서 직언을 하다가 파면된 경력이 말해주듯이 사대부적 체질을 지닌 인물이다. 이 시는 사물의 하나인 그림자를 주의 깊게 관찰하는 데서 이루어졌다. 작자가 산길을 가는데 온종일 스쳐 지나가는 사람도 없고, 오직 그림자만이 잠시도 떠나지 않아 이 시를 지어준다는 서문이 곁들여 있다.14) 그림자는 사람이나 사물에 늘 따라다니며 떼어버릴 수 없다는 데서, 사물의 하나인 그림자와 사람 사이의 관련을 찾았다.

그림자는 사람과 일체가 되어 함께 있지만, 사람과 다른 점이 그림자에게 있다고 했다. 사람은 말이 많은데, 그림자는 다만 흉내를 낼 뿐 말이 없다는 것이다. 말이 없는 것은 어리석은 듯이 보이지만 진정 어리석어서 말이 없는 것이 아니라, 공자의 제자 안회가 그랬듯이 지혜롭기에 말을 하지 않는다고 했다. 그림자는 말이 없는 가운데 말이 몸을 위태롭게 한다는 사실을 작자가 깨닫도록 해주었다. 신돈의 처사를 나무랐다가 내침을 당하였던 이달충으로서는 있을 법한 깨달음이다. 그래서 그림자가 사람을 본받는 것이 아니라, 사람이 사물인 그림자를 스승으로 삼는 것이라고 했다. 그림자는 본체인 사람을 따르기만 하는 것이라는 통념을 뒤집음으로써 충격을 주는 작품이다. 스승은 본이요 거울이라고 한다면, 이 시 또한 사물이 사람의 거울임을 말한 것이라고 하겠다.

---

14) 같은 책, 같은 곳. 予在山中 竟日無相過 拖筇曳屨 獨徜徉乎澗谷 寥寥然無與語 唯影也 造次不我違 爲可惜也 作詩以贈.

사람과 사물은 다 같이 하늘이 명한 본성을 타고났는데, 사람은
워낙 만물의 영장이건만 사물이 하는 바에 사람이 도리어 미칠 수
없음은 어인 까닭인가. 대개 사람이 하는 바는 아주 넓고 오로지
함이 없는 까닭으로 마땅히 하는 바가 능히 그 지난한 데 이르지
못하고, 사물의 본성은 한 곳으로 치우치고 막혀서 그 아는 것이
먹는 것과 이해를 따지는 데에 지나지 않을 따름이다. 다만 사물의
본성이 열린 곳에는 능히 하늘이 내려준 근본을 잃지 않는 까닭으
로 의리가 있는 곳이면 죽음에 이르기도 하는 것이다. …… 밀양
사람 가운데 꿀벌을 기르는 자가 있었다. 뭇 벌이 그들 가운데 특히
큰놈을 임금으로 모셨는데, 주인이 그것을 알지 못하였다. 주인은
마침 왕벌이 밖에 나갔다가 벌집으로 들어가는 것을 보고 다른 벌
이 꿀벌을 해치려는 줄 알고 죽여 버렸다. 그 며칠 뒤에 보니, 꿀벌
들이 한 곳에 모여 단란하게 죽어 있는지라 주인이 슬퍼했다. 내가
그 이야기를 듣고 슬퍼서 말하기를, "대개 꿀벌이라는 것은 벌레
가운데서도 무지한 것이다. 그 임금의 덕을 보는 것이 다만 따라
날아다니며 벌집을 차지하고 꿀을 만드는 것일 뿐인데 도리어 죽음
으로써 그 덕을 갚거든 하물며 신하와 임금은 일체로서 자리를 함
께 누리고 같이 녹을 먹으며 기쁨과 슬픔, 살아남고 죽는 것을 함께
하는 것이니, 의리는 진실로 임금을 위해 죽음이 있을 뿐 다른 길이
있을 수 없다."고 했다. …… 후세에는 남의 신하가 되어 꿀벌에도
미치지 못하는 사람들이 많다. 시운이 옮겨가는 때를 당하여 말을
바꾸고 얼굴을 고쳐 임금을 잊고 원수를 섬겨 후세에 조롱거리가
되는 자는 족히 논의할 게 못 된다. 다만 미물이 족히 남의 신하된
자들의 거울이 될 만하다.[15]

---

15) 李詹, 「蜜蜂說」, 서거정 편, 앞의 책, 권98. 人與物同得天命之性 人固靈於萬物 物之
所爲 人反有不可及者何也 蓋人之所爲 甚博而不專 故於所當爲 不能致其至難 物性則

이 글을 쓴 이첨(李詹, 1345~1405)은 충청도 홍주 출신으로 공민왕 때 과거를 통해 중앙에 진출하였다. 당시 권신인 이인임(李仁任)을 탄핵하였다가 10년간이나 유배를 당하기도 한 것으로 보아 사대부의 체질을 지닌 인물이라 하겠다. 그는 꿀벌이 그들의 임금을 대하는 의리를 들어 임금에 대한 신하의 의리를 논했다. 인간은 꿀벌들과는 달리 한 가지에만 오로지 하지 못하는 까닭으로 마땅히 행해야 할 것에 지극하지 못하기도 하지만, 꿀벌과 같은 사물보다는 영이한 존재이므로 사물을 거울삼아 지극한 데에 이르러야 한다는 것이다. 미물의 하나인 꿀벌에서 인간이 해야 할 도리를 발견하고, 그런 까닭으로 미물이지만 인간의 거울이 될 수 있음을 명확히 밝힌 글이다.

김양경이 돌이 지닌 견고하고 불변의 성질을 들어 인간이 취할 점만을 내세운 것과는 달리, 이첨은 꿀벌이 무지한 미물에 지나지 않는다는 사실을 분명히 하면서 취할 점이 무엇인가를 말했다. 이달충이 그림자는 인간을 따르기만 하는 것이지만 도리어 인간의 스승이 될 수 있다고 한 것과 같은 바탕에 있다고 하겠다. 사물에서 인간이 취할 점을 이달충은 '말을 삼갈 것'으로, 이첨은 '임금에 대한 신하의 의리'로, 다 같이 인간의 마땅한 처신으로 파악한 것도 동일하다. 다만, 이달충이 처신에 있어서 일반론이랄 수 있는 '삼가야 함'

偏塞 其所知者 不過飮食利害而已 但其性之開明處 則能不失天命之原 故義之所在 則致死焉 …… 密人有養蜜蜂者 其特大於衆蜂者曰君 而主人未之知也 適自外飛入其窠 以爲蜂之異類者欲害蜜蜂 殺之 後數日 衆蜂完聚一處團欒而死 主人爲之流涕 余聞而悲之曰 夫蜜蜂蟲之無知者 其賴於君也 惟隨飛占窠耳 同窠催蜜耳 尙能以死報之 況臣之於君 同爲一體 共享天位 共食天祿 同休戚俱存亡 義固爲君有死無二也 …… 後世之爲人臣 不及蜜蜂者多矣 至若當時運推遷之際 變辭革面 忘君事讐 貽譏後世者 不足與議也 惟微物足以爲人臣者之鑑矣.

을 발견한 데 대해, 이첨은 군신관계로 한정된 처신의 마땅한 도리
를 찾았다는 차이가 있다.16) 이첨이 왕조 교체기에 살았고, 조선에
서도 지배층으로 나섰다는 점을 감안한다면, 사물을 파악하는 입장
이 이 글에서는 신유학의 이념 쪽으로 한 걸음 더 나아가 있음을 알
수 있다.

2) 인간의 이치와 같은 사물의 이치

사물을 단지 본받는 대상 혹은 인간을 비쳐주는 거울로 인식하는
것으로 사대부가 굳건히 설 지반이 마련된 것은 아니었다. 사물과
인간의 관계를 본이 되고 본을 받는 상대라는 생각에서 더 나아가,
양자 사이에 어떤 이치를 발견하는 일이 당연한 요구로 나타났을 것
이다. 그러나 이렇게 달라진 과정을 명확하게 선을 그어 말할 수는
없다. 두 가지 생각이 공존하면서 점차 이치를 찾자는 방향으로 나
아갔다고 보는 것이 타당할 듯하다. 사물의 이치를 먼저 따지면서
인간과의 관련에까지 생각을 전개시킨 자료가 안축의 「경포대신정
기」다. 이 글 역시 안축이 관동지방에 존무사로 나가 있던 당시 강
릉의 경포대에 올라보고 지은 것이다.

천하의 사물이 대개 형체가 있는 것은 모두 이치가 있다. 크게는
산수에서부터 작게는 돌멩이와 나무토막에 이르기까지 그렇지 않
은 것이 없다. 노니는 사람들이 이 사물을 보고 흥을 부쳐 즐거움으

---

16) 같은 책, 권49. 「長尺銘」에서 이첨은 사물에서 인간이 본받아야할 점을 일반론적으
로 논하기도 했다. 장척의 평평함과 곧음을 본받겠다고 한 것이 그것이다. 惟爾之平
我以爲兄 惟爾之直 我以爲德 平直其物 人而何屈 察物反躬 天地其同.

로 삼는다. ······ 무릇 형체가 기이한 것은 겉으로 드러나는 데 있어 눈을 즐겁게 하고, 이치가 묘한 것은 미묘한 데 숨어 마음에 얻도록 한다. 눈으로 기이한 형체를 즐긴다는 것은 어리석은 자에게나 지혜로운 자에게나 한가지로되 그 치우친 것을 보고, 마음에 미묘한 이치를 얻는다는 것은 군자가 그러하여 그 온전한 것을 즐긴다. 공자께서 이르시기를, '어진 자는 산을 좋아하고 지혜로운 자는 물을 좋아한다.' 하셨으니, 이는 기이한 것을 즐겨 그 치우침을 보는 것을 이름이 아니오, 대개 묘한 것을 얻어 그 온전함을 즐기는 것을 이름이다.[17]

안축이 관동지방에 존무사로 떠나기 전인 1326년(충숙왕13)에 관동지방에서 임기를 마치고 돌아온 박숙(朴淑)이 안축에게 경포에 새로 정자를 지었으니 그 기문을 써달라고 했다. 뭇 사람들이 관동의 형승을 말할 때면 으레 국도나 총석정을 꼽는데, 박숙은 경포대가 잊을 수 없는 곳이라고 하므로, 실제로 그 당시까지 관동지방을 가보지 않았던 안축으로서는 박숙과 다른 사람들의 견해가 다른 것이 괴이쩍기만 했다. 그래서 한번 본 뒤에 기문을 쓰기로 했는데, 마침 1331년(충혜왕1)에 강릉도 존무사로 나가서 실제로 관동지방의 형승을 두루 둘러본 안축은 사물(경치)에 두 가지 이치가 있음을 발견하고, 그것이 곧 인간 됨됨이의 이치와 관련됨을 논하여 이 기문을 썼던 것이다.

---

17) 안축, 「鏡浦新亭記」, 앞의 책, 권1. 天下之物 凡有形者皆有理 大而山水 小而至於拳石寸木 莫不皆然 人之遊者 覽是物而寓興 因以爲樂焉 ······ 夫形之奇者 在乎顯而目所翫 理之妙者 隱乎微而心所得 目翫奇形者 愚智皆同而見其偏 心得妙理者 君子爲然而樂其全也 孔子曰 仁者樂山 智者樂水 此非謂翫其奇而見其偏 盖得其妙而樂其全也.

여기서 사물이라고 일컬은 대상의 구체적인 모습은 경치인데, 경치에는 두 가지가 있다고 했다. 형체가 기이한 것과 이치가 묘한 것이 그것이다. 이 두 가지 경치에는 각각 이치가 있으니 형체가 기이한 것은 겉으로 드러나서 보고 즐길 수 있고, 이치가 묘한 것은 미묘한 데 숨어 있어서 마음으로 얻을 수 있다고 했다. 사물이 지닌 이 두 가지 이치는 사물에 그치는 것이 아니라 인간 됨됨이와 관련이 되어, 평범한 사람들은 형체가 기이하고 눈으로 즐기는 것만을 찾는 데 대해 군자는 이치가 묘하고 마음으로 얻는 것을 즐긴다는 것이다. 겉보기에 좋은 것은 사물의 외형을 보는 데 그치지만, 이치가 미묘한 것은 사물의 내면까지 보는 것이니 사물을 온전하게 즐기는 것이라고 했다. 사물의 이치를 따져 인간이 취해야할 이치를 끌어냄으로써 사물과 인간이 같은 이치로 존재한다고 생각한 것을 여기서 읽어낼 수 있다. 이러한 사고방식은 안축만이 가졌던 것은 아니다.

내가 말하기를, 불이 마른 것에 잘 붙고 물이 축축한 곳으로 흐르는 것은 성격이 같은 것끼리 서로 찾아가는 것이니 이치에 있어서 반드시 그러한 것이다. 대저 그 숭상하는 것이라면 사물이나 내가 다를 것이 없는 것은 어쩔 수 없는 것이다. 왜 그러냐 하면, 하늘과 땅 사이에 풀이나 나무가 나는 것이 모두 한 기운으로 되기 때문이다. 그러나 그 뿌리, 싹, 꽃, 열매가 어려운 것, 쉬운 것, 일찍 되는 것, 늦게 되는 것 등 일정하지 아니한데, 다만 이 밤은 모든 사물보다 가장 낮게 나는 것이며, 그것을 재배하기도 매우 어렵고 오랜 시일이 걸린다. 그러나 자라기만 하면 쉽게 튼튼해지며, 잎이 매우 늦게 피지만 피기만 하면 곧 그늘을 쉽게 만들어 준다. 꽃이 매우 늦게 피지만 피기만 하면 곧 왕성하며, 열매가 매우 늦게 맺히지만

맺히기만 하면 곧 수확할 수 있다. 대개 그것이 사물로서 이지러짐
과 가득 참, 겸손함으로써 이득을 얻는 이치가 있는 것이다.

　윤공은 나와 같은 해에 과거에 급제하였는데, 그때 그의 나이가
서른이 넘었다. 그러다가 나이 마흔이 넘어서야 비로소 처음으로
벼슬을 하였으므로, 사람들은 모두들 늦었다고 하였으나, 공은 직
무에 더욱 충실하였다. 그러다가 선왕께서 공을 알아보셔서 크게
등용하였으며, 공은 하루에 아홉 번씩 승진하여 대신의 지위에 이
르게 되었다. 이것은 별로 손질을 하지 않았는데도 무성하게 뻗어
나간 나무와 같다. 그 기틀을 세우는 것이 처음에는 어려웠으나 그
성취하는 것이 뒤에는 쉽게 된 것이니, 대개 이 밤나무의 꽃이나
열매와 같은 바가 있다. …… 한 가지 사물을 궁구하여 이것을 실증
할 수 있다. 또한 여기에서 사람이 숭상하는 바를 관찰하게 되는
것이니, …… 사물과 내가 다름이 없다는 것이 모두 그렇지 않을
수 없다.[18]

　위의 글은 백문보(白文寶, 1303~1374)가 쓴 「율정설」의 몇 대목이
다. 백문보는 직산 사람으로 충숙왕 때에 과거에 급제하여 벼슬길에
나섰다. 공민왕 때에는 신라의 불교 숭상이 나라에 미친 폐단을 지
적한 「척불소(斥佛疏)」를 올려 신유학의 입장을 밝히기도 했다. 시문

---

18) 白文寶, 「栗亭說」, 『淡庵集』 권2. 余日 火就燥 水流濕 同氣相求 理固必然 蓋其所向
則物我之無間 有不得不然者何也 天地之間 草木之生 均是一氣 然其根苗花實 有難易
先後之不一 獨是栗最後於萬生之生 栽甚難長 而長則易壯 葉甚遲發 而發則易蔭 花甚
晩開 而開則易盛 實甚後結 而結則易收 蓋其爲物而有虧盈謙益之理矣 尹公與予同年
登科 年已三十有餘 而踰四十 始霑一命 人皆以爲晩 而公就仕尤謹 及知遇於先君之大
用 一日九遷登顯位作司命 不待矯揉而蔚乎其達矣 其所立者先難 而其所就者後易 蓋
有同於是栗之花實 …… 可格其一物而質焉 亦足以觀人之所尙 …… 物我之無間者 不
得不然矣.

을 짓는 일보다는 신유학의 입장에서 문학이 나아갈 방향을 제시하는 데 적지 않게 이바지했다. 「급암집서」에서는 성정에 근본을 두어야 참다운 시가 될 수 있다고 하면서, 문장을 꾸며 남의 이목만 즐겁게 하는 풍조를 신랄하게 비판했다.[19] 부화한 문체로 향락적인 생활을 구가하던 당시 권문세족의 문학에 대한 공격이면서 동시에 사대부의 문학이 지향해야할 방향이 문장의 형식적 기교나 수식이 아니라 나타내고자 하는 의미에 충실히 하는 것임을 분명히 한 것이라 하겠다.

「율정설」은 백문보와 같은 해에 과거에 오른 윤택(尹澤, 1289~1370)의 당호인 율정에 대해 풀이한 것이다. 윤택은 비록 백문보와 동년 급제자이기는 하지만 급제했을 때에 이미 나이가 30세를 넘었었고, 40세가 넘어서야 처음으로 벼슬길에 나아가게 되어 주위에서 모두들 늦었다고 했다는 것이다. 윤택은 늘 밤나무 숲이 울창한 곳에 거처를 마련했다고 한다. 백문보는 밤나무의 생리와 밤나무를 특별히 좋아하는 윤택이 지나온 행적 사이에 상당한 일치점이 있는 것을 발견하고 이 글을 쓰면서 사물과 인간 사이의 이치가 같은 것임을 말했다.

백문보는 먼저 밤나무의 생리를 설명했다. 밤나무는 재배하기가 매우 어렵고 오랜 시일이 걸리는 것이지만 일단 자라기 시작하면 곧 튼튼해지고, 잎이 늦게 나기는 하나 피기만 하면 그늘을 쉽게 만들며, 결실도 아주 늦지만 결실되기만 하면 곧 수확할 수 있다고 했다. 밤나무의 이 같은 생리가 윤택이 걸어온 길과 그대로 부합한다는 것이다.

---

19) 「及庵集序」, 같은 책, 같은 곳. 蓋詩言志 可以興 可以觀 邇之事君 則皆本乎性情 方可謂之詩 後以言辭而已者 以誇多鬪靡 英華其詞 不至於性情 則乃無用之贅言也.

윤택은 40세가 넘어서야 비로소 벼슬길에 나아갔으나 일단 벼슬길에
나아가자 곧 임금의 눈에 띄어 승진을 거듭하여 대신의 지위에 이르
렀으니 늦게야 무성하게 자라는 밤나무와 같다고 했다. 사람이 숭상
하는 사물을 보면 그 사람을 알 수 있다고 하면서 그 까닭을 사물과
인간이 같은 이치에 있기 때문이라고 한 것이다. 약간 후대의 이색(李
穡, 1328~1396)도 사물과 인간의 이치가 같음을 이렇게 말했다.

> 대개 이치란 형상이 없고 사물에 부쳐 비로소 사물의 형상이 되고
> 이치가 나타나는 것이다. …… 국화는 은일이요, 소나무는 절의며,
> 연꽃은 군자요, 해바라기는 지혜와 충성인데, 이들이 어찌해서 한
> 집에 모두 모였는가. 할아비와 아들과 손자가 서로 계승하여 세상에
> 혁혁하고, 사물을 취하여 스스로를 나타냄이 이와 같으니, 권씨가
> 보통의 초목들로 더불어 같이 썩지 않을 것이 또한 분명하다.[20]

위의 글은 고려말 삼은의 한 사람으로 널리 알려진 이색이 지은
「규헌기」의 일부다. 고려 후기 권문의 하나인 안동권씨 가문의 권희
안(權希顔)이 당호를 규헌이라 한 데 대해 쓴 기문이다. 권희안은 앞
서 본 운금루의 주인인 현복군 권염의 아들이다. 이들 권씨 가문에
서는 권희안의 증조부인 권보(權溥)로부터 4대에 걸쳐 초목을 취하
여 당호로 삼았다. 권보가 국재(菊齋), 권준(權準)이 송재(松齋), 권염
이 연지에 누대를 짓고 운금루라고 한 것과 권희안이 규헌이라 한
것이 그것이다. 이색은 규헌에 대한 기문을 쓰면서 이들 4대에 걸친

---

20) 李穡, 「葵軒記」, 『牧隱文藁』 권3. 夫理無形也, 寓於物 物之象也 理之着也 …… 菊也隱
逸 松也節義 蓮也君子 葵也智矣忠矣 胡然而莘乎一家哉 祖子孫相繼奕世 所取以自表
者如此 權氏之不與尋常草木同腐焉者 亦明矣.

당호를 모두 들어 사물이 인간과 같은 이치에 있음을 말했다.

　이색은 이치가 그 자체로서는 모습을 드러낼 수 없다고 하면서, 사물을 빌려서야 비로소 나타날 수 있다고 했다. 이치를 사람과의 관련에서 본다면 도리라고 할 수 있겠는데, 도리의 구체적인 예로 이색은 은일, 절의, 군자다움, 지혜와 충성 등을 들었다. 이러한 인간의 도리 곧 이치는 국화, 소나무, 연꽃, 해바라기꽃 등의 사물에 부칠 때 나타나면서, 각 사물도 그 사물 본래의 형상을 갖추게 된다는 것이다. 이러한 이색의 생각은「관어대부」에서 사물과 자신이 하나임을 깨달아 마음의 바른 도리를 찾자는 것으로 나타나기도 한다.21) 사물과 인간 사이의 같은 이치를 '마음'이라고 밝힌 점이 남다르다.

　사물과 인간이 같은 이치에 있다는 생각은 이 밖에도 꽤 있다. 은거하는 가운데 이색과 교유하면서 시사를 개탄하였다고 전하는 원천석(元天錫)은, 인간 세상에서 일어나는 예측할 수 없는 변화가 마치 구름이 피어났다가 사라지고 달이 찼다가 기우는 것과도 같음을 말했다.22) 구름과 달이라는 사물이 나타내는 이치를 통해 인간의 이치도 그와 같음을 발견한 것이다. 이숭인(李崇仁, 1349~1392)이 쓴「상죽헌기」에서도 비슷한 예를 찾을 수 있다. 서리가 내려도 가지나 잎이 변하지 않는 대나무와 성색과 향미에 동하지 않는 각림(覺林)이라는 승려가 같은 이치에 있음을 들어 그 승려의 당호를 지어 준 것이 그것이다.23) 이러한 입장들은 '물아동리(物我同理)'라는 말

---

21)「觀魚臺小賦」,『牧隱詩藁』권1. 物我一心 古今一理.

22) 元天錫,「丙寅冬至感懷 示元都領」,『耘谷詩史』권3. 物我同理何得喪 孰分憂樂並消長 浮雲起滅月圓缺 人生聚散誠荒唐.

23) 李崇仁,「霜竹軒記」,『陶隱集』권4. 夫竹一植物耳 植物之遭霜露 其爲變烈矣 摧折隕墜 無復生氣 …… 而竹也 不改柯易葉 挺然獨秀焉 …… 上人佛者也 之其所謂聲色香味

로 묶어볼 수 있을 것이다.

3) 사물을 접하는 가운데 드러나는 도리

사물과 인간의 관계에서 이치를 찾고자 하는 점은 같으나 앞에서 살펴본 자료와는 달리, 인간이 사물을 접하는 데에 이치가 있다고 하는 입장을 취한 글이 더러 있다. 그러한 입장의 글이 뜻하는 바는 '도재접물중(道在接物中)'이라는 말로 묶을 수 있을 것이다.24) '물아동리'가 사물과 인간 사이의 관계를 정태적으로 파악한 것이라면 '도재접물중'은 그 관계를 동태적으로 파악한 것이라고 할 수 있다. 사물뿐만 아니라 인간도 움직임이 없는 존재라고 한다면 모르겠거니와 둘이 모두 운동하는 가운데 어떤 관련을 가진다고 할 때, 양자 사이의 관계를 동태적으로 파악하고자 하는 것 역시 당연한 추세일 것이다.

사물과 인간의 관계에 대해 누구보다 많은 글을 남긴 이는 이규보(李奎報, 1168~1241)다. 그는 많은 고난 끝에 벼슬길에 올라 문장력으로 입신한 인물이다. 이름 그대로 신진사인(新進士人)으로서 전대의 문학을 청산하고 새로운 문학의 방향을 잡자니 사물에 대해 유달리 관심을 가졌을 것이다. 뿐만 아니라, 사물을 새롭게 인식한 초기의 인물이면서도 사물과 인간의 관계를 깊이 있게 다룰 수 있었던 것도 그런 데 연유하는 것이라 여겨진다. 그의 「답석문」이라는 글을 보기로 하자.

觸法 未嘗有一念之動焉 今夫霜竹其軒者 不惟有以自見也 蓋其氣類之相求者歟.
24) 서거정 편, 앞의 책, 권4.에 실린 崔瀣의 「次韻答鄭載物子厚詩」에 先生古君子 道在接物中이라는 구절에서 취한다.

큰 돌 하나가 내게 묻기를, "…… 사람은 진실로 만물의 영장인데, 어찌 그 몸을 자유롭게 못하고 스스로 그 성품에 맞도록 하지 못하는가. 항상 사물에 얽매어 사람에게 끌리게 되고, 사물이 혹 유혹하면 거기서 빠져 나오지 못하고, 사물이 혹 내게 오지 않으면 참연히 즐거워하지 않으며, 남이 좋아하면 펴고 남이 배척하면 굽히니, 본래의 참된 것을 잃고 특별한 지조가 없는 것은 자네 같은 것뿐이네." …… 내가 웃으며 답변하기를, "…… 나는 안으로는 실상을 온전히 하고 밖으로는 인연의 경지에 얽매이지 않기 때문에 사물의 부리는 바가 되기도 하고, 사물에 무심하기 때문에 남에게 끌리기도 하며, 남에게 아무 거리낄 것이 없기 때문에 흔들면 움직이고, 부르면 가고, 행할 만하면 행하고, 그칠 만하면 그치니, 가한 것도 가하지 않은 것도 없다네."25)

위의 글은 사물과 인간의 관계를 동적으로 파악한 좋은 예다. 돌이 묻고 사람인 이규보가 그에 답하는 형식으로 썼다. 사물인 돌과 인간은 다 같이 천명을 받고 태어났다는 것을 전제한 뒤, 돌은 본성을 잃지 않는데 만물의 영장이라고 하는 인간은 본성을 보존하지 못하는 것은 무슨 까닭인가고 돌의 입장에서 의문을 제기했다. 이에 대해 이규보는 돌도 경우에 따라 쪼개지기도 하고 편석이나 비석이 되는 것을 들어, 돌이 본성을 잃지 않는다는 말이 잘못된 것임을 먼저 말했다. 그리고 사람의 경우를 들어 변하지 않는 것이 본성이 아니라,

---

25) 李奎報, 「答石問」, 『東國李相國集』 권11. 有石磈然大者 問於予曰 …… 人固靈於物者也 曷不自由其身自適其性 常爲物所使 常爲人所推 物或有誘 則溺焉而不出 物或不來 則慘然而不樂 人肯則伸焉 人排則屈焉 失本眞 無特操 莫爾若也 …… 予笑而答之曰 …… 爲予則內全實相 而外空緣境 爲物所使也 無心於物 爲人所推 無忤於人 迫而後動 招而後往 行則行 止則止 無可無不可也.

사물과 접하면서 그때마다 올바로 처신하는 것이 진정한 본성임을
밝혔다. 때로 사물에 얽매이기도 하고 사람에게 끌리기도 하며, 행하
고 그침을 마땅하게 하는 것이 인간의 본성이라는 것이다. 인간이
취해야 할 도리는 고정불변하게 어디 따로 있는 것이 아니라, 구체적
인 사물과 부딪치면서 그에 마땅하게 처신하는 데 있다는 말이다.

위에서 말한 바는 얼핏 사물의 중요성은 도외시하고 인간의 특성
만을 인정한 듯 보이기 쉽다. 그러나 이규보가 말한 뜻은 인간의 도
리가 그 자체로 존재한다는 것이기보다는 사물과 관련을 맺을 때 대
두되는 것이라는 의미일 듯하다. 그와 같은 사실을 뒷받침해주는 자
료가 「반유자후수도론」이다. 이 글에서 이규보는 사물이 도의 기준
이라고 말한 뒤, 사물을 지켜 그 기준을 말미암은 이후에 도가 존재
한다고 했다.[26] 사물이 도의 기준이므로 사물을 버려 도의 기준이
사라지면 도도 또한 존재할 수 없다는 것이다. 이러한 생각은 도가
마치 사물을 떠난 특정 상황에서만 가능한 듯이 믿었던 전대 귀족들
의 사고방식을 근본적으로 거부한 것이라고 할 수 있다. 「답석문」이
라는 글에서 돌이 '자신의 고정불변함이 본성'이라고 한 주장에 대
해 불가 서적에 우둔하고 치완한 것들의 정신이 화하여 목석이 되었
다는 말을 빌려 공박한 것은 관념적 사고방식을 그들이 지닌 관념적
논리로 논파한 것이라 하겠다.[27]

한편, 이곡(李穀, 1298~1351)도 「석문」이라는 글을 지어 사물인 돌
과 인간의 관계를 말했다. 이규보는 돌과 인간의 관계를 상대적으로

---

26) 「反柳子厚守道論」, 같은 책, 권22. 物者 道之準也 守其物 由其準 而後其道存焉.
27) 「답석문」, 같은 책, 권11. 汝之爲物 何自而成 佛書亦云 愚鈍癡頑精神 化爲木石 然則
  汝旣喪其妙 精元明落 此頑然者也.

보면서 돌의 본성이 고정불변한 것이라고 하는 생각이 잘못되었음을 논했다. 이와는 달리, 이곡은 돌을 중심으로 따져 돌의 본성은 변함이 없으나 그 쓰임새가 때에 따라 다양함을 말했다. "오직 이 신기한 물건(돌)의 작용함이 때를 따라 다르구나. …… 본체에 변함이 있겠는가. 작용함이 작지 않도다."고 한 말이 그것이다.[28] 이곡은 이 말을 다시 풀어 "내가 물러 나와 그 말을 살펴보니, 이것이 바로 사물을 궁구하여 아는 데 이른다는 것으로 이치가 구비된 줄을 알겠다."고 하였다.[29] 사물에는 변함없는 본체가 있고, 그것이 때에 따라 마땅한 작용을 함이 큰 것인데, 사물을 미루어 사람 또한 변하지 않는 도리를 갖추고, 일에 따라 마땅한 처신을 할 줄 알아야 한다는 것이다. 사물에 접하는 가운데 도리가 있다는 말은 이곡에 이르러 '격물치지(格物致知)'라는 새로운 용어를 얻었다고 하겠다.

　　사람의 마음이 가운데에만 있고 외부와 접촉하지 않으면 허령하여 움직이지 않고, 그 근본이 안정되었다가 어떤 사물이 있어서 나와 접촉한 뒤에야 가운데에서 움직여 밖에 나타나는 것이니, 그 사물에 접촉하여 내 마음을 움직이는 것은 이목구비 등인데, 눈에 보이는 것이 더욱 넓다. 무릇 사물이 나에게 접촉되는 것으로는 올바르게 나를 격동시키는 것도 있고, 바르지 못하여서 나를 요동시키는 것도 있다. 오직 성인은 사물에 응하는 데 도가 있어 그 바른 것을 잃지 않으나, 일반 사람들은 사물로 인한 옮김에 있어서 향하는 길이 달라진다. 그러므로 옛적의 군자가 그 마음을 바르게 하고

28) 李穀, 「石問」, 『稼亭集』 권1. 惟此神物 用隨時異 …… 體豈有渝 用非小補.
29) 같은 책, 같은 곳. 予退省其辭 乃知格物致知 理無不在也.

자 하는 자는 항상 일용하는 가운데서 사물에 접하는 것을 삼가고, 눈에 보이는 것은 더욱 스스로 가렸던 것이다.[30]

안축이 관동지방을 둘러보며 강릉에 이르렀을 때 공관이 너무 박루함을 보고 병풍을 만들어 묵죽을 그리게 하고 쓴 것이 위의 글이다. 사람의 마음은 외물과 접촉하지 않으면 겉으로 드러나지 않다가 사물과 접촉한 뒤에야 바깥에 나타난다고 전제하고, 사물에 접하여 나타나는 바는 사람에 따라 다르다고 했다. 사물을 접하는 것이 올바르면 사물은 인간을 격동시킬 수 있으나 그것이 올바르지 못하면 사물은 사람을 혼란스럽게 만들뿐이라고 하면서, 오직 성인만이 사물에 응하는 도가 있어 올바름을 잃지 않는다고 했다. 사람이 사물에 접하는 통로로 이목구비 등 감각기관을 들고, 이를 통해 들어오는 것을 신중히 가릴 수 있어야 인간의 내부에 있는 마음을 올바로 기를 수 있다는 것이다. 이규보가 말한바 사물과 접하는 도리가 여기에 이르면 군자로서의 도리로 한층 구체화함을 볼 수 있다.

안축이 인간의 마음과 사물의 관계에서 얻은 생각과 이곡이 사물을 통해 발견한 내용을 함축된 글로 아우른 것이 정추(鄭樞, 1333~1382)가 쓴 「관물재잠」이다. 정추는 뒤에 공권(公權)이라고 이름을 바꾸었는데, 선대에 일찍이 중앙정계에 발을 내디뎠다. 청주 출신으로 공민왕 초에 과거에 급제했다. 이존오(李存吾) 등과 신돈을 탄

---

30) 안축, 「臨瀛公館墨竹屛記」, 앞의 책, 권1. 人心之在乎中 而不接於外 則虛靈不動 而安其本 有事物交於我然後 有以動於中 而發於外 其接物而動我心者 耳目口鼻之類 皆是而目之所交者尤廣焉 凡物之交於我者 有正而激我者 有不正而撓我者 惟聖人應物有道 而不失其正 衆人則因物有遷 而趨向異道 故古之君子 欲正其心者 常於日用之間 愼其接物 而至於目之所翫 則尤自擇焉.

핵하다가 죽을 뻔 하였으나 이색의 도움으로 모면한 일이 있었다. 당시의 권문세족들이 정사를 제멋대로 하는 데 분개하다가 등창이 나서 죽었다고 전할 만큼 사대부적 체질을 강하게 지녔던 인물이다. 사물의 움직임에 따라 휩쓸리지 않고, 사물의 본성을 극진히 하는 것을 성인이라고 하면서 사물의 본성을 아는 도리로서 천명을 말했다. 천명이란 흰 매화와 붉은 살구꽃처럼 타고난 그대로의 자연이라고 했다. 그와 함께 사물이 그치는 데에서 인간도 그쳐야 함이 인간 자신에게 갖추어져 있다고 했다.[31] 사물을 보면서 그 가운데 갖추어져 있는 인간의 본성을 깨달아 천명을 다하고자 하는 뜻에서 이 글을 지었다고 하겠다.

이러한 생각을 한층 체계화 시켜 논한 글이 정도전(鄭道傳, 1337~1398)의 「불씨매어도기지변」이다. 정도전은 그의 아버지 운경(云敬)이 과거를 통해 중앙에 진출한 사대부 가문 출신이다. 고려말에 사대부로 입신하여 조선조 개국에 결정적인 역할을 한 대표적 인물이다. 당시 경상도 고성에서 이금(伊金)이라는 요사스러운 백성이 나타나 스스로 미륵이라고 하면서 사람들을 현혹시켰는데, 정도전은 석가모니도 이금과 다를 바가 없다고 하면서 불교를 몰아내는 일에 앞장을 섰다. 불교를 내몰기 위한 이론적 근거로 그가 지은 것이 「불씨잡변」이다. 정도전의 시대는 전대 귀족의 문학을 새삼 비판하고 극복해야할 시기는 이미 아니었다. 동시대 권문세족과의 이념적 투쟁은 아직 결말을 보지 못한 상태이긴 했으나, 공인되지 않았을 뿐 승

---

31) 鄭公權,「觀物齋箴」, 서거정 편, 앞의 책, 권49. 物兮本靜 各得其正 由我有物 來相撓 梗 卽動而安 稱之曰聖 其能匪他 盡物之性 格物有道 顧諟天命 天命維何 白梅紅杏 勖哉夫子 純亦不已 物止于止 備于身矣.

패는 판가름 난 것이나 다름이 없었다. 다만 끈질기게 사라지지 않는 것은 불교에 바탕을 둔 사고방식이었다. 사대부 가운데에는 불교에 적극적으로 맞서는 부류도 있었지만 대개는 유화적 입장을 취하고 있었기 때문이다.

> 도는 이치이며 형이상인 것이오, 기는 사물이며 형이하인 것이다. ······ 심신에는 심신의 도가 있으니, 가까이는 부자·군신·부부·장유·붕우이며, 멀리는 천지만물에 각각 그 도가 있다. 사람은 천지 사이에 있어 하루라도 사물을 떠나 홀로 설 수가 없다. 이러므로 내가 사물을 접하는 데 또한 각각 그 도를 다하여 조금이라도 착오가 있어서는 안 될 것이다. 이것이 우리 유학이 마음에서 몸으로, 몸에서 사람에 미치며, 사람으로부터 만물에 미치기까지 각각 그 본성을 다하여 통하지 않음이 없으니, 도가 비록 기와 섞이지는 않으나 기와 떨어질 수 없는 것이다.[32]

정도전은 도(道)를 가리켜 사물이 기(器)인 것과는 달리 리(理)라고 했다. 도는 천지만물에 다 있는 것으로 사물을 떠나서 살 수 없는 인간에게는 사물을 접하는 일이 긴요하여 그 도를 다해야 한다고 했다. 불교에서는 도와 기가 서로 다르게 보이면 기를 버리고자 하거나, 도와 기가 서로 관련되어 있는 것이 보이면 기를 곧 도라고 하지만 신유학의 입장에서는 도와 기가 형이상과 형이하로 분명히 구분

32) 鄭道傳, 「佛氏昧於道器之辨」, 같은 책, 권105. 道則理也 形而上者也 器則物也 形而下者也 卽身心而有身心之道 近而卽於父子君臣夫婦長幼朋友 遠而卽於天地萬物 莫不各有其道焉 人在天地之間 不能一日離物而獨立 是以凡吾所以處事接物者 亦當各盡其道 而不可或有所差謬也 此吾儒之學 所以自心而身而人而物 各盡其性而無不通也 蓋道雖不雜於器 亦不離於器者也.

되는 것이면서 서로 불가분의 관련 속에 존재한다는 것이다. 불가분의 관련이 있을 뿐만 아니라, 마음은 몸을 주재로 하고, 자취는 마음이 사물에 응하여 접한 뒤에 생기는 것[33]이라고 함으로써, 도는 사람이 사물에 응하는 실제적 활동을 통해서 나타나는 것이지 별다른 무엇이 아님을 분명히 했다.

4. 사물인식태도와 사대부문학의 성격

고려 후기는 권문세족과 사대부가 정치적인 면에서뿐만 아니라 문학적인 면에서도 주도권을 다투던 시대였다. 이 주도권 다툼에서 권문세족은 정치적으로 우월한 입장에 있는 듯이 보였지만, 자기 집단의 주도권을 다질 만한 이념 수립을 하지 못했다. 그러한 것이 구체적으로 드러나는 데가 문학이었다. 권문세족은 고려 전기의 문학을 계승하고자 하는 방향으로 나아갔으나 전대의 수준을 능가할 만큼 문학적 역량을 다지지 못했다. 반면, 사대부들은 고려 전기의 문학을 극복하려는 방향으로 나아가 전대와는 사뭇 다른 문학적 역량을 갖출 수 있었다. 권문세족이 현실을 도외시하고 관념의 세계에 침잠해 있는 동안, 사대부들은 현실에 지반을 두고 부정적인 현실을 직시하여 비판하거나 과감히 개혁하고자 하는 방향으로 나아갔다. 문학을 통해 다진 사대부의 이념적 기반은 정치적인 주도권 다툼에서의 굳건한 토대가 되어 결국 조선조를 건국하는 데 이르렀다.

---

33) 「佛氏心迹之辨」, 같은 책, 같은 곳. 心者 主乎一身之中 而迹者 心之發於應事接物之
上者也.

사대부가 권문세족과 맞서면서 자기 집단이 갖는 동질성으로 받아들여 다진 것이 현실적 사고방식과 사물에 대한 깊은 관심이었다. 사대부들은 근본이 지방 향리 출신으로 생활현장의 체험을 지녔기에 일정한 한계가 있기는 하나 현실을 직접 생산자의 입장에서 볼 수 있었다. 사상적으로는, 전대의 문벌귀족들이 한당유학의 교양을 지닌데 비해 사대부는 송유(宋儒)에 이르러 새로워진 신유학의 교양을 지녔다. 그에 따라 사장(詞章)을 앞세우는 부화한 풍조를 배격하고, 문학을 통해 도를 실현하는 방향을 끊임없이 모색했다. 현실적 사고방식을 바탕으로 삼아 도를 실현하려는 모색 과정에서 새롭게 인식한 것이 사물이었다. 전대 귀족의 관심 밖에 묻혀 있었던 사물을 새롭게 인식하면서 사대부는 전대의 문학을 청산하고 새로운 문학을 건설하는 바탕을 얻은 것이다. 사대부의 동질적 성격은 사물인식태도를 통해 분명히 드러난다고 할 수 있다.

사대부의 동질적 성격으로 나타난 사물인식태도는 상황에 따라 약간씩 다른 모습으로 구체화되었다. 전대 문학의 영향력이 채 가시지 않은 초기에는 전대 문학에 대응하기 위해 개별적인 사물 자체에 더 많은 관심을 기울였다. 그러나 차츰 전대의 문학이 청산되어 가면서 개별적인 사물 자체보다는 개개의 사물을 포괄적으로 인식하는 태도 혹은 사물과 인간과의 관련에서 얻을 수 있는 의미 등을 추구하기에 이르렀다. 사물에 대한 인식이 이러한 추세로 나아가면서 사물과 인간의 관련 속에 일정한 원리가 있음을 발견하여 도라고 일컫게 되었다. 그것은 사물에 대한 줄기찬 탐구의 결과이기도 하지만, 신유학의 이론에 힘입은 것이기도 했다.

같은 사대부층이면서도 도의 성격을 파악하는 태도에는 차이가

나타났다. 도의 성격을 정태적으로 파악하여 마음을 고요히 해야 도를
실현할 수 있다고 보는 입장이 있는가 하면, 현실 가운데 도가 있으므
로 현실을 개선해 나아가는 데에서 도가 실현된다고 하여 동적으로
파악하려는 입장도 있었다. 물아일심(物我一心)이라고 한 이색이 전자
의 입장을 대표한다면, 처사접물(處事接物)하는 가운데 도가 있다고
한 정도전이 후자의 입장을 대표한다고 할 수 있다. 고려 후기 사대부
의 사물인식에서 출발한 이러한 사상적 기틀은 고려 후기의 문학관을
이루기도 하였지만, 조선조로 계승되어 더욱 심화·발전하였다는 데
에도 큰 의의가 있다고 할 수 있다. 사물을 매개로 하여 도를 말하는
이색과 정도전의 입장은 문학과 도의 관계를 근본적인 문제로 삼는다
는 공통점을 지니면서도, 조선조에 이르러서는 한층 심화되어 나타난
이기철학을 바탕으로 각기 다른 방향으로 나아갔던 것이다.

고려 후기의
「삼척서루」 팔영시

1. 머리글

이른바 팔경시(八景詩) 혹은 팔영시(八詠詩)로 이른 시기에 보이는 것은 중국 남북조시대 양(梁)나라 심약(沈約, 441~513)의 「동오팔영(東吳八詠)」이 있다. 그러나 이러한 작품군이 본격적으로 이루어진 것은 대개 송의 소식(蘇軾, 1037~1101) 이후로 알려져 있다. 송의 탁지원외랑 송적(宋迪)이 특히 산수화를 잘 그렸는데, 그가 그린 「소상팔경도(瀟湘八景圖)」를 보고 소동파가 화제(畵題)에 따라 시를 지었고, 그 뒤의 호사가들이 이에 차운한 데서 발단되었다고 한다.[1)]

이 땅의 경우는 고려 명종 때에 왕이 문신들에게 소상팔경시를 지어 올리게 하여 그 시의(詩意)를 본떠 그림을 그렸다는 기록이 최초의 것으로 보인다. 진화(陳澕)의 『매호유고(梅湖遺稿)』에 의하면,

---

1) 李穡, 「東吳八詠序」, 『牧隱詩藁』, 권10. 東吳八詠 沈休文之作也 宋復古畵之 載於東坡集 予少也讀之而忘之矣 今病餘悶甚 偶閱東坡詩註 因起東吳之興 作八詠絶句., 沈括, 『夢溪筆談』, 권17. 度支員外郎宋迪工畵 尤善爲平遠山水 其得意者 有平沙落雁 …… 謂之八景 好事者多傳之., 蘇軾, 「八景圖後序」, 『東坡集』 續集, 권8. 참조.

그 당시 소상팔경시를 지어 올린 사람으로 이인로(李仁老)와 진화 등이 있었음을 알 수 있다.[2] 그밖에도 이인식(李仁植)의 「건주팔경(虔州八景)」, 이규보(李奎報)의 「건주팔경」, 김극기(金克己)의 「궁사팔영(宮詞八詠)」·「강릉팔영(江陵八詠)」 등의 시가 있었던 듯하다.[3]

기왕에 무신란 이후 활발하게 제작된 팔경시에 관한 논의가 있었다.[4] 여기서는 당시 문인지식인의 현실인식과 관련하여 그들이 제작한 팔경시를 다루면서, 무인 막하에서 제작된 소상팔경시와 원나라 지배 아래 신흥사대부들이 제작한 삼한이적(三韓異迹)의 팔경시가 성격상 다르다는 것을 규명하고자 했다. 무인 막하에서 생산된 소상팔경시는 단지 문인지식인의 권력지향적인 산물인데 비해 원나라 지배 아래 신흥사대부들이 삼한이적을 대상으로 제작한 팔경시는 민족적 자각에서 비롯되었다는 것이다.

상당히 흥미로운 문제의 제기이고 수긍이 가는 점도 적지 않으나, 제기한 문제의 무게에 비해 논의가 구체적으로 전개되지 않았다는 데서 아쉬움이 남는다. 특히 무인 막하의 팔경시 작자로 예거한 이인로·이규보·진화에 대해서는 당시 그들의 동향을 소개하는 데

---

2) 金宗瑞 等編,『高麗史節要』, 권13, 明宗15年 3月條. 命文臣製瀟湘八景詩 倣其詩意 模寫爲圖., 陳澕,「宋迪八景圖」 註,『梅湖遺稿』. 按明宗嘗命群臣 製瀟湘八景圖詩 蓋此詩作於是時 李大諫一代宗匠也 公以童丱 與之方駕 俱爲絶唱.

3) 李奎報,「次韻李平章仁植虔州八景詩序」,『東國李相國集』後集, 권6. 伏蒙相國閣下 和晉陽公門客所賦虔州八景詩 示予曰 子嘗著此八景詩耶 子曰 古今詩人 賦者多矣 未嘗不撑雷裂月 爭相爲警策者 子懼不及 故不敢爾 公固督 予賦之 則次韻各成二首奉寄 但未覩諸賢所賦 焉知不有犯韻者耶 此獨所恐耳., 崔滋,『補閑集』卷中. 子偶得金翰林集第一卷 觀之卷首 編宮詞八詠., 李荇 等編,『新增東國輿地勝覽』, 권44, 江陵大都護府 題詠條 참조.

4) 鄭容秀,「12·3世紀 文人知識人의 現實認識과 自然觀」,『石溪李明九博士華甲紀念論叢』, (서울: 성균관대 출판부, 1984), 89~99쪽.

그쳤고, 그들의 팔경시에 대해서는 이규보의 「건주팔경」 한 편을 소개했을 뿐, 그나마 시에 대한 구체적인 언급이 없이 '문인지식인의 음풍농월적 세계관의 반영'이라고 단정하였을 따름이다.

원나라의 지배 아래 몇몇 신흥사대부들이 남긴 글을 통합해 볼 때, 그들이 외국의 풍물에 가탁하지 않고 우리의 국토산하에 대한 애정으로 팔경시를 지었다는 견해는 귀 기울일 만하다. 그러나 이에 대해서도 역시 시에 대한 논의가 전혀 없어, 가설을 뒷받침할 만한 입증이 이루어지지 않은 아쉬움이 있다. 필자의 생각에 무인 막하의 팔경시를 외국의 풍물에 경도된 음풍농월이라고 단정하는 데는 재고의 여지가 있다고 보며, 원나라 지배 아래서 생산된 팔경시가 민족적 자각을 담은 것이라는 견해도 시에 대한 구체적인 논의가 뒷받침되어야 한다고 여긴다.

이러한 생각을 바탕으로, 이 글에서는 서로 연령의 차이가 있기는 하나 동시대를 살았던 근재(謹齋) 안축(安軸, 1282~1348) · 가정(稼亭) 이곡(李穀, 1298~1351) · 제정(霽亭) 이달충(李達衷, 1309~1385) 등 세 사람이 삼척의 죽서루 팔경5)을 두고 지은 「삼척서루팔영」 시를 중심으로 고려 후기 신흥사대부의 팔경시에 나타난 시세계를 살펴보고자 한다. 이를 위해 세 사람이 지은 시의 문면을 주로 분석하되 필요에 따라 사대부들이 남긴 여타의 글을 자료로 활용할 것이다.

---

5) 삼척 죽서루 팔경은 竹藏古寺 · 巖控淸潭 · 依山村舍 · 臥水木橋 · 牛背牧童 · 壟頭餉婦 · 臨流數魚 · 隔墻呼僧 등이다., 이행 등편, 앞의 책, 권44, 삼척도호부 제영조 참조.

2. 「삼척서루팔영」의 시세계

1) 자연물을 대하는 감흥

팔경시의 소재가 자연의 경치인 만큼, 이 범주에 드는 시에서 자연의 사물을 대하였을 때 일어난 감흥은 소홀히 다룰 수 없다. 「삼척서루팔영」 시에서 자연물을 대하였을 때 일어난 감흥의 양상은 대개 자연물과 인간사 사이의 어긋남을 발견하거나 자연과의 동화를 희구하는 것, 자연의 사물에 대한 체험적 인식, 아득하고 현묘한 것보다는 가까이에 있는 것을 추구하고자 하는 성향 등으로 나타난다. 먼저 자연물과 인간사가 서로 어긋남을 발견한 작품을 보기로 하자.

> 긴 대가 여러 해 되니 아름드리로 자랐는데,
> 손수 심었던 그 절 스님들 지금은 이미 없네.
> 참선하던 자리와 차 마시던 마루는 깊숙해 보이지 않고,
> 숲을 가로지르는 새만이 돌아갈 줄 아는구나.
> 脩篁歲久盡成圍　手種居僧今已非
> 禪榻茶軒深不見　穿林翠羽獨知歸[6]

근재가 대숲에 옛 절이 가려진 풍경을 읊은 것이다. 이 시에서는 대나무와 그 대나무를 손수 심었던 승려들, 그리고 보이지 않는 선

---

[6] 안축, 「竹藏古寺」, 『謹齋集』, 권1. 여기서 다루는 근재의 팔영시는 『근재집』, 권1에, 가정의 팔영시는 『稼亭集』, 권20에, 제정의 팔영시는 『霽亭集』, 권1에 각각 실려 있다. 앞으로 이 세 사람이 지은 「삼척서루팔영」 시의 경우, 작품 끝에 작자와 표제만 밝히기로 한다.

탑·다헌과 돌아갈 줄 아는 새가 각기 대립적으로 설정되어 있다. 예전에 승려들이 심은 대나무는 아름드리로 자라 숲을 이루었는데, 그것을 심었던 승려들은 가고 없다는 것이 첫 번째의 대립양상이다. 선탑과 다헌은 대숲에 가려져 보이지 않으므로 찾을 수 없는데, 숲 속으로 날아가는 새는 제 갈 곳을 찾아 돌아갈 줄 안다는 것이 두 번째의 대립양상이다.

이 시에 등장하는 대나무와 새는 다 같이 자연의 일부이면서 의연한 자연의 모습을 나타낸다는 공통점이 있다. 어디론가 가고 없는 승려들과 가려져 찾을 수 없는 선탑·다헌은 모두 인간사와 관련된 것이면서 예전과는 달라진 모습을 보여준다는 것이 공통점이다. 자연물인 어린 대는 아름드리로 자라 숲을 이루고 새는 수풀이 우거져도 돌아갈 줄을 아는데 비해 인간사는 간 곳을 알 수 없거나 수풀에 가려져 찾을 수 없게 되었다는 데서 작자는 이 둘이 서로 어긋남을 발견한 듯하다.

> 높고 험한 바윗돌이 달리는 시냇물을 막아,
> 내가 못이 되어 더욱 질펀하네.
> 물고기는 바람과 우레를 만나 남몰래 변화했고,
> 사람은 세월 따라 몇 번이나 바뀌었나.
> 巖巖崖石禦奔川　川却爲潭轉淼然
> 魚得風雷潛變化　人隨歲月幾推遷 —이달충, 「巖控淸潭」

근재의 「죽장고사」가 의연한 자연물과 무상한 인간사 사이에 대립을 읊은 것이라면, 제정의 이 시는 자연물과 인간사의 변화에 주목하고 있다는 점이 다르다. 흐르던 내가 바위에 막혀 못이 되고 물고기가 바람과 우레를 만나 남모르게 변했다는 것은 자연물의 변화다. 세월 따라 사람이 바뀌었다는 것은 인간사의 변화다. 다 같이 변화인 듯 보이나 실은 질적인 차이가 있다. 흐르는 냇물이 질펀한 못으로 바뀐 것이나 물고기가 용으로 화한 것은 한층 나은 것으로의 긍정적인 변화라고 할 수 있다.[7] 그러나 그에 비해 인간사의 무상한 변화는 부정적인 변화라고 할 수밖에 없다. 따라서 이 시에도 자연물과 인간사는 서로 어긋난 것으로 그려져 있음을 알 수 있다.

> 흐르는 내 뭍이 되고 뭍이 내 되어도,
> 맑은 이 못만 홀로 여전하네.
> 급한 여울물이 모여 고이는 곳을 보니,
> 깎아지른 바위는 무거워서 옮겨지지 않았네.
> 流川爲陸陸爲川　有底淸潭獨不然
> 看取奔灘停溜處　奇巖削立重難遷 ─안축, 「암공청담」

　인용한 시의 기구(起句)는 언뜻 내와 뭍이라는 자연물이 변화한 것을 말한 듯이 보이기도 한다. 그러나 기실 그 내용은 사실의 서술이 아니라 가정에 불과하다. 가정의 핵심 또한 내가 뭍이 되고 뭍이 내가 되는 자연물의 변화에 있다기보다는 그러한 표현을 통해 오랜 시간이 경과한 상황을 가정하자는 데 있는 것이다. 즉 아무리 세월

---

7) 묘(淼)는 흐르는 내[川]가 크게 모인 물[大水]을 뜻한다. 『說文』 참조. 물고기가 바람과 우레를 얻어 남몰래 변하였다는 것은 魚化龍 혹은 魚變成龍, 곧 용으로의 변화를 뜻한다. 『周易』의 風雷益卦는 君子가 善으로 나아가고 허물이 있으면 고치는 것[君子以見善則遷 有過則改]을 의미하니, 긍정적인 것을 말하는 것이다.

이 흐르고 세상이 바뀌어도 바위 아래 못만은 변함없이 맑다는 것을 강조하기 위한 가정이라고도 할 수 있다.

전구(轉句)의 '급한 여울물이 모여 고인다'는 것은 사실의 서술이다. 그러나 이 구절 역시 그 자체로서 어떤 의미를 지닌다기보다는 결구(結句)에서 말하고자 하는 것을 두드러지게 드러내려는 의도의 결과로 설정한 것이라 할 수 있다. 깎아지른 바위가 변함없이 버티고 서 있다는 점을 강조하기 위한 배려라고 할 수 있는 것이다. 급히 흘러내리는 여울물은 바위가 의연히 서 있는 것을 방해할 수 있기 때문이다. 그러한 방해에도 불구하고 바위가 옮겨지지 않았다고 함으로써 바위의 변함없는 모습이 한층 강도 있게 표현될 수 있는 것이다.

이 시에서는 변함없이 맑은 못, 의연히 서 있는 바위 등 불변의 자연물만이 강조되어 있을 뿐, 그와 대비되는 인간사의 모습은 표면에 구체적으로 드러나 있지 않다. 그러나 시에 있어서 서경이 단순히 자연경관의 묘사에 그치는 것이 아니라 서정이기도 하다는 점[8]을 감안한다면, 변함없는 자연의 모습을 감탄 어린 시선으로 바라보고 있는 작자의 의식 속에는 변화무쌍한 인간사의 허망함에 대한 자각이 이루어졌으리라는 추측이 가능하다.

> 대를 좋아하는데 굵기를 물어 무엇하리.
> 차군이라는 칭호, 잘못은 아니겠지.
> 절은 푸른 대숲에 숨겨져 찾을 수 없고,
> 해거름에 홀로 돌아가는 스님을 볼뿐일세.

---

8) 王夫之, 「夕堂永日緒論」, 『王般山遺書』. 情景名爲二 而實不可離 神於詩者 妙合無垠 巧者則有情中景景中情., 「詩繹」, 같은 책. 情景雖有在心在物之分 而景生情情生景.

愛竹何須問徑圍　此君稱謂未應非

招提翠密不知處　唯見斜陽僧獨歸　－이곡,「죽장고사」

　앞에서 든 세 편의 시와는 달리, 이 작품은 자연물과 인간사의
어긋남을 말하는 것 같지는 않다. 오히려 자연에 동화할 것을 희구
하는 듯하다. 또한 이 시는 근재의「죽장고사」에 대하여 화답하는
듯한 인상을 주기도 한다. 근재는 '대나무가 여러 해 자라 아름드리
가 되었다'고 하였는데, 가정은 '굵기를 물어 무엇하겠느냐'고 한 데
서 그러한 느낌을 받을 수 있다.

　여기 등장하는 대나무 역시 자연물의 하나이면서 숲을 이루어 자
연을 표상하는 사물이다. 그러한 대나무를 좋아한다든가 차군(此君)
이라는 애칭으로 부르고자 하는 것은 조금 확대하여 해석하면 자연
을 사랑한다는 의미일 수 있다. 절이 대숲에 가려져 찾을 수 없다는
것은 근재의 시와 다를 바 없으나, 이 시에 등장하는 승려는 근재의
시에서 언급한 승려와는 상당한 차이가 있어 보인다.

　근재가 말한 승려는 예전에 대나무를 심었으나 지금은 어디론가
가고 없는 것으로 그려져 인간사의 무상함을 나타내 준다. 가정의
시에 등장하는 승려는 석양을 받으며 절로 돌아가고 있고, 작자의
시선은 그 승려의 뒷모습을 좇고 있다. 그 승려가 돌아가는 곳은 절
이겠으나, 절은 대숲에 가려져 보이지 않는다고 하였다. 작자의 시
선을 통해 볼 때, 그 승려는 기실 대숲을 향해 가고 있는 것이다.
대숲이 작자가 사랑하는 자연의 표상이라면, 정작 작자의 시선은 돌
아가는 승려에게 있다기보다는 그 승려를 매개로 하여 자연을 향하
고 있다고 하겠다.

　　이 시에서는 자연물과 인간사의 대립적 상황을 설정하지 않고 자
연에 동화하고자 하는 작자의 의식을 암시적으로 나타냈다. 그러나
자연과의 동화를 희구하는 이면에는 역시 무상한 인간사에 대한 자각
이 깔려 있다고 보아야 할 것이다. 결국 위에 든 몇 편의 시에는 자연
물을 대하면서 인간사의 무상함을 자각하고, 한편으로는 의연한 자
연에 동화하고자 하는 의식이 공통적으로 나타나 있다고 하겠다.

　　　　삼엄하고 푸르게 총총한 것이 몇 겹이나 에웠나.
　　　　먼데서 보니 푸른 구름인 듯, 가까이 보니 아닐세.
　　　　문득 종소리 듣고 절 있는 줄 알아,
　　　　산책하고 스님 만나고 돌아감도 해롭지 않으리.
　　　　森嚴翠密幾重圍　　遠訝蒼雲近却非
　　　　忽聽鳴鐘知寺在　　不妨散策訪僧歸　ㅡ이달충, 「죽장고사」

　　자연물을 바라보면서 인간사의 무상함을 자각한 작품과는 달리,
이 시는 자연의 사물을 체험적으로 인식하고자 하는 태도가 두드러
진 것이 특징이다. 빽빽이 들어선 대숲을 멀리서 바라보았을 때는
구름인가 하였는데 가까이 가서 확인해보니 아니더라고 했다. 대숲
속에 절이 있다는 사실을 종소리를 듣고 알게 되었으나 그에 그치지
않고 산책 삼아 절을 찾아가 확인하고자 하는 태도가 엿보인다. 대
숲이든 절이든 체험을 통해 확인하고자 함을 알 수 있다.

　　　　바위 밑에 못이 된 것은 바로 큰 냇물.
　　　　바위 위에서 내려다보니 아득하네.

고을 사람들이 못 속의 달을 가지려 하니,

순박한 풍속이 변하지 않은 줄 알겠네.

巖底成潭是大川　巖頭直下視茫然

州人欲取潭心月　知有淳風不變遷　—이곡, 「암공청담」

　이 시의 승구(承句)를 보면, 우뚝 솟은 바위에서 그 밑의 못까지의 거리가 아득한 것으로 표현되어 있다. 이것은 물론 못 가운데 서 있는 바위가 높다는 것을 말한 것이나, 이 시 후반부의 내용과 관련지어 보면 거기에 그치고 만다고 할 수는 없다. 전구(轉句)에 보이듯이, 고을 사람들이 하늘에 뜬 달을 가지려고 하지 않고 못에 비친 달을 가지려고 했다는 데서 어떤 관련이 예상된다.

　못에서 바위 꼭대기까지의 거리가 아득할 정도로 먼 것이라면, 하늘에 떠 있는 달까지의 거리는 그에 비해 훨씬 아득하다고 할 수 있다. 그렇듯 멀리 있는 달보다는 가까운 곳에서 볼 수 있는 못에 비친 달을 고을 사람들은 취하고자 했고, 작자는 그 모습을 보며 순박한 풍속이 변하지 않았음을 확인했다고 한 것이다. 결국 작자는 아득하고 현묘한 무엇을 찾으려는 태도보다 무엇이나 가까운 곳에서 찾으려는 태도를 긍정적으로 평가하고 있음을 알 수 있겠다.

2) 농촌생활에 대한 관심

　「삼척서루팔영」 시에 나타나 있는 또 하나의 특징은 농촌생활에 대한 관심이 상당히 여러 편에 나타나 있다는 것이다. 이러한 현상은 우선 시를 지은 대상이 삼척 죽서루 근방의 산천이고, 그 산천

곳곳에 농민들의 생활현장이 자리 잡고 있었기 때문이라고 할 수 있다. 실제로 생산을 담당하는 농민들과는 처지가 달랐던 작자들로서 농촌의 생활에 대해 관심을 보였다는 것이 예사롭지 않고, 더러는 농민들이 직면하고 있는 고통을 제대로 파악한 듯한 작품이 있으므로 구체적인 논의가 필요하다.

> 산 가까이 피어 오른 밥 짓는 연기가 외딴 마을에 자옥하고,
> 대숲 밑엔 삽살개 누워 문을 지키네.
> 傍山煙火占孤村　竹下紅尨臥守門　ㅡ안축,〈依山村舍〉전반부

> 강 위엔 푸른 산, 산 밑엔 마을.
> 태평시절이라 문도 닫지 않는다네.
> 江上靑山山下村　太平煙火不關門　ㅡ이곡,「의산촌사」, 전반부

> 공중을 우러러 피리를 부는 쾌활한 모습,
> 소 등에 탄 목동이 입은 옷은 종아리도 못 가리네.
> 집은 산 앞에 있고 언덕이 그 사이에 있는데,
> 비 오는 날엔 저문 까마귀 따라 돌아가네.
> 仰空吹笛快軒看　牛背身無掩脛衣
> 家在山前陂隴隔　雨天行趁暮鴉歸　ㅡ안축,「牛背牧童」

　위에서 인용한 작품에는 평화로운 농촌풍경이 저마다 특색 있게 그려져 있다. 자옥하게 피어오르는 밥 짓는 연기, 집 지키며 누워 있는 삽살개, 일하러 나가 사람이 없는데도 문을 열어놓은 집, 가난하지만 그늘진 데가 없는 목동의 모습 등은 실감나게 그려진, 평화

롭고 한적한 농촌의 풍경이다.

　제정의 "마을은 산을 의지하고 산은 마을을 둘러, / 산 앞 작은
길이 싸리문에 잇닿았네. / 물결이 돌에 부딪쳐 강물이 희고, / 바람
이 뽕나무 위를 지나니 비 오려나 어둡네. [村舍依山山繞村 山前小徑接
衡門 波鳴石齒江流白 風過桑顚雨氣昏]"라고 한 「의산촌사」에서는 비와
바람 등 기후가 순조로운 농촌의 풍경을 그리기도 했다.

　　　　힘써 농사짓는 농부들 하나같이 해를 아껴,
　　　　별을 보며 나갔다가 저물녘에 돌아오네.
　　　　力穡田夫皆惜日　　戴星服役返乘昏　－안축, 「의산촌사」, 후반부

　　　　이 고장 백성들이야 어찌 강산이 좋은 줄 알랴.
　　　　일찍 일어나 일하다 보면 저물어진다네.
　　　　居民豈識江山好　　早起營生直到昏　－이곡, 「의산촌사」, 후반부

　　　　부부 모두 부지런해 놀고먹지 않고,
　　　　밭가는 남편 점심 가져와 풀밭에 둘러앉았네.
　　　　夫婦辛勤不素餐　　餉耕圍坐草萊間　－이달충, 「壟頭餉婦」, 전반부

　농촌의 평화로운 풍경이 농가의 정적인 모습이라면, 부지런히 일
하는 농민들의 생활태도는 농촌의 동적인 모습이다. 농촌 백성들의
활기찬 모습은 아침 일찍부터 저물 때까지 농사일에 힘쓰는 데에서
만 찾을 수 있는 것은 아니다. 결혼을 앞둔 농가 처녀의 희망찬 모
습, 목동의 탈속한 듯한 모습, 농촌 아낙네의 고생스러운 듯이 보이
나 행복한 모습 등에서도 그러한 점을 발견할 수 있다. 다음에 인용

하는 작품들이 그러하다.

> 저 집 자매 고운 눈썹,
> 밤 길쌈도 부지런히 시집갈 옷 만드네.
> 나면서부터 걱정 없는 네가 사랑스러운데,
> 도롱이 걸치고 피리 불며 소 가는 대로 가누나.
> 渠家姉妹有娥眉　　夜績辛勤作嫁衣
> 愛汝生來無念慮　　披蓑橫笛任牛歸　－이곡, 「우배목동」

> 들 점심 만드느라 아낙은 끼니도 거르고,
> 새벽부터 마음은 밭고랑에 가 있네.
> 한낮 되자 서둘러서 밭머리에 갔다가,
> 농사짓는 남편 먹이고서 아양걸음으로 돌아가네.
> 婦具農飧自廢飧　　曉來心在夏畦間
> 壟頭日午催行邁　　餉了田夫信步還　－안축, 「농두엽부」

　먼저 인용한 작품의 작자는 농가의 자매와 목동을 다 같이 사랑스러운 눈길로 보고 있다. 스스로의 노력으로 시집갈 꿈을 여물게 하려는 농가 처녀들이 아름답게 보였고, 세상살이의 고뇌에 물들지 않고 자연 그대로 살아가는 목동의 모습이 사랑스럽고 부러웠던 듯하다. 농가 처녀와 목동 사이에 있을 법한 아름다운 사랑의 사연이 상상될 수 있는 작품이다.

　뒤의 작품에도 생활이 어렵지만 희망과 사랑을 가지고 살아가는 농가 부부의 모습에 작자는 애정의 눈길을 보내고 있음을 느낄 수 있다. 끼니도 거른 채 들판에서 먹을 점심을 준비해 가서 남편을 먹

이고 아양걸음9)으로 돌아간다고 한 표현이 그러하다. 이와는 달리
농촌의 그늘진 면을 그린 작품도 있어 주목된다. 다음에 인용하는
작품을 보자.

>가을걷이에 마음 쓰며 서로 말하기를,
>빌려 쓴 작년 구실 갚게 되려나.
>有心秋穫聊相語　欠額年租庶可還　-이달충, 「농두엽부」, 후반부

>외나무다리 흔들흔들 여울 위에 걸쳤는데,
>바라만 봐도 물살에 빠질 듯 겁이 나네.
>이곳 백성들은 발과 마음이 익숙해져,
>평지를 지나듯 자세히 보지도 않네.
>一木搖搖跨石灘　望來惟恐蹈波瀾
>居民足與心曾熟　如過平途不細看　-안축, 「臥水木橋」

　　제정이 지은 「농두엽부」에는 농민들의 고충이 직설적으로, 근재
의 「와수목교」에는 그것이 암시적으로 표현되어 있다. 제정의 시는
농가의 부부가 부지런히 일을 하다가 점심을 먹는 사이에 앞일을 걱
정하는 모습이다. 그 가운데 부지런히 농사를 지어도 구실[租稅]조
차 제대로 낼 수 없는 농촌의 현실이 드러나 있다. 결구의 내용은
마치 농가의 한 부부가 나누는 대화를 그대로 옮겨 놓은 듯하지만,
뒤집어 보면 작자의 농촌 현실에 대한 이해와 염려를 동시에 보여준

---

9) 원문의 '신보(信步)'는 정해진 목표가 없이 발길 닿는 대로 걷는 걸음을 뜻하는 바,
　여기서는 남편에게 점심을 먹인 충족감에 신나서 돌아가는 아내의 발걸음을 표현한
　것이므로 '아양걸음'이라고 의역했다.

다고 할 수도 있다.

근재의 「와수목교」 전반부는 일견 여울 위에 걸쳐놓은 외나무다리의 모습을 실감나게 그려 놓은 것에 지나지 않아 보인다. 그러나 이 시의 후반부와 관련지어 본다면 단순히 사실의 묘사에 그치고 있지 않다는 것을 알 수 있다. 후반부의 내용은 예사롭게 지나쳐보면, 그곳 백성들이 외나무다리를 지나다니는 데 익숙하다는 의미로만 보인다. 얼핏 긍정적으로 바라본 시각 같으나 조금 주의하여 보면 결코 긍정적인 시각이 아님을 읽을 수 있다.

백성들이 실제로 처한 상황은 근재와 같이 제삼자의 시각에서 보면 위태롭기 짝이 없는데, 그들이 항상 그렇듯 위태로운 상황에 있다 보니 적응이 되어 무심히 지나치곤 한다는 의미로 읽을 수도 있는 것이다. 외나무다리라는 것은 제대로 세운 다리와는 달리 물을 건너기 위해 임시방편으로 설치한 것을 말한다. 그나마 안정되지 못하고 흔들거린다고 했다. 작자가 외나무다리에 빗대 당시 농민에 대한 시책의 허술한 면을 지적한 것으로 볼 수도 있겠다. 이렇게 본다면, 작자가 농촌의 백성들이 처한 심각한 상황을 안타까운 심정으로 바라보았음을 알 수 있다.

3) 세상살이의 이모저모

「삼척서루팔영」 시 가운데는 자연물을 대하는 감흥이나 농촌생활에 대한 관심을 나타내는 작품 이외에 세상살이에서 느낀 이모저모를 담은 시도 상당수 있다. 세상살이에 대한 느낌도 몇 가지로 나누어 볼 수 있는 바, 벼슬길의 어려움을 읊은 것, 세상살이에서 깨달

게 된 지혜에 관한 것, 승려를 대하는 태도를 보여주는 것 등이 그것
이다. 작자 세 사람이 모두 관인이었으므로 우선 벼슬길의 어려움을
읊은 작품부터 보기로 하자.

> 십리 사이 인가가 여울 하나 끼고 있어,
> 오고 감에 나무 걸치고 급한 여울 건너네.
> 벼슬길에 헛디딤은 이보다 더 위태롭건만,
> 발은 있으나 언제 한번 물러서서 살폈던가.
> 十里人家挾一灘　往來橫木渡狂瀾
> 宦途失脚危於此　有足何曾却立看 ―이곡,「와수목교」

전반부는 여울 위에 외나무다리를 걸쳐놓고 건너는 실상을 말한
것이다. 그러한 모습에서 작자는 벼슬길에서의 위태로움을 유추해
낸 듯하다. 여울에 거친 나무다리를 보며 이와 비슷한 생각을 했던
것이 가정과 동시대의 인물인 덕재(德齋) 신천(辛蕆, ?~1339)이다.

그는 같은 제목의 시에서 "긴 가지를 찍어내어 여울에 걸쳤는데,
/ 서리를 흩뿌리고 눈을 날리는 놀라운 물결일세. / 잠깐이라도 발자
국마다 조심하는 뜻을 / 공명 바라는 벼슬길에다 옮겨놓고 보소."[10]
라고 하였다. 신천은 벼슬길의 위태로움을 눈과 서리가 날리는 놀라
운 물결 위에 걸쳐진 외나무다리를 건너는 것에 빗대 한층 실감나게
표현했다.

---

10) 辛蕆,「臥水木橋」,『신증동국여지승람』권44, 삼척도호부 제영조. 斫斷長條跨一灘
　　濺霜飛雪帶驚瀾 須臾步步臨深意 移向功名宦路看.

이 물이 참으로 황공탄이 되었으니,
다리 밟는 발자국마다 물결이 일 듯하네.
그대로 무심히 지나가게나,
두려워 떨거나 주의해 보지 말고서.
此水眞爲惶恐灘　緣橋步步輒生瀾
從敎取次無心過　不用凌兢有意看　－이달충, 「와수목교」

　　제정은 가정이나 덕재와는 달리 벼슬길의 위태로움에 대해 직접
드러내지 않은 가운데 암시적으로 말하고 있다. 뿐만 아니라 위태로
움에 대처하는 자세에 있어서도 앞의 두 사람과는 차이가 있어 보인
다. 가정이나 덕재가 위태로운 벼슬길에서는 마치 급한 여울 위에
걸쳐진 외나무다리를 건너듯이 조심하는 자세가 필요하다고 한 반
면, 제정은 오히려 지레 겁을 먹거나 조심할 것이 아니라 무심하게
지나치라고 했다.

서로서로 생각하여 더 먹으라고 권하며,
아내는 밥 짓고 남편은 밭 갈아서 한 세상 보내네.
얼굴로만 섬기다가 버림받은 이 많은데,
안색은 한 번 변하면 다시 고와질 수 없는 것을.
相思寧復勉加飱　婦餉夫耕了世間
以色事人多見棄　顔華一去不曾還　－이곡, 「농두엽부」

도성 큰길에 나귀 타며 매양 눈썹 찡그림은,
항상 지저분한 먼지에 뽀얀 옷 되는 걸 한함이네.
강 언덕에서 편한 소 등을 타고,
시골길 찾아 물가로 돌아옴을 어떻다 하리.

騎驢九陌每嚬眉　常恨緇塵化素衣
爭似江皐牛背隱　漫尋村徑水邊歸 －이달충, 「우배목동」

　위에 인용한 두 편의 시는 벼슬살이의 어려움이 어디에 있는가를
비교적 구체적으로 지적하고 있다. 가정은 농사일을 하다가 점심을
먹는 농가 부부의 모습을 보며, 농민들의 생활과는 다른 벼슬아치
세계의 단면을 발견한 듯하다. 지어미는 음식을 장만하여 가솔들을
먹이고, 지아비는 농사를 지어서 먹을 것을 생산하며 살아가는 농가
부부에게는 상대의 고운 얼굴보다는 각기 맡은 일을 부지런히 해나가
는 것이 소중하다. 그러나 벼슬길에서는 섬기는 이에게 한때 잘 보였
다가 버림을 받는 일이 비일비재하므로 경계해야 한다는 것이다.
　제정은 자신의 경우를 목동의 처지와 비교하여 말하고 있다. 나
귀 타고 거쳐 가는 도성 길은 구절양장과 같이 굽이굽이 어려움이
많은 벼슬길을 뜻한다고 할 수 있다. 그렇듯 어려운 벼슬살이에서
늘 거리끼는 것은 옷이 먼지를 써 뽀얗게 되듯이 자신의 깨끗함이
지저분한 먼지로 더럽혀지는 것이라고 했다. 벼슬길에서 어쩔 수 없
이 먼지를 쓰느니 차라리 시골로 돌아가 목동처럼 시름없이 지내고
자 하는 작자의 소망을 나타내고 있다고 하겠다.

　　　다락 아래 맑은 못에 뚫린 굴이 비었는데,
　　　노는 고기 알을 슬어 붉은 조를 펼친 듯.
　　　한들한들 여러 꼬리 몇 마린지 알겠더니,
　　　앞에서 세나 뒤에서 세나 끝이 없구나.
　　　樓下淸潭窟穴空　遊魚育卵粟排紅
　　　莘莘衆尾知多少　前數無窮後亦同 －안축, 「臨流數魚」

깁 같은 긴 강, 가을 하늘 쏟아 부은 듯,
굽어보며 시 읊조리노라니 날이 벌써 저무네.
노는 고기, 물이 맑아 헤아릴 수 있다고나 말하지,
구구히 손꼽으면 바보와 한가질세.
長江如練瀉秋空　俯瞰吟詩日已紅
但道遊魚淸可數　區區屈指與癡同　－이곡, 「임류수어」

다락 아래 맑은 못에 푸른 하늘 잠겼는데,
고기 노는 양 보며 날 저문 줄 몰랐네.
앞섰다 뒤섰다 하여 헤아리기 어려워,
둘이라 하고 셋이라 하여 말이 같지 않네.
樓下澄潭浸碧空　觀魚不覺夕陽紅
乍先乍後數難定　爲二爲三言未同　－이달충, 「임류수어」

「임류수어」라는 제목의 시에서는 세 사람 모두 세상살이에서 깨
닫게 된 지혜에 관해 말하고 있다. 세 편의 시가 전반부에서는 공통
적으로 죽서루 아래 오십천 물의 맑음을 강조했다. 근재가 '물고기
가 알을 슨 것이 보인다'고 한 것이나, 가정이 '가을 하늘을 쏟아 부
은 강'이라고 한 것, 제정이 '푸른 하늘이 잠긴 듯 맑은 못'이라고
한 것이 그것이다. 맑고 푸른 오십천은 그 물 속이 훤히 들여다보이
는 상태였다는 말이다. 그 맑은 물속에 노니는 물고기에 대한 반응
은 세 사람이 각기 조금씩 다르다.

　근재는 물고기의 수효를 알 수 있을 듯하여 헤아렸으나 결국 헤
아리기가 어렵다고 했다. 이러한 근재의 반응에 대해 가정은 반박을
하고 있는 듯하다. 물고기의 수효를 헤아릴 수 있다는 가능성을 말

하는 것은 좋으나 하나하나 손꼽아 헤아리려고 든다면 바보짓이나 다름없다는 것이다. 제정은 맑은 물속에 노니는 물고기이긴 하나 헤아리는 것이 쉽지 않다고 하면서 그 수효에 대한 사람들의 말이 구구각색이라고 했다.

물고기가 노니는 모양을 훤히 볼 수 있는 것은 물이 맑고 푸르기 때문이다. 그러나 그 속에서 노니는 물고기를 사람들이 헤아린 결과는 저마다 다르다. 그것은 사람마다 헤아리는 방법이나 바라보는 눈이 다른 까닭이다. 제정이 말했듯이 헤아린 결과가 각기 다르게 나타날 수밖에 없다면, 가정의 말처럼 헤아리는 일 자체가 쓸데없는 바보짓일 수도 있다. 위의 시를 지은 세 사람은 각기 정도의 차이는 있으나, 물속에 노니는 고기를 바라보면서 맑은 물 속을 들여다볼 수는 있어도 물고기의 수를 헤아리는 사람의 마음은 한결같지 않다는 사실을 깨달았다고 하겠다. 그것은 세상을 살아가는 한 가지 지혜를 터득한 것일 수도 있다.

> 구렁에 솟은 다락이 물가에 임하였고,
> 담 넘어 선방은 바위에 기대었네.
> 스님을 좋아하는 참뜻을 아는 이 없고,
> 십리 뻗친 차 달이는 연기, 대숲 바람에 나부끼네.
> 聳壑郡樓臨水府　隔墻禪舍倚巖叢
> 愛僧眞趣無人會　十里茶煙颺竹風　－안축, 「隔墻呼僧」

> 객관과 승방이 겨우 벽을 격하였고,
> 뜰에 핀 꽃과 창가의 대도 한가지로 떨기 이루었네.
> 짝 없이 다락에 올라 심심해서 부른 것이오,

스님이 太顚처럼 도풍이 있어서는 아니었네.
官舍僧房纔隔壁　砌花窓竹共成叢
上樓無偶聊相喚　非爲顚師有道風　–이곡, 「격장호승」

면벽하는 선승은 잣나무에 참례하고,
다락에 오른 나그네는 꽃떨기를 대하였네.
서로 불러 서강 달 아래 함께 취하세.
한갓 먼지떨이 휘두르는 것만이 대단한 건 아니라네.
面壁禪僧參栢樹　登樓客子對花叢
相呼共醉西江月　未要徒揮一塵風　–이달충, 「격장호승」

　위에 든 작품들은 작자 세 사람의 승려에 대한 태도를 보여주는
것이다. 세 편 모두 불교에 대하여 그다지 긍정적인 시선을 주고 있
지 못한 듯하다. 근재가 '스님을 좋아하는 참뜻을 아는 이 없다'고
한 것이나, 가정이 '스님이 도풍이 있어서 부른 것은 아니다'라고 한
것, 제정이 '한갓 먼지떨이 휘두르는 것만이 대단한 건 아니다'라고
한 데서 그러한 느낌을 받을 수 있다. 그러면서도 작자 세 사람의
승려에 대한 태도는 약간씩 다른 면을 보여준다.
　근재와 가정은 다 같이 당나라 한유(韓愈)의 옛일을 떠올리면서
각기 「격장호승」을 지은 듯하다. 한유가 불교를 배척하는 내용의 상
소를 올리고, 그 때문에 조주자사로 좌천되었을 때 그곳의 승려인
태전(太顚)과 교유하였다고 한다. 그러자 사람들이 모두 의아하게
생각하니, 한유는 태전이 승려이기 때문에 사귄 것이 아니라 그가
도리를 알아서라고 말했다는 것이다.[11]
　근재가 말한 '스님을 좋아하는 참뜻'은 한유가 말한 대로 불승이

기 때문이 아니라 도리를 알기에 좋아한다는 의미일 듯하다. 즉, 근재는 이 점에서 한유와 같은 견해를 가졌다고 하겠다. 이에 비해 가정은 한유의 옛일을 염두에 두었으면서도 한유와 견해를 함께 하지는 않았다. 다락에 올라 승려를 부른 것은 그 중이 태전과 같은 도풍이 있어서가 아니라 다만 서로 상대할 사람이 없어 심심했기 때문이라고 한 데서 그러한 태도를 확인할 수 있다.

근재와 가정의 「격장호승」 전반부를 미루어 보면, 삼척 고을에 있는 객관과 절이 담을 사이에 두고 인접하여 있었던 모양이다. '담 넘어 선방'이나 '겨우 벽을 격한 객관과 승방'이 그런 사정을 말해준다. 같은 광경을 두고 두 사람이 각기 시의 전반부를 지었으면서도 표현된 상황은 달리 느껴진다. 근재는 객관의 다락이 물가에 임했고 선방은 바위에 기댔다고 함으로써 인접한 객관과 선방이 서로 거리를 둔 듯이 말했다. 반면에 가정은 객관과 승방이 겨우 벽 하나 사이라고 하여 양자 사이의 거리감을 거의 느끼지 못하도록 했다. 뿐만 아니라, 꽃과 대나무가 다 같이 떨기를 이루었다고 함으로써 뜰과 창 사이에도 거리를 느낄 수 없게 했다.

이러한 배경 묘사의 차이 또한 승려에 대한 작자 두 사람의 태도와 무관하지 않은 듯하다. 근재는 한유처럼 '스님을 좋아하는 참뜻'을 아는 사람이 없다고 생각했기에 객관과 선방 사이에 거리가 있는 듯이 느끼지 않았을까 싶다. 이에 비해 가정은 승려가 일반 사람들과 다를

---

11) 趙翼, 『甌北詩話』 권3, 『古今詩話叢編』(台北: 廣文書局, 1971). 昌黎以道自任 因孟子距楊墨 故終身亦闢佛老 …… 諫佛骨一表 尤見生平定力 然平日所往來 又多二氏之人 如送張道士有詩 送惠師靈師澄觀文暢大顚 皆有詩文 或疑其交遊 無檢與平日持論互異不知 昌黎正欲借此 以暢其議論 如謝自然白日昇天 則歎其爲妖魅所惑 化爲異物 …… 惟於大顚無貶詞 則以其頗聰明識道理.

게 없다고 여겼기에 객관과 승방 사이에 거리감을 거의 느끼지 못한
것이라 생각된다. 시의 문면으로 보아, 가정으로서는 승려가 아니었
다 해도 불렀을 것이고, 근재는 시의 표제와는 다르게 승려를 부른다
는 말 대신 차 달이는 연기가 나부끼는 모습만을 그리고 말았다.

제정의 경우는 시의 전반부에서 배경 묘사 대신 승려와 작자 자
신의 뚜렷이 다른 점을 강조했다. 선승은 잣나무에 참례한 데 비해
나그네인 작자는 꽃떨기를 대하였다는 것이 강조한 구체적 차이다.
달마조사가 서쪽 인도로부터 중국에 온 까닭을 학승이 물었을 때,
조주(趙州) 종심(從諗)이 '뜰 앞의 잣나무[庭前栢子樹]'라고 대답했다는
선문답은 널리 알려진 바다. 즉 선승은 화두를 통해 깨침을 얻으려
하는데, 속인인 작자는 꽃을 완상하는 것으로 대조를 해 놓은 것이
다. 성(聖)과 속(俗)의 대조라고 하겠다.

그러나 이 시의 후반부를 보면 성과 속이 다를 게 없다는 생각을
나타냈다. 죽서루 아래로 흐르는 서강을 비추는 달빛을 받으며 선승
은 나그네인 작자를 부르고 작자는 선승을 불러 함께 취하자고 한
말에서 그러한 생각을 엿볼 수 있다. 먼지떨이를 휘두르는 것만이
대단한 게 아니라고 한 마지막 대목 또한 그러한 생각을 거듭 강조
하여 나타낸 말이다. 먼지떨이[拂塵]라는 것은 승려들이 속세의 티
끌을 떨어낸다는 상징적인 의미로 지니는 기구다. 작자는 속세의 티
끌을 떨어버리는 것만이 대단한 일이 아니라, 속인과 더불어 취하는
것도 대단한 일이라는 생각을 시의 후반부에서 주장한 셈이다.

3. 사대부의식과 「삼척서루팔영」 시

근재·가정·제정은 모두 고려 후기의 대표적인 신흥사대부다. 근재의 가문은 조부인 희서에 이르기까지 대대로 순흥의 호장을 지냈고, 근재의 부친인 석은 현리로서 과거에 급제했으나 벼슬길에 나서지 않았다. 근재에 이르러 과거를 통해 중앙정계로 발신했으니, 향리 가문 출신으로 중앙에 진출한 전형적인 예라고 하겠다.[12] 가정의 선대 역시 한산의 호장직을 세습하여 오다가 가정의 부친인 자성이 비로소 군리에서 발신하여 정읍감무를 지냈다고 한다.[13]

제정의 가문은 경주이씨로 고조부인 득견에 이르기까지 향리직인 군윤·보윤·직장동정 등을 이어받다가 증조부인 핵이 중앙정계로 진출하여 첨의평리를 역임했다. 제정의 조부인 세기는 익재 이제현의 부친인 진과 형제간으로 벼슬이 밀직부사에 이르렀다.[14] 익재는 제정의 당숙이 되는 셈이다. 근재나 가정의 가문에 비해 조금 이른 시기에 중앙 조정으로 발신한 가문에서 태어났으나, 제정 또한 신흥사대부 출신임을 부인할 수는 없다.

근재는 「죽계별곡」에서 원나라와 고려 두 나라에서 과거에 급제한 사실을 자랑스럽게 노래했으나 원나라에 오래 머물지 않고 주로 국내에서 활동했다. 자신의 대에 이르러 처음 중앙정계로 발신한 영광을 노래하는 한편, 그의 고향인 순흥의 명승 죽계를 자랑하기도 했다. 강릉도 존무사로 나가 있던 동안에는 관동지방의 아름다운 경

---

12) 이 책의 제2부 참조.
13) 李樹健, 『韓國中世社會史硏究』(서울: 一潮閣, 1985), 291쪽.
14) 같은 책, 304쪽.

치를 노래에 담았으니, 「관동별곡」이 그것이다.

그 무렵(1331년 7월경)에 삼척에 이르러 지은 것이 근재의 「삼척서루팔영」 시다. 따라서 근재의 이 시는 관념적인 산수를 그린 것이 아니라 실제로 가본 곳의 산수와 인정풍물을 읊은 것이다. 그런 까닭에 이 시에는 단순히 산수경치의 묘사보다는 자연의 사물에 대한 관심, 농촌 사람들의 생동하는 삶의 모습, 세상살이에서 느낀 이러저러한 감회 등이 담겨 있다. 이러한 현상은 그가 고향의 산수나 조국의 승경에 대해 자부심을 가졌거나 애정을 쏟고 있었음을 말해주는 것이라 할 수 있다. 다음의 글에 근재의 그러한 생각이 한층 구체적으로 드러나 있다.

우리 흥주에 있는 영귀산 숙수루는 그 풍치가 팔경에 뒤지지 않는데도 빼놓고 읊지 않으니 몹시 괴이쩍다. 내 사위 정생으로 하여금 절구 한 수를 짓게 하여 책 끝에 써서 내 고향 산수의 부끄러움을 씻는다.[15]

근자에 기거주 이공이 중국에서 과거에 급제하여 돌아오니 사대부들이 시를 지어 주었다. 각기 삼한의 기이한 자취를 점하여 제목을 삼으니 말의 뜻이 같지 않아 참으로 기발한 작품이 되었다. 우리들이 삼가 그 체를 본받아 각각 동남의 팔경을 절구 한 편씩으로 짓는다.[16]

---

15) 안축, 「靈龜山宿水樓詩序」, 앞의 책, 권2. 吾興州所有靈龜山宿水樓 其風致不居八景之後 而漏而不賦 余甚怪焉 使家贅鄭生賦一絕 書于卷末 以雪吾鄕山水之恥.

16) 같은 책, 같은 곳. 「白文寶按部上謠八首幷序」. 近者起居注李公 自中朝登第而還 士夫賦詩贈行 各占三韓異蹟爲題 語意不類 眞奇作也 僕等謹效其體 各賦東南八景一絕.

앞의 글에서 근재는 당시의 문인들이 고려의 승경을 소재로 하여 팔경시를 다수 지었던 사정을 밝히면서, 자기 고향의 산수에 대한 자부심을 아울러 나타냈다. 뒤의 글에서는 사대부들이 고려의 기이한 자취를 대상으로 시를 지은 까닭에 표현과 내용이 진부하지 않고 참신하다고 했다.

인용한 글의 앞 대목에서 "백공이 동한 지방의 수령으로 온 것은 두 번째다. 시골 선생이 생도들을 이끌고 와서 시를 지어 바치니 배우는 자들이 숭상했다. 그러나 전대의 작품을 보고 진부한 말들을 답습하여 능히 신의(新意)를 표출하지 못했으므로 하나도 볼 만한 게 없었다."[17]고 하여, 사대부들이 지은 팔경시가 남달리 참신한 점이 있음을 지적했다.

가정의 경우에도 한산의 이족에서 부친의 대에 이르러 발신한 데 대한 자부심이 있었을 듯하다. 뿐만 아니라, 가정 역시 원나라 제과에 급제하여 그곳에서 벼슬할 때 문장이 엄하고 뜻이 깊으며, 품격 또한 전아하고 높아 감히 외국인으로 대우를 하지 못했다고 한다.[18] 문장에 뛰어난 그가 당시 유행했던 소상팔경을 시로 지었을 법하나, 팔경을 그린 것으로 오늘날 전하는 그의 작품은 「삼척서루팔영」 시와 정포(鄭誧, 1309~1345)의 무산일단운조 「울주팔영」을 차운한 것뿐이다.[19]

사곡체(詞曲體)의 장단구로 지은 「울주팔영」은 「삼척서루팔영」과 마찬가지로 이 땅인 오늘날의 울산지방의 승경을 두고 읊은 것이다.

---

17) 같은 글. 按部之行東韓 重臨境也 鄕先生率生徒 述獻詩 啓者尙矣 然閱前代之作 皆蹈襲陳言 而不能表出新意 故皆不足觀也.

18) 『고려사』 권109. 戴與中朝文士交遊 講劘所造盆深 爲文章操筆立成 辭嚴義奧 典雅高古 不敢以外國人視也.

19) 『가정집』 권20에 실려 있다.

이와 같은 자료로 미루어 가정 역시 조국의 산수에 대한 애정을 지녔었음을 알 수 있다. 이러한 사실은 그의 아들인 목은(牧隱) 이색(李穡, 1328~1396)의 글을 통해 뒷받침될 수 있다. 목은의 글에 의하면, 조국의 산수에 대한 애정은 우선 고향에 대한 자부심으로 나타남을 보게 된다.

> 우리 집이 있는 한산은 비록 작은 고을이나, 우리 부자가 중국의 과거에 급제함으로써 천하가 동국에 한산이 있다는 것을 다 알게 되었다. 그런 즉, 그 빼어난 경치를 노래로 지어 전파하지 않을 수 없는 까닭에 팔영시를 짓는다.[20]

> 영해부는 나의 외가다. 「관어대소부」를 지어 중원에 전해지기를 바랄 뿐이다.[21]

앞의 글에서는 가정과 목은 부자가 모두 원나라의 제과에 급제한 사실을 자랑하면서, 그들의 고향인 한산이 천하에 알려졌음을 말했다. 한산이 천하에 알려졌기에 그곳의 승경을 노래로 지어 마저 알리지 않을 수 없다는 말로 뒤를 이었다. 뒤에 인용한 글을 통해 볼 때, 영해는 가정의 처가가 있는 고장이자 목은의 외가가 있는 곳이기도 하다. 영해의 동해변에 임한 관어대의 경관을 읊어 중국에 전해지기를 바란다는 말에는 문장력에 대한 자부심과 함께 국토에 대한 애정이 서려 있다.

---

20) 李穡, 「韓山八詠序」, 『牧隱詩藁』 권3. 吾家韓山雖小邑 以子父子 登科中國 天下皆知 東國之有韓山也 則其勝覽 不可不播之歌章 故作八詠云.
21) 같은 책, 권1. 「觀魚臺小賦」. 府吾外家也 爲作小賦 庶幾傳之中原耳.

가정이 남긴 관동지방의 기행문 「동유기」에 의하면, 그는 1349년 (충정왕1) 9월 12일에 삼척을 찾아갔다. 그의 「삼척서루팔영」은 이때 지은 것임을 알 수 있다.[22] 가정도 근재와 마찬가지로 관념적인 산수를 그린 것이 아니라 실제로 가본 곳의 산수와 인정풍물을 읊었던 것이다.

일찍이 향리로부터 발신한 가문에 태어난 제정은 중국의 과거에 응시한 사실도 없고 원나라에 왕래했다는 기록도 남아 전하는 것이 없다. 특별히 관동지방을 유람하거나 외직을 그곳에서 했다는 기록도 없다. 다만 관동지방의 하나인 오늘날의 양양에 이르러 지은 시[23]에서 그가 실제로 관동지방에 갔었음을 확인할 수 있다. 그 시기 역시 정확하게 고찰할 만한 자료가 전하지 않으나, 대개 그가 노경에 이르렀을 때가 아닌가 싶다.

오늘날 남아 전하는 기록에 따르면, 그가 마지막으로 받은 벼슬은 1367년(공민왕16) 7월의 계림윤이다.[24] 그 후, 신돈에게 미움을 받아 파직되었다가 1371년 신돈이 주살 당한 후 다시 복직된 듯하다.[25] 이후 타계하기까지 10여 연간의 행적은 불분명하다. 1373년 경에는 벼슬을 버리고 산 속에 들어가 있었음을 말해주는 기록이 남아 있을 뿐이다.[26] 그리고 「우성」이라는 제목의 시에는 노경에 타

---

22) 李穀, 「東遊記」, 앞의 책, 권5. 十二日宿三陟縣 明日登西樓 縱觀所謂五十川八詠者.
23) 李達衷, 「次襄州客舍韻」, 앞의 책, 권1에 此樓風景僅瞻前 往來登臨又一年이라고 했다.
24) 같은 책, 권2. 「鷄林赴任後再辭表」에 至正丁未秋七月 命臣出鷄林이라고 했다.
25) 『高麗史』 권120. 達衷嘗於廣坐 謂旽曰 人謂相公好酒色 旽不悅 未幾見罷 及旽伏誅 …… 後拜鷄林府尹.
26) 李達衷, 「題金按廉詩卷後跋」, 앞의 책, 권3. 余於癸丑秋 來自山中 友人金君敬之 嘗訪旅寓.

향을 떠돌아 다녔음을 알려주는 대목이 있다.[27] 그의 「삼척서루팔
영」은 이 무렵에 지은 것으로 추측된다.

다만 기문이라는 것은 그 일을 기록하는 것인데, 내가 일찍이
이 다락에 올라서 그 지은 제도가 어떠하다는 것을 보지 못했으니,
어찌 억측하여 글을 지을 수 있겠는가.[28]

위의 글은 제정이 처음 계림윤으로 나가던 해에 전주목사가 된
한계상(韓系祥)이 전주 관사 북쪽에 있는 녹균헌(綠筠軒)을 헐고 관풍
루(觀風樓)를 짓자 그 기문으로 써 주면서 그 가운데 한 말이다. 이
글에 드러나 있는 제정의 생각은 일의 전말을 올바로 알지 못하거나
실제로 가보고 확인하지 않고서는 어떠한 글도 쓸 수 없다는 것이
다. 이것으로 미루어 그가 죽서루의 팔경을 실제로 가보지 않고 「삼
척서루팔영」을 짓지는 않았으리라는 것을 알 수 있다.

제정의 경우, 고향이나 국토의 산수에 대한 애정을 특별히 언급한
사실은 발견할 수 없다. 그러나 그의 「삼척서루팔영」에서는 농촌생활
에 대한 관심을 나타내는 작품과 세상살이에서 느낀 이러저러한 감회
를 담고 있는 작품을 다수 볼 수 있다. 그러한 현상 역시 그가 관념적인
산수를 읊은 것이 아니라 실제로 보고 겪은 사실과 체험에서 우러나온
정감을 시로 나타냈기 때문이라고 하겠다. 이 땅의 승경에 대한 자부
심을 직접 드러내지는 않았으나, 국토의 자연과 현실을 애정 어린

---

27) 같은 책, 권1. 「偶成」. 松京渺渺道途賒 流落他鄕鬢易華 …… 回頭往事渾如許 屈指餘
生也不多.
28) 같은 책, 권3. 「全州觀風樓記」. 但所謂記者 記其事也 予未嘗登是樓 觀其創制之何如
豈可臆而文之乎.

눈으로 바라볼 수 있었기에 이러한 작품의 제작이 가능했을 것이다.

4. 마무리

고려 후기에 등장한 신흥사대부들은 그 출신 배경이 대체로 지방의 중소지주이자 향리 가문이라는 공통점이 있다. 그들은 고려 전기의 문벌귀족이나 고려 후기의 권문세족과는 달리 자연의 사물을 관념적 유희의 대상으로 보지 않았다. 자연물을 인간의 실생활과 관련지어 보고자 했고, 사물을 객관적·체험적으로 인식하고자 했다. 또한 그들은 지방에 그 경제적 기반을 두고 있었기에 농촌의 생활을 농민들의 처지에서 이해할 수 있었던 것이다.

뿐만 아니라, 왕조 말기의 혼란 속에서 새로운 지배층으로 등장하고 보니 권문세족과의 마찰, 비리의 횡행 등을 겪고 보면서 자주 갈등을 느꼈던 듯하다. 그들은 신유학의 교양을 쌓은 이들로 오래도록 기득권을 누려온 불교와도 타협을 이룰 수는 없었을 것이다. 이러한 그들의 처지와 성향이 「삼척서루팔영」의 시 세계를 이루고 있다고 할 수 있다. 그리고 그러한 시 세계의 바탕에는 고려의 자연과 현실에 대해 강한 애정을 가졌던 사대부들의 의식이 깔려 있음을 부인할 수는 없다.

이 글은 고려 후기 가운데서도 특정의 시기·인물·작품에 한정된 논의라는 점이 한계로 지적될 수 있다. 이른바 팔영체 시는 「삼척서루팔영」 이전에도 상당량이 제작되었고, 그 이후로는 조선조 초기 동안 줄기차게 나타나고 있다. 초기작이라고 할 수 있는 무신집권기의 팔영체 시는 작자에 따라 어느 정도 작품세계가 다르다는 것이 필자의 생각이다. 고려말의 작품으로도 익재의 장단구 「송도팔경(松都八景)」, 가정의 장단구 「울주팔영(蔚州八詠)」, 목은의 「한산팔영(韓山八詠)」과 「금사팔영(金沙八詠)」 등은 이 글에서 얻은 결론과 견주어 살필 필요가 있다.

조선조에 이르면 안노생(安魯生, 고려말~태종조)의 「영해십이영(寧海十二詠)」, 정이오(鄭以吾, 1354~1434)의 「남산십영(南山十詠)」, 정도전(鄭道傳, 1337~1398)의 「신도팔경(新都八景)」, 서거정(徐居正, 1420~1488)의 「평해팔영(平海八詠)」·「밀양십경(密陽十景)」·「공주십경(公州十景)」·「한도십영(漢都十詠)」, 이승소(李承召, 1422~1484)와 강희맹(姜希孟, 1424~1483)의 「한도십영(漢都十詠)」, 이숙함(李叔瑊, 예종조)과 임원준(任元濬, 1423~1500)의 「온양팔영(溫陽八詠)」, 김종직(金宗直, 1431~1492)의 「경주칠영(慶州七詠)」·「선산십절(善山十絶)」·「나주십이영(羅州十二詠)」, 조위(曺偉, 1454~1503)의 「평양팔영(平壤八詠)」·「계림팔관(鷄林八觀)」, 이행(李荇, 1478~1534)과 최숙생(崔叔生, 1457~1520)의 「거제십영(巨濟十詠)」 등, 이 땅의 승경을 대상으로 한 작품들이 줄을 잇는다.[29] 이들이 고려 후기의 팔영체 시를 어떻게 계승하고 있으며, 그 변화의 양상과 요인이 무엇인가 하는 것이 남은 과제다.

---

29) 이들과는 달리, 조선조 초기에 소상팔경을 상상하며 지은 작품도 상당수에 이른다. 이들에 대해서는 任昌淳, 「匪懈堂瀟湘八景詩帖解說」, 『泰東古典硏究』 5(서울: 泰東古典硏究會, 1989) 참조.

찾아보기

김동욱

성균관대학교 국어국문학과 졸업
한국정신문화연구원 한국학대학원 문학석사
성균관대학교 대학원 문학박사
현재 상명대학교 한국어문학과 교수

저서 : 『고려후기 사대부문학의 연구』, 『고려사대부 작가론』, 『따져가며 읽어보는 우리
　　　 옛이야기』, 『중세기 한·중지식소통연구』

역서 : 『완역 천예록』(공역), 『국역 동패락송(천리대본)』, 『국역 기문총화』1~5, 『국역
　　　 수촌만록』, 『옛 문인들의 붓끝에 오르내린 고려시』1·2, 『국역 청야담수』1~3,
　　　 『국역 현호쇄담』, 『국역 동상기찬』, 『국역 학산한언』1·2, 『새벽 강가에 해오
　　　 라기 우는 소리』상·중·하, 『교역 태평광기언해(멱남본)』1~5, 『국토산하의
　　　 시정(김극기 시선)』, 『교역 오백년기담(장서각본)』, 『국역 동패락송(동양문고
　　　 본)』1·2, 『교역 언해본 동패락송』, 『천애의 나그네(백사 이항복의 사행시)』,
　　　 『붉은 연꽃 건져 올리니 옷에 스미는 향내』외 논문 다수

양심적 사대부, 시대적 고민을 시로 읊다

2014년 2월 7일 초판 1쇄 펴냄

지은이 김동욱
펴낸이 김흥국
펴낸곳 도서출판 보고사

책임편집 권송이
표지디자인 윤인희

등록 1990년 12월 13일 제6-0429호
주소 서울특별시 성북구 보문동7가 11번지 2층
전화 922-5120~1(편집), 922-2246(영업)
팩스 922-6990
메일 kanapub3@naver.com
http://www.bogosabooks.co.kr

ISBN 979-11-5516-199-9 93810

이 도서의 국립중앙도서관 출판시도서목록(CIP)은 서지정보유통지원시스템 홈페이지
(http://seoji.nl.go.kr)와 국가자료공동목록시스템(http://www.nl.go.kr/kolisnet)에서 이
용하실 수 있습니다. (CIP제어번호: CIP2014000437)